El buscador de oro

J. M. G. Le Clézio
El buscador de oro

Traducción de Manuel Serrat Crespo

www.librerianorma.com
Bogotá Barcelona Buenos Aires Caracas
Guatemala Lima México Panamá Quito San José
San Juan San Salvador Santiago de Chile Santo Domingo

© 1985, 2008, Éditions Gallimard
Título original: *Le chercheur d'or*
© 2008, de la presente edición en castellano para todo el mundo
Editorial Norma, S. A. para *La otra orilla*
Primera edición: diciembre de 2008

© por la traducción, Manuel Serrat Crespo

Imagen de cubierta: *Isla Mauricio* © Ferdinando Scianna / Magnum Photos / Contacto
Cubierta: María Clara Salazar

Impreso por Quebecor World Bogotá S.A.
Impreso en Colombia – *Printed in Colombia*
Noviembre de 2008

CC 26000069
ISBN: 978-958-45-1666-4

Nota del traductor

En la traducción de *El buscador de oro* y de *Viaje a Rodrigues* he tenido que enfrentarme con los abundantísimos topónimos de evocadora sonoridad, así como con denominaciones autóctonas de la flora y fauna de las Mascareñas.

Al tener que adoptar un criterio decidí traducir los nombres geográficos que, a mi entender, daban un particular carácter —una determinada «visualización», incluso— al párrafo de que se tratara, dejando en francés los demás. Es —lo sé— una decisión discutible, pero me ha parecido la más adecuada para conservar —en lo posible— el clima de la narración (obligada referencia, claro, a la traducción y la traición).

Por lo que se refiere a las denominaciones de animales y plantas, cuando ha sido posible he buscado su correspondiente en castellano, cuando no lo ha sido, sencillamente, he castellanizado el término.

El buscador de oro

A mi abuelo Léon

Hondonada
del Boucan, 1892

Por mucho que retroceda en mi memoria, siempre oigo el mar. Mezclado con el viento en las agujas de los filaos, con el viento que no cesa, ni siquiera cuando te alejas de las costas y te adentras por los campos de caña, es el ruido que ha arrullado mi infancia. Lo oigo ahora, en lo más profundo de mí, me lo llevo adondequiera que voy. El ruido lento, incansable, de las olas que rompen a lo lejos en la barrera de coral y que vienen a morir en la arena del Río Negro. No pasa un solo día sin que vaya al mar, no pasa una sola noche sin que me despierte, con la espalda húmeda de sudor, sentado en mi camastro, apartando la mosquitera e intentando percibir la marea, inquieto, lleno de un deseo que no comprendo.

Pienso en él como en una persona humana, y, en la oscuridad, todos mis sentidos están alerta para oírlo llegar mejor, para recibirlo mejor. Las gigantescas olas saltan por encima de los arrecifes, se desploman en la laguna y el estruendo hace vibrar tierra y aire como una caldera. Lo oigo, se mueve, respira.

Cuando hay luna llena, salto de la cama sin hacer ruido, cuidando de que el carcomido entarimado no cruja. Sé, sin embargo, que Laure no duerme, sé que tiene los ojos abiertos en la oscuridad y contiene el aliento. Escalo el alféizar de la ventana y empujo los porticones de madera, estoy afuera, en la noche. La luz blanca de la luna ilumina el jardín, veo brillar los árboles, cuya copa rumorea al viento, adivino los oscuros macizos de los rododendros, de los hibiscos. Con el corazón palpitante, me adentro en el frondoso camino que va hacia las colinas, donde comienzan los barbechos. Muy cerca del muro caído está el gran árbol chalta, al que Laure llama el árbol del bien y del mal, y trepo a las ramas centrales para ver el mar por encima de los árboles y las extensiones de caña. La luna corre entre las nubes, lanza sus fulgores. Tal vez entonces lo veo, de pronto, por encima de las copas, a la izquierda de la Torreta del Tamarindo, gran placa oscura donde brilla la mancha que centellea. ¿Lo veo ahora realmente, lo oigo? El mar está en el interior de mi cabeza, y es cerrando los ojos como lo veo y lo oigo mejor, como percibo cada rugido de las olas divinas por los arrecifes y que se unen, luego, para romper en la orilla. Permanezco mucho tiempo agarrado a la rama del árbol chalta, hasta que mis brazos se entumecen. El viento del mar pasa sobre los árboles y los campos de caña, hace que las hojas brillen bajo la luna. A veces permanezco allí hasta el alba, escuchando, soñando. Al otro extremo del jardín, la gran casa, oscura, cerrada, parece un pecio. El viento hace que las dislocadas tablas golpeen, hace que su armazón cruja. También eso es ruido del mar, y los chasquidos del tronco del árbol, los gemidos de las agujas de los filaos. Tengo miedo, solo en el árbol, y sin embargo no quiero regresar a la habitación. Resisto el frío del viento, la fatiga que me embota la cabeza.

No se trata, realmente, de miedo. Es como permanecer de pie ante un abismo, una profunda quebrada, y mirar intensamente, con el corazón palpitando tan fuerte que la garganta resuena y duele, y sin embargo se sabe que es preciso quedarse, que por fin se va a saber algo. No puedo regresar a mi habitación hasta que el mar suba, es imposible. Debo permanecer agarrado al árbol chalta, y esperar, mientras la luna se desliza hacia la otra punta del cielo. Regreso a la habitación justo antes del alba, cuando el cielo se hace ya gris del lado de Mananava, y me deslizo bajo la mosquitera. Oigo suspirar a Laure, porque tampoco ella ha dormido mientras yo estaba afuera. Nunca me habla de eso. Sencillamente, de día, me mira con sus ojos oscuros e inquisitivos y lamento entonces haber salido para escuchar el mar.

Cada día voy hasta la orilla. Tengo que atravesar los campos, las cañas están tan altas que avanzo a ciegas, siguiendo los caminos de zafra, perdido a veces entre las hojas afiladas. Allí no oigo ya el mar. El sol de fines de invierno abrasa, ahoga los ruidos. Cuando estoy muy cerca de la orilla, lo noto porque el aire se hace pesado, inmóvil, cargado de moscas. Por encima, el cielo es azul, terso, sin pájaros, cegador. En la tierra roja y polvorienta, me hundo hasta los tobillos. Para no estropear mis zapatos, me los quito y los cuelgo de mi cuello, atados por los cordones. Tengo así las manos libres. Cuando se atraviesa un campo de caña es preciso tener las manos libres. Las cañas son muy altas; Cook, el cocinero, dice que van a cortarlas el mes que viene. Tienen las hojas cortantes como machetes, es preciso apartarlas con la palma de la mano para avanzar. Denis, el nieto de Cook, camina delante de mí. No le veo ya. Siempre ha ido descalzo, va más deprisa que yo, provisto de su vara. Hemos decidido, para llamarnos, hacer sonar dos veces un arpa de hierba o ladrar, así, dos veces: ¡Auah!, los hombres, los indios, lo hacen cuando caminan entre las altas cañas, durante la zafra, con sus largos machetes.

Oigo a Denis muy por delante de mí: ¡Auah! ¡Auah! Respondo con mi arpa de hierba. No hay otro ruido. El mar está muy bajo esta mañana y no subirá antes del mediodía. Vamos tan deprisa como podemos, para llegar a las charcas donde se ocultan los camarones y los hurites.

Ante mí, entre las cañas, hay un amontonamiento de piedras de lava negra. Me gusta subir encima, para contemplar la verde extensión de los campos y, lejos, a mi espalda ahora, perdidas en la maraña de los árboles y los bosquecillos, nuestra casa como un pecio, con su extraño tejado color de cielo, y la pequeña choza del capitán Cook, y, más lejos todavía, la chimenea de Yemen y las altas montañas rojas irguiéndose hacia el cielo. Giro sobre mí mismo en la cima de la pirámide y veo todo el paisaje, el humear de las azucareras, el río Tamarindo, que serpentea por entre los árboles, las colinas y, finalmente, el mar, oscuro, centelleante, que se ha retirado al otro lado de los arrecifes.

Eso es lo que me gusta. Creo que podría permanecer sobre ese roquedal durante horas, días incluso, sin hacer nada más que mirar.

¡Auah! ¡Auah! Denis me llama, desde la otra punta del campo. Está también en la cima de un montón de piedras negras, náufrago en un islote en medio del mar. Está tan lejos que no distingo nada de él. Sólo veo su larga silueta de insecto, en la cima del roquedal. Pongo las manos en forma de bocina y, a mi vez, ladro: ¡Auah! ¡Auah! Juntos bajamos, nos ponemos de nuevo en marcha, a tientas, entre las cañas, en dirección al mar.

Por la mañana el mar es negro, cerrado. Es la arena del Gran Río Negro y del Tamarindo la que lo produce, el polvo de lava. Cuando se va hacia el norte, o cuando se desciende hacia el Morro, al sur, el mar se aclara. Denis pesca hurites en la laguna, al abrigo de los arrecifes. Le observo mientras se adentra en el agua, con sus largas patas de zancuda, su vara en la mano. No tiene miedo de los erizos, ni de los peces escorpión. Camina por entre las charcas de agua oscura, cuidando de que su sombra esté siempre a sus espaldas. A medida que va alejándose de la orilla, levanta bandadas de cormoranes, de chorlitos. Le veo con los pies descalzos en el agua fría. A menudo le pido que me deje acompañarle, pero no quiere. Dice que soy demasiado pequeño, dice que está al cuidado de mi alma. Dice que mi padre me ha confiado a él. No es cierto, mi padre no le ha hablado nunca. Pero me gusta cómo dice «a cargo de tu alma». Sólo yo le acompaño hasta la orilla. Mi primo Ferdinand no tiene derecho a hacerlo, aunque sea un poco mayor que yo, y Laure tampoco, porque es una chica. Quiero a Denis, es mi amigo. Mi primo Ferdinand dice que no es un amigo, porque es negro, porque es el nieto de Cook. Pero me da igual. Ferdinand lo dice porque está celoso y quisiera caminar también por entre las cañas, con Denis, hasta el mar.

Cuando el mar está muy bajo, así, de buena mañana, aparecen las rocas negras. Hay grandes charcas oscuras y otras tan claras que diríase que fabrican luz. En el fondo, los erizos son bolas violeta, las anémonas abren sus sangrientas corolas, los ofiuros mueven lentamente sus largos brazos velludos. Miro el fondo de las charcas mientras Denis busca hurites con la punta de su vara, a lo lejos.

Aquí el ruido del mar es hermoso como una melodía. El viento trae las olas que rompen en el zócalo de coral, muy lejos, y oigo cada vibración en los roquedales y corriendo por el cielo. Hay en el horizonte una suerte de muro contra el que el mar golpea, se esfuerza. Haces de espuma brotan, a veces, y caen sobre los arrecifes. La marea ha comenzado a subir. Es entonces cuando Denis pesca hurites, porque sienten en sus tentáculos el agua fresca de alta mar y salen de sus escondrijos. El agua invade, una tras otra, las charcas. Los ofiuros balancean sus brazos en la corriente, nubes de jaramugos ascienden por las cascadas y veo pasar un pez cofre, con aire apresurado y estúpido. Desde hace mucho tiempo, desde que era muy pequeño, vengo aquí. Conozco cada charca, cada roca, cada rincón, dónde están las colonias de erizos, por dónde se arrastran las grandes holoturias, dónde se ocultan las anguilas, los cienbrazas. Permanezco allí, sin hacer movimiento alguno, sin hacer ruido, para que me olviden, para que no me vean ya. Entonces el mar es hermoso y muy suave. Cuando el sol está muy alto en el cielo, por encima de la Torreta del Tamarindo, el agua se hace ligera, azul pálido, color de cielo. El rugido de las olas en los arrecifes estalla con toda su fuerza. Deslumbrado por la luz, busco a Denis guiñando los ojos. El mar entra, ahora, por el paso, hincha sus lentas olas que cubren los roquedales.

Cuando llego a la playa, en el estuario de los dos ríos, veo a Denis sentado en la arena, en lo alto de la playa, a la sombra de los velluteros. En la punta de su vara hay una decena de hurites que penden como harapos. Me espera sin moverse. El calor del sol abrasa mi espalda, mi cabello. En un instante, me quito la ropa y me zambullo desnudo en el agua de la playa, allí donde el mar se encuentra con ambos ríos. Nado contra la corriente de agua dulce, hasta que siento los pequeños guijarros agudos en mi vientre y mis rodillas. Una vez dentro del río, me agarro con ambas manos a una gran piedra y dejo que las aguas de los ríos corran sobre mí, para lavarme de las quemaduras del mar y del sol.

Ya nada existe, nada pasa. Sólo lo que siento, lo que veo, el cielo tan azul, el ruido del mar que lucha contra los arrecifes y el agua fría que corre envolviendo mi piel.

Salgo del agua, temblando a pesar del calor, y vuelvo a vestirme sin siquiera secarme. La arena cruje en mi camisa, en mis pantalones, araña mis pies en los zapatos. Mis cabellos están todavía pegados por la sal. Denis, por su parte, me ha mirado sin moverse. Su rostro liso es oscuro, indescifrable. Sentado a la sombra de los velluteros, ha permanecido inmóvil, con ambas manos apoyadas en la larga pértiga de la que cuelgan, como oriteles, los calamares. Nunca se baña en el mar, ignoro incluso si sabe nadar. Cuando se baña lo hace a la caída de la tarde, en la parte alta del río Tamarindo, o en el arroyuelo del Estanque Salado. A veces va muy lejos, hacia las montañas del lado Mananava, y se lava con plantas en los arroyuelos de las gargantas. Dice que su abuelo le enseñó a hacerlo para tener fuerza, para tener un sexo de hombre.

Me gusta Denis, sabe muchas cosas acerca de los árboles, del agua, del mar. Todo lo que sabe lo ha aprendido de su abuelo, y también de su abuela, una vieja negra que habita en Cases Noyale. Conoce el nombre de todos los peces, de todos los insectos, conoce todas las plantas comestibles del bosque, todas las frutas silvestres, es capaz de reconocer los árboles sólo por su olor o mascando un pedazo de su corteza. Sabe tantas cosas que con él es imposible aburrirse. También Laure le aprecia, porque le trae siempre pequeños regalos, una fruta del bosque o una flor, una concha, un pedazo de sílex blanco, una obsidiana. Ferdinand le llama Viernes para burlarse de nosotros y a mí me ha apodado el hombre de los bosques, porque el tío Ludovic lo dijo un día, al verme regresar de la montaña.

Un día, hace mucho tiempo ya, al comienzo de nuestra amistad, Denis trajo para Laure un pequeño animal gris, muy gracioso, con un largo hocico puntiagudo, y dijo que era una rata almizclera, pero mi padre dijo que no era más que una musaraña. Laure lo tuvo todo un día con ella, y durmió en su cama, en una pequeña caja de cartón; pero por la noche, a la hora de acostarse, se despertó y comenzó a correr por todas partes e hizo tanto ruido que mi padre, en camisón, apareció con la vela en la mano, y se encolerizó y echó fuera al animalito. Después no le vimos ya más. Creo que eso apenó mucho a Laure.

Cuando el sol está muy alto en el cielo, Denis se levanta, deja la sombra de los velluteros y grita: «¡Alee-sis!». Es su modo de pronunciar mi nombre. Entonces caminamos deprisa a través de los campos de caña, hasta el Boucan. Denis se detiene para comer en la cabaña de su abuelo y yo corro hacia la gran casa de tejado azul celeste.

Cuando amanece y el cielo se enciende tras las montañas de las Tres Ubres, me voy con mi primo Ferdinand por la carretera de tierra que se dirige a los campos de caña de Yemen. Escalando las altas paredes, entramos en los «cazaderos», donde viven los ciervos de las grandes propiedades de Wolmar, de Tamarindo, de Magenta, de Barefoot, de Walhalla. Ferdinand sabe adónde va. Su padre es muy rico, le ha llevado a todas las propiedades. Incluso ha ido hasta las casas de Tamarin Estate, hasta Wolmar y Medine, por completo al norte. Está prohibido entrar en los «cazaderos», mi padre se encolerizaría mucho si supiera que vamos a las propiedades. Dice que es peligroso, que puede haber cazadores, que podemos caer en un foso, pero creo que lo dice sobre todo porque no le gusta la gente de los grandes dominios. Dice que cada uno debe quedarse en su casa, que no hay que vagabundear por las tierras de los demás. Caminamos con precaución, como si nos halláramos en un territorio enemigo. A lo lejos, en los matorrales grises, distinguimos algunas formas rápidas que desaparecen bajo el cobertizo: son los ciervos.

Luego Ferdinand dice que quiere bajar hasta Tamarin Estate. Salimos de los «cazaderos» y caminamos de nuevo por la larga carretera de tierra. Nunca he ido tan lejos. Todo lo más, un día, con Denis, subí hasta lo alto de la Torreta del Tamarindo, allí desde donde se ve todo el paisaje hasta las montañas de las Tres Ubres y hasta el Morro, y desde allí vi los techos de las casas y la alta chimenea de la azucarera que suelta su humareda.

El calor aumenta deprisa porque estamos a las puertas del verano. Los campos de caña están muy altos. Hace ya varios días que comenzaron a cortar. A lo largo de la carretera, nos cruzamos con carretas tiradas por bueyes, vacilantes bajo el peso de las cañas. Las conducen jóvenes indios, de aire indiferente, como si dormitaran. El aire está lleno de moscas y tábanos. Ferdinand camina deprisa, me cuesta seguirle. Cada vez que una carreta llega, saltamos hacia la cuneta porque apenas hay sitio para las grandes ruedas recubiertas de hierro.

Los campos están llenos de hombres y mujeres que trabajan. Los hombres llevan machetes, hoces, y las mujeres van con sus azadones. Van vestidas de *gunny*, con la cabeza envuelta en viejos sacos de yute. Los hombres van con el torso desnudo y el sudor les chorrea. Se oyen gritos, llamadas, ¡auah!, el polvo rojo sube de los caminos, entre los cuadrados campos. Hay en el aire un olor acre, el olor de la savia de las cañas, del polvo, del sudor de los hombres. Algo ebrios, caminamos, corremos hacia las casas de Tamarin, allí donde llegan los cargamentos de caña. Nadie nos presta atención. Hay tanto polvo en los caminos que estamos ya rojos de la cabeza a los pies, y nuestra ropa parece *gunny*. Hay niños que corren con nosotros por los caminos, indios, cafres, comen las cañas caídas al suelo. Todo el mundo va hacia la azucarera para ver los primeros prensados.

Llegamos por fin ante los edificios. Tengo un poco de miedo porque es la primera vez que vengo aquí. Ante el alto muro encalado están detenidos los carros y los hombres descargan las cañas que van a arrojar en los cilindros. La caldera escupe una humareda pesada, rojiza, que oscurece el cielo y nos sofoca cuando el viento la arroja hacia nosotros. Por todas partes hay ruido, grandes chorros de vapor. Justo ante nosotros veo al grupo de hombres que introducen en el horno el bagazo de las cañas machacadas. Van casi desnudos, parecen gigantes, el sudor corre por su espalda negra, por sus rostros crispados bajo el dolor del fuego. No dicen nada. Sólo toman el bagazo en sus brazos y lo arrojan al horno gritando cada vez: «¡Han!».

Ya no sé dónde está Ferdinand. Permanezco petrificado, mirando la caldera de fundición, la gran cuba de acero que hierve como una marmita de gigante y los engranajes que mueven los cilindros. En el interior de la azucarera, algunos hombres se afanan, arrojan las cañas frescas entre las mandíbulas de los cilindros, vuelven a coger las cañas ya machacadas para extraer un poco más de savia. Hay tanto ruido, calor, vapor, que la cabeza me da vueltas. El zumo claro chorrea por los cilindros, corre hacia las hirvientes cubas. Al pie de las centrifugadoras están los niños. Distingo a Ferdinand que aguarda, de pie ante la cuba que gira lentamente, mientras el espeso jarabe termina de enfriarse. Se forman en la cuba grandes olas y el azúcar cae al suelo, pende en negros cuajones que ruedan por la tierra cubierta de hojas y paja. Los niños se precipitan gritando, recogen los pedazos de azúcar y se los llevan a un lado, para chuparlos al sol. También yo estoy al acecho ante la cuba, y cuando el azúcar brota, rueda por el suelo, me abalanzo, tomo en mis manos la ardiente pasta, cubierta de hierbas y fragmentos de bagazo. Lo llevo fuera y lo lamo, agachado en el polvo, mirando la espesa humareda roja que sale de la chimenea. El ruido, los gritos de los niños, la agitación de los hombres, todo despierta en mí una suerte de fiebre que me hace temblar. ¿Es el ruido de las máquinas y el vapor que silba?, ¿es la humareda roja y acre que me envuelve?, ¿el calor del sol?, ¿el violento sabor del azúcar quemado? Mi vista se nubla, siento que voy a vomitar. Pido socorro a mi primo, pero mi voz es ronca, me desgarra la garganta. Llamo también a Denis, a Laure. Pero a mi alrededor nadie presta atención. La masa de los niños se precipita sin cesar hacia la gran cuba que gira sobre sí misma, para acechar el momento en que, abiertas las válvulas, mientras el aire penetra silbando en el interior de los cocederos, llega la oleada de hirviente jarabe, que corre por los canalones como un río rubio. Me siento de pronto tan débil, tan perdido, que apoyo mi cabeza en las rodillas y cierro los ojos.

Luego siento una mano que acaricia mi cabello, escucho una voz que me habla suavemente en criollo: «¿Por qué llorar?». A través de las lágrimas, veo a una mujer india, grande y hermosa, envuelta en sus *gunnies* manchados de tierra roja. Está de pie ante mí, erguida, tranquila, sin sonreír, y la parte superior de su cuerpo no se mueve debido al azadón que lleva en equilibrio sobre unos trapos doblados en su cabeza. Me habla con dulzura, me pregunta de dónde vengo, y ahora camino con ella por la atestada carretera, estrechándome contra su vestido, sintiendo el lento balanceo de sus caderas. Cuando llega a la entrada del Boucan, al otro lado del río, me acompaña hasta la casa del capitán Cook. Luego se marcha en seguida, sin aguardar recompensa ni agradecimiento, se aleja por la gran avenida entre las pomarrosas, y la veo irse, muy erguida, con el azadón en equilibrio sobre la cabeza.

Miro la gran casa de madera iluminada por el sol de la tarde, con el tejado azul o verde, de un color tan hermoso que hoy lo recuerdo como el color del cielo al alba. Siento todavía en mi rostro el calor de la tierra roja y del horno, sacudo el polvo y las briznas de paja que cubren mi ropa. Cuando me acerco a la casa, oigo la voz de Mam que hace recitar las plegarias a Laure, a la sombra de la veranda. Es tan dulce, tan claro, que las lágrimas brotan de mis ojos otra vez y mi corazón palpita con mucha fuerza. Camino hacia la casa, con los pies desnudos sobre el suelo agrietado por la sequía. Voy hasta la reserva de agua, detrás del *office*, saco el agua oscura del depósito con la jarra esmaltada y me lavo las manos, la cara, el cuello, las piernas, los pies. El agua fresca despierta la quemazón de los arañazos, los cortes de las hojas de caña como navajas. Por la superficie del depósito corren los mosquitos, las arañas de agua, y en sus paredes se agitan las larvas. Oigo el suave ruido de las aves nocturnas, siento el olor del humo que se abate sobre el jardín, como si anunciara la noche que comienza en las quebradas de Mananava. Voy luego hasta el árbol de Laure, a un extremo del jardín, el gran árbol chalta del bien y del mal. Todo lo que entonces siento, todo lo que veo, me parece eterno. Ignoro que todo va a desaparecer muy pronto.

Está también la voz de Mam. Es todo lo que ahora sé de ella, todo lo que de ella conservo. Tiré todas las fotos amarillentas, los retratos, las cartas, los libros que leía, para no turbar su voz. Quiero escucharla siempre, como a aquellos a quienes se ama y cuyo rostro ya no se conoce, su voz, la dulzura de su voz que lo contiene todo, la calidez de sus manos, el olor de sus cabellos, su vestido, la luz, al caer la tarde, cuando Laure y yo íbamos a la veranda con el corazón palpitante todavía por haber corrido y comenzaba para nosotros la lección. Mam habla con mucha suavidad, con mucha lentitud, y escuchamos creyendo comprender así. Laure es más inteligente que yo, Mam lo repite todos los días, dice que sabe hacer preguntas cuando es necesario. Leemos, cada uno en su turno, de pie ante Mam, que se balancea en su mecedora de ébano. Leemos y luego Mam pregunta, primero sobre gramática, la conjugación de los verbos, la concordancia de participios y adjetivos. Después nos pregunta a los dos juntos sobre el sentido de lo que acabamos de leer, sobre las palabras, las expresiones. Hace sus preguntas con cuidado y escucho su voz con placer e inquietud, porque temo decepcionarla. Me avergüenza no comprender con tanta rapidez como Laure, me parece que no merezco esos instantes de felicidad, la dulzura de su voz, su perfume, la luz del día agonizante que dora la casa y los árboles, que brota de su mirada y de sus palabras.

Hace más de un año que Mam nos da clases porque no tenemos ya otra maestra. Antaño, apenas lo recuerdo, había una maestra que venía de Floréal tres veces por semana. Pero la progresiva ruina de mi padre no permite ya este lujo. Mi padre quería que entráramos en un internado, pero Mam no quiso, dijo que éramos demasiado jóvenes, Laure y yo. De modo que ella se encarga de nuestra educación, cada día, por la tarde o, a veces, por la mañana. Nos enseña lo que necesitamos: caligrafía, gramática, un poco de cálculo e historia sagrada. Mi padre, al comienzo, dudaba del valor de estas lecciones. Pero un día, Joseph Lestang, que es maestro principal en el Collège Royal, se asombró ante nuestros conocimientos. Le dijo incluso a mi padre que estábamos muy avanzados para nuestra edad, y desde entonces mi padre ha aceptado por completo estas lecciones.

Sin embargo, hoy no podría decir en qué consistían, verdaderamente, tales lecciones. Vivíamos entonces, mi padre, Mam, Laure y yo, encerrados en nuestro mundo, en aquella Hondonada del Boucan limitada al este por los recortados picos de las Tres Ubres, al norte por las inmensas plantaciones, al sur por las tierras no cultivadas del Río Negro y al oeste por el mar. Por la noche, cuando las aves canoras trinan en los grandes árboles del jardín, se escucha la voz dulce y joven de Mam dictando un poema o recitando una plegaria. ¿Qué dice? Ya no lo sé. El sentido de sus palabras ha desaparecido, como los gritos de los pájaros y el rumor del viento marino. Sólo queda la música, dulce, ligera, casi inaprensible, unida a la luz en el follaje de los árboles, a la sombra de la veranda, en el perfume del anochecer.

La escucho sin cansarme. Oigo vibrar su voz junto al canto de los pájaros. A veces sigo con la mirada una bandada de estorninos, como si su paso entre los árboles, hacia los escondrijos de las montañas, explicara la lección de Mam. Ella, de vez en cuando, me hace volver a tierra pronunciando lentamente mi nombre, como sabe hacerlo, con tanta lentitud que dejo de respirar.

—¿Alexis...? ¿Alexis?

Es la única, con Denis, que me llama por mi nombre. Los demás dicen, quizá porque fue Laure quien tuvo primero la idea, Ali. Mi padre, por su parte, nunca pronuncia un nombre, salvo, tal vez, el de Mam, como se lo escuché una o dos veces. Decía dulcemente: Anna, Anna. Y entonces entendí «Alma». O tal vez realmente decía alma, con una voz dulce y grave que sólo tenía cuando le hablaba. Realmente la amaba mucho.

Mam era hermosa en aquel entonces, no sabría decir hasta qué punto era hermosa. Oigo el sonido de su voz, y pienso de inmediato en esa luz del anochecer en el Boucan, en la veranda, rodeado de reflejos de bambúes y con el cielo atravesado por las bandadas de pájaros. Creo que toda la belleza de ese instante proviene de ella, de su cabello espeso y rizado, de un castaño un poco aleonado que capta la menor chispa de luz, de sus ojos azules, de su rostro tan lleno todavía, tan joven, de sus largas y fuertes manos de pianista. Hay tanta calma, tanta sencillez en ella, tanta luz. Miro a hurtadillas a mi hermana Laure sentada muy rígida en su silla, con las muñecas apoyadas en el borde de la mesa, ante el libro de aritmética y el cuaderno blanco que mantiene abierto con la punta de los dedos de la mano izquierda. Escribe con aplicación, inclinando un poco la cabeza hacia el hombro izquierdo, con la espesa cabellera negra que oculta una parte de su rostro de india. No se parece a Mam, no hay nada en común entre ellas, pero Laure la mira con sus ojos negros, brillantes como piedras, y sé que siente la misma admiración que yo, el mismo fervor. La tarde es larga entonces, la luz dorada del crepúsculo declina imperceptiblemente sobre el jardín, arrastrando las bandadas de pájaros, llevándose a lo lejos los gritos de los trabajadores en los campos, el rumor de los atalajes por los caminos entre las cañas.

Cada tarde hay una lección distinta, una poesía, un cuento, un problema nuevo, y sin embargo hoy me parece que siempre es la misma lección, interrumpida por las ardientes aventuras del día, por los vagabundeos hasta la orilla del mar o por los sueños de la noche. ¿Cuándo existe todo eso? Mam, inclinada sobre la mesa, nos explica el cálculo colocando ante nosotros montoncitos de habichuelas. «Aquí tres, de las que tomo dos, eso hace dos tercios. Aquí ocho, y pongo cinco a un lado, lo que significa cinco octavos… Aquí diez, tomo nueve. ¿Cuánto hace?» Estoy sentado ante ella, miro sus largas manos y afilados dedos, que tan bien conozco, uno a uno. El índice de la mano izquierda, muy fuerte, y el medio, y el anular rodeado por una fina orla de oro, gastada por el agua y por el tiempo. Los dedos de la mano derecha, más grandes, más duros, menos finos, y el meñique, que sabe levantar muy arriba cuando los demás dedos corren por el teclado de marfil, pero que de pronto golpea una nota aguda. «Alexis, no estás escuchando… Nunca escuchas las lecciones de aritmética. No podrás entrar en el Collège Royal…» ¿Es ella quien lo dice? No, no lo creo, es Laure quien lo inventa, siempre tan aplicada, tan concienzuda para hacer montoncitos de habichuelas, porque es su modo de expresar su amor por Mam.

Con los dictados me recupero. Es el momento de la tarde que prefiero, cuando, inclinado sobre la página blanca de mi cuaderno, con la pluma en la mano, aguardo a que llegue la voz de Mam, inventando una a una las palabras, muy lentamente, como si nos las diera, como si las dibujara con las inflexiones de las sílabas. Están las palabras difíciles, que ha elegido con cuidado, pues ella es la que inventa los textos de nuestros dictados: «ahorro», «alcohol», «ola», «llave», «jirafa», «búho», «baúl», y naturalmente, de vez en cuando, para hacernos reír, el «hoyo», el «bollo» y el «ayo». Escribo sin apresurarme, lo mejor que puedo, para hacer que dure el tiempo durante el que resuena la voz de Mam en el silencio de la hoja blanca, a la espera también del momento en el que me diga, con un pequeño gesto de su cabeza, como si fuera la primera vez que lo advirtiera:

—Tienes una letra bonita.

Luego lee, pero a su ritmo, haciendo pequeñas pausas en las comas, un silencio en los puntos. Tampoco esto puede detenerse, es una larga historia la que cuenta, tarde tras tarde, en la que vuelven las mismas palabras, la misma música, aunque mezcladas y distribuidas de otro modo. Por la noche, acostado en mi cama bajo el velo de la mosquitera, justo antes de dormirme, escuchando los ruidos familiares, la grave voz de mi padre que lee un artículo del periódico o que conversa con Mam y la tía Adelaïde, la ligera risa de Mam, las lejanas voces de los negros sentados bajo los árboles, espiando el ruido de la brisa marina en las agujas de los filaos, es esta misma e interminable historia que regresa a mí, llena de palabras y sonidos, dictada lentamente por Mam, a veces el acento agudo que pone en una sílaba o el largo silencio que hace crecer una palabra, y la luz de su mirada brilla en esas frases incomprensibles y hermosas. Creo que sólo me duermo cuando he visto brillar esta luz, cuando he percibido esta chispa. Una palabra, sólo una palabra, que me llevo conmigo hacia el sueño.

Me gustan también las lecciones de moral de Mam, con frecuencia el domingo por la mañana, muy temprano, antes de recitar la misa. Me gustan las lecciones de moral porque Mam cuenta siempre una historia, cada vez nueva, que sucede en lugares que conocemos. Luego nos hace preguntas a Laure y a mí. No son preguntas difíciles, pero las hace sencillamente mirándonos y siento el azul muy suave de su mirada penetrar hasta lo más profundo de mí.

—La cosa ocurre en un convento donde hay una docena de pensionistas, doce niñas huérfanas como yo lo era cuando tenía vuestra edad. Es de noche, durante la cena. ¿Sabéis qué hay en la mesa? En una gran bandeja hay sardinas y a ellas les gustan mucho, son pobres, ¿sabéis?, para ellas las sardinas son una fiesta. Y precisamente en la bandeja hay tantas sardinas como huérfanas, doce sardinas. No, no, hay una más, en total hay trece sardinas. Cuando todo el mundo ha comido, la hermana señala la última sardina que queda en la bandeja y pregunta: ¿Quién se la come? ¿Hay entre vosotras alguien que la quiera? Ni una sola mano se levanta, ni una sola de las niñas responde. Bueno, dice la hermana alegremente, ya sé lo que vamos a hacer: apagaremos la vela y, cuando todo esté oscuro, la que la quiera podrá comerse la sardina sin tener vergüenza. La hermana apaga la vela, ¿y qué ocurre? Todas las niñas tienden la mano en la oscuridad para coger la sardina y encuentran la mano de otra niña. ¡Hay doce manitas en la gran bandeja!

Así son las historias que Mam cuenta, nunca he vuelto a oírlas más hermosas ni más divertidas.

Pero lo que realmente me gusta mucho es la historia sagrada. Es un gran libro encuadernado en piel rojo oscuro, un libro viejo que lleva en la cubierta un sol de oro del que brotan doce rayos. A veces Mam nos permite mirarlo a Laure y a mí. Volvemos lentamente las páginas para mirar las ilustraciones, para leer las palabras escritas en la parte superior de las páginas, los títulos. Hay grabados que me gustan más que cualquier otra cosa, como la torre de Babel, o uno que dice: «El profeta Jonás permanece tres días en una ballena y sale con vida». A lo lejos, junto a la línea del horizonte, hay un gran navío de vela que se confunde con las nubes y cuando le pregunto a Mam quién está en el navío, no puede responderme. Me parece que algún día sabré quién viajaba en aquel gran navío, para ver a Jonás al abandonar el vientre de la ballena. Me gusta también cuando Dios hace aparecer, por encima de Jerusalén, «ejércitos en el aire» en medio de las nubes. Y la batalla de Eleazar contra Antíope, en la que se ve un elefante furioso que surge entre los guerreros. Laure prefiere los comienzos, la creación del hombre y de la mujer, y la imagen en la que se ve al diablo en forma de serpiente, con una cabeza humana, enroscada en torno al árbol del bien y del mal. Así descubrió que era el árbol chalta que hay en un extremo de nuestro jardín, porque tiene las mismas hojas y los mismos frutos. A Laure le gusta mucho ir hasta ese árbol, por la noche, subir a sus grandes ramas y coger los frutos de gruesa piel que nos han prohibido comer. Conmigo sólo habla de eso.

Mam nos lee las historias de las Sagradas Escrituras, la torre de Babel, una ciudad en la que la torre llegaba al cielo. El sacrificio de Abraham o la historia de José vendido por sus hermanos. Eso ocurría en el año 2876 antes de Jesucristo, doce años antes de la muerte de Isaac. Recuerdo bien esta fecha. Me gusta también mucho la historia de Moisés salvado de las aguas, Laure y yo le pedimos con frecuencia a Mam que nos la lea. Para impedir que los soldados del Faraón mataran al niño, su madre le había colocado en una «cestilla de juncos entrelazados —dice el libro— y lo depositó en la orilla del Nilo». Entonces, la hija del Faraón llegó a orillas del río «para lavarse, acompañada de todas sus sirvientas. En cuanto vio aquella cesta de juncos, su curiosidad quiso saber qué era y envió a una de sus doncellas para que se la trajera. Cuando vio a aquel pequeñuelo que gritaba en el cestillo, sintió compasión, y, puesto que la belleza del niño aumentaba más todavía su ternura, decidió salvarle». Recitábamos de memoria esa historia y nos deteníamos siempre cuando la hija del Faraón adopta al niño y le da el nombre de Moisés porque le había salvado de las aguas.

Hay una historia que me gusta más que ninguna otra, la de la Reina de Saba. No sé por qué me gusta, pero a fuerza de hablar de ella he conseguido que también le guste a Laure. Mam lo sabe y a veces, con una sonrisa, abre el gran libro rojo por ese capítulo y comienza a leer. Sé de memoria cada una de sus frases, hoy de nuevo: «Después que Salomón le hubo erigido a Dios tan magnífico templo, construyó para sí un palacio, que tardó catorce años en estar terminado, en el que el oro brillaba por todas partes y la magnificencia de cuyas columnas y esculturas llamaba la atención de todo el mundo…». Entonces aparece la Reina de Saba, «que llegó del lejano mediodía para saber si todo lo que se decía del joven príncipe era cierto. Llegó con un magnífico cortejo y trajo a Salomón ricos presentes, seis veces veinte talentos de oro, que son aproximadamente ocho millones de libras; perlas muy preciosas y perfumes como nunca se habían visto otros semejantes». No son las palabras lo que yo percibo sino la voz de Mam, que me arrastra hacia el palacio de Salomón, que se ha levantado de su trono mientras la Reina de Saba, hermosísima, conduce a los esclavos que acarrean los tesoros de la tierra. A Laure y a mí nos gusta mucho el Rey Salomón, aun sin comprender por qué, al final de su vida, renegó de Dios para adorar a los ídolos. Mam dice que así es, que incluso los hombres más justos y poderosos pueden cometer pecado. No comprendemos cómo puede suceder, pero nos gusta cómo hacía justicia y el magnífico palacio que había hecho construir y al que había acudido la Reina de Saba. Pero tal vez lo que en verdad nos gusta es el libro, con sus cubiertas de cuero rojo y el gran sol dorado, y la voz dulce y lenta de Mam, sus ojos azules que nos miran entre frase y frase y la luz dorada del sol en los árboles del jardín, pues nunca he leído un libro que me haya producido tan profunda impresión.

Por las tardes, cuando las lecciones de Mam terminan más pronto, Laure y yo vamos a explorar los altillos de la casa. Hay una pequeña escalera de madera que llega al techo y basta con levantar una trampilla. Bajo las vigas del techo, todo parece gris y el calor es asfixiante, pero nos gusta permanecer allí. A cada extremo del desván hay un estrecho tragaluz, sin cristales, cerrado por desajustados porticones. Cuando se entreabren esos porticones puede verse el paisaje, a lo lejos, hacia los campos de caña de Yemen y Magenta, y la cadena de montañas, las Tres Ubres y la montaña de la Muralla.

Me gusta permanecer aquí, en este escondrijo, hasta la hora de la cena e incluso más tarde, cuando la noche ha caído. Mi escondrijo está en la parte del desván más cercana al extremo del tejado, del lado de las montañas. Hay muchos muebles polvorientos, roídos por las termitas, todo lo que queda de lo que mi bisabuelo había comprado a la Compañía de las Indias. Me siento en una silla de costura, muy baja, y miro por el tragaluz, hacia el circo de montañas que emerge de las sombras. En medio del desván hay grandes baúles llenos de papeles viejos, revistas de Francia apiladas y atadas con cordel. Aquí deposita mi padre sus periódicos viejos. Cada seis meses, hace un paquete y lo deposita en el suelo junto a los baúles. Aquí venimos con frecuencia Laure y yo, para leer y mirar las ilustraciones. Nos tendemos con el vientre en el polvo, ante los montones de periódicos viejos, y volvemos lentamente las páginas. Está el *Journal des Voyages*, que tiene siempre en primera página un dibujo que representa una escena extraordinaria, una cacería de tigres en la India, o el asalto de los zulúes contra los ingleses, o también el ataque de los comanches a un ferrocarril, en América. En el interior, Laure lee en voz alta pasajes de los *Robinsones marselleses*, un folletón que le gusta bastante. La revista que preferimos es *Illustrated London News*, y como me cuesta entender el inglés, miro con mayor atención las ilustraciones para adivinar lo que el texto dice. Laure ha comenzado a estudiar inglés con mi padre y me explica el sentido y la pronunciación de las palabras. No nos quedamos mucho tiempo porque el polvo nos hace estornudar y nos escuecen los ojos. A veces, sin embargo, nos quedamos varias horas, los domingos por la tarde, cuando fuera hace demasiado calor, o si la fiebre nos obliga a permanecer en casa.

En los periódicos sin ilustraciones, miro los anuncios, el de la Tintorería parisiense, la Farmacia A. Fleury & A. Toulorge, el tabaco Coringhy, la tinta de zumaque azul-negra, los relojes de bolsillo americanos, las hermosas bicicletas que nos hacen soñar. Con Laure, juego a comprar cosas y son estos anuncios los que nos dan ideas. Laure quisiera una bicicleta, una verdadera bicicleta pintada con esmalte negro con grandes ruedas provistas de neumáticos y un manillar cromado, como las que se pueden ver cerca del Campo de Marte, en Port Louis. Por lo que a mí respecta, hay varias cosas que despiertan mi deseo, como los grandes cuadernos de dibujo, las pinturas y compases del Almacén Wimphen o los cortaplumas de doce hojas de la armería. Pero nada me gustaría más que el reloj de bolsillo Favre-Leuva importado de Ginebra. Siempre lo veo en el mismo lugar de los periódicos, en la antepenúltima página, con las agujas señalando la misma hora y el segundero sobre las doce. Leo siempre con el mismo placer las frases del anuncio, que lo describen como irrompible, impermeable al agua y al aire, de acero inoxidable, esfera esmaltada, una maravilla de precisión, de solidez, dispuesta a serviros durante toda la vida.

Soñamos así, en nuestro escondrijo bajo el tejado sobrecalentado por el sol. Está también el paisaje, tal como lo veo por el tragaluz, el único paisaje que conozco y que amo, y que no veré ya más con estos ojos: más allá de los oscuros árboles del jardín, la extensión verde de los campos de caña, las manchas grises y azules de los aloes de Walhalla, de Yemen, las chimeneas de las azucareras que humean y, a lo lejos, semejante a una muralla semicircular, roja, llameante, la cadena de las montañas donde se yerguen los picos de las Tres Ubres. Contra el cielo, las cumbres de los volcanes son agudas, ligeras, semejantes a las torres de un castillo de hadas. Las miro a través del estrecho tragaluz, sin cansarme, como si fuera el vigía de un navío inmóvil acechando una señal cualquiera. Oyendo el rumor del mar en mi interior, tras de mí, traído por el viento de las mareas. Y estoy, en verdad, en un navío, mientras crujen las viguetas y los puntales de la estructura, bogando eternamente ante la línea de las montañas. Aquí oí por primera vez el mar, aquí es donde mejor lo siento, cuando se acerca, con sus largas olas que fuerzan la entrada del paso, ante el estuario de los dos ríos, haciendo que la espuma salte por encima de las barreras de coral.

En la época del Boucan no vemos a nadie. Laure y yo nos hemos convertido en verdaderos salvajes. En cuanto podemos nos escapamos del jardín y caminamos por entre las cañas hacia el mar. Ha llegado el calor, el seco calor que «pica», como dice el capitán Cook. ¿Sabemos acaso que gozamos de tanta libertad? Pero si ni siquiera conocemos el sentido de esta palabra. No salimos de la Hondonada del Boucan, ese imaginario dominio limitado por los dos ríos, por las montañas y por el mar.

Ahora que ha comenzado el largo período de vacaciones, mi primo Ferdinand viene con mayor frecuencia, cuando el tío Ludovic baja a sus propiedades de Barefoot y de Yemen. A Ferdinand no le gusto. Cierto día me llamó «el hombre de los bosques», como su padre, y habló también de Viernes refiriéndose a Denis. Dijo: «de alquitrán», negras la piel y el alma, y me enojé. Aunque tiene dos años más que yo, me arrojé sobre él e intenté hacerle una llave de garganta, pero rápidamente me dominó y, a su vez, me apretó la nuca con el ángulo de su brazo hasta que sentí crujir mis huesos y se me llenaron los ojos de lágrimas. Desde aquel día no ha vuelto al Boucan. Le detesto y detesto también a su padre, el tío Ludovic, porque es grande y fuerte y habla en voz alta, y nos mira siempre con sus ojos negros e irónicos y esa suerte de sonrisa algo crispada. La última vez que vino a casa, mi padre estaba ausente y Mam no quiso verle. Ordenó que le dijeran que tenía fiebre, que estaba cansada. De todos modos, el tío Ludovic se sentó en el comedor, en una de nuestras viejas sillas que crujía bajo su peso, e intentó hablarnos a Laure y a mí. Se inclinaba hacia Laure, lo recuerdo, y le decía: «¿Cómo te llamas?». Sus negros ojos brillaban también cuando me miraba. Laure estaba pálida, sentada muy rígida en su silla, y miraba fijamente al frente sin responder. Permaneció mucho rato así, inmóvil, mirando al frente, mientras el tío Ludovic, para pincharla, decía «¿Qué pasa?». Mi corazón palpitaba con mucha fuerza, debido a la cólera, y por fin le dije: «Mi hermana no quiere responderle». Entonces él se levantó, sin decir nada más, cogió su bastón y su sombrero y se marchó. Oí el ruido de sus pasos en los peldaños de la veranda, en el camino de tierra batida luego y, por fin, se oyó el ruido de su coche, el chasquear de los arneses y el tronar de las ruedas, y nos sentimos muy aliviados. Desde aquel día no ha vuelto a casa.

Creímos, entonces, que había sido una especie de victoria. Pero Laure y yo nunca hablamos de ello y nadie supo lo que había ocurrido aquella tarde. En los años siguientes tampoco volvimos a ver a Ferdinand. Por lo demás fue sin duda en aquel año, el año del ciclón, cuando su padre lo llevó interno al Collège Royal. Nosotros ignorábamos que todo iba a cambiar, que estábamos viviendo nuestros últimos días en la Hondonada del Boucan.

En aquella época advertimos, Laure y yo, que algo funcionaba mal en los negocios de mi padre. Él no se lo decía a nadie, creo que ni siquiera a Mam, para no inquietarla. Sin embargo, percibíamos lo que sucedía, lo adivinábamos. Laure me dijo un día, mientras estábamos, como de costumbre, tendidos en el desván, ante los paquetes de periódicos viejos:

—¿Quiebra?, ¿qué significa quiebra?

No me lo está preguntando, porque sabe bien que lo ignoro. Es una palabra que está ahí, una palabra que ha oído, que resuena en su cabeza. Más tarde, repite otras palabras que dan también miedo: hipoteca, embargo, plazo. En una gran hoja que leo apresuradamente en la mesa de mi padre, llena de cifras finas como cagadas de mosca, leo dos misteriosas palabras en inglés: *Assets and liabilities*. ¿Qué significa eso? Tampoco Laure conoce el significado de estas palabras y no se atreve a preguntar a nuestro padre. Son palabras llenas de amenaza, llevan en sí un peligro que no comprendemos, como esas hileras de cifras subrayadas, tachadas, escritas en rojo.

Despierto varias veces, muy avanzada la noche, oyendo las voces. Con la camisa de noche empapada en sudor y pegada a la piel, me deslizo por el corredor hasta la puerta del iluminado comedor. Por la puerta entornada oigo la voz grave de mi padre y, luego, otras voces desconocidas que le responden. ¿De qué están hablando? Aunque oyera todas las palabras, no podría comprenderlo. Pero no oigo las palabras. Oigo sólo el ruido de las voces, los vasos que golpean la mesa, los pies que arañan el suelo, las sillas que chirrían. ¿Está también allí Mam, sentada junto a mi padre como a la hora de comer? Pero el fuerte aroma del tabaco me lo aclara. A Mam no le gusta el humo de los cigarros, debe de estar en su habitación, en su cama de bronce, mirando también la línea de luz amarillenta que pasa bajo la entornada puerta, oyendo los ruidos de las voces de los desconocidos, como yo, que me acurruco en la oscuridad del pasillo mientras mi padre habla, habla mucho tiempo… Luego, regreso a la habitación, me deslizo bajo la mosquitera. Laure no se mueve, sé que no duerme, que tiene los ojos abiertos de par en par en la oscuridad y que también oye las voces, al otro extremo de la casa. Tendido en mi camastro espero, conteniendo el aliento, hasta oír el ruido de pasos en el jardín, el rechinar de los ejes del coche que se aleja. Espero más todavía, hasta que llegue el ruido del mar, la invisible marea de la noche, cuando el viento silba en las agujas de los filaos y hace golpear los porticones, y la estructura de la casa gime como el casco de un viejo navío. Entonces puedo dormirme.

Las lecciones de Denis son las más hermosas. Me enseña el cielo, el mar, las cavernas al pie de las montañas, los campos en barbecho por los que corremos juntos, ese verano, entre las pirámides negras y las murallas criollas. A veces partimos al despuntar el alba, cuando las cumbres de las montañas están todavía envueltas por la bruma y la bajamar, a lo lejos, expone sus arrecifes. Pasamos a través de las plantaciones de aloes, a lo largo de estrechos caminos silenciosos. Denis va delante, veo su alta silueta fina y flexible que avanza como si bailara. Aquí no ladra, como hace en los campos de caña. De vez en cuando se detiene. Se parece a un perro que hubiera venteado el rastro de un animal salvaje, un conejo, un tandrac. Cuando se detiene, levanta un poco la mano derecha, haciendo una señal, y yo me detengo también y escucho. Escucho el ruido del viento en los aloes, también el ruido de mi corazón. Las primeras luces brillan en la tierra roja, iluminan las oscuras hojas. La bruma se deshilacha en la cima de las montañas, el cielo es ahora intenso. Imagino el mar de color azul junto a la barrera de coral, negra todavía en la desembocadura de los ríos. «¡Mira!», dice Denis. Está inmóvil en el sendero y me enseña la montaña, del lado de las gargantas del Río Negro. Veo un pájaro muy alto en el cielo, que se abandona a las corrientes aéreas, con la cabeza vuelta hacia un lado, su larga cola blanca arrastrándose detrás de él. «Rabijuncos», dice Denis. Es la primera vez que lo veo. Gira lentamente por encima de las quebradas y después desaparece en dirección a Mananava.

Denis ha vuelto a ponerse en marcha. Seguimos el estrecho valle del Boucan, hacia las montañas. Cruzamos antiguos campos de caña, en barbecho ahora, donde sólo quedan pequeñas murallas de lava cubiertas por los matorrales espinosos. No estoy ya en mi terreno. Estoy en una tierra extraña, la tierra de Denis y de los negros del otro lado, los de Chamarel, de Río Negro, de las Cases Noyale. A medida que Denis va alejándose del Boucan y asciende hacia el bosque, hacia las montañas, se hace menos desconfiado, habla más, parece más libre. Ahora camina lentamente, sus gestos son más fáciles, incluso su rostro se ilumina, me espera en la pista, sonríe. Me señala las montañas que están cerca de nosotros, a la derecha: «El Grand Louise, el monte Tierra Roja». El silencio nos rodea, no hay ya viento, no percibo ya el olor del mar. La maleza es tan espesa que debemos remontar el lecho de un torrente. Me he sacado los zapatos, me los he colgado al cuello por los cordones, como hago cuando acompaño a Denis. Caminamos por el hilillo de agua fría, sobre los agudos guijarros. En los recodos, Denis se detiene, escruta el agua buscando camarones, cangrejos.

El sol está alto ya en el cielo cuando llegamos a la fuente del Boucan, muy cerca de las altas montañas. El calor de enero es pesado, me cuesta respirar bajo los árboles. Atigrados mosquitos salen de sus refugios y danzan ante mis ojos, los veo danzar también en torno a la lanuda cabellera de Denis. En las riberas del torrente, Denis se quita la camisa y comienza a recoger hojas. Me acerco para mirar las hojas de un verde oscuro, cubiertas de una ligera pelusa gris, que recoge en su camisa transformada en bolsa. «Planta sueño», dice Denis. Vierte un poco de agua en la cavidad de una hoja y me la tiende. En la fina pelusilla, la gota permanece aprisionada, como un diamante líquido. Más lejos recoge otras hojas: «Planta embalar». En el tronco de un árbol, me enseña una liana: «Liana siete años». Hojas palmeadas se abren en forma de corazón: «Fa'am». Sabía que la vieja Sara, la hermana del capitán Cook, era «yangue», que componía brebajes y hacía hechizos, pero es la primera vez que Denis me lleva consigo cuando va a buscar plantas para ella. Sara es malgache, llegó de la Gran Tierra con Cook, el abuelo de Denis, cuando todavía había esclavos. Un día

Cook nos contó, a Laure y a mí, que tenía tanto miedo cuando llegó a Port Louis con los demás esclavos, que se encaramó a un árbol de la Intendencia y no quería bajar, porque creía que iban a comérselo allí, en los muelles. Sara vive en el Río Negro, antaño venía a ver a su hermano y nos apreciaba a Laure y a mí. Ahora es demasiado vieja.

Denis sigue caminando a lo largo del torrente, hacia la fuente. El agua que corre es escasa, negra, lisa en las rocas de basalto. El calor es tan pesado que Denis se rocía el rostro y el busto con el agua del arroyo y me dice que haga lo mismo, para reanimarme. Bebo con los labios en el arroyo el agua fresca, ligera. Denis sigue caminando delante de mí, a lo largo de la estrecha quebrada. Lleva sobre la cabeza el fardo de hojas. A veces se detiene, señala un árbol en la espesura del bosque, una planta, una liana: «Benjuí», «lengua de buey», «palo zozo», «gran bálsamo», «palo mamzel», «prine», «palo cabrito», «palo tamboe».

Coge una planta trepadora, de hojas estrechas, que aplasta entre el pulgar y el índice para olerla: «Verbena». Algo más lejos, atraviesa los matorrales hasta un gran árbol de tronco tostado. Arranca un poco de corteza, hace una incisión con un sílex; la dorada savia fluye. Denis dice: «Tatamaca». Tras él, camino a través de la maleza, inclinado para evitar las ramas que arañan. Denis se introduce sin dificultad en el bosque, silencioso, con todos los sentidos alerta. Bajo mis desnudos pies el suelo está tibio y húmedo. Tengo miedo, y sin embargo quiero ir más lejos, hundirme en el corazón del bosque. Ante nosotros un tronco muy recto, Denis se detiene. Arranca un pedazo de corteza y me lo hace oler. Es un olor que me aturde. Denis ríe y dice sencillamente: «Palo colofonia».

Seguimos adelante, Denis camina más deprisa, como si reconociera el invisible camino. El calor y la humedad del bosque me oprimen, me cuesta recuperar el aliento. Veo a Denis detenido ante un matorral: «Pistacho cimarrón». En su mano una larga vaina entreabierta deja escapar granos negros, parecidos a insectos. Pruebo un grano: es áspero, aceitoso, pero me da fuerzas. Denis dice: «Era la comida de los cimarrones, con el gran Sacalavou». Es la primera vez que me habla de Sacalavou. Mi padre nos dijo una vez que había muerto aquí, al pie de las montañas, cuando los blancos le alcanzaron. Se arrojó de lo alto del acantilado antes de que le cogieran. Me hace una extraña impresión comer lo que comió, aquí, en el bosque, con Denis. Estamos ahora lejos del arroyo, al pie ya del monte Tierra Roja. La tierra es seca, el sol quema por entre el ligero follaje de las acacias.

—Pata gallina —dice Denis—. Grosello.

De pronto, se detiene. Ha encontrado lo que buscaba. Va derecho al árbol, solo entre los matorrales. Es un hermoso árbol oscuro, de ramas bajas y extendidas, que tiene espesas hojas de un verde con reflejos cobrizos. Denis se ha agachado al pie del árbol, oculto por la sombra. Cuando me acerco, no me mira. Ha dejado su fardo en el suelo.

—¿Qué es?

Denis no contesta en seguida. Busca en sus bolsillos.

—Afuche —dice.

Su mano izquierda sujeta algo. Sin levantarse, Denis canturrea un poco, como lo hacen los indios en oración. Balancea su cuerpo hacia adelante y hacia atrás y canturrea, y a la sombra del árbol sólo veo su espalda que brilla de sudor. Cuando ha terminado su plegaria, excava un poco al pie del árbol con la mano derecha. Su puño izquierdo se abre y veo, en la palma, una moneda. La pieza resbala, cae en el agujero y Denis, cuidadosamente, la cubre con tierra y un poco de musgo tomado de las raíces. Luego se levanta y, sin preocuparse por mí, recoge las hojas de las ramas bajas y las pone en el suelo, junto al fardo. Con su agudo sílex, desprende pedazos del tronco liso. De la herida fluye una leche clara. Denis pone los pedazos de la corteza y las hojas del afuche en su camisa y luego dice: «Vámonos». Sin aguardarme, se aleja deprisa a través de los matorrales, desciende por las laderas de las colinas hasta el valle del Boucan. El sol está ya al oeste. Por encima de los árboles, entre las oscuras colinas, veo la mancha ígnea del mar, el horizonte donde nacen las nubes. A mi espalda, la muralla de las montañas es roja, reverbera el calor como un horno. Camino deprisa siguiendo a Denis hasta el arroyo que es la fuente del Boucan, y me parece que hace mucho tiempo que partí, días tal vez, eso me produce vértigo.

Durante aquel año, el año del ciclón, mi padre se lanza a la realización de su viejo proyecto de central eléctrica en el Río Negro. ¿Cuándo comenzó en realidad la cosa? No he conservado un recuerdo preciso porque, en aquel momento, mi padre tenía docenas de proyectos distintos en los que soñaba silenciosamente y de los que Laure y yo sólo percibíamos atenuados ecos. Tenía, creo, un proyecto de astillero en el estuario del Río Negro y, también, un proyecto de aerostato para el transporte de personas entre las Mascareñas y África del Sur. Pero todo aquello era quimérico y sólo sabíamos de ello lo que decían Mam o la gente que, a veces, venía a visitarnos. El proyecto de la central eléctrica era sin duda el más antiguo y sólo comenzó a realizarse aquel verano, cuando el endeudamiento de mi padre era ya irremediable. Mam nos habla de ello, un día, después de la clase. Habla mucho tiempo, emocionada y con los ojos brillantes. Una era nueva iba a empezar, por fin íbamos a conocer la prosperidad, sin temer al día de mañana. Nuestro padre había adecuado el estanque de las Garcetas, donde se encontraban los dos brazos del Río Negro.

Era el lugar que había elegido para instalar la central que proporcionaría electricidad a toda la región oeste, de Medine a Bel-Ombre. El generador que había comprado en Londres por correspondencia acababa de desembarcar en Port Louis, y había venido en carreta de bueyes, a lo largo de la costa, hasta el Río Negro. Ya se habían acabado los tiempos de alumbrarse con aceite y de la máquina de vapor; gracias a nuestro padre, la electricidad llevaría, poco a poco, el progreso a toda la isla. Mam nos explicó también qué era la electricidad, sus propiedades, su uso. Pero éramos demasiado jóvenes para comprender nada, salvo para verificar, como lo hicimos cada día por aquel entonces, los misterios de los pedacitos de papel imantados por el collar de ámbar de Mam.

Cierto día, Mam, mi padre, Laure y yo vamos todos, en el coche de caballos, hacia el estanque de las Garcetas. Es muy temprano, a causa del calor, pues Mam quiere estar de regreso antes del mediodía. En el segundo recodo de la carretera hacia el Río Negro, encontramos el camino que sube a lo largo del río. Mi padre ha hecho limpiar el camino para permitir el paso a la carreta de bueyes que transportaba el generador, y nuestro coche corre entre una gran polvareda.

Es la primera vez que Laure y yo remontamos el Río Negro, y miramos con curiosidad a nuestro alrededor. El polvo del camino se levanta a nuestro alrededor, nos envuelve en una nube ocre. Mam se ha rodeado el rostro con un chal, parece una india. Mi padre está alegre, habla mientras conduce el caballo. Le veo tal como no puedo ya olvidarle: muy alto y delgado, elegante, vestido con su traje gris negro, con los cabellos negros peinados hacia atrás. Veo su perfil, su nariz fina y aguileña, su cuidada barba, sus manos elegantes que sujetan siempre un cigarrillo entre el pulgar y el índice, como si fuera un lápiz. También Mam le mira, veo la luz de sus ojos, esa mañana, en el polvoriento camino que corre a lo largo del Río Negro.

Cuando llegamos al estanque de las Garcetas, mi padre ata el caballo a la rama de un tamarindo. El agua de la laguna es clara, color de cielo. El viento produce ondas que agitan las cañas. Laure y yo decimos que nos gustaría bañarnos, pero mi padre camina ya hacia el cobertizo que abriga el generador. En una cabaña de madera nos enseña la dinamo conectada a la turbina por hilos y correas. En la penumbra, los engranajes brillan con un fulgor extraño que nos da un poco de miedo. Nuestro padre nos muestra también el agua del estanque que corre por un canal y llega al Río Negro. Gruesas bobinas de cable reposan en el suelo, ante el generador. Mi padre explica que los cables correrán a lo largo del río hasta la azucarera y luego, desde allí, a través de las colinas, hacia Tamarindo y la Hondonada del Boucan. Más tarde, cuando la instalación haya demostrado su utilidad, la electricidad llegará más al norte todavía, hacia Medine, hacia Wolmar, tal vez incluso hasta Phoenix. Mi padre habla para nosotros, para mi madre, pero su rostro está vuelto hacia otra parte, hacia otro tiempo, otro mundo.

Entonces, no dejamos de pensar en la electricidad. Laure y yo creemos que va a llegar cada noche, como si, milagrosamente, fuera a iluminarlo todo de pronto en el interior de nuestra casa y brillar, en el exterior, sobre las plantas y los árboles como el fuego de san Telmo. «¿Cuándo llegará?» Mam sonríe cuando le hacemos la pregunta. Queremos abreviar un misterio. «Pronto…» Explica que es preciso subir la turbina, consolidar la presa, plantar los postes de madera y sujetar los cables. Todo eso exige meses, años tal vez. No, es imposible que sea preciso aguardar tanto tiempo. Mi padre está impaciente todavía, la electricidad supone también el fin de sus preocupaciones, el inicio de una nueva fortuna. El tío Ludovic lo verá y comprenderá, él, que no quiso creerlo, cuando en todas las azucareras del oeste, las turbinas eléctricas sustituyan a las máquinas de vapor. Mi padre va casi cada día a Port Louis, a Rempart Street. Ve a gente importante, banqueros, hombres de negocios. El tío Ludovic ya no viene al Boucan. Parece que no cree en la electricidad, al menos en esa electricidad. Laure se lo ha oído decir una noche a nuestro padre. Pero si el tío Ludovic no cree en ella, ¿cómo podrá llegar hasta aquí? Pues él posee todas las tierras de alrededor, posee todos los cursos de agua. Incluso la Hondonada del Boucan le pertenece. Laure y yo pasamos este último verano, todo el largo mes de enero, leyendo tumbados por el suelo en el desván. Nos detenemos cada vez que se habla de una máquina eléctrica, de una dinamo o incluso, sencillamente, de una lámpara de filamento.

Las noches son pesadas ahora, en la humedad de las sábanas, bajo la mosquitera, hay una suerte de espera. Va a ocurrir algo. En la oscuridad espío el ruido del mar, contemplo, a través de los porticones, la luna llena que se levanta. ¿Cómo sabemos lo que va a ocurrir? Tal vez lo vemos, cada tarde, a la hora de las lecciones, en la mirada de Mam. Ella se esfuerza en no demostrar nada, pero su voz no es la misma, sus palabras han cambiado. Sentimos en ella la inquietud, la impaciencia. A veces se detiene en medio de un dictado y mira hacia los grandes árboles como si algo tuviera que aparecer.

Cierto día, al atardecer, cuando regreso de un largo vagabundeo con Denis por los bosques, del lado de las gargantas, distingo a mi padre y a Mam en la veranda. Laure está a su lado, algo más atrás. Mi corazón me duele porque adivino, en seguida, que mientras yo estaba en el bosque ha ocurrido algo grave. Temo también que mi padre me riña. Está de pie, junto a la escalera, con aspecto sombrío, muy delgado en su traje negro que le va grande. Sigue manteniendo su cigarrillo entre el pulgar y el índice de la mano derecha.

—¿Adónde has ido?

Me hace la pregunta cuando subo los peldaños, y me detengo. No aguarda mi respuesta. Sólo dice, con una voz que me resulta desconocida, una voz extraña, algo velada:

—Podrían suceder cosas muy graves...

No sabe cómo continuar.

Mam habla a su vez. Está pálida, tiene un aspecto extraviado. Eso es, sobre todo, lo que me duele. Quisiera no oír lo que tiene que decirme.

—Alexis, tendremos que dejar esta casa. Tendremos que marcharnos de aquí, para siempre.

Laure no dice nada. Está de pie, muy erguida en la veranda, y mira fijamente hacia adelante. Tiene la misma cara impasible y dura de cuando el tío Ludovic le preguntó su nombre con su voz irónica.

Es ya el crepúsculo. En el jardín comienza la dulce noche. Ante nosotros, de pronto, por encima de los árboles, brilla con mágico fulgor la primera estrella. Laure y yo la miramos y también Mam se vuelve hacia el cielo, mira la estrella como si fuera la primera vez que la viese, por encima del Río Negro.

Durante mucho tiempo permanecemos inmóviles bajo la mirada de la estrella. Bajo los árboles va creciendo la oscuridad, escuchamos los crujidos de la noche, los roces, la aguda música de los mosquitos.

Es Mam la que primero rompe el silencio. Dice con un suspiro:

—¡Qué hermoso es!

Luego, con jovialidad, bajando los peldaños de la veranda:

—Venid, vamos a buscar el nombre de las estrellas.

También mi padre ha bajado. Camina lentamente, algo inclinado, con las manos a la espalda. Yo camino a su lado y Laure se ha abrazado a Mam. Damos juntos la vuelta a la gran casa, como si fuera un navío naufragado. En la choza del capitán Cook hay una luz vacilante, se oye el rumor de voces ahogadas. Es el último que se ha quedado en la propiedad, con su mujer. ¿Adónde irán? Cuando llegó por primera vez al Boucan, en tiempos de mi abuelo, debía de tener veinte años. Acababa de emanciparse. Escucho su voz que suena en la choza, habla solo o canta. A lo lejos resuenan otras voces, del lado de los campos de caña, son las *gunnies* que están buscando los restos de la zafra o que se dirigen a Tamarindo por el camino de Zafra. Están también los chirridos de los insectos y los cantos de los sapos en el barranco, al otro extremo del jardín.

El cielo se ilumina para nosotros. Tenemos que olvidarlo todo y pensar sólo en las estrellas. Mam nos enseña los brillos, llama a mi padre para hacernos preguntas. Escucho en la oscuridad su voz clara, joven, y eso me hace bien, me tranquiliza.

—Mirad, allí… ¿No es Betelgeuze, en lo más alto de Orión? ¡Y los tres Reyes Magos! Mirad al norte, veréis la Osa. ¿Cómo se llama la pequeña estrella que está en la punta del Carro, en la lanza?

Miro con todas mis fuerzas. No estoy seguro de verla.

—¿Una estrella muy pequeña, en la parte alta del Carro, por encima de la segunda estrella? —Mi padre hace la pregunta con gravedad, como si, esta noche, eso tuviera una importancia excepcional.

—Sí, eso es. Es muy pequeña, la veo y desaparece.

—Es Alcor —dice mi padre—. La llaman también el Cochero del Carro Mayor; los árabes la llamaron Alcor, que quiere decir prueba, porque es tan pequeña que sólo unos ojos muy penetrantes pueden distinguirla. —Se calla por unos instantes, luego le dice a Mam, con voz más alegre—: Tienes buena vista. Yo ya no puedo verla.

También yo he visto Alcor, o mejor dicho, he soñado que la divisaba, fina como polvo de fuego, por encima de la lanza del Carro Mayor. Y haberla visto borra todos los malos recuerdos, todas las inquietudes.

Mi padre nos enseñó a amar la noche. A veces, al anochecer, cuando no trabaja en su despacho, nos coge de la mano, Laure a su derecha y yo a su izquierda, y nos lleva por la avenida que cruza el jardín hasta abajo, hacia el sur. Dice: la *avenida de las estrellas*, porque se dirige hacia la región más poblada del cielo. Mientras camina fuma un cigarrillo y sentimos en la noche el dulce olor del tabaco, y vemos el fulgor que se enrojece cerca de sus labios e ilumina su rostro. Me gusta el olor del tabaco en la noche.

Las noches más hermosas son las de julio, cuando el cielo es frío y brillante y se ven por encima de las montañas del Río Negro las más hermosas luces del cielo: Vega, Altair del Águila —Laure dice que se parece más bien a la luz de un cometa— y esa tercera cuyo nombre nunca recuerdo, semejante a un joyel en lo alto de la gran cruz. Éstas son las tres estrellas que mi padre denomina las Bellas de noche,* que brillan en triángulo en el cielo puro. Está también Júpiter, y Saturno, muy al sur, que son dos brillos inmóviles por encima de las montañas. Laure y yo miramos mucho a Saturno porque nuestra tía Adelaïde nos ha dicho que era nuestro planeta, el que reinaba en el cielo cuando nacimos, en diciembre. Es hermoso, algo azulado, y brilla por encima de los árboles. Cierto es que hay en él algo que asusta, una luz pura y acerada como la que brilla a veces en los ojos de Laure. Marte no está lejos de Saturno. Es rojo y vivo, y su luz nos atrae. A mi padre no le gustan las cosas que se cuentan de los astros. Nos dice: «Venid, vamos a contemplar la Cruz del Sur». Camina ante nosotros hasta un extremo de la avenida, junto al árbol chalta. Para ver bien la Cruz del Sur hay que estar lejos de las luces de la casa. Contemplamos el cielo, casi sin respirar. Distingo en seguida las «seguidoras», muy arriba en el cielo, al extremo del Centauro. A la derecha, la Cruz es pálida y ligera, flota un poco inclinada, como una vela de piragua. Laure y yo la distinguimos al mismo tiempo y no necesitamos decirlo. Juntos miramos la Cruz, sin hablar. Mam se nos une y no le dice nada a mi padre. Permanecemos allí y es como si

---

* «Bellas de noche» es, también, el nombre de la flor que en España suele denominarse «dondiego de noche» (*Mirabilis jalapa*). (*N. del t.*)

escucháramos el ruido de los astros en la noche. Es tan hermoso que no necesitamos decirlo. Pero siento que el corazón me duele y se me hace un nudo en la garganta porque esta noche algo ha cambiado, algo dice que todo debe terminar. Tal vez esté escrito en las estrellas, eso es lo que pienso, tal vez en las estrellas esté escrito cómo tendríamos que actuar para que nada cambiara y estuviéramos salvados.

Hay muchos signos en el cielo. Recuerdo todas aquellas noches de verano, cuando estábamos tendidos en la hierba del jardín y acechábamos las estrellas fugaces. Una noche vimos una lluvia de estrellas y Mam dijo en seguida: «Es una señal de guerra». Pero calló porque a nuestro padre no le gusta que se digan cosas semejantes. Miramos durante mucho tiempo las estelas incandescentes que cruzaban el cielo en todas direcciones, algunas tan largas que podíamos seguirlas con la mirada, otras, muy breves, estallaban en seguida. Sé que todavía hoy Laure, al igual que yo, intenta ver en las noches de verano estos rastros de fuego que trazan el destino de los hombres y permiten que los secretos se realicen. Miramos el cielo con tanta atención que la cabeza nos da vueltas y titubeamos presas del vértigo. Escucho a Mam que habla en voz baja con mi padre, pero no comprendo el sentido de sus palabras. Al este, yendo hacia el norte, está el gran río pálido de la Galaxia, que forma islas cerca de la Cruz del Cisne, y corre hacia Orión. Un poco por encima, del lado de nuestra casa, distingo el fulgor confuso de las Pléyades, semejantes a luciérnagas. Conozco cada rincón del cielo, cada constelación. Mi padre nos enseña el cielo nocturno y, cada noche, o casi, nos muestra su lugar en un gran mapa clavado en la pared de su despacho. «Quien conoce bien el cielo nada debe temer del mar», dice mi padre. Él, que tan discreto y silencioso es, cuando se trata de estrellas habla, se anima y sus ojos brillan. Explica entonces cosas hermosas del mundo, del mar, de Dios. Habla de los viajes de los grandes marinos, los que descubrieron la ruta de las Indias, Oceanía, América. En el aroma del tabaco que flota en su despacho, miro los mapas. Habla de Cook, de Drake, de Magallanes, que descubrió los mares del Sur a bordo del *Victoria* y murió luego en las islas de la Sonda. Habla de Tasman, de Biscoe, de Weilkes, que llegó a los hielos eternos del polo Sur, y también de viajeros extraordinarios, Marco Polo en China, de Soto en América, Orellana, que remontó el río de las Amazonas, Gmelin, que llegó al extremo de Siberia, Mungo Park, Stanley, Livingstone, Prjevalski. Escucho esas historias, los nombres de países, África, el Tíbet, las islas del

Sur: son nombres mágicos, son para mí como los nombres de las estrellas, como los dibujos de las constelaciones. Por la noche, acostado en mi litera, escucho el ruido del mar que se aproxima, el viento en las agujas de los filaos. Pienso entonces en todos esos nombres, me parece que el cielo nocturno se abre y estoy a bordo de un navío de hinchadas velas, en el mar infinito, bogando hasta las Molucas, hasta la Bahía del Astrolabio, hasta Fidji, Moorea. En el puente de este navío, antes de dormirme, veo el cielo como jamás lo he visto nunca, tan grande, azul oscuro sobre el mar fosforescente. Paso lentamente al otro lado del horizonte y bogo hacia los Reyes Magos, hacia la Cruz del Sur.

Recuerdo mi primer viaje por mar. Fue en enero, creo, porque entonces el calor es tórrido mucho antes del alba y no hay un solo soplo en la Hondonada del Boucan. En cuanto apunta el alba, sin hacer ruido, me deslizo fuera de la habitación. No hay todavía ruidos en el exterior y en la casa todo el mundo duerme. Sólo una luz brilla en la choza del capitán Cook, pero a esta hora no se fija en nada. Mira al cielo gris esperando que se levante el día. Tal vez el arroz esté ya hirviendo en la gran marmita negra, sobre el fuego. Para no hacer ruido, camino descalzo sobre la seca tierra de la avenida, hasta el extremo del jardín. Denis me aguarda bajo el gran árbol chalta, y cuando llego se levanta sin decir palabra y comienza a caminar hacia el mar. Va deprisa a través de las plantaciones, sin preocuparse por mí, que echo los bofes. Entre las cañas corren temerosas tórtolas que no se atreven a levantar el vuelo. Cuando aparece la luz del día hemos llegado ya a la carretera de Río Negro. La tierra está ya caliente bajo mis pies y el aire huele a polvo. Las primeras carretas de bueyes circulan ya por los caminos de las plantaciones y veo, a lo lejos, la humareda blanca de las chimeneas de las azucareras. Aguardo el ruido del viento. De pronto, Denis se detiene. Permanecemos inmóviles en medio de las cañas. Escucho entonces el rumor de las olas en los arrecifes. «Crecido el mar», dice Denis. El viento de la marea viene hacia nosotros.

Llegamos al Río Negro cuando el sol se levanta tras las montañas. Nunca he estado tan lejos del Boucan y mi corazón palpita con fuerza mientras corro tras la silueta negra de Denis. Atravesamos el río vadeando, cerca del estuario, y el agua fría nos envuelve hasta el talle, luego caminamos a lo largo de las dunas de arena negra. En la playa están las piraguas de los pescadores, alineadas en la arena, algunas ya con la quilla en el agua. Los hombres empujan las piraguas hacia las olas, sujetan la cuerda de la vela que el viento de la marea iza y hace chasquear. La piragua de Denis está a un extremo de la playa. Dos hombres están empujándola hacia el mar, un anciano de rostro cobrizo surcado de arrugas y un negro alto y atlético. Con ellos hay una joven muy hermosa, de pie en la playa, con el cabello recogido en un pañuelo rojo. «Es mi hermana —dice Denis con orgullo—. Y él es su prometido. La piragua es suya.» La joven ve a Denis y le llama. Juntos empujamos la piragua al agua. Cuando las olas desprenden la parte trasera de la piragua, Denis me grita: «¡Sube!», y también él salta a bordo. Corre hacia la parte delantera, toma la pértiga para guiar la piragua hacia mar abierto. El viento, que sopla en la dirección adecuada, hincha la gran vela como una sábana y la piragua brinca a través de las olas. Estamos ya lejos de la orilla. Empapados por las olas que rompen, tiemblo, pero miro la tierra negra que se aleja. ¡Hacía tanto tiempo que esperaba este día! Cierto día Denis me habló del mar, de esta piragua, y le pregunté: «¿Cuándo me llevarás contigo en la piragua?». Me miró sin decir nada, como si reflexionara. No se lo he dicho a nadie, ni siquiera a Laure, porque he tenido miedo de que se lo diga a mi padre. A Laure no le gusta el mar, tal vez teme que me ahogue. De modo que, esta mañana, cuando me he marchado descalzo para no hacer ruido, ella se ha vuelto en su cama de cara a la pared, para no verme.

¿Qué ocurrirá cuando regrese? Pero ahora no tengo ganas de pensar en ello, en cierto modo es como si no fuera a regresar nunca. La piragua se zambulle en el seno de las olas, hace brotar a la luz haces de espuma. El anciano y el prometido han atado la vela triangular al bauprés y el viento violento que viene del paso hace bascular la piragua. Denis y yo estamos agachados en la parte delantera de la piragua, junto a la tela que vibra, empapados por las salpicaduras. Los ojos de Denis brillan cuando me mira. Sin hablar, me muestra el alto mar azul oscuro o, a nuestra espalda, muy lejos ya, la línea negra de la playa y las siluetas de las montañas contra el cielo claro.

La piragua vuela sobre el embravecido mar. Escucho el profundo ruido de las olas, el viento llena mis oídos. No tengo ya frío, ni miedo. El sol arde y hace brillar las crestas de las olas. No veo nada más, no pienso en nada más: el mar profundo, azul, el horizonte que se mueve, el sabor del mar, el viento. Es la primera vez que me embarco y nunca he conocido nada tan hermoso. La piragua atraviesa el paso, corre a lo largo de los arrecifes, en el estruendo de las olas y las salpicaduras de los haces de espuma.

Denis está inclinado sobre la quilla, mira el agua oscura, como si acechara algo. Luego tiende la mano, muestra una gran roca abrasada, frente a él. Dice:

—El Morro.

Nunca lo he visto tan cerca. El Morro se yergue por encima del mar, como un guijarro de lava, sin un árbol, sin una planta. A su alrededor se extienden las playas de arena clara, el agua de las lagunas. Es como si nos dirigiéramos al fin del mundo. Las aves marinas vuelan a nuestro alrededor gritando, gaviotas, golondrinas de mar, petreles blancos, inmensas fragatas. Mi corazón palpita y tiemblo de inquietud porque tengo la impresión de haber ido muy lejos, al otro lado del mar. Las lentas olas golpean de través la piragua, y el agua llena el fondo. Denis se desliza bajo la vela, coge dos calabazas del fondo de la piragua y me llama. Juntos, achicamos. En la parte de atrás, el negro alto, rodeando con un brazo a la hermana de Denis, sujeta la cuerda de la vela mientras el anciano de rostro de indio lleva la barra. Está chorreante de agua de mar, pero ríe viéndonos achicar el agua que regresa sin cesar. Agachado en el fondo de la piragua, arrojo el agua por encima de la borda, a sotavento, y veo por momentos, bajo la vela, la negra muralla del Morro y las manchas de espuma en los rompientes.

Luego cambiamos de rumbo y el viento barre la gran vela por encima de nuestras cabezas. Denis me muestra la costa:

—Allí, el paso. La isla de los Bénitiers.*

Dejamos de achicar y nos dirigimos a la parte delantera de la piragua, para ver mejor. La línea blanca de los rompientes se abre ante nosotros. Empujada por las olas, la piragua navega en línea recta hacia el Morro. El rugido de las olas contra la barrera de coral está muy cercano. Las olas corren oblicuamente, rompen. Denis y yo espiamos el agua profunda, de un azul que produce vértigo. Poco a poco, ante

* Literalmente: «isla de las Pilas de agua bendita». Se refiere a los moluscos de la especie *Tridacna gigas*, de gran tamaño, cuyas conchas se utilizaron en algunas iglesias como pilas para el agua bendita. *(N. del t.)*

la quilla, el color se aclara. Se ven reflejos verdes, nubes doradas. Aparece el fondo, corriendo a toda velocidad, placas de coral, bolas violáceas de los erizos, bancos de peces plateados. El agua está ahora tranquila y el viento ha cesado. La vela, deshinchada, chasquea en torno al mástil, como un trapo. Estamos en la laguna del Morro, el lugar donde los hombres vienen a pescar.

El sol está alto. La piragua se desliza por las aguas tranquilas, en silencio, empujada por la pértiga de Denis. Atrás, el prometido, sin dejar a la hermana de Denis, maneja con una sola mano un pequeño remo. El anciano observa el agua a contraluz, busca peces en los agujeros de los corales. Tiene en la mano un largo sedal cuyos plomos hace silbar en el aire. Tras la violencia del oscuro mar embravecido, tras las ráfagas de viento y las salpicaduras, me parece estar aquí en un sueño tibio, lleno de luz. Siento la quemadura del sol en mi rostro, en mi espalda. Denis se ha sacado la ropa para que se seque y le imito. Cuando está desnudo, de pronto, se zambulle en el agua transparente, casi sin ruido. Le veo nadar bajo el agua y desaparecer luego. Cuando vuelve a la superficie, lleva un gran pescado rojo que ha arponeado y que arroja al fondo de la piragua. La piragua está muy cerca, ahora, de la barrera de coral. El gran negro y el anciano de rostro de indio lanzan sus sedales. Los recogen varias veces con algunos pescados, viejas, dames berry, zapateros.

Permanecemos mucho tiempo pescando, mientras la piragua deriva a lo largo de los arrecifes. El sol arde en el centro del oscuro cielo, pero la luz brota del mar, una luz cegadora que embriaga. Como permanezco inmóvil, inclinado sobre la quilla, mirando el agua que espejea, Denis me toca el hombro arrancándome de mi sopor. Su ojos brillan como piedras negras, su voz canturrea extrañamente en *créole*:*

—*Lizié mani mani.*

Es un vértigo que viene del mar, como un hechizo del sol, y los reflejos, que me turban y me arrebatan las fuerzas. Pese al tórrido calor, estoy frío. La hermana de Denis y su prometido me tienden en el fondo de la piragua, a la sombra de la vela que flota en la brisa. Denis toma agua de mar en sus manos y me moja la cara y el cuer-

---

* Literalmente: «criollo». Lengua sintética constituida por elementos de las lenguas coloniales (francés, inglés, español, portugués) mezclados con otros de las lenguas autóctonas. Los «criollos» son, pues, numerosos y variados. Prefiero utilizar la denominación francesa *créole* para evitar las connotaciones étnicas de la palabra en castellano. (*N. del t.*)

po. Luego, empujando con su pértiga, lleva la piragua hacia la orilla. Un poco más tarde abordamos en la playa blanca, cerca de la punta del Morro. Hay allí algunos arbustos, velluteros. Ayudado por Denis, camino hasta la sombra de un vellutero. La hermana de Denis me tiende una cantimplora con un brebaje ácido que me quema la lengua y la garganta, y me despierta. Quiero ya levantarme, caminar hacia la piragua, pero la hermana de Denis dice que debo permanecer todavía a la sombra, hasta que el sol se haya inclinado hacia el horizonte. El anciano ha permanecido en la piragua, apoyado en su pértiga. Ahora se alejan por el agua que espejea, para seguir pescando.

Denis se ha quedado a mi lado. No habla. Está conmigo a la sombra del vellutero, con las piernas manchadas de arena blanca. No es como los otros niños que viven en las hermosas propiedades. No necesita hablar. Es mi amigo y su silencio, aquí, a mi lado, es un modo de decirlo.

Todo es hermoso y tranquilo. Miro la verde extensión de la laguna, el ribete de espuma a lo largo de la barrera de coral y la arena blanca de las playas, las dunas, la arena mezclada con arbustos espinosos, los oscuros troncos de los filaos, la sombra de los velluteros, de los mirobálanos y, ante nosotros, el abrasador roquedal del Morro, semejante a un castillo poblado de aves marinas. Es como si hubiéramos naufragado allí, meses atrás, lejos de cualquier habitación, aguardando a que llegue un navío en el horizonte para recogerme. Pienso en Laure, que debe acechar desde el árbol chalta, pienso en Mam y en mi padre, y querría que ese instante no terminara nunca.

Pero el sol desciende hacia el mar, transformándolo en metal, en cristal opaco. Los pescadores regresan. Denis es el que primero los ve. Camina por la arena blanca y su silueta desgalichada se parece a la sombra de su sombra. Sale nadando al encuentro de la piragua, en el agua llena de brillos. Penetro, tras él, en el mar. El agua fresca lava mi fatiga y nado, tras la estela de Denis, hasta la piragua. El prometido nos tiende la mano y nos iza sin esfuerzo. El fondo de la piragua está lleno de pescados de todas las clases. Hay incluso un pequeño tiburón azul que el prometido ha matado de un arponazo cuando se ha acercado para devorar una presa. Traspasado en la mitad de su cuerpo, el escualo está rígido, con las fauces abiertas mostrando sus dientes triangulares. Denis dice que los chinos comen tiburón y que podrán hacer también un collar con los dientes.

Pese al calor del sol, me estremezco. Me quito la ropa y la pongo a secar cerca de la pila. Ahora, la piragua se desliza hacia el paso, se escuchan ya las largas olas que vienen siempre de alta mar, que se derrumban sobre la barrera de coral. De pronto el mar se hace violeta, duro. El viento se levanta cuando cruzamos el paso, a lo largo de la isla de los Bénitiers. La gran vela se tensa a mi lado y resuena, en la proa brota la espuma. Denis y yo doblamos apresuradamente nuestra ropa y la ocultamos cerca del mástil. Las aves marinas siguen la piragua, porque han olido los pescados. Incluso intentan a veces coger uno y Denis grita para asustarlas. Son fragatas negras de penetrante mirada, que planean en el viento junto a la piragua, cacareando. A nuestra espalda, la gran roca abrasada del Morro se aleja, a la luz velada del crepúsculo, como un castillo tomado por la sombra. Muy cerca del horizonte, el sol se enmaraña entre largas nubes grises.

Jamás olvidaré esta jornada tan larga, esta jornada parecida a meses, a años, en la que conocí por primera vez el mar. Querría que no cesara nunca, que durara todavía. Querría que la piragua no dejara de correr sobre las aguas, entre las salpicaduras de espuma, hasta la India, hasta Oceanía incluso, yendo de isla en isla, iluminada por un sol que no se pusiera.

Es de noche ya cuando desembarcamos en el Río Negro. Con Denis, camino deprisa hasta el Boucan, los pies desnudos en el polvo. Mi ropa y mis cabellos están llenos de sal, la cara y la espalda me arden por la luz del sol. Cuando llego ante la casa, Denis se va sin decir nada. Camino por la avenida, palpitante el corazón, y veo a mi padre de pie en la veranda. Parece más alto y delgado, en su traje negro, a la luz del fanal. Su rostro está pálido, tenso de inquietud y cólera. Cuando llego ante él, no dice nada, pero su mirada es dura y fría y se me hace un nudo en la garganta, no por el castigo que me aguarda sino porque sé que no podré ya volver al mar, que eso se ha terminado. Esa noche, pese a la fatiga, el hambre y la sed, inmóvil en la cama mientras me quema la espalda, indiferente a los mosquitos, escucho cada movimiento del aire, cada soplo, cada vacío que me acerca al mar.

Laure y yo vivimos los últimos días de aquel verano, el año del ciclón, más encerrados todavía en nosotros mismos, aislados en la Hondonada del Boucan donde ya nadie viene a vernos. Tal vez por ello sentimos esa extraña impresión de una amenaza, un peligro que se acerca a nosotros. O tal vez la soledad nos ha vuelto sensibles a los signos precursores del final del Boucan. Tal vez sea también el calor casi insoportable que pesa sobre las riberas, en el valle del Tamarindo, día y noche. Ni siquiera el viento del mar consigue aliviar el peso del calor en las plantaciones, en la tierra roja. Junto a los campos de aloes de Walhalla, de Tamarindo, la tierra arde como un horno y los arroyos se han desecado. Por la noche, miro la humareda de la destilería de Kah Him, mezclada con las nubes de polvo rojo. Laure me habla de la lluvia de fuego que Dios envió a las ciudades malditas de Sodoma y Gomorra, y también de la erupción del Vesubio, en el año 79, cuando la ciudad de Pompeya fue sepultada por una lluvia de ardientes cenizas. Pero, aquí, acechamos en vano, y el cielo, por encima de la montaña de la Muralla y de las Tres Ubres, sigue claro, apenas velado por algunas nubes inofensivas. Pero, de vez en cuando, es en el fondo de nosotros mismos donde sentimos el peligro.

Hace ya semanas que Mam está enferma y ha abandonado sus lecciones. Nuestro padre, por su parte, se muestra huraño y fatigado, permanece encerrado en su despacho leyendo o escribiendo, o fumando mientras mira por la ventana con aire ausente. Creo que fue en esa época cuando me habló realmente del tesoro del Corsario desconocido, y de los documentos que sobre ese tema había guardado. Hace mucho tiempo que oí hablar de ello por primera vez, tal vez a Mam, que no se lo cree demasiado. Pero en esa época me habla largo y tendido, como de un secreto importante. ¿Qué dijo? No puedo recordarlo con certeza porque, en mi memoria, se mezcla con todo lo que oí y leí a continuación, pero recuerdo el aspecto extraño que tiene, esta tarde, cuando me hace entrar en su despacho.

Es una estancia en la que no entramos nunca, salvo a escondidas, no porque esté expresamente prohibido sino porque hay en ese despacho una suerte de secreto que nos intimidaba, que nos asustaba un poco incluso. En esa época, el despacho de mi padre es una larga estancia estrecha, en un extremo de la casa, entre el salón y la alcoba de nuestros padres, una estancia silenciosa, abierta al norte, con el suelo y las paredes de madera barnizada, y amueblada sólo con una gran mesa sin cajones para escribir y un sillón, y algunos baúles de metal que contienen los papeles. La mesa se hallaba contra la ventana, de modo que cuando los postigos estaban abiertos, Laure y yo podíamos ver, ocultos tras los arbustos del jardín, la silueta de nuestro padre leyendo o escribiendo, envuelto en las nubes del humo del cigarrillo. Desde su despacho podía ver las Tres Ubres y las montañas de las gargantas del Río Negro, observar la marcha de las nubes.

Recuerdo haber entrado entonces en su despacho, reteniendo casi el aliento, mirando los libros y los periódicos amontonados en el suelo, los mapas clavados en las paredes. El mapa que prefiero es el de las constelaciones. Cuando entramos en el despacho, leemos con emoción los nombres de las estrellas y de las figuras celestes: Sagitario, conducido por la estrella Nunki. Lupus, Aquila, Orión. Bootes, que tiene al este Alphecca, al oeste Arcturus. Scorpio, de amenazador dibujo, llevando en la cola, como un dardo luminoso, la estrella Shaula y en su cabeza la roja Antares. La Osa Mayor, cada estrella en su lugar: Alkaid, Mizar, Alioth, Megrez, Phecda, Dubhe, Merak. Auriga, cuya estrella mayor resuena extrañamente en mi memoria, Menikalinan.

Recuerdo el Can Mayor, que lleva en sus fauces, como un colmillo, la hermosa Sirius, y debajo un triángulo en el que palpita Adhara. Veo todavía el dibujo perfecto, el que más me gusta y que he buscado noche tras noche en el cielo estival, al sur, en la dirección del Morro: el navío *Argos*, al que a veces dibujo en el polvo de los caminos, así:

Mi padre está de pie, habla y no comprendo muy bien lo que dice. No me habla realmente a mí, a este niño de cabello demasiado largo, rostro bronceado por el sol, ropas desgarradas por las carreras entre los matorrales y los campos de caña. Se habla a sí mismo, sus ojos brillan, su voz está un poco ahogada por la emoción. Habla del inmenso tesoro que va a descubrir, pues sabe por fin el lugar donde se oculta, ha descubierto la isla donde el Corsario desconocido lo depositó. No dice el nombre del corsario sino sólo, como leeré más tarde en sus documentos, el Corsario desconocido, y este nombre me parece, aún hoy, más auténtico y más cargado de misterio que cualquier otro nombre. Me habla por primera vez de la isla Rodrigues, una dependencia de Mauricio, a varios días de navegación. En la pared de su despacho ha clavado un alzado de la isla, copiado por él con tinta china y coloreado a la acuarela, cubierto de señales y de hitos. En la parte baja del mapa, recuerdo haber leído estas palabras: *Rodrigues Island*, y debajo: *Admiralty Chart, Wharton,* 1876. Escucho a mi padre sin oírle, como sumido en un sueño. La leyenda del tesoro, las búsquedas que se han llevado a cabo desde hace cien años, en la isla de Ambar, en Flic en Flac, en las Seychelles. Tal vez sea la emoción, o la inquietud, lo que me impide comprender, porque adivino que es la cosa más importante del mundo, un secreto que, a cada instante, puede salvarnos o perdernos. No se trata ya, ahora, de electricidad, ni de cualquier otro proyecto. La luz del tesoro de Rodrigues me deslumbra y hace palidecer todas las demás. Mi padre habla mucho rato esta tarde, caminando arriba y abajo por la estrecha estancia, levantando papeles para mirarlos, dejándolos luego sin siquiera enseñármelos, mientras permanezco de pie junto a la mesa, sin moverme, mirando a hurtadillas el mapa de la isla Rodrigues clavado en la pared al lado del plano del cielo. Quizá por ello, más tarde, conservaré esa impresión de que todo lo que sucedió a continuación, esa aventura, esa búsqueda, se desarrollaba en los parajes del cielo y no en la tierra real, y que había comenzado mi viaje a bordo del navío *Argos*.

Son los últimos días del verano, y me parecen muy largos, cargados de tantos acontecimientos, a cada instante del día o de la noche: son más bien meses o años que modifican profundamente el universo que nos rodea, y nos hacen viejos. Días de canícula, cuando el aire es denso, pesado y líquido en el valle de Tamarindo y nos sentimos prisioneros del circo de montañas. Más allá, el cielo es claro, cambiante, las nubes se deslizan en el viento, su sombra corre por ardientes colinas. Pronto terminarán las últimas cosechas, y la cólera ruge entre los trabajadores de los campos, porque no tienen ya qué comer. De vez en cuando, al anochecer, veo las rojas humaredas de los incendios en los campos de caña, el cielo es entonces de un color extraño, amenazador, rojizo, que hace daño a los ojos y pone un nudo en la garganta. Pese al peligro, voy casi cada día, atravesando las plantaciones, a ver los incendios. Llego hasta Yemen, a veces hasta Tamarin Estate, o remonto hacia Magenta y Belle Rive. De lo alto de la Torreta, veo otras humaredas que ascienden, al norte, del lado de Clarence, Marcenay, en los límites de Wolmar. Ahora estoy solo, desde el viaje en piragua mi padre me ha prohibido ver a Denis. Ya no viene al Boucan. Laure dice que ha oído a su abuelo, el capitán Cook, perseguirle gritando porque, pese a la prohibición, había venido a verme. Desde entonces, ha desaparecido. Eso me produce una impresión de vacío, de gran soledad, como si fuéramos aquí, mis padres, Laure y yo, los últimos habitantes del Boucan.

Entonces me voy lejos, cada vez más lejos. Subo a la cima de las murallas criollas y acecho las humaredas de los insurrectos. Corro a través de los campos devastados por la zafra. Todavía hay trabajadores en algunos lugares, mujeres muy pobres y viejas vestidas de *gunny*, que rebuscan o cortan con sus podaderas algunas hojas tiernas. Cuando me ven, con el rostro bronceado y las ropas manchadas de tierra roja, descalzo y con los zapatos colgando del cuello, me echan gritando porque tienen miedo. Jamás ningún blanco se aventura hasta aquí. A veces incluso los sirdars me insultan y me tiran piedras, y corro a través de los campos hasta perder el aliento. Odio a los sirdars. Les desprecio más que a nadie en el mundo, porque son duros y malvados y pegan bastonazos a los pobres cuando los fardos de caña no llegan con bastante rapidez a la carreta. Pero por la noche reciben paga doble y se emborrachan con arak. Son cobardes y obsequiosos con los *field managers*, les hablan quitándose la gorra y fingiendo amar a quienes, antes, han maltratado. En los campos hay hombres casi desnudos, con el cuerpo cubierto sólo por un harapo, que arrancan los «tocones», las cepas de las cañas viejas, con sus pesadas tenazas de hierro a las que llaman «macabeas». Llevan los bloques de basalto al hombro, hasta la carreta de bueyes, luego van a amontonarlos a un extremo del campo, construyendo nuevas pirámides. Mam les llama los «mártires de la caña». Cantan mientras trabajan y me gusta escuchar sus voces monótonas en la solitaria extensión de las plantaciones, instalado en lo alto de una pirámide. Me gusta cantar, para mí, la vieja canción en criollo que el capitán Cook cantaba para Laure y para mí, cuando éramos muy pequeños, y que dice:

> *Mo passé la rivière Tanier.*
> *Rencontré en'grand maman,*
> *Mo dire li qui li faire là*
> *Li dire mo mo la pes cabot.*

> *Waï, waï, mo zenfant*
> *Faut travaï pou gagn'son pain*
> *Waï waï mo zenfant*
> *Faut travaï pou gagn'son pain...**

De allí, sobre el montículo de piedras, veo las humaredas de los incendios del lado de Yemen y de Walhalla. Están muy próximos esa mañana, junto a las barracas del río Tamarindo, y comprendo que está ocurriendo algo grave. Con el corazón palpitante, me lanzo a través de los campos hasta la carretera de piedra. El tejado azul claro de nuestra casa está demasiado lejos como para que pueda avisar a Laure de lo que ocurre. Escucho ya el ruido del motín que llega al vado del Boucan. Es un rumor como el de la tempestad, que parece

---

* Crucé el río Tanier. / Me encontré con la abuela / le dije qué hacía allí / me dijo que pescaba. / Ay, ay hijo mío / hay que trabajar para ganar el pan / ay, ay hijo mío / hay que trabajar para ganar el pan... (*N. del t.*)

venir de todos los lados al mismo tiempo, que resuena en las gargantas de las montañas. Hay gritos, rugidos, disparos también. Pese al miedo, corro por el campo de caña, sin prestar atención a los cortes. Llego de pronto ante la azucarera, estoy en medio del tumulto, veo el motín. La muchedumbre de *gunnies* se apelotona ante la puerta, todas las voces gritan al unísono. Ante la muchedumbre hay tres hombres a caballo y oigo el ruido de los cascos sobre el adoquinado cuando hacen que sus monturas se encabriten. Veo al fondo la boca, abierta de par en par, del horno de bagazo, donde se atorbellinan las chispas.

La masa de hombres avanza, retrocede, en una suerte de extraña danza, mientras los gritos hacen una estridente modulación. Los hombres blanden machetes de zafra, hoces, y las mujeres, azadones y podaderas. Presa del miedo, permanezco inmóvil mientras la muchedumbre me empuja, me rodea. Me asfixio, el polvo me ciega. A duras penas logro abrirme paso hasta la pared de la azucarera. Entonces, sin que pueda comprender lo que ocurre, veo a los tres jinetes lanzarse contra la multitud que les rodea. Los pechos de los caballos empujan a los hombres y las mujeres, y los jinetes les dan de culatazos. Dos caballos escapan hacia las plantaciones, perseguidos por los gritos de cólera de la muchedumbre. Han pasado tan cerca de mí que me he arrojado al suelo, en el polvo, temiendo ser pisoteado. Luego distingo al tercer jinete. Se ha caído del caballo y los hombres y las mujeres le sujetan por los brazos, le empujan. Reconozco su rostro pese al miedo que lo deforma. Es un pariente de Ferdinand, el marido de una prima, que es *field manager* en las plantaciones del tío Ludovic, un tal Dumont. Mi padre dice que es peor que un sirdar, que golpea a los obreros con las cañas y que roba la paga de quienes se quejan de él. Ahora son los hombres de las plantaciones quienes le maltratan, le golpean, le insultan, lo tiran al suelo. Por un instante, entre la multitud que le atropella, está tan cerca de mí que leo su mirada extraviada, oigo el ronco ruido de su respiración. Tengo miedo porque comprendo que va a morir. La náusea sube a mi garganta, me ahoga. Con los ojos llenos de lágrimas peleo a puñetazos contra la encolerizada muchedumbre, que ni siquiera me ve. Los hombres y las mujeres de *gunny* prosiguen su extraña danza, sus gritos. Cuando logro librarme de la muchedumbre, me vuelvo y veo al hombre blanco. Sus ropas están desgarradas y hombres negros, semidesnudos, le llevan en brazos hasta la boca del horno de bagazo. El hombre no grita, no se mueve. Su rostro es una mancha blanca de miedo, mientras los negros le levantan por los brazos y las piernas y comienzan a balancearlo ante la roja puerta del horno. Permanezco petrificado, solo en medio del camino, escuchando las voces que gritan cada vez más fuerte, y ahora es como un canto lento y doloroso que acompaña los balanceos del cuerpo por encima de las llamas. Luego hay un solo movimiento en la multitud y un gran grito salvaje cuando el hombre desaparece en el brasero. Entonces, de pronto, el clamor enmudece y oigo de nuevo el sordo roncar de las llamas, los gorgoteos del guarapo en las grandes cubas brillantes. No puedo apartar la vista de la llameante boca del horno de bagazo donde, ahora, los negros arrojan paletadas de cañas secas, como si nada hubiera ocurrido. Luego, lentamente, la muchedumbre se para. Las mujeres de *gunny* caminan por el polvo, con la cara envuelta en sus velos. Los hombres se alejan hacia los caminos de las cañas, con el machete en la mano. No hay ya clamores ni ruidos, sólo el silencio del viento en las hojas de las cañas mientras camino hacia el río. Es un silencio que está en mí, que me llena y me produce vértigo, y sé que no podré hablar a nadie de lo que he visto ese día.

De vez en cuando, Laure viene conmigo a los campos. Caminamos por los senderos, entre las cañas cortadas, y cuando la tierra es demasiado blanda o hay montones de cañas cortadas, la llevo en mis hombros para que no se estropee el vestido y los botines. Aunque tenga un año más que yo, Laure es tan ligera y frágil que me parece llevar a un niño pequeño. A ella le gusta mucho caminar así y que las cortantes hojas de las cañas se abran ante su rostro para cerrarse tras ella. Cierto día, en el desván, me enseñó un antiguo número del *Illustrated London News* con un dibujo que representaba a Naomi sobre los hombros de Ali, por entre los campos de cebada. Naomi ríe a carcajadas arrancando las espigas que golpean su rostro. Me dice que me ha llamado Ali por este dibujo. Laure me habla también de Paul y Virginie, pero es una historia que no me gusta porque Virginie tenía mucho miedo a desnudarse para entrar en el mar. Eso me parece ridículo y le digo a Laure que, seguramente, no es una historia verdadera, pero eso la encoleriza. Dice que no entiendo nada.

Vamos hacia las colinas, allí donde comienza la propiedad de Magenta, y los «cazaderos» de los ricos. Pero Laure no quiere entrar en el bosque. Entonces bajamos de nuevo, juntos, hacia la fuente del Boucan. En las colinas, el aire es húmedo, como si la bruma matinal permaneciera largo tiempo agarrada a las hojas de los arbustos. A Laure y a mí nos gusta sentarnos en un claro, cuando los árboles apenas han salido de la sombra de la noche, y acechamos el paso de las aves marinas. Algunas veces vemos pasar una pareja de rabijuncos. Los hermosos pájaros blancos salen de las gargantas del Río Negro, del lado de Mananava, y planean mucho rato por encima de nuestras cabezas, con sus alas abiertas, semejantes a cruces de espuma, arrastrando tras de sí las largas colas. Laure dice que son los espíritus de los marinos muertos en el mar y de las mujeres que aguardan, en vano, su regreso. Son silenciosos, ligeros. Viven en Mananava, donde la montaña es umbría y el cielo está cubierto. Creemos que allí nace la lluvia.

—Algún día iré a Mananava.

Laure dice:

—Cook dice que en Mananava siempre hay cimarrones. Si vas allí, te matarán.

—No es cierto. Allí no hay nadie. Denis llegó hasta muy cerca y me dijo que, al acercarse, todo se hace negro, como si cayera la noche, y entonces hay que retroceder.

Laure se encoge de hombros. No le gusta oír esas cosas. Se levanta, mira el cielo, de donde han desaparecido los pájaros. Dice con impaciencia:

—¡Vámonos!

Regresamos al Boucan a través de los campos. Entre el follaje, el tejado de nuestra casa brilla como una charca.

Desde que está enferma de fiebre, Mam no nos da ya lecciones, sólo algunas recitaciones y la instrucción religiosa. Está delgada y muy pálida, sólo sale de su alcoba para sentarse en la tumbona, en la veranda. El médico ha venido de Floréal en su coche de caballos, se llama Koenig. Al irse, le dice a mi padre que la fiebre ha remitido pero que no debe sufrir otra crisis porque sería *irremisible*. Eso ha dicho, y no puedo olvidar esa palabra, está continuamente en mi cabeza, día y noche. Por eso no puedo permanecer quieto. Tengo que moverme sin cesar, por montes y valles como dice mi padre, en los campos de caña abrasados por el sol en cuanto amanece, escuchando a los *gunnies* que cantan sus monótonas canciones, o hacia la orilla del mar, esperando todavía encontrar a Denis al regreso de la pesca.

La amenaza se cierne sobre nosotros, la siento gravitar sobre el Boucan. Laure también lo percibe. No hablamos de ello, pero está en su rostro, en su inquieta mirada. Por la noche no duerme y ambos permanecemos inmóviles acechando el ruido del mar. Oigo la respiración regular de Laure, demasiado regular, y sé que tiene los ojos abiertos en la oscuridad. También yo permanezco inmóvil en mi cama sin dormir, con la mosquitera abierta por el calor, escuchando la danza de los mosquitos. No salgo ya de noche desde que Mam está enferma, para no inquietarla. Pero al alba, antes de que amanezca, comienzo mi recorrido a través de los campos o bajo hacia el mar, hasta los límites del Río Negro. Creo que espero todavía ver a Denis apareciendo en un recodo de los matorrales o sentado bajo un mirobálano. A veces, le llamo incluso con la señal que habíamos convenido, haciendo sonar el arpa de hierba. Pero nunca viene. Laure cree que se ha marchado al otro lado de la isla, hacia Ville Noire. Ahora estoy solo como Robinson en su isla. Incluso Laure se muestra más silenciosa.

Leemos entonces los episodios de la novela que aparece cada semana en el *Illustrated London News, Nada the Lily,* de Rider Haggard, ilustrada con grabados que dan un poco de miedo y hacen soñar. El periódico llega cada lunes, con tres o cuatro semanas de retraso, de vez en cuando en paquetes de tres números, en los navíos de la British India Steam Navigation. Nuestro padre los hojea distraídamente, los abandona luego en la mesa del pasillo y allí acechamos nosotros su llegada. Nos los llevamos a nuestro escondite bajo el tejado para leerlos a nuestras anchas, tumbados en el suelo, en la cálida penumbra. Leemos en voz alta, sin comprender la mayoría de las veces, pero con tanta convicción que las palabras han permanecido grabadas en mi memoria. El brujo Zweeke dice: *«You ask me, my father, to tell you the youth of Umslopogaas, who was name Bulalio the Slaughtere, and of his love for Nada, the most beautiful of Zulu woman».* Cada uno de estos nombres está en lo más profundo de mí, como los nombres de los seres vivos que encontramos ese verano, a la sombra de esa casa que pronto vamos a dejar. *«I am Mopo who slew Chaka the king»,* dice el anciano. Dingaan, el rey que murió por Nada. Baleka, la muchacha cuyos padres fueron asesinados por Chaka, y que se vio obligada a convertirse en su mujer. *Koos,* el perro de Mopo, que se acerca a su dueño durante la noche, mientras espía el ejército de Chaka.

Los muertos pueblan la tierra conquistada por Chaka: *«We could not sleep, for we heard Hitongo, the ghosts of the dead people, moving about and calling each other».* Me estremezco cuando escucho a Laure leyendo y traduciendo estas palabras, y también cuando Chaka aparece ante sus guerreros:

—¡Oh Chaka, oh Elefante! Su justicia es brillante y terrible como el sol.

Miro los grabados, en los que los buitres del crepúsculo planean ante el disco del sol medio oculto ya por el horizonte.

Está también Nada, Nada the Lily, con sus grandes ojos y su cabello ondulado, su piel cobriza, descendiente de una princesa negra y de un blanco, única superviviente del *Kraal* asesinado por Chaka. Es hermosa, extraña en su piel de fiera. Umslopogaas, el hijo de Chaka, al que cree su hermano, la ama con locura. Recuerdo el día en que Nada le pide al joven que le traiga un cachorro de león, y Umslopogaas se introduce en el cubil de una leona. Pero los leones regresan de la caza y el macho ruge «hasta hacer temblar la tierra». Los zulúes combaten con el león, pero la leona se lleva a Umslopogaas en sus fauces y Nada llora la muerte de su hermano. ¡Cómo nos gustaba esta historia! La sabemos de memoria. La lengua inglesa, que nuestro padre comenzó a enseñarnos, es para nosotros la lengua de las leyendas. Cuando queremos decir algo extraordinario o secreto, lo decimos en esta lengua, como si nadie más pudiera comprenderla.

Recuerdo también al guerrero que golpea a Chaka en el rostro. Dice: *«I smell out the Heavens above me».* Y también la aparición de la Reina del Cielo, Inkosazana-y-Zulu, que anuncia el próximo castigo de Chaka: «Y su belleza era tan terrible a la vista…». Cuando Nada the Lily se dirige a la asamblea, «el esplendor de Nada estaba en cada uno de ellos…». Son frases que no nos cansamos de repetir, en el desván, a la confusa luz del ocaso. Hoy me parece que traían consigo un significado particular, la sorda inquietud que precede a las metamorfosis.

Seguimos soñando ante las ilustraciones de los periódicos, pero ahora nos parecen inaccesibles: las bicicletas Junon, o las de Coventry Machinists' & Co., los prismáticos de ópera Liliput, con los que imagino que podría recorrer las profundidades de Mananava, los relojes «keyless» de Benson's, o los célebres Whaterbury de níquel, con sus esferas esmaltadas. Laure y yo leemos solemnemente, como si se tratara de un verso de Shakespeare, la frase escrita bajo el dibujo de los relojes: *«Compensation balance, duplex escapement, keyless, dustproof, shock proof, non magnetic»*. También nos gusta el anuncio del jabón Brooke, que representa un mono tocando la mandolina sobre una media luna y, juntos, declamamos:

> *We're a capital couple the Moon and I,*
> *I polish the earth, she beightens the sky...*

Y lanzamos la carcajada. Navidad está ya muy lejos —ha sido muy triste este año, con los problemas financieros, la enfermedad de Mam y la soledad del Boucan— pero jugamos a elegir nuestros regalos en las páginas de los periódicos. Y como sólo es un juego, no dudamos en elegir los objetos más caros. Laure elige un piano de estudio Chapell, de ébano, un collar de perlas de Oriente y un broche de esmaltes y diamantes de Goldsmith & Silversmith, que representa un pollito saliendo del huevo. ¡Y vale nueve libras! Elijo para ella un frasco de plata y cristal tallado, y tengo para Mam el regalo ideal, el neceser Mappin, de piel, con surtido de frascos, recipientes, cepillos, utensilios para las uñas, etcétera. A Laure le gusta mucho este neceser, dice que ella también tendrá uno, más tarde, cuando sea mayor. Elijo para mí una linterna mágica Negretti & Zambra, un gramófono con discos y agujas y, naturalmente, una bicicleta Junon, son las mejores. Laure, que sabe lo que me gusta, elige para mí una caja de petardos Tom Smith, y eso nos hace reír mucho.

Leemos también las noticias, que tienen ya varios meses, a veces varios años, pero ¿qué importa? Los relatos de los naufragios, el terremoto de Osaka, y miramos largo rato las ilustraciones. Está también el té con los lamas de Mongolia, el faro de Eno's Fruit Salt, y *The Haunted Dragoon,* un hada sola entre una bandada de leones, en un «bosque encantado», y el dibujo de uno de los episodios de *Nada the Lily* que nos hace estremecer: el «Ghost Mountain», un gigante de piedra cuya boca abierta es la caverna donde va a morir la bella Nada.

Son imágenes que conservo de esa época, mezcladas con el ruido del viento en los filaos, en el pesado aire del desván sobrecalentado, cuando la oscuridad de la noche invade poco a poco el jardín alrededor de la casa y los pájaros comienzan sus parloteos.

Esperamos, sin saber qué debemos esperar. Por la noche, bajo la mosquitera, antes de dormir, sueño que estoy en un navío de velas hinchadas que avanza por el mar oscuro, y miro la reverberación del sol. Escucho la respiración de Laure, lenta y regular, y sé que también ella tiene los ojos abiertos. ¿Con qué sueña? Pienso que todos estamos en un navío que se dirige al norte, a la isla del Corsario desconocido. Luego soy transportado en seguida al fondo de las gargantas del Río Negro, del lado de Mananava, donde la selva es oscura e impenetrable y a veces se escuchan los suspiros del gigante Sacalabou que se mató para escapar de los blancos de las plantaciones. La selva está llena de escondrijos y ponzoñas, resuena con los gritos de los monos y, por encima de mí, pasa ante el sol la sombra blanca de los rabijuncos. Mananava es el país de los sueños.

Los días que nos llevan hasta el viernes veintinueve de abril son largos. Están soldados unos a otros, como si sólo existiera una larga jornada, entrecortada por noches y sueños, lejos de la realidad, hundida ya en la memoria cuando la vivo, y no puedo comprender lo que esos días llevan en su seno, esa carga de destino. ¿Cómo podría saberlo cuando carezco de referencias? Sólo la Torreta, que contemplo entre los árboles, a lo lejos, porque es mi atalaya para ver el mar, y, al otro lado, las agudas rocas de las Tres Ubres y la montaña de la Muralla, que custodian las fronteras de este mundo.

El sol abrasa desde la aurora, deseca la roja tierra a lo largo del foso que las lluvias han excavado cayendo sobre el tejado de plancha azul. Las tormentas de febrero, con aquel viento de este-noreste que ha soplado sobre las montañas, y la lluvia han llenado de arroyos las colinas y las plantaciones de aloes, y las torrenteras han producido una gran mancha en el azul de las lagunas.

Entonces mi padre permanece de pie desde la mañana, al abrigo de la veranda, mirando la cortina de lluvia que avanza por los campos, que cubre las cumbres, del lado del monte Macabeo, del Rompe-Hierro, donde se encuentra el generador eléctrico. Cuando la empapada tierra brilla al sol, me siento en los peldaños de la veranda y moldeo pequeñas estatuillas de barro para Mam: un perro, un caballo, soldados, e incluso un navío cuyos mástiles son ramitas, y hojas, las velas.

Mi padre va con frecuencia a Mont Louis y allí toma el tren de Floréal, para visitar a mi tía Adelaïde. Ella debe acogerme el año próximo, cuando entre en el Collège Royal. Todo eso no me interesa en absoluto. Es una amenaza que gravita aquí, sobre el mundo del Boucan, como una tempestad incomprensible.

Sé que vivo aquí y en ninguna otra parte. Éste es el paisaje que escruto sin cansarme, desde hace tanto tiempo, y del que conozco cada hueco, cada mancha de sombra, cada escondrijo. Y continuamente, a mi espalda, el sombrío abismo de las gargantas del Río Negro, la misteriosa quebrada de Mananava.

Están, también, los escondrijos nocturnos, el árbol del bien y del mal, al que voy con Laure. Nos encaramamos a las ramas centrales, con las piernas colgando, y permanecemos allí sin hablarnos, contemplando la luz que va desapareciendo bajo el espeso follaje. Cuando la lluvia comienza a caer, al anochecer, escuchamos el ruido de las gotas en las anchas hojas, como una música.

Tenemos otro escondite. Es una quebrada por cuyo fondo corre un tenue arroyuelo que, más lejos, se arroja al río del Boucan. Las mujeres acuden a veces para bañarse un poco más abajo, o un rebaño de cabras que un muchachuelo aleja. Laure y yo vamos hasta el fondo de la quebrada, donde hay una plataforma y un viejo tamarindo que se inclina por encima del vacío. A horcajadas en el tronco nos arrastramos hacia las ramas y permanecemos allí, con la cabeza apoyada en la madera, soñando mientras contemplamos el agua que fluye por el fondo de la quebrada, sobre las piedras de lava. Laure cree que en el arroyo hay oro y que por ello las mujeres vienen a lavar la ropa, para encontrar pepitas en el tejido de sus vestidos. Miramos entonces, interminablemente, el agua que corre y buscamos los reflejos del sol en la arena negra de las playas. Cuando estamos allí no pensamos en nada más, no sentimos ya la amenaza. No pensamos ya en la enfermedad de Mam, ni en el dinero que falta, ni en el tío Ludovic, que está comprando todas nuestras tierras para sus plantaciones. Por eso vamos a los escondrijos.

Al alba mi padre se ha marchado a Port Louis en el coche de caballos. He salido en seguida a los campos y me he dirigido primero hacia el norte, para ver las montañas que me son queridas, luego he vuelto la espalda a Mananava y, ahora, camino hacia el mar. Estoy solo, Laure no puede venir conmigo porque está indispuesta. Es la primera vez que me lo dice, la primera vez que me habla de la sangre que fluye de las mujeres con la lunación. Luego no volverá a hablarme nunca de ello, como si la vergüenza hubiera aparecido después. Me acuerdo de ella aquel día, una pálida niña de largo cabello negro, de aspecto empecinado, con aquella hermosa frente muy recta para medirse con el mundo y algo cambiado ya, algo que la aleja, que la hace extraña. Laure, de pie en la veranda, con su largo vestido de algodón azul claro, con las mangas arrolladas mostrando sus flacos brazos y su sonrisa cuando me voy, con aire de estar diciendo: Soy la hermana del hombre de los bosques.

Corro sin detenerme hasta el pie de la Torreta, muy cerca del mar. No quiero ya ir a la playa del Río Negro, ni a la caleta rocosa de Tamarindo, a causa de los pescadores. Desde la aventura de la piragua, desde que a Denis y a mí nos castigaron separándonos, no quiero ir más a donde íbamos antaño. Voy a lo alto de la Torreta, o a la Estrella, a los escondrijos de los matorrales, y miro el mar y las aguas. Ni siquiera Laure sabe dónde encontrarme.

Estoy solo y hablo conmigo mismo en voz alta. Hago las preguntas y doy las respuestas, así:

—Ven, nos sentaremos allí.

—¿Dónde?

—Allí, en la roca plana.

—¿Estás buscando a alguien?

—No, no, amigo mío, contemplo el mar.

—¿Quieres ver los chorlitos?

—Mira, está pasando un barco. ¿Ves su nombre?

—Lo conozco, es *Argos*. Es mi barco, viene a buscarme.

—¿Vas a marcharte?

—Sí, me marcharé pronto. Mañana o pasado me marcharé…

Estoy en la Estrella cuando comienza a llegar la lluvia.

Hacía buen tiempo, el sol quemaba mi piel a través de la ropa, las chimeneas humeaban a lo lejos, en los campos de caña. Miro la extensión del mar azul oscuro, violento, más allá de los arrecifes.

Llega la lluvia, barre el mar del lado de Port Louis, una gran cortina gris en semicírculo que se acerca a mí a toda velocidad. Es tan brutal que ni siquiera pienso en buscar abrigo. Permanezco de pie en el promontorio de roca, con el corazón palpitante. Me gusta ver llegar la lluvia.

Al principio no hay viento. Todos los ruidos están en suspenso como si las montañas retuvieran el aliento. También eso hace palpitar mi corazón, ese silencio que vacía el cielo, que lo inmoviliza todo.

De pronto el viento frío se lanza sobre mí, agitando el follaje. Veo las olas corriendo por los campos de caña. El viento se atorbellina, me envuelve con ráfagas que me obligan a agacharme en la roca para no verme derribado. Puedo ver que, del lado del Río Negro, está ocurriendo lo mismo: la gran cortina oscura que galopa hacia mí, cubriendo el mar y la tierra. Comprendo entonces que tengo que ir deprisa, muy deprisa. No es una simple lluvia sino una tempestad, un huracán como el que hubo en febrero y duró dos días y dos noches. Pero hoy está ese silencio como nunca lo había oído. Sin embargo, no me muevo. No consigo apartar la mirada de la gran cortina gris que avanza a toda velocidad por el valle y el mar, tragándose las colinas, los campos, los árboles. La cortina cubre ya los rompientes. Desaparece luego la montaña de la Muralla, las Tres Ubres. La nube oscura ha pasado sobre ellas, las ha borrado. Ahora baja por la ladera de las montañas hacia Tamarindo y la Hondonada del Boucan. Pienso de pronto en Laure, en Mam, que están solas en casa, y la inquietud me arranca del espectáculo de la lluvia que se acerca. Salto de la roca y bajo tan deprisa como puedo la ladera de la Estrella, atravesando sin vacilar los matorrales que me arañan la cara y las piernas. Corro como si tuviera una jauría de perros enloquecidos pisándome los talones, como si fuera un ciervo escapado de un «cazadero». Sin comprenderlo, encuentro todos los atajos, bajo por un torrente seco que se dirige al este y en un instante estoy en Panon.

Entonces el viento me golpea, el muro de lluvia cae sobre mí. Jamás había sentido algo así. El agua me envuelve, chorrea por mi rostro, me entra en la boca, en las fosas nasales. Me asfixio, no veo nada, titubeo en el viento. Lo más terrible es el ruido. Un ruido profundo, pesado, que resuena en la tierra, y pienso que las montañas están derrumbándose. Me vuelvo de espaldas a la tempestad, avanzo a cuatro patas en medio de los matorrales. Ramas arrancadas de los árboles azotan el aire, vuelan como flechas. Agachado al pie de un gran árbol, con la cabeza oculta entre mis brazos, aguardo. Un instante más tarde, la ráfaga ha pasado. La lluvia cae como un diluvio, pero puedo levantarme, respirar, ver dónde estoy. Los matorrales, al borde de la quebrada, están destrozados. No lejos, un gran árbol parecido al que me ha protegido ha sido derribado, y sus raíces agarran todavía la tierra roja. Comienzo a caminar al azar, y de pronto, en una breve calma, veo la colina Saint Martin, las ruinas de la antigua azucarera. No puedo dudar: voy a refugiarme allí.

Conozco esas ruinas. Las he visto a menudo cuando recorría los barbechos con Denis. Él nunca quiso acercarse, decía que es la casa de Mouna Mouna y que allí se toca el «tambor del diablo». En los viejos muros, me acurruco en un rincón bajo un trozo de bóveda. Las empapadas ropas se me pegan a la piel, tiemblo de frío y también de miedo. Oigo las ráfagas acercándose a través del valle. Hacen el ruido de un enorme animal que se tendiera sobre los árboles, aplastando maleza y ramas, rompiendo los troncos como simples briznas. Las trombas de agua avanzan por el suelo, rodean las ruinas, se lanzan en cascada hacia la quebrada. Los arroyos aparecen como si de la tierra acabaran de nacer manantiales. El agua fluye, se separa, forma remolinos, se atorbellina. No hay ya cielo ni tierra, sólo esa masa líquida y el viento llevándose árboles y barro rojo. Miro ante mí, esperando distinguir el cielo a través del muro de agua. ¿Dónde estoy? Tal vez las ruinas de Panon son todo lo que queda en la tierra, tal vez el diluvio ha sumergido todo el mundo. Querría rezar, pero mis dientes castañetean y ni siquiera recuerdo las palabras. Sólo recuerdo la historia del diluvio, que Mam nos leía en el gran libro rojo, cuando el agua se abatió sobre la tierra y cubrió hasta las montañas, y el gran barco que construyó Noé para escapar y en el que encerró una pareja de cada especie animal. Pero ¿cómo podré yo hacer un barco? Si Denis estuviera aquí tal vez sabría hacer una piragua, o una balsa con troncos. ¿Y por qué Dios va a castigar de nuevo la tierra? ¿Acaso porque los hombres se han endurecido, como dice mi padre, y devoran la pobreza de los trabajadores en las plantaciones? Y luego pienso en Laure y en Mam, en la casa abandonada, y la inquietud se apodera con tanta fuerza de mí que apenas puedo respirar. ¿Qué habrá sido de ellas? Tal vez el furioso viento, la muralla líquida las han sumergido y se las han llevado, e imagino a Laure debatiéndose en el río de barro, intentando agarrarse a las ramas de los árboles, deslizándose hacia la quebrada. Pese a las ráfagas de viento y a la distancia, me levanto y grito: «¡Laure!… ¡Laure!».

Pero me doy cuenta de que no sirve de nada, el ruido del viento y del agua cubre mis gritos. Entonces me agacho de nuevo contra el muro, con el rostro oculto entre mis brazos, y el agua que chorrea sobre mi cabeza se mezcla con mis lágrimas, pues siento una inmensa desesperación, un oscuro vacío que me traga sin que yo pueda hacer nada, y caigo, sentado sobre mis talones, en la tierra líquida.

Permanezco mucho tiempo sin moverme, mientras por encima de mí el cielo cambia y las murallas de agua avanzan, semejantes a olas. Por fin la lluvia disminuye, amaina el viento. Me levanto, camino con los oídos ensordecidos por el estruendo que ha cesado. Al norte se ha abierto el cielo y veo aparecer la silueta de la montaña de la Muralla, las Tres Ubres. Nunca me habían parecido tan hermosas. Mi corazón palpita con fuerza como si esas montañas fueran personas queridas a las que hubiera perdido y que reencontrara ahora. Son irreales, de un azul oscuro entre las nubes grises. Percibo cada detalle de su silueta, cada roquedal. El cielo, a su alrededor, está inmóvil, ha bajado a las hondonadas de Tamarindo, de las que emergen lentamente otras rocas, otras colinas. Volviéndome, distingo por encima del mar de nubes las islas de las colinas vecinas: la Torreta, el monte Tierra Roja, el Rompe-Hierro, el Morro Seco. A lo lejos, iluminado por un sol increíble, el Gran Morro.

Todo es tan hermoso que me quedo inmóvil. Permanezco contemplando el paisaje herido al que se agarran jirones de nubes. Del lado de las Tres Ubres, tal vez hacia las Cascadas, hay un magnífico arco iris. Me gustaría que Laure estuviera conmigo para verlo. Dice que los arcos iris son los caminos de la lluvia. El arco iris es potente, nace al oeste, en la base de las montañas, y va hasta el otro lado de las cimas, hacia Floréal o Phoenix. Las grandes nubes siguen corriendo. Pero de pronto, en un desgarrón, veo sobre mi cabeza el cielo de un azul puro, deslumbrador. Entonces es como si el tiempo diera un salto hacia atrás, invirtiera su curso. Hace sólo unos instantes anochecía, la luz se apagaba, pero en un anochecer infinito, que llevaba a la nada. Y ahora veo que es justo el mediodía, el sol está en su punto más alto y siento su calor y su luz en mi rostro y mis manos.

Corro a través de las hierbas mojadas, bajo la colina hacia el valle del Boucan. Por todas partes la tierra está inundada, los riachuelos desbordan de un agua roja y ocre, hay árboles rotos en mi camino. Pero no les presto atención. Se ha acabado, eso es lo que pienso, todo se ha acabado porque ha aparecido el arco iris para sellar la paz de Dios.

Cuando llego ante nuestra casa, la inquietud me arrebata las fuerzas. El jardín y la casa están intactos. Hay sólo hojas de árbol, ramas rotas que cubren la avenida, charcos de barro por todas partes. Pero la luz del sol brilla sobre el tejado claro, en el follaje de los árboles, y todo parece más nuevo, rejuvenecido.

Laure está en la veranda, en cuanto me ve grita: «¡Alexis…!». Corre hacia mí, se apretuja contra mí. Mam está también allí, de pie ante la puerta, pálida, inquieta. Por más que le digo: «¡Ya ha terminado, Mam, todo ha terminado, no habrá diluvio!», no la veo sonreír. Sólo entonces pienso en nuestro padre, que ha ido a la ciudad, y eso me hace daño. «Pero va a venir, ahora. ¿Va a venir?» Mam me aprieta el brazo, dice con su voz enronquecida: «Sí, claro que va a venir…». Pero no sabe ocultar su inquietud y tengo que repetirle, sujetándole la mano con todas mis fuerzas: «Ha terminado, ahora no hay ya nada que temer».

Permanecemos juntos, apretujados los unos contra los otros en la veranda, escrutando el polvo del jardín y el cielo, en el que se han acumulado de nuevo grandes nubes negras. Perdura ese silencio extraño, amenazador, que pesa sobre el valle a nuestro alrededor, como si estuviéramos solos en el mundo. La choza de Cook está vacía. Esta mañana se ha marchado con su mujer hacia Río Negro. En los campos no se oye ni un grito, ni un solo ruido de coche.

Y es ese silencio, que penetra hasta lo más profundo de nuestro cuerpo, ese silencio de amenaza y de muerte, lo que no podré olvidar. No hay pájaros en los árboles, no hay insectos, ni siquiera el ruido del viento en las agujas de los filaos. El silencio es más fuerte que los ruidos, se los traga y todo se vacía y se aniquila a nuestro alrededor. Permanecemos inmóviles en la veranda. Tiemblo dentro de mi ropa mojada. Nuestras voces, cuando hablamos, resuenan extrañamente en la lejanía, y nuestras palabras desaparecen en seguida.

Luego llega al valle el ruido del huracán, como un rebaño corriendo a través de las plantaciones y la maleza, oigo también el ruido del mar, terriblemente cercano. Permanecemos petrificados en la veranda, y siento la náusea en mi garganta porque comprendo que el huracán no ha terminado. Estábamos en el ojo del ciclón, donde todo está tranquilo y silencioso. Ahora oigo el viento que viene del mar, que viene del sur, y, cada vez más fuerte, el cuerpo del gran animal furioso que lo destroza todo a su paso.

Esta vez no hay muro de lluvia, el viento llega solo. Veo los árboles moviéndose a lo lejos, las nubes avanzan como humaredas, largas estelas fuliginosas con manchas violeta. Es el cielo, sobre todo, lo que asusta. Se desplaza a toda velocidad, se abre, se cierra, y tengo la impresión de resbalar hacia adelante, de caer.

—¡Deprisa! ¡Deprisa, hijos míos!

Mam ha hablado por fin. Su voz es ronca. Pero ha conseguido romper el hechizo, nuestra horrorizada fascinación ante el cielo destruyéndose. Nos arrastra, nos empuja al interior de la casa, hasta el comedor que tiene los porticones cerrados. Bloquea la puerta con aldabas. La casa está llena de oscuridad. Parece el interior de un navío desde el que escuchamos el viento que se acerca. Pese al calor agobiante, tiemblo de frío, de inquietud. Mam lo advierte. Va a la habitación a buscar una manta. Durante su ausencia, el viento golpea la casa como un alud. Laure se apretuja contra mí y sentimos crujir las tablas. Las ramas rotas chocan con las paredes de la casa, los guijarros golpean la puerta y las contraventanas.

Por la rendija de los porticones, vemos de pronto cómo se extingue la luz del día y comprendo que las nubes vuelven a cubrir la tierra. Luego el agua cae del cielo, azota las paredes en el interior de la veranda. Se desliza bajo la puerta, por las ventanas, invade a nuestro alrededor el entarimado en arroyos oscuros, color de sangre. Laure mira el agua que avanza hacia nosotros, corre alrededor de la gran mesa y de las sillas. Mam regresa y su mirada me asusta tanto que tomo la manta para intentar tapar el espacio bajo la puerta, pero el agua la impregna y desborda en seguida. Los aullidos del viento en el exterior nos aturden y oímos también los siniestros crujidos de la estructura, el estruendo de las tablas arrancadas. La lluvia cae ahora como una cascada en el desván y pienso en nuestros periódicos viejos, en nuestros libros, en todo lo que amamos y que va a ser destruido. El viento ha pulverizado los tragaluces y atraviesa el desván aullando, destrozando los muebles. Con un fragor de trueno, arranca un árbol que aplasta la fachada sur de la casa, la destroza. Oímos el ruido de la veranda que se desploma. Mam nos saca a rastras del comedor cuando una enorme rama atraviesa una de las ventanas.

El viento entra por la brecha como un animal furioso e invisible, y por un instante tengo la impresión de que el cielo ha caído sobre la casa para aplastarla. Escucho el estruendo de los muebles que caen, de las ventanas que se rompen. Nos refugiamos en el despacho de nuestro padre, y permanecemos allí, acurrucados los tres contra la pared donde está el mapa de Rodrigues y el gran plano del cielo.

Los porticones están cerrados pero, a pesar de ello, el viento ha roto los cristales y el agua del huracán corre por el suelo, sobre la mesa, sobre los libros y los papeles de nuestro padre. Laure intenta torpemente ordenar algunos papeles, luego vuelve a sentarse desalentada. Fuera, a través de las rendijas de los porticones, el cielo está tan oscuro que diríase que es de noche. El viento corre en torno a la casa, se atorbellina contra la barrera de las montañas. Y, sin cesar, el fragor de los árboles que se rompen a nuestro alrededor.

«Recemos», dice Mam. Oculta el rostro en sus manos. El rostro de Laure está pálido. Mira sin parpadear hacia la ventana, y yo intento pensar en el arcángel Gabriel. Siempre pienso en él cuando tengo miedo. Es grande, está envuelto en luz y va armado con una espada. ¿Es posible que nos haya condenado, que nos haya abandonado al furor del mar y del cielo? La luz declina inexorablemente. El ruido del viento es ronco, agudo, y siento cómo tiemblan las paredes de la casa. Fragmentos de madera se desprenden de la veranda, las tablas del tejado se arrancan. Las ramas se atorbellinan contra las ventanas, como si fueran hierba. Mam nos estrecha contra sí. Tampoco ella reza. Mira con sus ojos fijos, atemorizadores, mientras el rugido del viento llena de sobresaltos nuestro corazón. No pienso en nada, ni puedo ya decir nada. Aunque quisiera hablar, el ruido es tal que Mam y Laure no podrían oírme. Un desgarramiento sin fin que llega al fondo de la tierra. Una ola lenta, inevitablemente, rompe sobre nosotros.

Eso dura mucho tiempo y caemos por el cielo desgarrado, por la tierra abierta. Oigo el mar como jamás hasta ese momento lo he oído. Ha franqueado las barreras de coral y asciende por el estuario de los ríos, empujando ante él los torrentes que se desbordan. Oigo el mar en el viento, ya no puedo moverme. Para nosotros todo ha terminado. Laure, por su parte, se tapa los oídos con las manos, apoyándose contra Mam, sin hablar. Mam mira fijamente, con sus agrandados ojos, el oscuro espacio de la ventana, como para mantener alejado el furor de los elementos. Nuestra pobre casa se ve sacudida de punta a cabo. Una parte del tejado, en la fachada sur, ha sido arrancada. Las trombas de agua y el viento asuelan las estancias destrozadas. La pared de madera del despacho cruje también. Hace un rato, por el agujero que ha abierto el árbol, he visto la cabaña del capitán Cook volar por los aires como un juguete. He visto también la gran barrera de bambúes doblándose hasta el suelo, como empujada por una mano invisible. Oigo a lo lejos el viento que golpea la muralla de las montañas, con un rugido de trueno que se une al ruido del mar desencadenado que asciende por los ríos.

¿En qué momento advertí que el viento estaba amainando? No lo sé. Antes de que cesaran el ruido del mar y el crujido de los árboles, estoy seguro de ello, algo se liberó en mí. Respiré, el anillo que oprimía mis sienes se deshizo.

Luego, de pronto, el viento cesó y de nuevo se produjo, a nuestro alrededor, un gran silencio. Se oía por todas partes el chorrear del agua, sobre el tejado, en los árboles e, incluso, en la casa, miles de arroyuelos que corrían. Crujían los bambúes. La luz del día regresó, poco a poco, y era la dulce y cálida luz del crepúsculo. Mam abrió los porticones. Permanecimos allí, sin atrevernos a movernos, apretados los unos contra los otros, mirando por la ventana las siluetas de las montañas que emergían de las nubes, y eran como personas familiares y tranquilizadoras.

Entonces Mam se echó a llorar, precisamente en aquel momento, porque estaba al límite de sus fuerzas y de pronto, con aquella calma, le fallaba el valor. También Laure y yo nos echamos a llorar, lo recuerdo, creo que nunca he llorado como entonces. Luego nos tendimos en el suelo y dormimos abrazados a causa del frío.

Al alba nos despertó la voz de nuestro padre. ¿Había llegado por la noche? Recuerdo su rostro deshecho, sus ropas manchadas de barro. Cuenta entonces cómo, en lo más fuerte del huracán, ha saltado del coche y se ha tendido en un foso, junto a la carretera. Allí pasó la tempestad sobre él, arrastrando no sabe dónde el coche y el caballo. Vio cosas inauditas, barcos proyectados al interior de las tierras, hasta en las ramas de los árboles de la Intendencia. El crecido mar que invadió la desembocadura de los ríos ahogando a la gente en sus chozas. Y sobre todo el viento que lo derribaba todo, que arrancaba los tejados de las casas, que rompía las chimeneas de las azucareras y demolía los cobertizos y que había destruido la mitad de Port Louis. Cuando pudo salir de su foso, se refugió para pasar la noche en una choza de negros, del lado de Medine, porque los caminos estaban inundados. Al amanecer un indio le había llevado en su carreta hasta Tamarin Estate, y para llegar hasta el Boucan mi padre había tenido que atravesar el río con el agua hasta el pecho. Habla también del barómetro. Mi padre estaba en una oficina de Rempart Street cuando el barómetro cayó. Dice que era increíble, aterrador. Jamás había visto el barómetro descendiendo tanto y tan rápidamente. ¿Cómo puede ser aterradora la caída del mercurio? No lo comprendo, pero la voz de mi padre cuando habla de ello ha permanecido en mis oídos, no podré olvidarla.

Más tarde, hay una suerte de fiebre que anuncia el final de nuestra felicidad. Vivimos ahora en el ala norte de la casa, en las únicas habitaciones que el ciclón ha respetado. En su lado sur la casa está medio hundida, destrozada por el agua y por el viento. El tejado ha reventado, la veranda ya no existe. Nunca podré tampoco olvidar el árbol que traspasó la pared de la casa, la larga rama negra que atravesó el porticón de la ventana del comedor y que permanece inmóvil como la zarpa de un animal fabuloso que ha golpeado con la potencia del trueno.

Laure y yo nos hemos aventurado hasta el desván por la dislocada escalera. El agua penetró con furor por los agujeros del tejado y lo devastó todo. De los montones de libros y periódicos sólo quedan algunas hojas empapadas. Ni siquiera podemos caminar porque, en varios lugares, el entarimado ha reventado, el armazón está desencajado. La débil brisa que viene del mar hace crujir, cada noche, la debilitada estructura de la casa. Un pecio, eso parece, ciertamente, nuestra casa, el pecio de un navío naufragado.

Recorremos los alrededores para evaluar la magnitud del desastre. Buscamos lo que ayer estaba todavía ahí, los hermosos árboles, las plantaciones de palmeras, los guayabos, los mangos, los macizos de rododendros, de buganvillas, de hibiscos. Vagabundeamos vacilando, como tras una larga enfermedad. Vemos por todas partes la tierra lacerada, mancillada, con sus hierbas caídas, sus ramas rotas y los árboles cuyas raíces están vueltas al cielo. Voy, con Laure, hasta las plantaciones, hacia Yemen y Tamarindo, y por todas partes las cañas vírgenes han sido segadas como por una gigantesca guadaña.

Incluso el mar ha cambiado. De lo alto de la Estrella miro las grandes capas de barro que se extienden por la laguna. En la desembocadura del Río Negro no hay ya poblado. Pienso en Denis. ¿Habrá podido escapar? Laure y yo permanecemos casi todo el día encaramados en lo alto de una pirámide criolla, en medio de los campos devastados. Hay en el aire un olor extraño, un olor dulzón que el viento trae a bocanadas. Sin embargo, el cielo es puro y el sol nos abrasa la cara y las manos, como en pleno verano. En torno al Boucan, las montañas son de un verde oscuro, nítidas, parecen más cercanas que antes. Lo miramos todo, el mar más allá de los arrecifes, el cielo brillante, la tierra lacerada, así, sin pensar en nada, con los ojos ardientes de fatiga. No hay nadie en los campos, nadie va por los caminos.

El silencio está también en nuestra casa. Después de la tempestad, nadie ha venido. Apenas comemos un poco de arroz, acompañado de té caliente. Mam permanece acostada en un lecho improvisado, en el despacho de nuestro padre, y nosotros dormimos en un pasillo, pues son los únicos lugares que el ciclón ha respetado. Una mañana acompaño a mi padre hasta el estanque de las Garcetas. Avanzamos a través de las tierras devastadas, en silencio. Sabemos ya lo que vamos a encontrar y eso nos pone un nudo en la garganta. En algún lugar, al borde del camino, una vieja *gunny* negra está sentada ante los restos de su casa. Cuando pasamos, eleva sólo un poco más su lamento, y mi padre se detiene para darle una moneda. Cuando llegamos ante el estanque, vemos en seguida lo que queda del generador. La hermosa máquina nueva ha sido derribada, y yace a medias sumergida en el lodazal. El cobertizo ha desaparecido y de la turbina sólo quedan algunos pedazos de plancha retorcidos, irreconocibles. Mi padre se detiene y dice sólo, en voz alta, claramente: «Es el fin». Es alto y está pálido, la luz del sol brilla en su cabello y su barba negros. Se acerca al generador, sin preocuparse por el barro que le llega a la mitad de las piernas. Hace un gesto casi infantil intentando levantar la máquina. Luego da media vuelta y se aleja por el sendero. Cuando pasa junto a mí me pone la mano en la nuca y dice: «Ven, regresemos». Ese instante es realmente trágico, me parece entonces que todo ha terminado para siempre, y los ojos y la garganta se me llenan de lágrimas. Camino deprisa, tras los pasos de mi padre, mirando su silueta alta, flaca, encorvada.

Durante aquellos días todo se dirige a su fin, pero nosotros no lo sabemos todavía bien. Laure y yo sentimos con más precisión esa amenaza. Llega con las primeras noticias del exterior, traídas por los trabajadores de las plantaciones, los *gunnies* de Yemen, de Walhalla. Las noticias llegan, repetidas, amplificadas, relatando la isla asolada por el ciclón. Port Louis, dice mi padre, es una ciudad aniquilada, como después de un bombardeo. La mayoría de las casas de madera han sido destruidas y calles enteras han desaparecido, la calle Madame, la calle Emmikillen, la calle Poivre. De la Montaña de las Señales al Campo de Marte sólo hay ruinas. Los edificios públicos, las iglesias, se han derrumbado, y alguna gente se ha quemado viva en las explosiones. A las cuatro de la tarde, cuenta mi padre, el barómetro estaba en su nivel más bajo y el viento sopló a más de cien millas por hora; según dicen, alcanzó las ciento veinte millas. El mar creció de modo aterrorizador, sumergiendo las orillas, y los barcos fueron proyectados hasta cien metros tierra adentro. En el río de la Muralla, el mar hizo que se desbordaran las crecidas aguas y los habitantes se ahogaron. Los nombres de los poblados destruidos forman una larga lista. Beau Bassin, Rose Hill, Quatre Bornes, Vacoas, Phoenix, Palma, Medine, Beaux Songes. En Bassin, al otro lado de las Tres Ubres, cayó el tejado de una azucarera enterrando a ciento treinta hombres que se habían refugiado allí. En Phoenix murieron sesenta hombres y otros más en Bambous, en Belle Eau y, al norte de la isla, en Mapou, en Mont Goût, en Forbach. El número de víctimas aumenta día tras día, gente arrastrada por el río de barro, aplastada bajo las casas, bajo los árboles. Mi padre dice que hay varios centenares de muertos, pero en los días sucesivos la cifra llega a mil y, luego, a mil quinientos.

Laure y yo permanecemos todo el día fuera, ausentes, ocultos en los lacerados bosquecillos que rodean la casa, sin atrevernos a alejarnos. Vamos a ver la quebrada por donde el torrente corre todavía colérico, arrastrando barro y ramas rotas. O, desde lo alto del árbol chalta, miramos los campos devastados iluminados por el sol. Las mujeres de *gunny* recogen las cañas vírgenes y las arrojan en el suelo lodoso. Niños hambrientos vienen a robar los frutos caídos y los palmitos junto a nuestra casa. Mam espera en casa, silenciosa. Está acostada en el suelo del despacho, envuelta en mantas pese al calor. La cara le arde de fiebre y tiene los ojos rojos, brillando con un fulgor doloroso. Mi padre permanece en la arruinada veranda, mirando a lo lejos la línea de los árboles mientras fuma cigarrillos sin hablar con nadie.

Más tarde regresó Cook con su hija. Habló un poco del Río Negro, de los barcos naufragados, de las casas destruidas. Cook, que es tan viejo, dice que no había conocido nada igual desde que vino por primera vez a la isla, cuando era esclavo. Hubo un huracán que rompió la chimenea de la residencia y que estuvo a punto de matar al gobernador Barkly, pero dice que no fue tan fuerte. Pensamos que, puesto que el viejo Cook no ha muerto y ha regresado, todo será de nuevo como antes. Pero ha mirado lo que quedaba de su choza moviendo la cabeza, ha empujado con el pie algunos fragmentos de tabla y, luego, antes de que hayamos podido comprender, se ha marchado de nuevo. «¿Dónde está Cook?», pregunta Laure. Su hija se encoge de hombros: «Marchado, señorita Laure». «¿Y a dónde se ha marchado?» «A su choza, señorita Laure.» «Pero ¿regresará?» Laure tiene una voz inquieta. «¿Cuándo regresará?» La respuesta de la hija de Cook nos oprime el corazón: «Sólo Dios lo sabe, señorita Laure. Quizá nunca». Ha venido a buscar alimento y un poco de dinero. El capitán Cook no vivirá más aquí, no volverá nunca, lo sabemos bien.

Entonces el Boucan sigue siendo lo que es desde la tempestad: un lugar solitario, abandonado por el mundo. Un negro de las plantaciones ha venido con sus bueyes para arrancar el tronco que había destrozado el comedor. Con mi padre hemos quitado todos los restos que llenaban la casa: papeles, cristal, vajilla hecha trizas mezclándose con las ramas y las hojas, con el barro. Con sus paredes agujereadas, la veranda en ruinas y el techo que deja ver el cielo, nuestra casa parece el pecio de un navío. Nosotros mismos somos náufragos, agarrados a su pecio, con la esperanza de que todo vuelva a ser como antes.

Para luchar contra la inquietud que crece día tras día, Laure y yo nos marchamos cada vez más lejos, a través de las plantaciones, hasta el lindero de los bosques. Vamos cada día, atraídos por el sombrío valle de Mananava, donde viven los rabijuncos que giran muy arriba, en el cielo. Pero también han desaparecido. Creo que el huracán ha debido de arrastrarlos, destrozándolos contra las paredes de las gargantas o arrojándolos muy lejos, en el océano, tanto que no podrán regresar.

Los buscamos cada día en el cielo vacío. El silencio es terrible en el bosque, como si el viento fuera a regresar.

¿Adónde ir? Pero ya no hay hombres aquí, no se oyen ya los ladridos de los perros, en las granjas, ni los gritos de los niños junto a los arroyos. No hay ya humaredas en el cielo.

Trepando a una pirámide criolla, escrutamos el horizonte hacia Clarence, hacia Wolmar. Las humaredas se han terminado. Al sur, hacia el Río Negro, el cielo no tiene señales. No hablamos. Permanecemos expuestos al sol de mediodía, mirando el mar, a lo lejos, hasta que nos duelen los ojos.

Por la noche volvemos al Boucan con el corazón entristecido. El pecio sigue allí, medio derrumbado en la tierra todavía húmeda, entre las ruinas del devastado jardín. Nos deslizamos furtivamente en la casa, descalzos sobre el entarimado en el que la tierra forma ya una capa de polvo crujiente, pero nuestro padre ni siquiera ha advertido nuestra ausencia. Comemos lo que encontramos, hambrientos tras nuestro largo vagabundeo: frutos recogidos en las propiedades, huevos, el «lampangue» de arroz en la gran marmita que mi padre pone al fuego cada mañana.

Cierto día, mientras estábamos cerca del bosque, Koenig, el médico de Floréal, vino a visitar a Mam. Laure ve las huellas de las ruedas de su coche en el barro del camino, al regresar. No me atrevo a ir más lejos y espero, temblando, mientras Laure corre hacia la veranda y entra de un salto en la casa. Cuando, a mi vez, entro por la fachada norte, veo a Laure que tiene a Mam apretada contra sí, apoyando la cabeza en su pecho. Mam sonríe, pese a su fatiga. Va hacia el rincón donde está instalado el hornillo de alcohol.

Quiere calentar arroz, preparar té para nosotros.

—Comed, hijos, comed. Es muy tarde, ¿dónde estabais?

Habla deprisa, con una suerte de opresión, pero su alegría no es fingida.

—Vamos a marcharnos, dejamos el Boucan.

—¿Adónde vamos, Mam?

—Ah, no tendría que decíroslo, todavía no es seguro, en fin, no está por completo decidido. Iremos a Forest Side. Vuestro padre ha encontrado una casa, no lejos de tía Adelaïde.

Nos aprieta contra sí y no sentimos más que su felicidad, no pensamos en nada más.

Mi padre ha vuelto a marcharse a la ciudad, en el coche de Phoenix, sin duda. Debe preparar la partida, la nueva casa de Forest Side. Supe más tarde lo que había hecho entonces para intentar retrasar lo inevitable. Me enteré de todos los papeles que les firmó a los usureros de la ciudad, los reconocimientos de deuda, las hipotecas, los préstamos. Todas las tierras del Boucan, los barbechos, la extensión del

76

jardín, los bosques, la casa incluso, todo estaba hipotecado, vendido. No podía evitarlo. Su última esperanza estaba en aquella locura, aquel generador eléctrico del estanque de las Garcetas, que iba a llevar el progreso a todo el oeste de la isla y que, entonces, era sólo ya un montón de chatarra hundida en el barro. ¿Cómo podíamos comprenderlo nosotros si éramos sólo unos niños? Pero en aquel momento no necesitamos comprender las cosas. Poco a poco adivinamos lo que no nos dicen. Cuando llegó el huracán, supimos muy bien que todo estaba perdido. Fue como el diluvio.

«Y cuando nos hayamos marchado, ¿el tío Ludovic se instalará aquí?», pregunta Laure. Hay tanta cólera, tanta pena en su voz que Mam no puede responder. Aparta la mirada. «¡Ha sido él! ¡Él lo ha hecho todo!», dice Laure. Me gustaría que se callara. Está pálida y tiembla, su voz tiembla también. «¡Le detesto!» «Cállate», dice Mam. «No sabes lo que dices.» Pero Laure no quiere dejarlo correr. Por primera vez hace frente, como si defendiera todo aquello, todo lo que amamos, la casa en ruinas, el jardín, los grandes árboles, nuestra quebrada y, más allá incluso, las oscuras montañas, el cielo, el viento que trae el ruido del mar. «¿Por qué no nos ha ayudado? ¿Por qué no ha hecho nada? ¿Por qué quiere que nos marchemos para quitarnos nuestra casa?» Mam está sentada en la tumbona, a la sombra de la dislocada veranda, como antaño, cuando se disponía a leernos las Sagradas Escrituras o a iniciar un dictado. Pero hoy ha transcurrido mucho tiempo en un solo día y sabemos que nada de ello será ya posible. Por eso grita Laure, y le tiembla la voz, y los ojos se le llenan de lágrimas, porque quiere decir cómo le duele: «¿Por qué ha puesto a todo el mundo contra nosotros cuando, siendo rico, sólo tenía que decir una palabra? ¿Por qué quiere que nos marchemos, para quitarnos nuestra casa, para quitarnos nuestro jardín y llenarlo todo de cañas?». «¡Cállate, cállate!», grita Mam. Su rostro está crispado de cólera, de angustia. Laure ya no grita. Está de pie ante nosotros, llena de vergüenza, con los ojos brillantes de lágrimas, y, de pronto, se da la vuelta, salta al jardín en sombras, huye corriendo. Oigo las ramitas que se rompen a su paso, luego llega el silencio de la noche. Corro tras ella: «¡Laure! ¡Laure! ¡Vuelve!». La busco apresuradamente sin encontrarla. Luego reflexiono y sé dónde está, como si la viera a través de los matorrales. Es la última vez. Está en nuestro escondrijo, al otro lado del campo de palmitos asolado, en la gruesa rama del tamarindo, por encima de la quebrada, escuchando el ruido del agua que corre. En la quebrada, la luz es cenicienta, la noche ha comenzado ya. Hay algunos pájaros que ya han regresado y algunos insectos zumban.

Laure no ha trepado a la rama. Está sentada en una gran piedra, junto al tamarindo. Su vestido azul claro está manchado de barro. Está descalza.

Cuando llego, no se mueve. No está llorando. Su rostro tiene la empecinada expresión que me gusta. Creo que se siente feliz de que haya venido. Me siento a su lado y la rodeo con mis brazos. Hablamos. No del tío Ludovic ni de nuestra próxima partida, nada de eso. Hablamos de otra cosa, de Denis, como si fuera a regresar, trayendo como antaño objetos extraños, un huevo de tortuga, una pluma de la cabeza de algún jefezuelo, una semilla de tombalacoque, o cosas del mar, conchas, guijarros, ámbar. Hablamos también de Nada the Lily, y tenemos mucho que hablar de ella porque el huracán destruyó nuestra colección de periódicos, tal vez la haya arrastrado hasta la cima de las montañas. Cuando la noche ha caído realmente, subimos como antaño por el tronco oblicuo y permanecemos un instante suspendidos, sin ver, con las piernas y los brazos colgando en el vacío.

Aquella noche es larga como las noches que preceden a los largos viajes. Y es cierto que se trata del primer viaje que vamos a hacer, saliendo del valle del Boucan. Estamos acostados en el suelo, envueltos en nuestras mantas, y contemplamos la luz de la lamparita que vacila en un extremo del corredor, sin dormir. Sólo de vez en cuando nos sumimos en el sueño. Escuchamos, en el silencio de la noche, el rumor del largo vestido blanco de Mam, mientras camina por el despacho vacío. La oímos suspirar, y, cuando vuelve a sentarse en el sillón, junto a la ventana, podemos dormirnos de nuevo.

Mi padre ha regresado al amanecer. Ha traído con él una carreta de caballos y un indio de Port Louis al que no conocemos, un hombre alto y delgado que parece un marino. Mi padre y el indio cargan en la carreta los muebles que el huracán ha respetado: algunas sillas, sillones, mesas, un armario que estaba en la habitación de Mam, su cama de bronce y su tumbona. Luego los baúles que contienen los papeles del tesoro, y ropa. Para nosotros no se trata realmente de una partida, puesto que no tenemos nada que llevarnos. Todos nuestros libros, todos nuestros juguetes desaparecieron en la tormenta, y los montones de periódicos no existen ya. No tenemos más ropa que la que llevamos, manchada y desgarrada por los largos vagabundeos entre la maleza. Es mejor así. ¿Qué habríamos podido llevarnos? Hubiéramos necesitado el jardín con sus hermosos árboles, las paredes de nuestra casa y su tejado color de cielo, la pequeña choza del capitán Cook, las colinas de Tamarindo y de la Estrella, las montañas y el sombrío valle de Mananava donde viven los rabijuncos. Permanecemos de pie, al sol, mientras mi padre carga los últimos objetos en la carreta.

Un poco antes de la una, sin haber comido, nos marchamos. Mi padre se sienta delante, junto al cochero. Mam, Laure y yo estamos en la caja, entre las sillas que se bambolean y cajas en las que entrechocan las piezas supervivientes de la vajilla. Ni siquiera intentamos ver, a través de los agujeros de la lona, el paisaje que se aleja. Así nos marchamos aquel miércoles treinta y uno de agosto, así abandonamos nuestro mundo, pues no hemos conocido otro, lo perdemos todo, la gran casa del Boucan donde nacimos, la veranda donde Mam nos leía las Sagradas Escrituras, la historia de Jacob y del ángel, Moisés salvado de las aguas, y aquel jardín frondoso como el Edén, con los árboles de la Intendencia, los guayabos y los mangos, la quebrada del tamarindo inclinado, el gran árbol chalta del bien y del mal, la avenida de las estrellas que lleva al lugar del cielo donde más luces hay. Nos marchamos, dejamos todo eso y sabemos que nada de todo ello existirá ya, porque es como la muerte, un viaje sin retorno.

Forest Side

Entonces comencé a vivir en compañía del Corsario desconocido, el *Privateer,* como le llamaba mi padre. Todos esos años pensé en él, soñé con él. Compartía mi vida, mi soledad. En la oscuridad fría y lluviosa de Forest Side, en el Collège Royal de Curepipe más tarde, yo vivía realmente con él. Era el *Privateer,* ese hombre sin rostro y sin nombre que había recorrido los mares, capturando con su tripulación de bucaneros los navíos portugueses, ingleses, holandeses, y desapareciendo luego, un día, sin dejar más rastros que esos viejos papeles, ese mapa de una isla sin nombre y un criptograma escrito en signos cuneiformes.

La vida en Forest Side, lejos del mar, no era vida. Desde que habíamos sido expulsados del Boucan no habíamos regresado más a orillas del mar. La mayoría de mis compañeros del colegio, los días de asueto, tomaban el tren en familia e iban a pasar algunos días en los «campamentos» de los aledaños de Flic en Flac, o al otro lado de la isla, hacia Mahébourt, o incluso en Poudre d'Or. A veces iban a la isla de los Ciervos, y luego contaban prolijamente su viaje, una fiesta bajo las palmeras, las comidas, las meriendas a las que asistían muchas muchachas con vestidos claros y sombrillas. Nosotros éramos pobres, nunca salíamos. Además, Mam no lo hubiera querido. Desde el día del huracán, odiaba el mar, el calor, la fiebre. En Forest Side se había curado de eso, aunque arrastrara un estado de languidez y de abandono. Laure permanecía siempre a su lado, sin ver a nadie. Al principio había ido a la escuela, como yo, porque decía que quería aprender a trabajar para no tener necesidad de casarse. Pero, a causa de Mam, tuvo que renunciar a ello. Mam dijo que la necesitaba en casa.

Éramos tan pobres, ¿quién iba a ayudarla en las tareas domésticas? Era necesario acompañar a Mam al mercado, preparar la comida, limpiar. Laure no dijo nada. Renunció a ir a la escuela, pero se volvió sombría, taciturna, huraña. Entonces sólo cambiaba de cara cuando yo regresaba del colegio para pasar en casa la noche del sábado y la jornada del domingo. A veces salía a mi encuentro, el sábado, por la carretera Royale. La reconocía a lo lejos, con su alta y delgada silueta ceñida por su vestido azul. No usaba sombrero y llevaba su cabello negro peinado en una larga trenza doblada y anudada en la espalda. Cuando lloviznaba venía con un gran chal sobre la cabeza y los hombros, como una mujer india.

Cuando me distinguía a lo lejos, gritaba corriendo hacia mí: «¡Ali!... ¡Ali!». Se apretaba contra mí y comenzaba a hablar, contando cantidad de cosas sin importancia que había acumulado durante toda la semana. Sus únicas amigas eran indias, mujeres más pobres que ella que vivían en las colinas de Forest Side, a las que llevaba un poco de alimento, ropa usada o con las que charlaba largo rato. Tal vez por ello había terminado pareciéndose un poco a ellas, con su delgada silueta, su largo cabello negro y sus grandes chales.

Por mi parte, apenas la escuchaba, porque en aquel tiempo yo pensaba sólo en el mar, y en el *Privateer,* en sus viajes, sus guardias, en Antongil, en Diego Suárez, en Monomotapa, en sus expediciones, rápidas como el viento, hasta Carnatic en la India, para cortar el camino a los orgullosos y pesados bajeles de las compañías holandesa, inglesa, francesa. Entonces leía libros en los que se hablaba de los bucaneros y sus nombres y sus hazañas resonaban en mi imaginación: Avery, apodado el «reyezuelo», que había raptado y capturado a la hija del Gran Mogol, Martel, Teach, el mayor Stede Bonnet, que se hizo pirata «por el desorden de su espíritu», el capitán England, y Jean Rackham, Roberts, Kennedy, el capitán Amstis, Taylor, Davis y el famoso Oliver Le Vasseur, apodado El Buaro que, con la ayuda de Taylor, se había apoderado del virrey de Goa y de un bajel que contenía un fabuloso botín de diamantes procedentes del tesoro de Golconde. Pero, por encima de todos los demás, a mí me gustaba Misson, el pirata filósofo que, ayudado por el monje exclaustrado Caraccioli, había fundado en Diego Suárez la república de Libertalia, donde todos los hombres tenían que vivir libres e iguales fueran cuales fueran sus orígenes o razas.

Con Laure no hablaba mucho de ello, porque decía que eran quimeras como las que habían arruinado a nuestra familia. Pero a veces compartía mis sueños sobre el mar y el Corsario desconocido con mi padre, y podía contemplar largo rato los documentos relativos al tesoro, que él guardaba en una cajita recubierta de plomo, bajo la mesa que le servía de despacho. Cada vez que estaba en Forest Side, por la noche, encerrado en aquella larga estancia húmeda y fría, a la luz de una vela, miraba las cartas, los mapas, los documentos que mi padre había anotado y los cálculos que había hecho a partir de las indicaciones dejadas por el *Privateer*. Copiaba con cuidado los documentos y los mapas y me los llevaba conmigo al colegio, para soñar.

Los años pasaron así, en un aislamiento tal vez mayor todavía que el de antaño en el Boucan, pues la vida, en el frío del colegio y de sus dormitorios, era triste y humillante. Aquella promiscuidad con los demás alumnos, su olor, su contacto, sus bromas a menudo obscenas, su afición a las palabras malsonantes y su obsesión por el sexo, todo lo que hasta entonces yo no había conocido y que comenzó cuando fuimos expulsados del Boucan.

Estaba la estación de las lluvias, no la violencia de las tempestades a orillas del mar sino una lluvia fina, monótona, que se instalaba en la ciudad y las colinas durante días, durante semanas. En las horas de libertad, transido de frío, iba a la biblioteca Carnegie y leía todos los libros que podía encontrar, en francés o en inglés. Los *Viajes y Aventuras de dos islas desiertas* de François Leguat, *El Neptuno oriental* de D'Après de Mannevillete, los *Viajes a Madagascar, al Marruecos y a las Indias Orientales* del Abate Rochon, y también Charles Alleaume, Grenier, Ohier de Grandpré, y hojeaba los periódicos buscando ilustraciones, nombres que nutrieran mis sueños de mar.

Por la noche, en el frío del dormitorio, recitaba de memoria los nombres de los navegantes que habían recorrido los océanos, huyendo de las escuadras, persiguiendo quimeras, espejismos, el inasible reflejo del oro. Siempre Avery, el capitán Margel y Teach, al que llamaban Barba Negra, que, cuando le preguntaban dónde había escondido su oro, respondía que sólo él y el diablo lo sabían, y que el último que quedara vivo se lo llevaría todo. Así lo contaba Charles Johnson en su *Historia de piratas ingleses*. El capitán Winter y England, su hijo adoptivo. Howell Davis, que un día encontró en su ruta los bajeles de El Cernícalo y, tras haber izado ambos la bandera negra, decidieron aliarse y navegar juntos. Cochlyn el bucanero, que les ayudó en la captura del fuerte de Sierra Leona. Marie Read, disfrazada de hombre, y Anne Bonny, la mujer de Jean Rackham. Tew, que se alió con Misson y defendió Libertalia, Cornelius, Camden, John Plantain, que fue el rey de Rantabé, John Falemberg, Edward Johner, Daniel Darwin, Julien Hardouin, François Le Frère, Guillaume Ottroff, John Allen, William Martin, Benjamin Melly, James Butter, Guillaume Plantier, Adam Johnson.

Y todos los viajeros que recorrían entonces el mar sin fronteras, inventando nuevas tierras. Dufougeray, Jonchée de la Goleterie, Charles Nicolás Mariette, el capitán Le Meyer, que tal vez vio pasar por sus proximidades el bajel pirata *Cassandra* de Taylor, «enriquecido con cinco o seis millones, procedentes de China, donde había robado esos tesoros», dice Charles Alleaume. Jacob de Bucquoy, que asistió a Taylor en su agonía y recogió, tal vez, su postrer secreto. Grenier, que exploró por primera vez el archipiélago de las Chagos, Sir Robert Farquhar, De Langle que acompañó a La Pérouse a Alaska, o también aquel hombre cuyo nombre llevo, L'Étang, que rubricó el acta de toma de posesión de la isla Mauricio por Guillaume Dufresne, comandante del *Chasseur*, un veinte de septiembre del año 1715. Ésos son los nombres que escucho por la noche, con los ojos abiertos de par en par en la oscuridad del dormitorio. Sueño también con los nombres de los navíos, los nombres más bellos del mundo, escritos en la popa, abriendo estelas blancas en el mar profundo, escritos para siempre en la memoria que es el mar, el cielo y el viento. El *Zodiaque,* el *Fortune,* el *Vengeur,* el *Victorieux,* que mandaba El Cernícalo, luego el *Galderland,* al que había capturado, el *Défense* de Taylor, el *Revenant* de Surcouf, el *Flying Dragon* de Camden, el *Volant,* que llevó a Pingré hacia Rodrigues, el *Amphitrite,* y el *Grande Hirondelle,* que mandaba el corsario Le Même antes de perecer en el *Fortune.* El *Néréide,* el *Otter,* el *Saphire,* en los que llegaron los ingleses de Rowley en septiembre de 1809 hasta la Punta de los Guijarros para conquistar la isla de Francia. Están también los nombres de las islas, nombres fabulosos que me sabía de memoria, simples islotes en los que se habían detenido los exploradores y los corsarios buscando agua o huevos de pájaros, escondrijos en la profundidad de las bahías, antros de bucaneros, en los que fundaban sus ciudades, sus palacios, sus Estados: la bahía de Diego Suárez, la bahía de Saint Augustin, la bahía de Antongil en Madagascar, la isla Sainte Marie, Foulpointe, Tintingue. Las islas Comores, Anjouan, Maheli, Mayotte. El archipiélago de las Seychelles y de las Almirantes, la isla Alphonse,

Coetivi, George, Roquepiz, Aldabra, la isla de la Asunción, Cosmoledo, Astove, Saint Pierre, Providence, Juan de Nova, el grupo de las Chagos: Diego García, Egmont, Peligro, Águila, Tres Hermanos, Peros Banhos, Salomón, Legour. Los Cargados Carajos, la maravillosa isla de San Brandán, a la que no pueden ir las mujeres; Raphaël, Tromelin, la isla de la Arena, el Banco Saya de Malha, el Banco Nazaret, Agalega... Eran los nombres que escuchaba en el silencio de la noche, nombres tan lejanos y, sin embargo, tan familiares, y todavía ahora, mientras los escribo, mi corazón late más deprisa y no sé ya si he ido a ellas alguna vez.

Los instantes de vida, cuando nos encontrábamos Laure y yo, tras una semana de separación. A lo largo del embarrado sendero que iba hacia Forest Side, siguiendo la vía del tren hasta Eau Bleue, sin prestar atención a la gente bajo sus paraguas, hablábamos para rememorar los días del Boucan, nuestras aventuras por entre las cañas, el jardín, la quebrada, el rumor del viento en los filaos. Hablábamos deprisa y, a veces, todo aquello parecía un sueño. «¿Y Mananava?», decía Laure. No podía responderle porque me dolía lo más hondo de mí mismo, y pensaba en las noches sin sueño, con los ojos abiertos en la oscuridad, escuchando la respiración demasiado tranquila de Laure, acechando la llegada del mar. Mananava, el valle oscuro donde nacía la lluvia, donde jamás nos habíamos atrevido a entrar. Pensaba también en el viento del mar que empujaba lentamente, como espíritus de leyenda, los dos rabijuncos muy blancos y escuchaba, devuelto todavía por los ecos del valle, su ronco grito parecido al ruido de una carraca. Mananava, donde, según decía la mujer del viejo Cook, vivían los descendientes de los negros cimarrones que habían matado a sus dueños y quemado los campos de caña. Allí había huido Sengor y allí el gran Sacalabou se había arrojado de lo alto de un acantilado para escapar de los blancos que le perseguían. Decía entonces que, cuando llegaba la tempestad, se escuchaba un gemido ascendiendo de Mananava, un eterno lamento.

Laure y yo caminábamos recordando, dándonos la mano como dos enamorados. Le repetía a Laure la promesa que le había hecho mucho tiempo atrás: iremos a Mananava.

¿Cómo podían los demás ser nuestros amigos, nuestros semejantes? En Forest Side nadie conocía Mananava.

Vivimos aquellos años en una pobreza hacia la que aprendimos a volvernos indiferentes. Demasiado pobres como para tener ropa nueva, no frecuentábamos a nadie, no íbamos a ninguna merienda, a ninguna fiesta. Laure y yo obteníamos, incluso, una suerte de placer en esta soledad. Mi padre, para mantenernos, había aceptado un trabajo de contable en una de las oficinas del tío Ludovic, en Rempart Street, en Port Louis, y a Laure le indignaba que el hombre que más había contribuido a nuestra ruina y nuestra marcha del Boucan fuera el que nos alimentara, como una limosna.

Pero sufríamos menos por la pobreza que por el exilio. Recuerdo aquellas tardes oscuras en la casa de madera de Forest Side, el húmedo frío de las noches, el ruido del agua corriendo por las planchas del tejado. Ahora, para nosotros, ya no existía el mar. Apenas lo divisábamos a veces, cuando íbamos con Mam hacia el Campo de Marte. Era, a lo lejos, una extensión que brillaba con dureza bajo el sol, entre los tejados de las dársenas y las copas de los árboles. Pero no nos acercábamos. Laure y yo apartábamos la mirada prefiriendo abrasar nuestros ojos en las peladas laderas de la Montaña de las Señales.

En aquel tiempo, Mam hablaba de Europa, de Francia. Aunque no tuviera allí familia alguna, hablaba de París como de un refugio. Tomaríamos el paquebote de vapor de la British India Steam Navigation, proveniente de Calcuta, e iríamos hasta Marsella. Atravesaríamos primero el océano hasta Suez, y enumerábamos las ciudades que podríamos ver, Mombasa, Aden, Alejandría, Atenas, Génova. Luego tomaríamos el tren hasta París, donde vivía uno de nuestros tíos, un hermano de mi padre que nunca escribía y al que sólo conocíamos por el nombre de tío Pierre, un músico soltero que, según mi padre, tenía muy mal carácter pero era muy generoso. Él enviaba el dinero para nuestros estudios y, después de la muerte de mi padre, acudió en ayuda de Mam. Como Mam había decidido, viviríamos en su casa, al menos en los primeros tiempos, antes de encontrar alojamiento. La fiebre de tal viaje había incluso afectado a mi padre, que soñaba en voz alta con tales proyectos. Por mi parte, no podía olvidar al Corsario desconocido ni su oro secreto. ¿Acaso allí, en París, había sitio para un corsario?

Nos quedaríamos entonces en esa ciudad misteriosa donde había tantas cosas hermosas y también tantos peligros. Laure había leído, por entregas, los *Misterios de París,* una novela interminable que hablaba de bandidos, de raptores de niños, de criminales. Pero esos peligros se veían, para ella, frenados por los grabados de los periódicos que representaban el Campo de Marte (el auténtico), la columna, los grandes bulevares, las modas. Durante las largas veladas del sábado, hablábamos del viaje escuchando la lluvia que tamborileaba sobre el tejado de plancha, y el ruido de las carretas de los *gunnies* circulando por el barro del camino. Laure hablaba de los lugares que visitaríamos, sobre todo del circo, pues había visto en los periódicos de mi padre los dibujos que representaban una inmensa carpa bajo la que evolucionaban tigres, leones y elefantes montados por muchachitas vestidas de bayaderas. Mam nos devolvía a cosas más serias: estudiaríamos, yo derecho, Laure música, iríamos a los museos, tal vez visitaríamos los grandes castillos. Permanecíamos largos ratos silenciosos, faltos de imaginación.

Pero lo mejor, para Laure y para mí, era cuando hablábamos del día —evidentemente lejano— en el que regresaríamos a casa, a Mauricio, como esos aventureros envejecidos que intentan recuperar la tierra de su infancia. Llegaríamos algún día, tal vez en el mismo paquebote que se nos había llevado, y caminaríamos por las calles de la ciudad sin reconocer nada. Iríamos al hotel, en algún lugar de Port Louis, tal vez en el *Wharf,* al New Oriental, o al Garden Hotel, en Comedy Street. O también podríamos tomar el tren, en primera clase, e ir al Family Hotel, en Curepipe, y nadie adivinaría quiénes éramos. En el registro, escribiría nuestros nombres:

Señor y señorita L'Étang,
turistas.

Luego partiríamos a caballo, atravesando los campos de caña, hacia el oeste, hasta Quinze Cantons, y más allá, y bajaríamos por el camino que pasa por entre los picos de las Tres Ubres, seguiríamos luego la carretera de Magenta y sería de día cuando llegáramos al Boucan, y allí nada habría cambiado. Seguiría existiendo nuestra casa, algo inclinada tras el paso del huracán, con su tejado pintado de color de cielo y las lianas que habrían invadido la veranda. El jardín sería más silvestre y seguiría existiendo, cerca de la quebrada, el gran árbol chalta del bien y del mal donde los pájaros se reúnen antes de que caiga la noche. Iríamos, incluso, hasta los límites de la selva, ante la entrada de Mananava, donde comienza siempre la noche, y en el cielo habría los dos rabijuncos blancos como la espuma, girando lentamente por encima de nuestras cabezas y lanzando sus extraños gritos de carraca, que luego desaparecerían en la sombra.

Allí estaría el mar, el olor del mar llevado por el viento, el ruido del mar, y escucharíamos estremeciéndonos su olvidada voz que nos diría: no volváis a marcharos, no volváis a marcharos...

Pero el viaje a Europa jamás tuvo lugar, porque un anochecer del mes de noviembre, justo antes de que comenzara el nuevo siglo, murió nuestro padre, fulminado por un ataque. La noticia llegó por la noche, traída por un correo indio. Vinieron a despertarme al dormitorio del colegio, para llevarme al despacho del director, anormalmente iluminado a aquellas horas. Me comunicaron lo que había sucedido con cautela, pero yo sólo sentí un gran vacío. A primeras horas del día me llevaron en coche a Forest Side y, cuando llegué, en vez de la muchedumbre que yo temía, sólo vi a Laure y a nuestra tía Adelaïde, y a Mam, pálida y postrada en una silla ante el lecho donde, vestido, yacía mi padre. Aquella muerte brutal, acontecida tras la caída de la casa en la que habíamos nacido, tenía para mí, al igual que para Laure, algo de incomprensible y de fatal que nos parecía un castigo del cielo. Mam jamás se recuperó por completo de ello.

La primera consecuencia de la desaparición de nuestro padre fue una penuria todavía mayor, sobre todo para Mam. Ahora no se podía ya pensar en Europa. Estábamos prisioneros de nuestra isla, sin esperanzas de abandonarla. Comencé a detestar aquella ciudad fría y lluviosa, aquellos caminos llenos de miserables, aquellas carretas que transportaban sin cesar montones de cañas hacia el tren del azúcar e, incluso, lo que antaño tanto me había gustado, las inmensas extensiones de las plantaciones donde el viento hacía nacer olas. ¿Me veré obligado a trabajar, algún día, como *gunny*, a cargar los haces de cañas en las carretas de bueyes, para arrojarlos en las fauces del molino, todos los días de mi vida, sin esperanza, sin libertad? Ni siquiera fue así, pero tal vez fue peor todavía. Mi beca en el colegio terminó y me vi obligado a aceptar un trabajo, y fue el puesto que mi padre había ocupado en las grises oficinas de W. W. West, la compañía de seguros y exportación que estaba en las poderosas manos del tío Ludovic.

Tuve entonces la sensación de romper los vínculos que me unían a Laure y a Mam, la sensación, sobre todo, de que el Boucan y Mananava desaparecían para siempre.

Rempart Street era otro mundo. Llegaba cada mañana en el tren, con la multitud de chupatintas, y los comerciantes chinos e indios que se dirigían a sus negocios. De los vagones de primera clase salía la gente importante, los hombres de negocios, los abogados, vestidos con sus trajes oscuros, con bastón y sombrero. Ese río me llevaba hasta la puerta de las oficinas de W. W. West donde, en la cálida penumbra del despacho, me aguardaban los registros y los montones de facturas. Permanecía allí hasta las cinco de la tarde, con una pausa de media hora, a mediodía, para comer. Mis colegas iban a comer juntos a casa de un chino de la calle Royale, pero yo, para economizar y también por afición a la soledad, me limitaba a roer unos pasteles picantes ante la tienda del chino y, a veces, como un lujo, a comer una naranja del Cabo que iba desgajando, sentado en un murete a la sombra de un árbol, mientras contemplaba a las campesinas indias que volvían del mercado.

Era una vida sin sobresaltos, sin sorpresas, y a menudo me parecía que todo aquello no era real, que estaba soñando despierto con todo, con el tren, las cifras de los registros, el olor a polvo en las oficinas, las voces de los empleados de W. W. West que hablaban en inglés y aquellas mujeres indias que volvían lentamente del mercado, llevando en la cabeza su cesto vacío, por las inmensas calles bajo la luz del sol.

Pero estaban los barcos. Por ellos iba al puerto, cada vez que podía hacerlo, cuando disponía de una hora antes de que se abrieran las oficinas de W. W. West, o después de las cinco, cuando Rempart Street estaba vacío. Los días de fiesta, cuando los jóvenes iban a pasear del brazo de su prometida por las avenidas del Campo de Marte, yo prefería vagabundear por los muelles, por entre las cuerdas y las redes de pesca, para escuchar las conversaciones de los pescadores y para mirar los barcos que se balanceaban en el agua grasienta, siguiendo con la mirada la maraña de los aparejos. Soñaba ya en partir, pero debía limitarme a leer los nombres de los barcos en las popas. Eran a veces simples barcas de pesca que sólo llevaban un ingenuo dibujo representando un pavo real, un gallo o un delfín. Contemplaba a hurtadillas el rostro de los marineros, de los viejos indios, de los negros, de los enturbantados naturales de las Comores, sentados a la sombra de los grandes árboles, fumando casi sin moverse sus cigarros.

Recuerdo todavía hoy los nombres que leía en las popas de los navíos. Están grabados en mí como las palabras de una canción: *Gladys, Essalaam, Star of the Indian Sea, L'Amitié, Rose Belle, Kumuda, Rupanika, Tan Rouge, Rosalie, Poudre d'Or, Belle of the South.* Eran, para mí, los nombres más hermosos del mundo, pues hablaban del mar, contaban las largas olas del mar abierto, los arrecifes, los lejanos archipiélagos, las tempestades incluso. Cuando los leía, me encontraba lejos de la tierra, lejos de las calles de la ciudad, lejos, sobre todo, de la sombra polvorienta de las oficinas y de los registros llenos de cifras.

Cierto día, Laure vino conmigo a los muelles. Caminamos mucho tiempo a lo largo de los barcos, bajo la indiferente mirada de los marinos sentados a la sombra de los árboles. Ella fue la que me habló primero de mi sueño secreto al preguntarme: «¿Te marcharás pronto en un barco?». Me reí un poco, asombrado ante su pregunta, como si fuera una broma. Pero ella me miró sin reír, con sus hermosos ojos oscuros llenos de tristeza. «Sí, sí, creo que puedes partir en cualquiera de estos barcos, partir a cualquier parte, como con Denis en la piragua.» Y como yo no contestaba, dijo de pronto, casi alegremente: «¿Sabes?, a mí me gustaría mucho eso, partir a cualquier parte, en un barco, a la India, a China, a Australia, a cualquier parte. ¡Pero es tan imposible!». «¿Recuerdas el viaje a Francia? Ahora ya no quisiera ir», dijo también Laure. «A la India, a China, a cualquier parte, pero a Francia ya no.» Dejó de hablar y seguimos mirando los barcos amarrados a lo largo del muelle, y yo era feliz, sabía por qué era feliz cada vez que un barco izaba sus velas y se alejaba hacia mar abierto.

Aquel año conocí al capitán Bradmer y el *Zeta.* Ahora quisiera recordar cada detalle de aquel día, para revivirlo, porque fue uno de los días más importantes de mi vida.

Era un domingo por la mañana, al alba había salido de la vieja casa de Forest Side y había tomado el tren hacia Port Louis. Vagabundeaba, como de costumbre, a lo largo de los muelles, entre pescadores que regresaban ya del mar con sus canastos llenos de pescado. Los barcos estaban todavía húmedos de alta mar, fatigados, con las velas colgando a lo largo de los mástiles para que el sol las secara. Me gustaba mucho asistir al regreso de los pescadores, escuchar el gemido de los cascos, sentir el olor del mar que llevaban todavía encima. Entonces, entre las barcas de pesca, los cachamarines y la multitud de piraguas a vela, lo vi: era un barco ya antiguo, con la silueta fina y esbelta de las goletas, dos mástiles ligeramente inclinados hacia atrás y dos hermosas velas áuricas que chasqueaban al viento. En el largo casco negro, que se levantaba hacia la popa, leí su extraño nombre, escrito en letras blancas: ZETA.

En medio de los demás barcos de pesca, parecía un purasangre dispuesto para la carrera, con sus grandes velas muy blancas y sus aparejos que volaban de la gavia al bauprés. Permanecí mucho tiempo inmóvil, admirándolo. ¿De dónde venía? ¿Iba a partir de nuevo hacia un viaje que yo imaginaba sin retorno? Un marino estaba de pie en el puente, un negro de las Comores. Me atreví a preguntarle de dónde venía y me repuso: «Agalega». Cuando le pregunté de quién era el navío, me dijo un nombre que yo entendí mal: «Capitán Brazo de Mar». Tal vez fue aquel nombre que evocaba el tiempo de los corsarios y despertó mi imaginación lo que me atrajo hacia ese barco. ¿Quién era el tal «Brazo de Mar»? ¿Cómo podía verle? Ésas eran las preguntas que hubiera querido hacer al marino, pero el de las Comores me volvió la espalda y se sentó en un sillón en la parte de atrás, a la sombra de las velas.

Regresé varias veces aquel día para contemplar la goleta amarrada al muelle, inquieto ante la idea de que pudiera partir con la marea de la noche. El marino de las Comores seguía sentado en el sillón, a la sombra de la vela que flotaba al viento. Hacia las tres de la tarde, la marea comenzó a subir y el marino cargó la vela en la verga. Luego cerró cuidadosamente las escotillas con candado y bajó al muelle. Cuando me vio de nuevo ante el barco, se detuvo y me dijo: «El capitán Brazo de Mar vendrá en seguida».

La tarde me pareció muy larga mientras esperaba. Permanecí mucho tiempo sentado bajo los árboles de la Intendencia para protegerme del ardiente sol. A medida que el día iba pasando, las actividades de la gente de mar se reducían y pronto no hubo ya nadie, salvo algunos mendigos que dormían a la sombra de los árboles o que buscaban por entre los restos del mercado. Con la marea, el viento soplaba del mar y vi, a lo lejos, entre los mástiles, el horizonte que brillaba.

Al crepúsculo regresé ante el *Zeta*. Apenas se movía al extremo de sus amarras, empujado por el mar. Puesta sobre el puente, a guisa de pasarela, una sencilla tabla rechinaba siguiendo el movimiento.

A la luz dorada del anochecer, en el abandono del puerto por donde sólo pasaba alguna gaviota, con el ligero rumor del viento que silbaba en las jarcias y, tal vez, también a causa de esa larga espera al sol, como cuando corría por los campos, el navío había adquirido algo mágico con sus altos mástiles inclinados, sus vergas prisioneras de la red de cuerdas, la aguda lanza del bauprés semejante a un espolón. En el puente brillante, el sillón vacío colocado ante la rueda del timón producía una impresión de extrañeza más grande todavía. No era un sillón de barco: era más bien un sillón de oficina, de madera torneada, como los que veía cada día en la W. W. West. Y estaba allí, en la popa del navío, deslustrado por las salpicaduras del mar, luciendo las marcas de sus viajes a través del océano.

La atracción era demasiado fuerte. Franqueé de un salto la tabla que servía de pasarela y me encontré en el puente del *Zeta*. Caminé hasta el sillón y me senté, para esperar, ante la gran rueda de madera del timón. Estaba tan cautivado por la magia del navío, en la soledad del puerto y la luz dorada del sol poniente, que ni siquiera oí llegar al capitán. Se acercó a mí y me miró con curiosidad, sin montar en cólera, y me dijo de un modo curioso, burlón y serio a la vez:

—Bueno, caballero, ¿cuándo zarpamos?

Recuerdo muy bien el modo de hacerme la pregunta y el rubor que cubrió mi rostro porque no sabía qué responderle.

¿Qué dije para excusarme? Recuerdo, sobre todo, la impresión que me causó entonces el capitán, su robusto cuerpo, su ropa gastada como su navío, llena de huellas indelebles como cicatrices, su rostro de inglés con la piel muy enrojecida, pesado, serio, desmentido por unos ojos negros y brillantes, por el juvenil fulgor burlón de su mirada. Fue él el que me habló primero, y supe que «Brazo de Mar» era en realidad el capitán Bradmer,* un oficial de la Marina Real que estaba llegando al final de sus aventuras solitarias.

Creo que lo supe en seguida: partiría a bordo del *Zeta,* sería mi navío Argos, el que me llevaría a través de los mares hasta el lugar que yo había soñado, a Rodrigues, para mi búsqueda de un tesoro interminable.

* Por similitud fonética entre «Bradmer» y «Bras de mer» (Brazo de mar). *(N. del t.)*

Hacia Rodrigues, 1910

Abro los ojos y veo el mar. No es el mar de esmeralda que veía antaño, en las lagunas, ni el agua negra ante el estuario del río Tamarindo. Es un mar como nunca lo había visto todavía, libre, salvaje, de un azul que produce vértigo, un mar que levanta el casco del navío, lentamente, ola tras ola, manchado de espuma, recorrido por centelleos.

Debe de ser tarde, el sol está ya alto en el cielo. He dormido tan profundamente que ni siquiera he advertido que el navío aparejaba, franqueaba el paso cuando ha llegado la marea.

Ayer por la noche caminé por los muelles, hasta muy tarde, sintiendo el olor del aceite, del azafrán, el olor de las frutas podridas que flota en el emplazamiento del mercado. Oía las voces de los hombres de mar, en los barcos, las exclamaciones de los jugadores de dados, percibía también el olor del arak, del tabaco. Subí a bordo del navío, me tendí en el puente para huir del sofoco de la cala, del polvo de los sacos de arroz. Miré el cielo a través de las cuerdas del mástil, con la cabeza apoyada en mi baúl. Luché contra el sueño hasta pasada media noche, mirando el cielo sin estrellas, escuchando las voces, el chirrido de la pasarela en el muelle y, a lo lejos, las notas de una guitarra. No quería pensar en nadie. Sólo Laure se ha enterado de mi partida, pero no le ha dicho nada a Mam. No ha derramado ni una lágrima, muy al contrario, sus ojos brillaban con un fulgor desacostumbrado. Pronto volveremos a vernos, le he dicho. Allí, en Rodrigues, podremos comenzar una vida nueva; tendremos una gran casa, caballos, árboles. ¿Podía, acaso, creerme?

No ha querido que la tranquilizara. Partes, te vas, tal vez para siempre. Debes ir hasta el fin de lo que buscas, hasta el fin del mundo.

Eso es lo que quería decirme cuando me miraba, pero yo no podía comprenderlo. Escribo, ahora, para ella, para decirle lo que significaba aquella noche, tendido en el puente del *Zeta,* en medio de las cuerdas, escuchando la voz de los hombres de mar y la guitarra que tocaba sin cesar la misma canción criolla. La voz, en cierto momento, se hizo más fuerte, tal vez se había levantado el viento o el cantor se había vuelto hacia mí, en la oscuridad del puerto.

> *Vale, vale, prête mo to fizi*
> *Avla l'oiseau prêt envolé*
> *Si mo gagne bonher touyé l'oiseau*
> *Mo gagne l'arzent pou mo voyaze*
> *En allant, en arrivant!**

Me dormí escuchando las palabras de la canción.

Y cuando llegó la marea, el *Zeta* izó en silencio sus velas, se deslizó por el agua negra hacia los fuertes del paso, y yo no sabía nada. Dormí en el puente, al lado del capitán Bradmer, con la cabeza apoyada en mi baúl.

Cuando despierto y miro a mi alrededor, deslumbrado por el sol, la tierra ya no existe. Voy a la parte trasera y me acodo en la borda. Miro tanto como puedo el mar, las largas olas que resbalan bajo el casco, la estela como un camino que centellea. ¡Hacía tanto tiempo que esperaba este momento! Mi corazón palpita con fuerza, mis ojos están llenos de lágrimas.

El *Zeta* se inclina lentamente al paso de las olas, luego se endereza. Hasta donde alcanza mi vista, no hay más que eso, el mar, los profundos valles entre las olas, la espuma en las crestas. Oigo el ruido del agua que rodea el casco del navío, la quilla desgarrando una ola. Y sobre todo el viento que hincha las velas y hace rechinar las jarcias. Conozco muy bien ese ruido, es el del viento en las ramas de los grandes árboles, en el Boucan, el ruido de la marea que sube, que se extiende hasta los campos de caña. Pero es la primera vez que lo escucho así, solo, sin obstáculo, libre de una punta a la otra del mundo.

---

* Vale, vale, préstame tu fusil, / el pájaro está listo para emprender el vuelo. / Si tengo la suerte de matar el pájaro / gano el dinero para mi viaje, / ¡yendo, llegando! (*N. del t.*)

Son hermosas las velas, hinchadas por el viento. El *Zeta* navega con el viento de popa, y la tela blanca ondea chasqueando, de arriba abajo. Delante hay tres foques, afilados como alas de aves marinas, que parecen guiar el navío hacia el horizonte. A veces, tras una ráfaga de viento del oeste, la lona de las velas se tiende de nuevo en un violento repulgo que suena como un cañonazo. Todos los ruidos del mar me aturden, la luz me ciega. Y está, sobre todo, el azul del mar, ese azul profundo y oscuro, poderoso, centelleante. El viento se arremolina y me embriaga, y siento el salobre sabor de las salpicaduras cuando la ola cubre la quilla.

Todos los hombres están en el puente. Son marinos indios de las Comores, no hay otro pasajero a bordo. Todos sentimos la misma embriaguez del primer día en el mar. Incluso Bradmer debe de sentirlo. Está de pie en el puente, cerca del timonel, con las piernas abiertas para resistir el balanceo. Hace horas que no se ha movido, que no aparta los ojos del mar. Pese a mis deseos, no me atrevo a hacerle preguntas. Debo esperar. Imposible hacer otra cosa que mirar al mar y escuchar el ruido del viento, y por nada del mundo quisiera bajar a la cala. El sol abrasa el puente, abrasa el agua oscura del mar.

Voy a sentarme un poco más lejos, en el puente, al extremo de la botavara que vibra. Las olas levantan la popa del navío y luego la dejan caer pesadamente. Es una ruta sin fin que, en la popa, se va ampliando hacia el horizonte. No hay ya tierra en parte alguna. Sólo el agua profunda, impregnada de luz, y el cielo donde las nubes parecen inmóviles, ligeras humaredas nacidas del horizonte.

¿Adónde vamos? Eso es lo que querría preguntar a Bradmer. Ayer no dijo nada. Permaneció silencioso como si reflexionara o como si no quisiera decirlo. A Mahé, tal vez, a Agalega, depende de los vientos, me dice el timonel, un viejo de color de terracota cuyos ojos claros miran sin parpadear. El viento es ahora del sur-sureste, continuo, sin ráfagas, y hemos puesto proa al norte. El sol está en la popa del *Zeta,* su luz parece hinchar las velas.

La embriaguez del comienzo del día no cede. Los marinos negros e indios permanecen de pie en el puente, junto al palo de mesana, agarrados a las cuerdas. Ahora Bradmer se ha sentado en su sillón, tras el timonel, y sigue mirando hacia adelante, al horizonte, como si realmente aguardara que apareciera algo. Sólo están las olas, corriendo hacia nosotros, semejantes a bestias, erguida la cabeza, chispeante la cresta, golpeando luego el casco del navío y deslizándose por debajo. Si me vuelvo las veo huir, apenas marcadas por el cielo de la quilla, hacia el otro extremo del mundo.

Mis pensamientos chocan en mi interior, siguiendo el ritmo de las olas. Creo que no soy ya el mismo, que nunca seré ya el mismo. El mar me ha separado de Mam y de Laure, de Forest Side, de todo lo que he sido.

¿A qué día estamos? Me parece que siempre he vivido aquí, en la popa del *Zeta,* mirando por encima de la borda la extensión del mar, escuchando su respiración. Me parece que todo lo que he vivido desde nuestra expulsión del Boucan, en Forest Side, en el Collège Royal y, luego, en las oficinas de W. W. West, no era más que un sueño y ha bastado abrir los ojos al mar para que desaparezca.

En el ruido de las olas y del viento oigo una voz que, sin cesar, repite en mi interior: ¡el mar! ¡El mar! Y esta voz cubre todas las demás palabras, todos los pensamientos. El viento que nos empuja hacia el horizonte se atorbellina a veces, hace que el barco se bambolee. Oigo el zumbido de las velas, los silbidos de las jarcias. También eso son palabras que se me llevan, que me alejan. ¿Dónde está, ahora, la tierra en la que he vivido todo ese tiempo? Se ha hecho muy pequeña, semejante a una balsa perdida, mientras el *Zeta* avanza bajo el empuje del viento y de la luz. Deriva en alguna parte, al otro lado del horizonte, delgado hilillo de barro perdido en la inmensidad azul.

Estoy tan ocupado mirando el mar y el cielo, cada hueco de sombra entre las olas y los labios de la estela al separarse, escucho con tanta atención el ruido del agua en la roda, el ruido del viento, que no he advertido que los hombres de la tripulación están comiendo. Bradmer se acerca a mí. Sigue mirándome con ese brillo burlón en sus ojillos negros.

—Bueno, caballero. ¿Acaso el mareo le ha quitado el apetito? —dice en inglés.

Me levanto en seguida para demostrarle que no me encuentro mal.

—No, señor.

—Entonces, venga a comer. —Casi es una orden.

Descendemos a la cala por la escalerilla. En las profundidades del barco, el calor es sofocante y el aire está lleno de olores de cocina y mercancías. Pese a las escotillas abiertas, todo está en penumbra. El interior del barco no es más que una gran cala cuya parte central está ocupada por las cajas y los fardos de las mercancías, y la parte de atrás, por los colchones, puestos en el suelo, donde duermen los marinos. Bajo la escotilla delantera, el cocinero chino se afana distribuyendo las raciones de arroz al curry que ha cocinado en un viejo hornillo de alcohol, y sirviendo el té de una gran tetera de estaño.

Bradmer se sienta al estilo indio, con la espalda apoyada en una viga, y yo hago lo mismo. Aquí, en el fondo de la cala, el barco se mueve terriblemente. El cocinero nos tiende unos platos esmaltados llenos de arroz y dos cuartillos de té hirviente.

Comemos sin hablar. Distingo en la penumbra a los marinos indios, agachados también, bebiendo su té. Bradmer come con rapidez, utilizando la cuchara abollada como unos palillos, echando el arroz en su boca. El arroz es aceitoso, empapado en salsa de pescado, pero el curry es tan fuerte que apenas se nota el sabor. El té me abrasa los labios y la garganta, pero alivia tras el picante arroz.

Cuando Bradmer ha terminado, se levanta y deja el plato y el cuartillo en el suelo, junto al chino. Mientras subimos por la escalerilla hacia el puente, registra el bolsillo de su chaqueta y saca dos extraños cigarrillos, hechos con una hoja de tabaco verde enrollada. Tomo uno de los cigarrillos y lo enciendo con el mechero del capitán. Subimos por la escalerilla uno tras otro y nos encontramos de nuevo en el puente, bajo el violento viento.

Tras haber permanecido unos instantes en la cala, la luz me deslumbra tanto que los ojos se me llenan de lágrimas. Casi a tientas, inclinado bajo la botavara, regreso a mi lugar en la popa y me siento junto a mi baúl. Bradmer, por su parte, ha vuelto a sentarse en su sillón, atornillado en el puente, y mira a la lejanía, sin hablar con el timonel, fumando su cigarrillo.

El olor del tabaco es acre y dulzón, me da náuseas. No puedo conciliarlo con el azul tan puro del mar y del cielo, con el ruido del viento. Apago mi cigarrillo en el puente, pero no me atrevo a arrojarlo al mar. No puedo admitir esa mácula, ese cuerpo extraño flotando en esta agua tan hermosa, tan lisa, tan viva.

El *Zeta* no es una mácula. Ha recorrido ese mar, y otros mares también, más allá de Madagascar, hasta las Seychelles, o hacia el sur, hasta Saint Paul. El océano lo ha purificado, lo ha vuelto semejante a esas grandes aves marinas que planean en el viento.

El sol desciende lentamente por el cielo, ilumina ahora el otro lado de las velas. Veo la sombra del velamen creciendo, hora tras hora, sobre el mar. Cuando cae la tarde, el viento pierde su fuerza. Es una brisa ligera que apenas empuja las grandes velas, que alisa y redondea las olas, y hace que la superficie del mar se estremezca como una piel. La mayoría de los marinos han bajado a la cala, hablan y beben té. Algunos duermen en el suelo, sobre los colchones, para disponerse a la navegación nocturna.

El capitán Bradmer ha permanecido sentado en su sillón, tras el timonel. Apenas intercambian unas palabras inaudibles. Fuman sin cansarse los cigarrillos de tabaco verde, cuyo aroma me llega a veces, cuando hay un remolino. Siento que los ojos me arden, ¿acaso tengo fiebre? La piel de mi rostro, mi cuello, mis brazos, mi espalda, me arden. El calor del sol durante todas estas horas ha marcado mi cuerpo. El sol ha ardido todo el día sobre las velas, en el puente, sobre el mar también, sin que yo me preocupara de ello. Ha encendido destellos en la cresta de las olas, dibujando un arco iris en el agua pulverizada.

Ahora, la luz viene del mar, de lo más profundo de su color. El cielo es claro, casi incoloro, y miro la azul extensión del mar y el vacío del cielo hasta sentir vértigo.

Siempre había soñado con esto. Me parece que mi vida se detuvo hace mucho tiempo, en la proa de la piragua que derivaba en la laguna del Morro, cuando Denis escrutaba el fondo, buscando un pez para arponearlo. Todo aquello que me parecía desaparecido, olvidado, el ruido, la mirada del mar fascinante en sus abismos, todo da vueltas en mí, regresa, a bordo del *Zeta* que avanza.

El sol desciende lentamente hacia el horizonte, eliminando las crestas de las olas, abriendo valles de sombra. Mientras la luz declina y se tiñe de oro, los movimientos del mar se hacen más lentos. El viento no lanza ya sus ráfagas. Las velas se deshinchan, cuelgan entre las vergas. De pronto el calor es pesado, húmedo. Todos los hombres están en el puente, en la proa del navío, o sentados alrededor de las escotillas. Fuman, algunos están tendidos, con el torso desnudo, en el puente, soñando, con los ojos entreabiertos, tal vez bajo los efectos del *kandja*. El aire está ahora tranquilo y el mar apenas levanta sus lentas olas contra el casco del navío. Se ha vuelto de un color violeta del que ya no brota la luz. Oigo claramente las voces, las risas de los marineros que juegan a los dados en la proa, y la monótona entonación del timonel negro que habla con el capitán Bradmer sin mirarle.

Todo es muy extraño, semejante a un sueño interrumpido hace mucho tiempo, nacido de la reverberación del mar cuando la piragua se desliza cerca del Morro, bajo el incoloro vacío del cielo. Pienso en el lugar adonde voy, y mi corazón late más deprisa. El mar es una ruta lisa para encontrar los misterios, lo desconocido. El oro está en la luz, a mi alrededor, oculto bajo el espejo del mar. Pienso en lo que me aguarda, al otro extremo de este viaje, como en una tierra a la que hubiera ido ya antaño, y a la que hubiera perdido. El navío se desliza por el espejo de la memoria. Pero ¿sabré comprender cuando llegue? Aquí, en el puente del *Zeta* que avanza suavemente por la lánguida luz del crepúsculo, pensar en el porvenir me produce vértigo. Cierro los ojos para no ver el resplandor del cielo, el muro sin grietas del mar.

EL DÍA SIGUIENTE, A BORDO

Pese a mi repugnancia, he tenido que pasar la noche en la cala. El capitán Bradmer no quiere a nadie en el puente durante la noche. Tendido en las tablas (los colchones de los marineros no me inspiran confianza), con la cabeza apoyada en mi manta enrollada como un almohadón, me agarro a las asas de mi baúl a causa del incesante bamboleo. El capitán Bradmer duerme en una suerte de alcoba construida en la estructura, entre dos enormes vigas de teca apenas escuadradas que sostienen el puente. Ha colocado, incluso, una precaria cortina que le permite aislarse, pero que debe de asfixiarle pues, de madrugada, he visto que había abierto la cortina ante su rostro.

Noche extenuante por culpa, primero, del bamboleo, pero también por la promiscuidad. Hombres roncando, tosiendo, hablando, yendo y viniendo sin cesar de la cala a las escotillas para respirar un poco de aire fresco, o para mear por la borda, a sotavento. La mayoría son extranjeros, de las Comores, somalíes que hablan una lengua ronca o indios del Malabar, de piel oscura, de mirada triste. Si no he dormido un solo instante en toda la noche, es también a causa de estos hombres. En la sofocante oscuridad de la cala, apenas agujereada por el tembloroso brillo de la lámpara de noche, con las quejas del casco balanceado por las olas, he sentido, poco a poco, una inquietud absurda e irresistible. ¿Acaso no se habían producido, entre esos hombres, aquellos famosos motines piratas del este africano de los que hablaban tantas revistas de viajes que yo leía con Laure? ¿Tal vez habían proyectado matarnos, al capitán Bradmer, a mí y a quienes no eran sus cómplices, para apoderarse del navío? ¿Quizá creían que yo transportaba dinero y objetos preciosos en ese viejo baúl en el que había encerrado los papeles de mi padre? Ciertamente, habría tenido que abrirlo ante ellos para que vieran que sólo contiene papeles antiguos, mapas, ropa interior y mi teodolito. Pero ¿no habrían pensado, entonces, que había un doble fondo lleno de monedas de oro? Mientras el navío se balanceaba lentamente, sentía contra mi hombro desnudo el tibio metal del baúl, y permanecía con los ojos abiertos observando la oscuridad de la cala. Qué diferencia con la primera noche pasada en el puente del *Zeta,* cuando el navío había aparejado durante mi sueño y desperté, de pronto, por la mañana, deslumbrado por el mar inmenso.

¿Adónde vamos? Puesto que hemos mantenido rumbo norte desde la partida, no cabe ya duda de que vamos hacia Agalega. El capitán Bradmer lleva a la gente de esa isla lejana la mayor parte de su heteróclita carga: fardos de tejido, rollos de alambre, barriles de aceite, cajas de jabón, sacos de arroz y de harina, habichuelas, lentejas, y también todo tipo de cacerolas y de platos esmaltados envueltos en redes. Todo será vendido a los chinos que tienen tiendas para los pescadores y granjeros.

La presencia de estos utensilios y el olor de las mercancías me tranquiliza. ¿Es ésta una carga para piratas? El *Zeta* es una tienda de ultramarinos flotante y la idea de un motín me parece, de pronto, risible.

Pero no por ello duermo. Los hombres han callado ahora, pero comienzan los insectos. Oigo corretear a las enormes cucarachas, que a veces vuelan vibrando por la cala. Entre sus corridas y su vuelo oigo el agudo ruido de los mosquitos junto a mi oreja. También velo contra ellos, con los brazos y el rostro cubiertos con mi camisa.

Puesto que no consigo dormir, voy a mi vez hasta la escalerilla y paso la cabeza por la escotilla abierta. Fuera, la noche es hermosa. El viento vuelve a soplar empujando las velas cazadas a tres cuartos. Es un viento frío que viene del sur y da caza al navío. Tras el asfixiante calor de la cala, el viento me hace estremecer, pero es agradable. Contravendré las órdenes del capitán Bradmer. Provisto de mi manta de caballo, recuerdo de los tiempos del Boucan, estoy en cu-

bierta y camino hacia proa. Atrás está el timonel negro y dos marineros que le hacen compañía fumando kandja. Me siento en la proa,
bajo las alas de los foques, y contemplo el cielo y el mar. No hay luna
y, sin embargo, mis dilatados ojos perciben cada ola, el agua color de
noche, las manchas de espuma. La luz de las estrellas ilumina el mar.
Jamás había visto así las estrellas. Ni siquiera antaño, en el jardín del
Boucan, cuando caminábamos con nuestro padre por la «avenida
de las estrellas», eran tan hermosas. En tierra, el cielo se ve comido por
los árboles, por las colinas, apagado por esa bruma impalpable como
un aliento que brota de los arroyos, de los campos de hierba, de las
bocas de los pozos. El cielo está lejos, como visto a través de una
ventana. Pero aquí, en pleno mar, no hay límites para la noche.

Entre el cielo y yo no hay nada. Me tiendo en cubierta, con la
cabeza apoyada en la escotilla cerrada, y contemplo con todas mis
fuerzas las estrellas, como si las viera por primera vez. El cielo se
columpia entre los dos mástiles, las constelaciones giran, se detienen
un instante, y vuelven atrás. Todavía no las reconozco. Aquí las estrellas son tan brillantes, incluso las más débiles, que todas me parecen
nuevas. A babor está Orión y hacia el este tal vez Escorpión, donde
brilla Antares. Veo con claridad volviéndome a popa del navío, tan
cerca del horizonte que me basta bajar los ojos para seguirlas en su
lento balanceo, las estrellas que forman la Cruz del Sur. Recuerdo la
voz de mi padre cuando nos guiaba a través del jardín oscuro y nos
pedía que la reconociéramos, ligera y fugitiva, por encima de la línea
de las colinas.

Miro esta cruz de estrellas y eso me aleja más todavía, porque
realmente pertenece al cielo del Boucan. No puedo apartar de ella
los ojos, por temor a perderla para siempre.

Así me dormí aquella noche, un poco antes del alba, con los ojos
abiertos hacia la Cruz del Sur. Envuelto en la manta, con el rostro y
los cabellos golpeados por las ráfagas del viento, escuchando los
chasquidos del viento en los foques y el chirrido del mar contra el
estrave.

OTRO DÍA, EN ALTA MAR

Levantado a punta de alba, y mirando el mar casi sin moverme, en mi
sitio, a popa, junto al timonel negro. El timonel es de las Comores y

tiene el rostro muy negro de un abisinio, pero con ojos de un verde luminoso. Es el único que habla realmente con el capitán Bradmer, y mi calidad de pasajero de pago me vale el privilegio de poder instalarme a su lado y oírle hablar. Habla lentamente, eligiendo sus palabras, en un francés muy puro sin apenas acento criollo. Dice que, antaño, fue a la escuela de los Padres de Morón, y que quería ser sacerdote. Un día lo dejó todo, sin verdaderas razones, para hacerse marino. Ahora hace treinta años que navega, conoce todos los puertos, desde Madagascar a la costa de África, de Zanzíbar a los Chagos. Habla de las islas, de las Seychelles, de Rodrigues, y también de las más lejanas, Juan de Nova, Farquhar, Aldabra. La que más le gusta es San Brandán, que pertenece a las tortugas marinas y a las aves. Ayer, abandonando el espectáculo de las olas que avanzan y se rehacen en el mismo lugar, me senté en cubierta, junto al timonel, y le escuché mientras hablaba con el capitán Bradmer. Mejor sería decir mientras hablaba ante Bradmer, pues el capitán, como buen inglés, puede permanecer inmóvil durante horas, sentado en su sillón de escribano, fumando sus pequeños cigarrillos verdes, mientras el timonel habla, respondiendo sólo con un gruñido de vago asentimiento, una suerte de «hahum» que sólo sirve para recordar que sigue allí. El timonel cuenta extrañas historias del mar con su voz lenta y cantarina, mientras su mirada verde escruta el horizonte. Historias de puertos, de tormentas, de pesca, de mozas, historias sin objeto y sin final, como su propia vida.

Me gusta cuando habla de San Brandán, porque lo hace como si fuera un paraíso. Es el lugar que prefiere, al que vuelve sin cesar gracias al pensamiento, gracias al sueño. Ha conocido muchas islas, muchos puertos, pero las rutas del mar le devuelven allí. «Algún día iré de nuevo para morir. Allí, el agua es tan azul y tan clara como la más pura fuente. En la laguna es transparente, tan transparente que te puedes deslizar por ella, en la piragua, sin verla, como si estuvieras volando por encima del fondo. Alrededor de la laguna hay muchas islas, diez, creo, pero no sé sus nombres. Cuando fui a San Brandán, tenía diecisiete años, era todavía un niño, acababa de escaparme del seminario. Creí entonces que llegaba al paraíso, y ahora sigo creyendo que allí estaba el paraíso terrenal cuando los hombres no conocían todavía el pecado. Di a las islas los nombres que quise: estaba la isla de la herradura, la de la pinza, la del rey, ya no sé por qué. Había llegado en un barco de pesca de Morón. Los hombres habían ido a matar, a pescar como animales rapaces. En la laguna había peces de todas las especies, nadaban lentamente, sin temor, alrededor de nuestra piragua. Y las tortugas marinas venían a verme, como si no hubiera muerte en el mundo. Las aves marinas volaban, por millares, a nuestro alrededor... Se posaban en el puente del barco, en las vergas, para mirarnos, porque pienso que nunca habían visto hombres... Entonces comenzamos a matarlas.» El timonel habla, sus ojos verdes están llenos de luz, su rostro se tiende hacia el mar como si siguiera viéndolo todo. No puedo evitar seguir su mirada, más allá del horizonte, hasta el atolón donde todo es nuevo como en los primeros días del mundo. El capitán Bradmer chupa su cigarrillo, dice «hahumhum», como alguien que no se deja dorar la píldora. A nuestra espalda, dos marinos negros, uno de los cuales es de Rodrigues, escuchan sin comprender realmente. El timonel habla de la laguna que no volverá a ver, salvo el día de su muerte. Habla de las islas donde los pescadores construyen chozas de coral mientras hacen provisión de tortugas y pescado. Habla de la tempestad que llega cada verano, tan terrible que el mar cubre por completo las islas, barriendo todo rastro de vida terrestre. El mar lo borra todo cada vez y por eso las islas son siempre nuevas. Pero el agua del lago sigue siendo hermosa, clara, allí donde viven los más hermosos peces del mundo y el pueblo de las tortugas.

La voz del timonel es dulce cuando habla de San Brandán. Me parece que sólo para escucharle estoy en este navío que avanza por el mar.

El mar ha preparado para mí este secreto, este tesoro. Recibo esta luz que chispea, deseo este color de las profundidades, este horizonte sin límites, estos días y estas noches infinitas. Debo aprender más, recibir más. El timonel sigue hablando, de la tabla del Cabo, de la bahía de Antongil, de las falúas árabes que merodean por la costa de África, de los piratas de Socotra o Aden. Me gusta el sonido de su voz cantarina, su rostro negro donde brillan sus ojos, su alta silueta de pie ante la rueda del timón, mientras pilota nuestro navío hacia lo desconocido, y todo se mezcla con el ruido del viento en las velas, con las pulverizadas salpicaduras donde brilla el arco iris cada vez que la quilla rompe una ola.

Cada tarde, cuando declina el día, voy a popa del navío y miro la estela que brilla. Es mi instante preferido, cuando todo es apacible y la cubierta está desierta, salvo por el timonel y un marino que vigila en el mar. Entonces pienso en la tierra, en Mam y en Laure, tan lejanas en su soledad de Forest Side. Veo la oscura mirada de Laure cuando le hablaba del tesoro, de las joyas y las piedras preciosas escondidas por el Corsario desconocido. ¿Me escuchaba realmente? Su rostro era liso y cerrado, y en el fondo de sus ojos brillaba un extraño fulgor que yo no comprendía. Quiero ver ahora ese fulgor en la mirada infinita del mar. Necesito a Laure, quiero recordarla cada día pues sé que, sin ella, no podría encontrar lo que busco. No dijo nada cuando nos separamos, no parecía ni triste ni alegre. Pero cuando me miró, en el andén de la estación, en Curecite, vi de nuevo aquel fulgor en sus ojos. Luego se volvió, marchándose antes de que el tren arrancara, la vi caminar entre la muchedumbre, por la carretera de Forest Side, donde la aguarda Mam, que no sabe nada todavía.

Por Laure quiero recordar cada instante de mi vida. Por ella estoy en este barco, adentrándome cada vez más en el mar. Debo vencer el destino que nos ha expulsado de nuestra casa, que nos ha arruinado a todos, que ha hecho morir a mi padre. Cuando me marché, a bordo del *Zeta,* rompí, creo, algo, rompí un círculo. De modo que, cuando regrese, todo habrá cambiado, todo será nuevo.

Pienso en eso y la embriaguez de la luz entra en mí. El sol roza el horizonte, pero en alta mar la noche no trae inquietud. Al contrario, hay una dulzura que se derrama sobre este mundo en el que somos los únicos seres vivos en la superficie del agua. El cielo se dora y se cubre de púrpura. El mar, tan oscuro bajo el sol del cenit, es ahora liso y ligero, como una humareda violeta que se mezcla con las nubes del horizonte y vela el sol.

Escucho la voz cantarina del timonel que habla, tal vez para sí mismo, de pie ante la rueda del timón. A su lado, el sillón del capitán Bradmer está vacío, porque es la hora en la que se retira a su alcoba para dormir, o para escribir. En la luz horizontal del crepúsculo, la alta silueta del timonel destaca contra el brillo de las velas, y parece irreal, como el rumor cantarín de sus palabras que percibo sin comprenderlas. Cae la noche, y pienso en la silueta de Palinuro, como debía de verla Eneas, o también en Tifis, en el navío *Argos,* cuyas palabras no he olvidado, cuando la noche cae e intenta tranquilizar a sus compañeros de viaje: «Titán se ha zambullido en las inmaculadas ondas, para confirmar el feliz presagio. Entonces, en la noche, los vientos soplan mejor sobre las velas y el mar, y durante estas horas silenciosas el navío es más veloz. Mis ojos no siguen ya el curso de las estrellas que abandonan el cielo para zambullirse en el mar, como Orión, caído ya, o Perseo, que hace resonar la cólera de las olas. Pero mi guía es esa serpiente que, abrazando con sus anillos siete estrellas, planea siempre sin ocultarse nunca». Recito en voz alta los versos de Valerio Flaco que leí antaño en la biblioteca de mi padre y, por unos instantes todavía, puedo creerme a bordo del navío *Argos*.

Más tarde, en la calma del crepúsculo, los hombres de la tripulación suben a cubierta. Van con el torso desnudo en la tibia brisa, fuman, hablan o miran, como yo, el mar.

Estoy, desde el primer día, impaciente por llegar a Rodrigues, la meta de mi viaje, y sin embargo ahora deseo que esta hora no termine nunca, que el navío *Zeta,* como el *Argos,* prosiga deslizándose eternamente por el ligero mar, tan cerca del cielo, con su vela deslumbrante de sol, como el horizonte ya en tinieblas.

UNA NOCHE MÁS EN ALTA MAR

Tras haberme dormido en la cala, en mi sitio junto al baúl, me despierta el sofocante calor y la desenfrenada actividad de cucarachas y ratas. Los insectos bordonean en el aire pesado de la cala y la oscuridad hace más inquietante su vuelo. Hay que dormir con el rostro cubierto por un pañuelo o el faldón de una camisa si no se quiere recibir uno de esos monstruos en plena cara. Las ratas son más circunspectas, pero más peligrosas. La noche pasada, un hombre fue mordido en la mano por uno de esos roedores al que había molestado en su búsqueda de alimento. La herida se ha infectado pese a los trapos empapados en arak que el capitán Bradmer utilizó para curarle, y ahora oigo al hombre delirando de fiebre en su colchón. Tampoco las pulgas y los piojos nos dan respiro. Cada mañana rascamos las innumerables picaduras de la noche. La primera noche que pasé en la cala tuve que sufrir, también, el asalto de batallones de chinches y, por ello, he preferido renunciar al colchón que me estaba destinado. Lo he arrinconado al fondo de la cala y duermo en el suelo, envuelto en mi vieja manta de caballo, lo que tiene, también, la ventaja de hacerme sufrir menos calor y evitarme el olor a sudor y salmuera que impregna esos jergones.

No soy el único que sufre por el calor que reina en la cala. Uno tras otro, los hombres se despiertan, hablan y continúan la interminable partida de dados donde la habían dejado. ¿Qué pueden jugarse? El capitán Bradmer, a quien he hecho la pregunta, se ha encogido de hombros y se ha limitado a contestar: «Sus mujeres». Pese a las órdenes del capitán, los marinos han encendido en la parte delantera de la cala una pequeña lamparita, un candil de aceite Clarke. La luz anaranjada vacila en el balanceo, ilumina fantasmagóricamente los rostros negros relucientes de sudor. Veo brillar, a lo lejos, la esclerótica de sus ojos, su blanca dentadura. ¿Qué están haciendo alrededor de la lámpara? No juegan a los dados, no cantan. Hablan, uno tras otro, en voz baja, en un largo discurso a varias voces entrecortado por las risas. De nuevo aparece en mí el miedo a una conspiración, a un motín. ¿Y si decidieran, realmente, apoderarse del *Zeta,* si nos arrojaran al mar, a Bradmer, al timonel y a mí? ¿Quién lo sabría? ¿Quién iría a buscarles a las lejanas islas, al canal de Mozambique o a las costas de Eritrea? Espero, sin moverme, con la cabeza vuelta hacia ellos, mirando entre mis pestañas la luz vacilante adonde van a quemarse, distraídamente, las cucarachas rojas y los mosquitos.

Entonces, como la noche pasada, sin hacer ruido, subo por la escala hacia la escotilla donde sopla el viento del mar. Envuelto en mi manta, camino descalzo por el puente, sintiendo las delicias de la noche, el frescor de las salpicaduras.

Es muy hermosa la noche, en el mar como en el centro del mundo, cuando el navío se desliza casi en silencio por el lomo de las olas. Produce la sensación de volar más que navegar, como si el firme viento que empuja las velas hubiera transformado el navío en un inmenso pájaro de alas desplegadas.

También esta noche me tiendo en cubierta, en la proa del navío, contra la cerrada escotilla, protegido por la borda. Siento junto a mi cabeza vibrar las cuerdas de los foques y el continuo rumor del mar que se abre. A Laure le gustaría esta música marina, esa mezcla de un sonido agudo con el grave resonar de las olas contra el estrave.

Por ella la escucho, para enviársela donde está, a la sombría casa de Forest Side, donde permanece también despierta; lo sé.

Pienso todavía en su mirada, antes de que se vuelva y camine a grandes pasos hacia la carretera que sigue la vía del tren. No puedo olvidar el fulgor que vi en sus ojos cuando nos separamos, aquel fulgor de violencia y de cólera. Me sorprendió tanto entonces, que no supe qué hacer, luego subí al vagón, sin pensar. Ahora en la cubierta del *Zeta*, avanzando hacia un destino que ignoro, recuerdo esa mirada y siento el desgarrón de la partida.

Sin embargo, necesitaba partir, no podía existir otra esperanza. Pienso de nuevo en el Boucan, en todo lo que habría podido salvarse, la casa de tejado color de cielo, los árboles, la quebrada, y el viento marino que turbaba la noche, despertando en las sombras de Mananava los gemidos de los esclavos cimarrones, y el vuelo de los rabijuncos antes del alba. No quiero dejar de ver nada de eso, ni siquiera al otro lado de los mares, cuando los escondrijos del Corsario desconocido me desvelen sus tesoros.

El navío se desliza sobre las olas, ligero, aéreo bajo la luz de las estrellas. ¿Dónde está la serpiente de siete fulgores de la que hablaba Tifis a los marinos del *Argos*? ¿Es acaso Heridano el que aparece por el este, ante el sol de Sirio, o es el dragón, estirándose hacia el norte, y que lleva en la cabeza la joya de Etamín? No, no, de pronto lo veo claramente, bajo la estrella polar, es el cuerpo de la Osa, ligero y preciso, flotando eternamente en su parcela de cielo.

También nosotros seguimos su señal, perdidos entre los torbellinos de las estrellas. El cielo es recorrido por ese viento infinito que hincha nuestras velas.

Ahora comprendo adónde voy, y eso me conmueve hasta el punto de que debo levantarme para calmar los latidos de mi corazón. Voy hacia el espacio, hacia lo desconocido, me deslizo por el cielo hacia un fin que no conozco.

Pienso de nuevo en los dos rabijuncos que giraban, haciendo su ruido de carraca, por encima del valle oscuro, huyendo de la tempestad. Cuando cierro los ojos, los veo como si estuvieran sobre los mástiles.

Un poco antes del alba, me duermo mientras el *Zeta* sigue dirigiéndose hacia Agalega. Todos los hombres duermen ahora. Sólo el timonel negro vela, con su mirada que no parpadea clavada en la noche. Él no duerme nunca. A veces, al comienzo de la tarde, cuando el sol abrasa la cubierta, baja a tenderse en la cala y fuma sin hablar, con los ojos abiertos en la penumbra, mirando las tablas ennegrecidas por encima de su cabeza.

¿Cuánto tiempo hace que estamos viajando? ¿Cinco, seis días? Mientras contemplo el contenido de mi baúl, en la sofocante penumbra de la cala, la pregunta se me plantea con inquietante insistencia. ¿Qué importa? ¿Por qué quiero saberlo? Pero hago grandes esfuerzos para recordar la fecha de mi partida, para intentar llevar la cuenta de los días de mar. Es un tiempo muy largo, incontables días, y, sin embargo, todo me parece también muy fugitivo. Es una única singladura inacabable que inicié, cuando subí a bordo del *Zeta,* una singladura semejante al mar, donde el cielo cambia a veces, se cubre y se oscurece, donde la luz de las estrellas sustituye a la del sol, pero donde el viento no deja de soplar, ni de avanzar las olas, ni el horizonte deja de rodear el navío.

A medida que el viaje se prolonga, el capitán Bradmer se muestra más amable conmigo. Esta mañana me ha enseñado a fijar la posición con la ayuda del sextante y el metro para determinar el meridiano y el paralelo. Hoy estamos a 12° 38 sur y 54° 30 este, y el cálculo de nuestra situación proporciona la respuesta a mi pregunta sobre el tiempo, porque eso significa que nos hallamos a dos días de navegación de la isla, algunos minutos demasiado al este a causa de los alisios que nos han hecho derivar durante la noche. Cuando ha terminado de fijar la posición, el capitán Bradmer guarda con cuidado su sextante en la alcoba. Le he enseñado mi teodolito y lo ha mirado con curiosidad. Incluso creo que ha dicho: «¿Para qué demonios puede servirnos?». Le he contestado con una evasiva. ¡No podía decirle que mi padre lo había comprado cuando se preparaba para recuperar los tesoros del Corsario desconocido! De nuevo en cubierta, el capitán ha ido a sentarse otra vez en su sillón, tras el timonel. Como estaba junto a él, me ha ofrecido por segunda vez uno de sus terribles cigarrillos, que no me he atrevido a rechazar, y he dejado que se apagara solo en el viento.

Me ha dicho: «¿Conoce usted la reina de las islas?». Me lo ha preguntado en inglés y he repetido: «¿La reina de las islas?». «Sí, señor, Agalega. La llaman así porque es la más salubre y la más fértil del océano Índico.» He creído que seguiría hablando, pero se ha callado. Se ha arrellanado sencillamente en su sillón, y ha repetido con aire soñador: «La reina de las islas…». El timonel se ha encogido de hombros y ha dicho en francés: «La isla de las ratas. Tendrían que llamarla más bien así». Entonces comienza a contar cómo los ingleses declararon la guerra a las ratas, a causa de la epidemia que se extendía de isla en isla. «Antaño, no había ratas en Agalega. Era también como un pequeño paraíso, como San Brandán, porque las ratas son animales del diablo, no había ratas en el paraíso. Y cierto día un barco llegó a la isla, procedente de la Gran Tierra, nadie recuerda su nombre, un viejo barco que nadie conocía. Naufragó ante la isla y pudieron salvarse las cajas de la carga, pero en las cajas había ratas. Cuando abrieron las cajas se extendieron por la isla, tuvieron pequeñuelos y se hicieron tan numerosas que todo les pertenecía. Devoraban todas las provisiones de Agalega, el maíz, los huevos, el arroz. Eran tan numerosas que la gente no podía ya dormir. Las ratas roían incluso los cocos en las palmeras, devoraban incluso los huevos de las aves de mar. Entonces probaron, primero, con gatos, pero las ratas se reunían y mataban a los gatos, y los devoraban, claro. Entonces probaron con ratoneras, pero las ratas son maliciosas, y no se dejaban coger. Entonces los ingleses tuvieron una idea. Hicieron venir perros en barco, foxterriers, así los llaman, y prometieron dar una rupia por cada rata. Los niños trepaban a los cocoteros, sacudían las palmas para que las ratas cayeran, y los foxterriers las mataban. Me dijeron que la gente de Agalega mató, cada año, más de cuarenta mil ratas, ¡y todavía quedan! Hay muchas, sobre todo en el norte de la isla. A las ratas les gustan mucho los cocos de Agalega, viven siempre en los árboles. Eso es todo, y por ello su *queen of islands* debiera llamarse, mejor, la isla de las ratas.»

El capitán Bradmer se ríe ruidosamente. Tal vez el timonel ha contado esta historia por primera vez. Luego, Bradmer vuelve a fumar, en su sillón de escribano, con los ojos entrecerrados a causa del sol de mediodía.

Cuando el timonel negro va a tenderse en su colchón, en la cala, Bradmer me señala la rueda del timón.

—¿Quiere llevarla usted, señor?

Ha dicho «señó», al modo criollo. No necesita repetírmelo. Soy yo, ahora, quien lleva la gran rueda con las manos apretando las gastadas empuñaduras. Siento las pesadas olas en el gobernalle, el viento que empuja el gran velamen. Es la primera vez que piloto un navío.

En cierto momento, una ráfaga ha inclinado el *Zeta,* con las velas tensas como si fueran a romperse, y he escuchado el casco crujiendo bajo el esfuerzo, mientras el horizonte se hundía ante el bauprés. El navío ha permanecido así un largo instante, en equilibrio sobre la cresta de la ola, y yo no podía ya respirar. Luego, de pronto, por instinto, he girado el timón a babor, para ceder al viento. Lentamente, el navío se ha ido levantando entre una nube de salpicadura. En cubierta, los marineros han gritado:

—¡Ayooo!

Pero el capitán ha permanecido sentado, sin decir nada, con los ojos entrecerrados y su eterno cigarrillo verde en la comisura de los labios. Ese hombre sería capaz de hundirse con su barco sin levantarse de su sillón.

Ahora permanezco atento. Observo el viento y las olas, y cuando ambos parecen empujar con demasiada fuerza, cedo girando la rueda del timón. Creo que nunca me he sentido tan fuerte, tan libre. De pie en la ardiente cubierta, con los dedos de los pies separados para aguantarme mejor, siento el poderoso movimiento del agua en el casco, en el timón. Siento las vibraciones de las olas que golpean la proa, los golpes del viento en las velas. Nunca conocí nada semejante. Eso lo borra todo, borra la tierra, el tiempo, estoy en el puro porvenir que me rodea. El porvenir es el mar, el viento, el cielo, la luz.

Durante mucho tiempo, horas tal vez, he permanecido de pie ante la rueda, en el centro de los torbellinos del viento y del agua. El sol me abrasa la espalda, la nuca, ha bajado por el costado izquierdo de mi cuerpo. Ya roza, casi, el horizonte, arroja al mar su polvo de fuego. Estoy tan adaptado al deslizamiento del navío que adivino cada vacío del aire, cada hueco de las olas.

El timonel está a mi lado. También él mira, en silencio, el mar. Comprendo que desea llevar de nuevo la rueda del timón. Prolongo un poco más mi placer, para sentir el navío deslizándose por la curva de una ola, vacilar, y luego ponerse de nuevo en marcha empujado por el viento que gravita por el velamen. Cuando estamos en el hueco de la ola, doy un paso de costado, sin soltar la rueda del timón, y la mano oscura del timonel se cierra sobre la empuñadura, sujetándola con fuerza. Cuando no está al timón, ese hombre es más taciturno todavía que el capitán. Pero en cuanto sus manos tocan las empuñaduras de la rueda, un extraño cambio se produce en él. Es como si se convirtiera en otro, más grande, más fuerte. Su flaco rostro, abrasado por el sol, como esculpido en basalto, adquiere una expresión aguda, enérgica. Sus ojos verdes brillan, se hacen móviles, y todo su rostro expresa una especie de felicidad que ahora puedo comprender.

Habla entonces, con su voz cantarina, en un interminable monólogo que el viento se lleva. ¿De qué habla? Estoy ahora sentado en el puente, a la izquierda del timonel, mientras el capitán Bradmer sigue fumando en su sillón. El timonel no habla para él ni para mí. Habla para sí mismo, como otros cantarían o silbarían.

Habla otra vez de San Brandán, adonde las mujeres no pueden ir. Dice: «Cierto día, una muchacha quiso ir a San Brandán, una muchacha negra de Mahé, alta y hermosa, no tenía más de dieciséis años, me parece. Como sabía que estaba prohibido, se lo pidió a su prometido, un joven que trabajaba en un barco de pesca; le dijo: ¡Por favor, llévame! Él, primero, no quería, pero ella le dijo: ¿De qué tienes miedo? Nadie lo sabrá, me disfrazaré de chico. Dirás que soy tu hermano menor, eso es todo. Entonces acabó aceptando y ella se disfrazó de hombre, se puso un pantalón gastado y una gran camisa, se cortó los cabellos y, como era alta y delgada, los demás pescadores la creyeron un muchacho. Entonces zarpó con ellos en el barco, hacia San Brandán. Durante toda la travesía no ocurrió nada, el viento era suave como un soplo y el cielo muy azul, y el barco llegó a San Brandán en una semana. Nadie sabía que había una mujer a bordo, salvo el prometido, claro. Pero a veces, por la noche, él le hablaba en voz baja, le decía: Si el capitán se entera, montará en cólera y me expulsará. Ella le decía: ¿Cómo podría enterarse?

»Entonces el barco entró en la laguna, donde todo es como el paraíso, y los hombres comenzaron a pescar grandes tortugas, que son tan dulces que se dejan coger sin intentar huir. Hasta entonces tampoco había sucedido nada, pero cuando los pescadores desembarcaron en una de las islas para pasar la noche, se levantó el viento y el mar se enfureció. Las olas pasaban por encima de los arrecifes y rompían en la laguna. Entonces, durante toda la noche, hubo una horrenda tormenta y la mar cubrió las rocas de las islas. Los hombres abandonaron sus cabañas y se refugiaron entre los árboles. Entonces todos rogaban a la Virgen y los santos para que les protegieran y el capitán se lamentaba viendo su barco encallado en la costa y las olas disponiéndose a hacerlo trizas. Entonces apareció una ola más alta que las demás, corrió hacia las islas como una bestia salvaje y, cuando llegó, arrancó una roca en donde se habían refugiado los hombres. Luego, de pronto, volvió la calma y el sol comenzó a brillar como si jamás hubiera existido tormenta. Se escuchó entonces una voz que lloraba, que decía: ¡ayoo, ayoo, hermanito! Era el joven pescador que había visto la ola llevándose a su novia, pero como había desobedecido y llevado una mujer a las islas, tenía miedo de que el capitán le castigara y lloraba diciendo: ¡ayoo, hermanito!».

Cuando el timonel deja de hablar, la luz ha tomado ya su color dorado sobre el mar y el cielo, junto al horizonte, está pálido y vacío. La noche llega ya, una noche más. Pero en el mar el crepúsculo dura mucho tiempo y contemplo el día que se extingue lentamente. ¿Es éste el mismo mundo que he conocido? Me parece haber entrado en otro mundo al cruzar el horizonte. Es un mundo que se parece al de mi infancia, al Boucan, donde reinaba el estruendo del mar, como si el *Zeta* navegara hacia atrás por la ruta que abole el tiempo.

Mientras la luz va desapareciendo poco a poco, me abandono una vez más al ensueño. Siento en la nuca, en los hombros, el calor del sol. Siento también el suave viento del anochecer, que va más deprisa que nuestro navío. Todo el mundo está silencioso. Cada anochecer es como un misterioso rito que todos observan. Nadie habla. Se oye el ruido de las olas contra el estrave, la sorda vibración de las velas y los cabos. Como cada anochecer, los marinos de las Comores se arrodillan en cubierta, en la parte delantera del navío, para hacer su plegaria de cara al norte. Sus voces me llegan como un sordo murmullo, mezcladas con el viento y el mar. Nunca como esta noche, en el rápido deslizamiento y el lento balanceo del casco, sobre este mar transparente y semejante al cielo, he sentido tanto la belleza de esa plegaria que no se dirige a parte alguna, que se pierde en la inmensidad. Pienso cómo me gustaría que estuvieras aquí, Laure, junto a mí, tú, a quien tanto gusta el canto del muecín que resuena en las colinas de Forest Side, para que oyeras aquí esta plegaria, este estremecimiento, mientras el navío oscila como una gran ave marina de alas deslumbradoras. Me hubiera gustado llevarte conmigo, como el pescador de San Brandán; ¡también yo habría podido decir que tú eras «hermanito»!

Sé que Laure habría sentido lo mismo que yo al escuchar la plegaria de los marinos de las Comores al anochecer. No habríamos necesitado hablar. Pero precisamente al pensar en ella, al sentir esa punzada en el corazón, comprendo que es ahora, en cambio, cuando me acerco a ella. Laure está en el Boucan, de nuevo, en el gran jardín invadido por las lianas y las flores, junto a la casa, o camina por el estrecho sendero entre las cañas. Nunca ha abandonado el lugar que amaba. Al término de mi viaje está el mar que rompe en la negra playa del Tamarindo, la resaca en la desembocadura de los ríos. Zarpé para regresar allí. Pero cuando vuelva no seré el mismo. Regresaré como un desconocido, y ese viejo baúl que contiene los papeles dejados por mi padre estará entonces lleno del oro y las piedras del Corsario, el tesoro de Golconde o el rescate de Aureng Zeb. Regresaré impregnado del olor del mar, abrasado por el sol, fuerte y aguerrido como un soldado, para reconquistar nuestro perdido dominio. En eso sueño envuelto por el inmóvil crepúsculo.

Unos tras otros, los marineros descienden a la cala para dormir, en el calor que irradia el casco caldeado por el sol de toda la jornada. Bajo con ellos, me tiendo en las tablas con la cabeza apoyada en mi baúl. Escucho los rumores de la interminable partida de dados que vuelve a empezar donde el amanecer la había interrumpido.

Domingo

Estamos en Agalega tras cinco días de travesía.

La costa de las islas gemelas ha debido de verse esta mañana, muy pronto, al apuntar el día. He dormido pesadamente, solo en la cala, con la cabeza oscilando sobre las tablas, insensibles a la agitación de la cubierta. Son las aguas tranquilas de la rada las que me han despertado, pues estoy tan acostumbrado al balanceo incesante del navío que esta inmovilidad me ha inquietado.

Subo en seguida al puente, descalzo, sin tomarme el trabajo de ponerme la camisa. Ante nosotros, la delgada franja gris verde se alarga, pespunteada por la espuma de los arrecifes. Para nosotros, que desde hace días sólo hemos visto la extensión azul del mar uniéndose con la inmensidad azul del cielo, esta tierra, a pesar de su aspecto tan llano y desolado, es una maravilla. Todos los hombres de la tripulación se inclinan sobre la borda, a proa, y miran con avidez las dos islas.

El capitán Bradmer ha dado orden de amainar y el navío deriva a varios cables de la costa, sin acercarse. Cuando le pregunto la razón al timonel, responde tan sólo: «Hay que esperar el momento». Y es el capitán Bradmer, de pie junto a su sillón, quien me lo explica: hay que esperar el reflujo para no correr el peligro de que las corrientes nos arrastren hacia la barrera de arrecifes. Cuando estemos suficientemente cerca del paso, podremos echar el ancla y botar la piragua para ir hasta la costa. La marea sólo subirá por la tarde, cuando el sol descienda. Mientras, es preciso tener paciencia y limitarse a mirar la orilla, tan cercana y tan difícil de alcanzar.

El entusiasmo de los marinos ha decaído. Están ahora sentados en cubierta, a la sombra de la vela que flota en el débil viento, jugando y fumando. Pese a la proximidad de la costa, el agua es de un azul oscuro. Inclinado por encima de la borda, a popa, contemplo el paso de las sombras verdes de los grandes escualos.

Las aves marinas llegan con el reflujo. Gaviotas, petreles que revolotean y nos aturden con sus gritos. Están hambrientos y nos toman por una de esas barcas de pesca de las islas, y reclaman a grandes gritos su ración. Cuando descubren su error las aves se alejan regresando al refugio de la barrera de coral. Sólo dos o tres gaviotas siguen trazando grandes círculos sobre nuestras cabezas y, luego, se lanzan en picado hacia el mar para volar a ras de olas. Tras tantos días pasados escrutando el mar desierto, el espectáculo del vuelo de las gaviotas me llena de placer.

Al atardecer, el capitán Bradmer se levanta de su sillón, da órdenes al timonel, que las repite, y los hombres izan las velas mayores. El timonel está de pie ante la rueda del timón, de puntillas para ver mejor. Vamos a abordar. Poco a poco, bajo el blanco empuje del viento de la marea ascendente, el *Zeta* se acerca a la barra. Ahora vemos con claridad las largas olas que chocan contra la barrera de los arrecifes, oímos su continuo rugido.

Cuando el navío está sólo a unas brazas de los arrecifes, con la proa apuntando hacia el paso, el capitán ordena echar el ancla. Cae primero el ancla principal, al extremo de su pesada cadena. Luego los marineros arrojan tres anclas más pequeñas, anclas de fragata, a babor, a estribor y a popa. Cuando pregunto la razón de tantas precauciones, el capitán me explica en pocas palabras el naufragio de una goleta de tres mástiles, de ciento cincuenta toneladas, el *Kalinda,* en 1901: había echado el ancla aquí mismo, frente al paso. Luego todo el mundo había bajado a tierra, incluso el capitán, dejando a bordo dos grumetes tamules sin experiencia. Unas horas más tarde subió la marea pero, aquel día, lo hizo con una fuerza desacostumbrada, y la corriente que se arrojaba hacia el único paso era tan violenta que la cadena del ancla se rompió. En la orilla, la gente había visto al navío acercándose, levantado muy por encima de la barra donde rompían las olas, como si fuera a emprender el vuelo. Luego cayó de pronto sobre los arrecifes y, al retirarse, una ola lo arrastró hacia el fondo del mar. A la mañana siguiente encontraron fragmentos de mástiles, pedazos de tabla y algunos fardos de la carga, pero nunca aparecieron los dos grumetes tamules.

Inmediatamente el capitán da orden de amainar todo el trapo y botar la piragua. Contemplo el agua oscura —hay más de diez brazas de profundidad— y me estremezco al pensar en la sombra verde de los escualos que nadan por aquí, esperando tal vez otro naufragio.

En cuanto el bote está en el agua, el capitán se desliza por una cuerda con una agilidad que yo no habría sospechado, y cuatro marineros parten con él. Por seguridad, haremos dos viajes y yo estaré en el segundo. Inclinado por encima de la borda, con los demás marineros, contemplo la piragua que corre hacia la entrada del paso. Encaramado en la cresta de las altas olas, el bote penetra en el estrecho canal entre los negros arrecifes. Desaparece por unos instantes en el hueco de una ola, y luego reaparece al otro lado de la barrera en las lisas aguas de la laguna. Ya allí, corre hacia el dique donde le aguarda la gente de la isla.

En la cubierta del *Zeta,* estamos impacientes. El sol está bajo cuando el bote regresa, saludado por los alegres gritos de los marineros. Ahora me toca a mí. Siguiendo al timonel me deslizo por el cable hasta el bote, y con nosotros embarcan otros cuatro marineros. Remamos sin ver el paso. El timonel lleva la barra, de pie para dirigir mejor. El rugido de las olas nos advierte que los rompientes están cerca. En efecto, de pronto siento que nuestro esquife es levantado por una rápida ola y, en su cresta, pasamos por el boquete entre los arrecifes. Estamos ya del otro lado, en la laguna, a pocas brazas del largo dique de coral. En el lugar donde mueren las olas, muy cerca de la playa arenosa, el timonel nos hace acostar y amarra la piragua. Los marineros saltan al dique gritando y desaparecen entre la muchedumbre de los habitantes.

Desembarco a mi vez. En la orilla hay muchas mujeres, niños, pescadores negros y también indios. Todos me miran con curiosidad. Salvo al capitán Bradmer, que viene cuando hay un cargamento, estas gentes no ven a menudo blancos. Y además, con mis largos cabellos y mi barba, mi rostro y mis brazos curtidos por el sol, mi sucia ropa y mis pies descalzos, soy realmente un blanco muy extraño. Los niños, sobre todo, me examinan riendo sin disimulo. En la playa hay perros, algunos cerdos negros y flacos, cabras que trotan en busca de sal.

El sol va a ponerse. El cielo se ilumina de amarillo por encima de los cocoteros, detrás de las islas. ¿Dónde voy a dormir? Me dispongo a encontrar un rincón en la playa, entre las piraguas, cuando el capitán Bradmer me propone que le acompañe al hotel. Mi asombro ante la palabra «hotel» le hace reír. De hecho, el hotel es una vieja casa de madera cuya propietaria, una enérgica mujer, mezcla de negro y de india, alquila habitaciones a los escasos viajeros que se aventuran en Agalega. Al parecer alojó, incluso, al juez principal de Mauricio durante su única visita, ¡en 1901 o en 1902! Para cenar, la dama nos sirve un curry de cangrejo, realmente excelente, sobre todo tras haberme acostumbrado al chino del *Zeta*. El capitán Bradmer se muestra parlanchín, pregunta a nuestra anfitriona sobre los habitantes de la isla y me habla de Juan de Nova, el primer explorador que descubrió Agalega, y de un colono francés, un tal Auguste Leduc, que organizó la producción de copra, que hoy es el único recurso de estas islas. Ahora, las islas hermanas producen también maderas preciosas, caoba, sándalo, ébano. Habla de Giquel, el administrador colonial que fundó el hospital y mejoró la economía de la isla a comienzos de siglo. Me prometo aprovechar el tiempo de la escala —Bradmer acaba de anunciarme que debe cargar un centenar de barriles de aceite de copra— para visitar unos bosques que son, al parecer, los más hermosos del océano Índico.

Terminada la cena voy a acostarme en mi cama, en la pequeña habitación de un extremo de la casa. Me cuesta, pese a la fatiga, conciliar el sueño. Tras todas esas noches en la cala sofocante, la tranquilidad de esta alcoba me inquieta, y siento, a mi pesar, el movimiento de las olas que sigue levantándome. Abro las contraventanas para respirar el aire de la noche. Fuera, el olor de la tierra es pesado y el canto de los sapos le pone ritmo a la noche.

Qué impaciente estoy, ya, por encontrar de nuevo el desierto del mar, el ruido de las olas contra el estrave, el viento vibrando en las velas, por sentir la herida del aire y el agua, el poder del vacío, por escuchar la música de la ausencia. Sentado en la vieja silla desfondada, ante la ventana abierta, respiro el olor del jazmín. Oigo la voz de Bradmer, su risa, la risa de la patrona. Parecen divertirse mucho... ¡Qué importa! Creo que me dormí así, con la frente apoyada en la ventana.

Camino por la isla del sur, donde está el poblado. Unidas una a otra, las islas hermanas que forman Agalega no deben de ser mayores que el distrito del Río Negro. Sin embargo, parecen muy grandes tras esos días a bordo del *Zeta,* donde la única actividad consistía en ir de la cala a cubierta y de la popa a proa. Camino por entre las plantaciones de coco y de palmitos, que se alinean hasta perderse de vista. Camino lentamente, con los pies descalzos, sobre la tierra mezclada con la arena extraída de las galerías excavadas por los cangrejos terrestres. También el silencio me incomoda. Aquí no se oye ya el ruido del mar. Sólo el viento murmura entre las palmas. Pese a la hora temprana (cuando he salido del hotel, todo el mundo dormía todavía), el calor es ya pesado. No hay nadie en las rectilíneas avenidas y si esa regularidad no enarbolara la marca del hombre, podría creerme en una isla desierta.

Pero me engaño al decir que aquí no hay nadie. Desde que he entrado en la plantación unos ojos inquietos me siguen. Son los cangrejos de tierra que me observan a lo largo del camino y se yerguen, a veces, agitando sus amenazadoras pinzas. En cierto momento, varios de ellos me han impedido incluso el paso, y he tenido que dar un gran rodeo.

Llego por fin al otro lado de la plantación, al norte. Las tranquilas aguas de la laguna me separan de la isla hermana, menos rica que ésta. En la orilla hay una cabaña y un anciano pescador repara sus redes junto a su piragua varada. Levanta la cabeza para mirarme y vuelve al trabajo. Su piel negra brilla a la luz del sol.

Decido volver al poblado siguiendo la costa, por la playa de arena blanca que rodea casi toda la isla. Aquí siento el soplo del mar, pero no gozo ya de la sombra de los cocoteros. El sol es tan fuerte que debo quitarme la camisa para envolverme la cabeza y los hombros. Cuando llego al extremo de la isla, no puedo esperar más. Me quito toda la ropa y me zambullo en el agua clara de la laguna. Nado con deleite hacia la barrera de arrecife, hasta que encuentro las capas frías del agua y el rugido de las olas se hace muy próximo. Entonces vuelvo lentamente a la orilla, derivando casi sin moverme. Con los ojos abiertos bajo el agua, contemplo los peces de todos los colores que huyen ante mí, vigilo también la sombra de los tiburones. Siento el flujo del agua fría que viene del paso, que arrastra peces y fragmentos de algas.

Cuando llego a la playa, me visto sin secarme, y camino con los pies descalzos por la ardiente arena. Más allá encuentro un grupo de niños negros que van a pescar hurites. Tienen la edad que Denis y yo teníamos cuando errábamos por el Río Negro. Miran con asombro a ese «burgués» de ropa manchada por el agua de mar, con los cabellos y la barba llenos de sal. ¿Creen, acaso, que soy un náufrago? Cuando me acerco a ellos, huyen y se ocultan a la sombra del palmeral.

Antes de entrar en el poblado, me sacudo la ropa y me aliso el pelo para no producir una impresión demasiado mala. Al otro lado de los arrecifes veo los dos mástiles de la goleta de Bradmer. En el largo dique de coral se alinean los barriles de aceite, esperando ser embarcados. Los marineros van y vienen en el bote. Quedan todavía unos cincuenta barriles.

De regreso en el hotel, como con el capitán Bradmer. Esta mañana está de buen humor. Me anuncia que por la tarde habrán terminado de cargar los barriles de aceite y que zarparemos mañana al amanecer. Para no tener que esperar la marea, dormiremos a bordo. Luego, con gran asombro por mi parte, me habla de mi familia, de mi padre, al que conoció antaño en Port Louis.

—Supe la desgracia que tuvo, todos sus problemas, sus deudas. Es muy triste. Usted estaba en Río Negro, ¿verdad?

—En el Boucan.

—Sí, eso es, detrás de Tamarin Estate. Fui a su casa hace mucho tiempo, mucho antes de que usted naciera. Fue en tiempos de su abuelo, era una hermosa casa blanca con un jardín magnífico. Su padre acababa de casarse, recuerdo a su madre, una mujer muy joven con hermoso cabello negro y unos ojos muy bellos. Su padre estaba muy enamorado de ella, había sido una boda muy romántica. —Y tras un silencio, añade—: Qué lástima que todo terminase así, la felicidad no dura. —Mira al otro extremo de la veranda donde reina un cerdo negro, rodeado de los picoteos de las aves de corral—. Sí, es una lástima…

Pero no dice nada más. Como si lamentara haberse confiado, el capitán se levanta, se pone el sombrero y sale de la casa. Le oigo hablando fuera con la patrona, luego reaparece.

—Esta tarde, señor, el bote hará el último trayecto a las cinco, antes de la marea. Esté en el dique a esa hora. —Es una orden más que una recomendación.

Estoy pues en el dique a la hora citada, después de vagabundear todo el día por la isla sur, del campamento a la punta este, del hospital al cementerio. Me siento impaciente por estar de nuevo a bordo del *Zeta,* por navegar hacia Rodrigues.

En el bote que se aleja, me parece que todos los hombres sienten también eso, ese deseo de alta mar. Esta vez es el capitán en persona quien lleva el timón y yo estoy a proa. Veo la barra que se aproxima, las largas olas que se derrumban levantando un muro de espuma. Mi corazón redobla como un tambor cuando el bote se yergue contra la ola que rompe. El ruido de la resaca, los gritos de los pájaros que revolotean me ensordece. «¡Hale-hop!», grita el capitán cuando la ola se retira y, bajo el empuje de los ocho remos, el bote se precipita hacia el estrecho paso entre los arrecifes. Salta por encima de la ola que llega. ¡Ni una sola gota ha caído dentro! Ahora nos deslizamos por el azul profundo, hacia la negra silueta del *Zeta.*

Más tarde, a bordo del navío, mientras los hombres se instalan en la cala para jugar o dormir, contemplo la noche. En la isla, brillan dos hogueras señalando el campamento. Luego la tierra se extingue, desaparece. Sólo queda ya la nada de la noche, el ruido de las olas en los rompientes.

Como casi cada anochecer, desde el comienzo de este viaje, estoy tendido en el puente del navío, envuelto en mi vieja manta de caballo, y contemplo las estrellas. El viento del mar que silba en las jarcias anuncia la marea. Siento las primeras ondas deslizándose bajo el casco, haciendo crujir la estructura del navío. Las cadenas de las anclas rechinan y gimen. En el cielo, las estrellas brillan con un fulgor fijo. Las miro con atención, esta noche las busco todas, como si fueran a decirme, con sus dibujos, el secreto de mi destino. Escorpión, Orión y la ligera silueta de la Osa Menor. Junto al horizonte, el navío *Argos* con su estrecha vela y su larga popa, el Can Menor, el Unicornio. Y sobre todo, esta noche, las que me hacen recordar las hermosas noches del Boucan, los siete fulgores de las Pléyades, cuyos nombres mi padre nos había hecho aprender de memoria, cuyos nombres recitábamos con Laure como palabras de una fórmula mágica: Alcíone, Electra, Maya, Atlas, Taigete, Mérope... Y la última, que citábamos tras una vacilación, tan pequeña que no estábamos seguros de haberla visto: Pléyone. Todavía hoy me gusta decir sus nombres, a media voz, en la soledad de la noche, pues es como si supiera que aparecen allí, en el cielo del Boucan, por el desgarrón de una nube.

El viento ha virado durante la noche. Ahora sopla de nuevo hacia el norte, haciendo imposible la navegación de regreso. El capitán ha decidido ir viento en popa, antes que resignarse a esperar en la galera. Es el timonel quien me lo comunica, sin emoción. ¿Iremos algún día a Rodrigues? Eso depende de lo que dure la tempestad. Gracias a ella hemos podido llegar a Agalega en cinco días, pero ahora debemos esperar que nos deje regresar.

Soy el único que se preocupa por el itinerario. Los marineros siguen viviendo y jugando a los dados como si nada importara. ¿Es amor por la aventura? No, no es eso. No pertenecen a nadie, no son de tierra alguna, eso es todo. Su mundo es la cubierta del *Zeta,* la sofocante cala en la que duermen por la noche. Observo esos rostros oscuros, abrasados por el sol y el viento, semejantes a guijarros pulidos por el mar. Siento, como la noche de la partida, esa inquietud sorda, y razonable. Esos hombres pertenecen a otra existencia, a otro tiempo. Incluso el capitán Bradmer, incluso el timonel están con ellos, a su lado. Tampoco a ellos les importa el lugar, los deseos, todo lo que me inquieta. Su rostro también es liso, sus ojos tienen la dureza metálica del mar.

Ahora el viento nos empuja hacia el norte, con todas las velas desplegadas y el estrave hendiendo el mar oscuro. Avanzamos hora tras hora, día tras día. Yo debo acostumbrarme a eso, aceptar el orden de los elementos. Cada día, cuando el sol está en el cenit, el timonel baja al fondo de la cala para descansar sin cerrar los ojos y yo cojo el timón.

Tal vez así aprenda a no hacer más preguntas. ¿Acaso se interroga al mar? ¿Acaso se le exigen cuentas al horizonte? Sólo son auténticos el viento que nos empuja, la ola que se desliza y, cuando llega la noche, las inmóviles estrellas que nos guían.

Hoy, sin embargo, el capitán me habla. Me dice que espera vender su cargamento de aceite en las Seychelles, donde conoce bien al señor Maury. El señor Maury se encargará de que lo transporten a los cargueros que zarpen hacia Inglaterra. El capitán Bradmer me habla de ello con aire indiferente, fumando sus cigarrillos de tabaco verde, sentado en su sillón atornillado al puente. Luego, cuando ya no lo espero, me habla de nuevo de mi padre. Ha oído hablar de sus experimentos y sus proyectos de electrificación de la isla. Conoce también las diferencias que le opusieron, antaño, a su hermano y provocaron su ruina. Me habla de ello sin emoción ni comentario. Del tío Ludovic dice sólo: «*A tough man*», un duro. Eso es todo. Aquí, en ese mar tan azul, relatados por la monótona voz del capitán, esos acontecimientos me parecen lejanos, casi extraños. Y por eso precisamente estoy a bordo del *Zeta,* como suspendido entre el cielo y el mar: no para olvidar —¿qué puede olvidarse?—, sino para hacer la memoria vana, inofensiva, para que eso resbale y pase como un reflejo.

Tras estas pocas palabras sobre mi padre y el Boucan, el capitán permanece en silencio. Con los brazos cruzados, cierra los ojos fumando, y yo podría creer que se ha adormilado. Pero, de pronto, se vuelve hacia mí y, con su voz ahogada, que apenas domina el ruido del viento y del mar, dice:

—¿Es usted hijo único?

—¿Perdón?

Repite la pregunta, sin levantar la voz:

—Le pregunto si es usted hijo único. ¿No tiene hermanos?

—Tengo una hermana, señor.

—¿Cómo se llama?

—Laure.

Parece reflexionar, luego:

—¿Es bonita?

No aguarda mi respuesta, prosigue para sí mismo:

—Debe de ser como su madre, hermosa y, mejor que eso, valerosa. Con inteligencia.

Eso despierta en mí una suerte de vértigo, aquí, en la cubierta de este navío, tan lejos de la sociedad de Port Louis y de Curepipe, ¡tan lejos! Creí durante mucho tiempo que Laure y yo habíamos vivido en otro mundo, desconocido por la gente rica de la calle Royale y del Campo de Marte, como si en la decrépita casa de Forest Side y en el silvestre valle del Boucan hubiéramos permanecido invisibles. De pronto, eso hace que mi corazón lata más deprisa, de cólera o de vergüenza, y siento que mi rostro se ruboriza.

Pero ¿dónde estoy? En la cubierta del *Zeta,* una vieja goleta cargada de barriles de aceite, llena de ratas y de suciedad, perdida en el mar, entre Agalega y Mahé. ¿Quién se preocupa de mí y de mis rubores? ¿Quién ve mi ropa manchada por la grasa de la cala, mi rostro abrasado por el sol, mi cabello enmarañado por la sal?, ¿quién ve que voy descalzo desde hace días? Contemplo la cara de viejo bucanero del capitán Bradmer, sus amoratadas mejillas, los ojillos entrecerrados bajo el humo de su hediondo cigarrillo y, ante él, el timonel negro, y también las siluetas de los marineros indios y de las Comores, agachados unos en cubierta, fumando su kandja, otros jugando a los dados o soñando, y no siento ya vergüenza.

El capitán lo ha olvidado ya todo. Me dice:

—¿Le gustaría navegar conmigo, señor? Me estoy haciendo viejo, necesito un segundo.

Le miro sorprendido:

—Tiene a su timonel.

—¿Él? Es viejo también. Cada vez que hago una escala me pregunto si volverá.

El ofrecimiento del capitán Bradmer resuena unos momentos en mí. Imagino lo que sería mi vida a bordo del *Zeta,* junto al timón de Bradmer. Agalega, Seychelles, Almirantes o Rodrigues, Diego García, Peros Banhos. De vez en cuando hasta Farquhar o las Comores, tal vez al sur, hacia Tromelin. El mar sin fin, más largo que el camino a recorrer, más largo que la vida. ¿Para eso dejé a Laure, para eso rompí el último vínculo que me ligaba al Boucan? Entonces la proposición de Bradmer me parece irrisoria, risible; para no apenarle, le digo:

—No puedo, señor. Debo ir a Rodrigues.

Abre los ojos:

—Ya lo sé, también he oído hablar de eso, de esa quimera.

—¿Qué quimera, señor?

—Bueno, esa quimera. Ese tesoro. Se dice que su padre trabajó mucho en ello.

¿Dice «trabajó» por ironía o es que me irrita?

—¿Quién lo dice?

—Todo se sabe, señor. Pero no hablemos más, no vale la pena.

—¿Quiere decir que no cree en la existencia de ese tesoro?

Mueve la cabeza.

—No creo que en esta parte del mundo —muestra con un gesto circular el horizonte— exista más fortuna que la que los hombres han arrancado a la tierra y al mar, al precio de la vida de sus semejantes.

Por unos instantes siento deseos de hablarle de los planos del Corsario, de los papeles que mi padre ha reunido y yo he copiado y he traído conmigo en el baúl, de todo lo que me ha ayudado y consolado en el infortunio y la soledad de Forest Side. Pero ¿de qué serviría? No iba a comprenderlo. Ha olvidado ya lo que me ha dicho y se abandona, con los ojos cerrados, a los balanceos del navío.

También yo contemplo el mar chispeante para no pensar más en todo eso. Siento en todo mi cuerpo el lento movimiento del barco, que se mueve, atravesando las olas, como un caballo que franquea un obstáculo.

Digo aún:

—Gracias por su ofrecimiento, señor. Lo pensaré.

Entreabre los ojos. Tal vez no sepa ya de qué le hablo. Gruñe:

—Hahum, claro…, naturalmente.

Y nada más. No volveremos a hablar de ello.

En los días siguientes, el capitán Bradmer parece haber cambiado su actitud hacia mí. Cuando el timonel negro baja a la cala, el capitán no me invita ya a tomar el timón. Se instala ante la rueda, ante el sillón que tiene un aire extraño, abandonado así por su legítimo ocupante. Cuando está cansado de gobernar, llama a cualquier marinero y le cede el sitio.

Me da igual. Aquí, el mar es tan hermoso que nadie puede pensar mucho en los demás. Tal vez nos volvemos semejantes al agua y al cielo, lisos, sin pensamiento. Tal vez no tengamos ya razón, ni tiempo, ni lugar. Cada día es semejante al otro, cada noche vuelve a empezar. En el cielo desnudo, el sol abrasador, los inmóviles dibujos de las constelaciones. El viento no cambia: sopla hacia el norte, empujando el navío.

Las amistades entre los hombres se hacen y se deshacen. Nadie necesita a nadie. En cubierta —pues desde que han cargado los barriles de aceite no soporto ya estar encerrado en la cala— he conocido a un marino de Rodrigues, un negro atlético e infantil que se llama Casimir. Sólo habla criollo, y un pidgin inglés que ha aprendido en Malasia. Gracias a estas dos lenguas me dice que ha hecho varias veces la travesía hacia Europa y que conoce Francia e Inglaterra. Pero no se envanece de ello. Le interrogo acerca de Rodrigues, le pregunto el nombre de los pasos, de los islotes, de las bahías. ¿Conoce una montaña que se llama el Comendador? Me cita el nombre de las principales montañas, Patate, Limón, Cuatro Vientos, el Pitón. Me habla de los manafs, los negros de las montañas, gente salvaje que jamás se acerca a la costa.

En cubierta, a causa del calor, los demás marineros se han instalado para pasar la noche, pese a la prohibición del capitán. No duermen. Están tendidos con los ojos abiertos, hablan en voz baja. Fuman, juegan a los dados.

Una noche, justo antes de llegar a Mahé, se produce una pelea. Un musulmán de las Comores es agarrado por un indio ebrio de kandja, por un motivo incomprensible. Se cogen de las ropas, ruedan por el puente. Los demás se separan, forman el círculo, como en un combate de gallos. El de las Comores es pequeño y flaco, rápidamente lleva las de perder, pero el indio está tan ebrio que rueda a su lado y no consigue levantarse. Los hombres miran el combate sin decir nada. Oigo la ronca respiración de los combatientes, el ruido de los torpes golpes, sus gruñidos. Luego, el capitán sale de la cala, mira por un instante el combate y da una orden. Casimir, el gigante bueno, los separa. Los coge al mismo tiempo por el cinturón y los levanta como si fueran simples fardos de ropa, y los deposita uno en cada extremo del puente. Así todo vuelve a la normalidad.

Al día siguiente, al atardecer, avistamos las islas. Los marineros lanzan agudos gritos cuando descubren la tierra, una línea apenas visible, como una nube pura bajo el cielo. Un poco más tarde aparecen las altas montañas. «Es Mahé —dice Casimir. Ríe complacido—. Allí la isla Llana y allí Fragata.» A medida que el navío se aproxima van apareciendo otras islas, a veces tan lejanas que el paso de una ola las oculta a nuestra vista. La isla principal crece ante nosotros. Pronto llegan las primeras gaviotas, que revolotean graznando. También hay fragatas, las aves más hermosas que nunca he visto, de un negro brillante, con sus inmensas alas desplegadas y sus largas colas ahorquilladas flotando detrás. Se deslizan en el viento, por encima de nuestras cabezas, vivas como sombras, haciendo crepitar las bolsas rojas en la base de su pico.

Así ocurre cada vez que llegamos a una tierra nueva. Los pájaros vienen a ver de cerca a los extranjeros. ¿Qué traerán esos hombres? ¿Qué amenaza de muerte? ¿O, tal vez, alimento, pescado, calamares, tal vez incluso algún cetáceo agarrado a los flancos del navío?

La isla de Mahé está frente a nosotros, apenas a dos millas. Distingo en la penumbra cálida las rocas blancas de la costa, las ensenadas, las playas arenosas, los árboles. Seguimos la costa este, para permanecer en la dirección del viento hasta la punta que está más al norte, pasando cerca de los dos islotes cuyos nombres me dice Casimir: Concepción y Teresa, y ríe porque son nombres de mujer. Los dos pitones se levantan ante nosotros, con su cima acariciada todavía por el sol.

Después de los islotes, el viento amaina, se convierte en una ligera brisa, el mar tiene el color de la esmeralda. Estamos muy cerca de la barrera de coral, ribeteada de espuma. Las chozas de los poblados aparecen, como juguetes, entre los cocoteros. Casimir me enumera los poblados: Bel Ombre, Beau Vallon, Glacis. Cae la noche y el calor pesa tras tanto viento. Cuando llegamos ante el paso, al otro lado de la isla, las luces de Port Victoria brillan ya. En la rada, al abrigo de las islas, el capitán Bradmer ordena arriar las velas y echar el ancla. Los marineros se disponen ya a echar el bote al mar. Están impacientes por llegar a tierra. Decido dormir en cubierta, envuelto en mi vieja manta, en el lugar que me gusta y desde el que puedo ver las estrellas en el cielo.

Estoy solo a bordo, con el timonel negro y un silencioso marinero de las Comores. Me gusta esta soledad, esta calma. La noche es lisa, profunda, la tierra está cercana y permanece invisible, se interpone como una nube, como un sueño. Escucho el chapotear de las olas contra el casco y el rítmico sonido de la cadena del ancla a cuyo alrededor pivota el navío, primero en una dirección, luego en otra.

Pienso en Laure, en Mam, tan lejos ahora, al otro extremo del mar. ¿Las recubre, acaso, la misma noche, la misma y silenciosa noche? Bajo a la cala para intentar escribir una carta, que mañana podría enviar desde Port Victoria. Intento escribir a la luz de una lamparita. Pero el calor es sofocante, hay olor a aceite, el chirrido de los insectos. Mi cuerpo, mi rostro chorrean de sudor. Las palabras no acuden. ¿Qué podría escribir? Laure me avisó cuando me marché: escribe sólo una carta para decir «regreso». Si no, es inútil. Así es ella: o todo o nada. Por miedo a no tenerlo todo, eligió la nada, es su orgullo.

Como no puedo escribirle para decirle, desde lejos, qué hermoso es todo aquí, bajo el cielo nocturno, derivando en el agua lisa de la rada, en ese barco abandonado, ¿para qué escribir? Guardo de nuevo en el baúl el papel y el recado de escribir, lo cierro con llave y subo a cubierta para respirar. El timonel negro y el marino de las Comores están sentados junto a la escotilla, fuman y hablan en voz baja. Más tarde, el timonel se tenderá en cubierta, envuelto en un paño que parece un sudario, con los ojos abiertos. ¿Cuántos años hace que no ha dormido?

Port Victoria

Busco un barco que me lleve a Fragata. La curiosidad más que el verdadero interés me empuja hacia esa isla en la que mi padre creyó, antaño, reconocer el dibujo del mapa que se hallaba entre los papeles relativos al tesoro del Corsario. De hecho, el plano de Fragata le permitió comprender que el mapa del Corsario estaba falsamente orientado este-oeste y que era preciso inclinarlo 45° para obtener su verdadera orientación.

Un pescador negro acepta llevarme hasta allí, a tres o cuatro horas de mar según la fuerza del viento. Partimos en seguida, tras haber comprado en la tienda del chino unas galletas y algunos cocos para la sed. El pescador no me ha hecho ninguna pregunta. Se lleva por toda provisión una vieja botella de agua. Iza en su verga la vela oblicua y la fija a la larga barra del timón, como hacen los pescadores indios.

En cuanto cruzamos el paso, entramos de nuevo en el área del viento, y la piragua corre, inclinada sobre el mar oscuro. Llegaremos a Fragata en tres horas. El sol está alto en el cielo, indica el mediodía. En la parte delantera, sentado en un taburete, miro el mar y la oscura masa de los cerros que se aleja.

Vamos hacia el este. En el horizonte, tenso como un hilo, veo las demás islas, las montañas, azules, irreales. Ni un pájaro nos acompaña. El pescador va en la parte trasera, de pie, apoyado en la larga barra del timón.

Hacia las tres, en efecto, estamos ante la barrera de coral de Fragata. La isla es pequeña, sin relieve. Está rodeada de arena donde hay cocoteros y algunas chozas de pescadores. Cruzamos el paso y abordamos un dique de coral en el que están sentados tres o cuatro pescadores. Unos niños se bañan y corren desnudos por la playa. Algo retirada, entre la vegetación, hay una casa de madera con una veranda, en mal estado, y una plantación de vainilla. El pescador me dice que es la casa del señor Savy. En efecto, éste es el nombre de la familia que posee alguno de los planos que copió mi padre, y la isla les pertenece. Pero viven en Mahé.

Camino por la playa, rodeado de niños negros que ríen y me interpelan, asombrados de ver un extranjero. Tomo el sendero que rodea la propiedad Savy y cruzo la isla en toda su anchura. Al otro lado, no hay playa ni fondeadero. Sólo calas rocosas. La isla es tan estrecha que, en los días de tormenta, las salpicaduras deben de atravesarla.

Cuando regreso al dique apenas ha pasado una hora. Aquí no hay lugar para dormir y no tengo deseo alguno de quedarme. Cuando el pescador me ve regresar, suelta la amarra e iza la vela oblicua a lo largo del mástil. La piragua se desliza hacia mar abierto. Las olas de la marea alta cubren el dique, pasan entre las piernas de los niños que gritan. Gesticulan y se zambullen en el agua transparente.

En sus anotaciones, mi padre dice que descartó la posibilidad de que el tesoro del Corsario se hallara en Fragata por la pequeñez de la isla, la escasez de agua, de madera, de recursos. Por lo que he podido ver, tenía razón. No hay aquí ningún punto de orientación duradero, nada que pueda servir para levantar un plano. Los bucaneros que recorrían el océano Índico en 1730 no habrían venido aquí. No habrían podido encontrar lo que deseaban, esa suerte de misterio natural que suponía su designio, que era un desafío al tiempo.

Sin embargo, mientras la piragua se aleja de Fragata y corre hacia el oeste inclinada por el viento, siento cierto pesar. El agua clara de la laguna, los niños corriendo por la playa y esa casa de madera abandonada entre la vainilla me recuerdan los tiempos del Boucan. Es un mundo sin misterio y por eso siento ese pesar.

¿Qué encontraré en Rodrigues? ¿Y si fuera así, si tampoco allí hubiera nada, sólo arena y árboles? El mar brilla ahora bajo los rayos oblicuos del sol poniente. A popa, el pescador sigue de pie apoyado en la barra. Su rostro oscuro no expresa nada, ni impaciencia, ni aburrimiento. Mira tan sólo la silueta de los dos cerros que crece ante nosotros, los guardianes de Port Victoria, que se ha hundido ya en la noche.

Port Victoria todavía. Desde la cubierta del *Zeta* miro el ir y venir de los botes que descargan el aceite. El aire es cálido y pesado, sin un soplo. La luz que reverbera en el espejo del mar me fascina, me sume en un estado de ensoñación. Escucho los lejanos ruidos del puerto. De vez en cuando pasa un pájaro por el cielo y su grito me sobresalta. He comenzado a escribir una carta para Laure, pero ¿voy a enviársela? Preferiría que viniera ahora para leerla por encima de mi hombro. Sentado con las piernas cruzadas en cubierta, con la camisa abierta, enmarañado el pelo, la barba larga y blanqueada por la sal, como un proscrito: eso es lo que estoy a punto de contarle. Le hablo también de Bradmer, del timonel que no duerme nunca, de Casimir.

Las horas se deslizan sin dejar huella. Me he tendido en el puente, a la sombra del palo de mesana. He devuelto al baúl el recado de escribir y la hoja de papel en la que sólo he podido trazar algunas líneas. Más tarde, el calor del sol sobre mis párpados me despierta. El cielo sigue siendo tan azul y el mismo pájaro da vueltas gritando. Tomo de nuevo la hoja de papel y escribo maquinalmente los versos que han vuelto a mi memoria mientras dormía.

Jamque dies auraeque vocant, rursusque capessunt
Aequora, qua rigidos eruptat Bosporos amnes...

Prosigo la carta donde la había dejado. Pero ¿le estoy escribiendo a Laure? En el cálido silencio de la rada, entre las chispas y los reflejos, con la costa gris y las altas sombras azules de los cerros ante mí, se me ocurren otras palabras: ¿por qué lo he abandonado todo, por qué quimera? ¿Existe realmente el tesoro que persigo en sueños desde hace tantos años? ¿Está efectivamente en su gruta, joyas y pedrería que esperan reverberar a la luz del día? ¿Encierra ese poder que haría cambiar los tiempos, que aboliría la enfermedad y la ruina, la muerte de mi padre en la arruinada casa de Forest Side? Pero tal vez soy el único que posee la clave de este secreto, y ahora estoy acercándome. Allí, al final de mi ruta, está Rodrigues, donde, por fin, todo va a arreglarse. ¡Voy a poder realizar por fin el antiguo sueño de mi padre, que guió sus búsquedas y obsesionó toda mi infancia! Soy el único que puede hacerlo. Es la voluntad de mi padre y no la mía, pues él no abandonará ya nunca la tierra de Forest Side. Eso es lo que quiero escribir ahora, pero no para enviárselo a Laure. Cuando partí, lo hice para detener el sueño, para que la vida comenzara. Iré hasta el fin de este viaje, sé que encontraré alguna cosa.

Eso es lo que quería decirle a Laure cuando nos separamos. Pero ella lo comprendió en mi mirada, se apartó y me dejó libre para partir.

¡Hace tanto tiempo que espero este viaje! Me parece que nunca he dejado de pensar en él. Estaba en el ruido del viento cuando el mar remontaba el estuario, en Tamarindo, en las olas que corrían por las verdes extensiones de las cañas, en el acuoso ruido del viento a través de las agujas de los filaos. Recuerdo el cielo liso, por encima de la Torreta, y su vertiginosa pendiente hacia el horizonte, el crepúsculo. Al anochecer el mar se volvía violeta, manchado por los reflejos. Ahora, la noche invade la rada de Port Victoria y me parece que estoy muy cerca del lugar donde el cielo y el mar se encuentran. ¿No es éste el signo que siguió el navío *Argos* en su carrera hacia la eternidad?

Cuando llega la noche, el marino de guardia sale de la cala, donde ha dormido toda la tarde, desnudo en el sofocante calor. Sólo se ha puesto un paño y su cuerpo brilla de sudor. Se agacha a proa, ante una portañola de pavés, y orina largo rato en el mar. Luego viene a sentarse cerca de mí, con la espalda apoyada en el mástil, y fuma. En la penumbra, su rostro atezado es extrañamente iluminado por la esclerótica de sus ojos. Permanecemos mucho rato uno junto a otro sin decirnos nada.

VIERNES, CREO

El capitán Bradmer tenía razón al no intentar luchar contra el viento del sur. Una vez desembarcada la carga, al alba, el *Zeta* ha atravesado el paso y, ante los islotes, ha encontrado el viento del oeste que nos permite regresar. Aligerado, con todas las velas hinchadas, el *Zeta* va deprisa, algo inclinado como un verdadero clipper. El mar oscuro está agitado por largas olas que vienen del este, tal vez de una lejana tormenta en las costas de Malabar. Rompen contra el estrave y chorrean sobre cubierta. El capitán ha hecho cerrar las escotillas delanteras y los hombres que no participan de la maniobra han bajado a la cala. Yo he podido conseguir permanecer en el puente, a popa, tal vez simplemente porque he pagado el pasaje. Al capitán Bradmer no parecen preocuparle las olas que barren la cubierta hasta los pies de su sillón. El timonel, con las piernas separadas, sujeta la rueda del timón y el ruido de sus palabras se pierde en el viento y el estruendo del mar.

Durante la mitad del día el navío corre así, inclinado bajo el viento, chorreante de espuma. Mis oídos están llenos del estruendo de los elementos, llena mi cuerpo y vibra en mi interior. No puedo ya pensar en nada más. Miro al capitán agarrado a los brazos de su sillón, con el rostro enrojecido por el viento y el sol, y me parece que hay en su expresión algo desconocido, violento y obstinado que inquieta como la locura. ¿No está el *Zeta* al límite de su resistencia? Las pesadas olas que le golpean a babor le obligan a inclinarse peligrosamente y, pese al ruido del mar, oigo crujir toda la estructura del navío. Los hombres se han refugiado a popa para evitar las masas de agua. También ellos miran hacia adelante, hacia proa, con la misma mirada fija. Todos esperamos algo, sin saber qué, como si el hecho de apartar por un instante nuestros ojos pudiera ser fatal.

Permanecemos así mucho rato, horas y horas, agarrados a los cabos, a la borda, mirando la roda zambullirse en el mar oscuro, escuchando el estruendo de las olas y el viento. Los golpes del mar en el gobernalle son tan fuertes que al timonel le cuesta mucho esfuerzo sujetar la rueda del timón. En sus brazos las venas están hinchadas, y su rostro es tenso, casi doloroso. Por encima de las velas, las nubes de agua pulverizada se levantan, humean iluminadas por los arcos iris. Pienso varias veces en levantarme para preguntarle al capitán por qué vamos así, con todo el trapo desplegado. Pero la expresión dura de su rostro me impide hacerlo, y también el miedo a caer.

De pronto, sin razón, Bradmer ordena arriar los foques y las velas de estay y rizar un poco. Para permitir la maniobra, el timonel gira la rueda a babor y el navío se yergue. Las velas flotan, chasquean como estandartes. Todo vuelve a ser normal. Cuando el *Zeta* recupera su rumbo, avanza suavemente y no se inclina ya. El silbido en las jarcias sucede al formidable ruido de las velas.

Sin embargo, Bradmer no se ha movido. Su rostro sigue siendo rojo, cerrado, su mirada no se ha desviado. Ahora el timonel ha ido a tenderse en la cala, para descansar, con los ojos abiertos, fijos sin parpadear en el techo ennegrecido. Casimir, el de Rodrigues, está al timón y oigo su voz cantarina cuando habla con el capitán. En la cubierta mojada, los marinos han vuelto a empezar su partida de dados y sus disputas, como si nada hubiera ocurrido. Pero ¿ha ocurrido realmente algo? Sólo la locura de ese cielo azul, de ese mar que produce vértigo, del viento que llena los oídos, esa soledad, esa violencia.

El *Zeta* avanza con facilidad, apenas frenado por las olas. Bajo el ardiente sol de mediodía, el puente está ya seco, cubierto de chiribitas de sal. El horizonte permanece inmóvil, cortante, y el mar es feroz. Los pensamientos, los recuerdos, regresan a mí, y advierto que hablo solo. Pero ¿a quién le importa? ¿Acaso, en el mar, no estamos todos locos, Bradmer, el timonel negro, Casimir y todos los demás? ¿Quién nos oye hablar?

En mí los recuerdos regresan, el secreto del tesoro cuando termine esta ruta. Pero el mar abole el tiempo. ¿De qué tiempo proceden estas olas? Tal vez sean las mismas de hace doscientos años, cuando Avery huía de las costas de la India con su fabuloso botín, cuando sobre este mar flotaba el pabellón blanco de Nisson, donde se leía, en letras de oro:

Pro Deo et Libertate

El viento no envejece, el mar no tiene edad. El sol, el cielo, son eternos.

Miro, a lo lejos, cada cabeza de espuma. Me parece que ahora sé lo que he venido a buscar. Me parece que veo en mí mismo, como alguien que hubiera recibido un sueño.

SAN BRANDÁN

Tras esas jornadas, esas semanas sin ver nada más que el azul del mar y del cielo, y las nubes que hacen resbalar su sombra por las olas, el marinero que acecha a proa, percibe, adivina más que percibe, la línea gris de una tierra, y un nombre va y viene sobre cubierta, «¡San Brandán!, ¡San Brandán!», y es como si en toda nuestra vida no hubiéramos oído nada tan importante. Todo el mundo se inclina sobre la borda, intenta ver. Tras la rueda, el timonel entrecierra los ojos, su rostro está tenso, ansioso. «Llegaremos antes de la noche», dice Bradmer. Su voz está llena de una impaciencia infantil.

—¿Realmente es San Brandán?

Mi pregunta le sorprende. Responde con brusquedad:

—¿Qué quiere que sea? No hay más tierras en cuatrocientas millas, salvo Tromelin, que está a nuestra espalda, y Nazareth, un montón de rocas a flor de agua, al noroeste. —Añade en seguida—: Sí, efectivamente es San Brandán. —El timonel es el que más mira las islas y recuerdo lo que contaba, el agua color de cielo donde viven los más hermosos peces del mundo, las tortugas, las poblaciones de aves marinas. Las islas a las que no van las mujeres y la leyenda de aquella a la que se llevó la tormenta.

Pero el timonel no habla. Gobierna el navío hacia la línea todavía oscura que aparece al sureste. Quiere llegar antes de la noche, cruzar el paso. Todos miramos con impaciencia en la misma dirección.

El sol roza el horizonte cuando entramos en las aguas del archipiélago. De pronto, los fondos se hacen claros. El viento se debilita. La luz del sol es más suave, más difusa. Las islas se separan ante la proa del navío, son tan numerosas como un rebaño de cetáceos. De hecho es una sola y gran isla circular, un anillo del que emergen algunos islotes de coral sin vegetación. ¿Es esto el paraíso del que hablaba el marino de las Comores? Pero, a medida que penetramos en el atolón, notamos lo que de extraño hay aquí. Una paz, una lentitud que no he sentido en ninguna otra parte, que provienen de la transparencia del agua, de la pureza del cielo, del silencio.

El timonel dirige el *Zeta* en línea recta hacia los primeros escollos. El fondo está muy próximo, sembrado de corales y algas, de color turquesa pese a la oscuridad de la noche. Nos deslizamos entre los arrecifes negros en los que la marea alta lanza, de vez en cuando, chorros de vapor. Las escasas islas están todavía lejos, semejantes a animales marinos adormecidos, pero advierto de pronto que estamos en medio del archipiélago. Sin advertirlo hemos llegado al centro del atolón.

También el capitán Bradmer está inclinado por encima de la borda. Mira los fondos, tan cercanos que se distingue cada concha, cada rama de coral. La luz del sol que se extingue más allá de las islas no consigue velar la claridad del mar. Todos permanecemos en silencio, para no romper el encanto. Oigo a Bradmer que murmura para sí. Dice, en inglés: *«Land of the sea»,* el país del mar.

A lo lejos se oye apenas el rugido del mar en los rompientes. Nunca debe de cesar, como antaño cerca de Tamarindo, ruido de una labor eterna.

La noche cae sobre el atolón. Es la noche más dulce que haya conocido. Tras la quemadura del sol y del viento, la noche es aquí una recompensa, cargada de estrellas que agujerean el cielo malva. Los marineros se han quitado la ropa, se zambullen uno tras otro y nadan sin ruido en el agua ligera.

Les imito, nado mucho tiempo en un agua tan suave que apenas la siento como un estremecimiento que me rodea. El agua de la laguna me purifica de cualquier deseo, de cualquier inquietud. Me deslizo durante mucho tiempo por la superficie lisa como un espejo, hasta que me llegan, sordas, las voces de los marineros mezcladas con los gritos de los pájaros. Veo, muy cerca, la oscura sombra de la isla que el timonel llama La Perla y, un poco más lejos, rodeada de pájaros como un cetáceo, la isla Fragata. Mañana iré a sus playas y el agua será todavía más bella. Las luces que brillan por las escotillas del *Zeta* me guían mientras nado. Cuando trepo por la cuerda de nudos que cuelga del bauprés, la brisa me hace estremecer.

Aquella noche nadie durmió realmente. En el puente, los hombres hablaron y fumaron durante toda la noche y el timonel permaneció sentado a popa, mirando los reflejos de las estrellas en las aguas del atolón. Incluso el capitán se quedó en vela, sentado en su sillón. Desde mi sitio, cerca del palo de mesana, veo la brasa de su cigarrillo que brilla de vez en cuando. El viento del mar se lleva las frases de los marinos, mezclándolas con el rumor de las olas en los rompientes. Aquí el cielo es inmenso y puro, como si no existiera otra tierra en el mundo, como si todo fuera a comenzar.

Duermo un poco, con la cabeza apoyada en el brazo, y cuando despierto, ya ha amanecido. La luz es transparente, semejante al agua de la laguna, color de azur y de nácar; desde el Boucan no había visto mañana tan hermosa. El rumor del mar ha aumentado, parece el ruido de la luz del día. Mirando a mi alrededor, veo que la mayoría de los marineros duermen todavía, tal como les sobrevino el sueño, acostados en el puente o sentados contra la borda. Bradmer no está ya en su sillón. Tal vez esté escribiendo en su alcoba. Sólo el timonel negro permanece de pie en el mismo lugar, a popa. Contempla el amanecer. Me acerco para hablarle, pero es él quien dice:

—¿Acaso hay lugar más hermoso en el mundo?

Su voz es ronca como la de un hombre turbado por la emoción.

—Cuando vine aquí por primera vez, era todavía un niño. Ahora soy un viejo, pero nada ha cambiado aquí. Podría creer que fue ayer.

—¿Por qué ha venido aquí el capitán?

Me mira como si mi pregunta no tuviera sentido.

—¡Por usted, claro! Quería que viera usted San Brandán, es un favor que le hace.

Se encoge de hombros y no dice nada más. Sabe, sin duda, que no he aceptado quedarme a bordo del *Zeta* y por eso no le intereso ya. Vuelve a sumirse en la contemplación del sol que se levanta sobre el inmenso atolón, de la luz que parece brotar del agua y subir hacia el cielo sin nubes. Las aves surcan el cielo, cormoranes a ras de agua por la que se deslizan sus sombras, petreles muy arriba en el viento, minúsculos puntos de plata atorbellinándose. Giran, se cruzan, gritan y cloquean con tanta fuerza que despiertan a los hombres en cubierta y, a su vez, éstos comienzan a hablar.

Comprendo, más tarde, por qué Bradmer ha hecho escala en San Brandán. Echan el bote al agua, con seis hombres de la tripulación. El capitán está al timón y el timonel, de pie en la proa, tiene un arpón en la mano. La chalupa se desliza sin ruido por el agua de la laguna, hacia La Perla. Inclinado en la proa, junto al timonel, distingo pronto las manchas oscuras cerca de la playa. Nos acercamos en silencio. Cuando tienen el bote encima, nos ven, pero es demasiado tarde. Con un gesto rápido, el timonel lanza el arpón que atraviesa crujiendo el caparazón, y brota la sangre. En seguida, con un grito salvaje, los hombres amarran la cuerda y el bote se desliza hacia las costas de la isla, arrastrando la tortuga. Cuando la piragua está cerca de la playa, dos marineros saltan al agua, desprenden la tortuga y la dejan panza arriba en la playa.

Nos ponemos en marcha hacia la laguna, donde las demás tortugas esperan sin temor. Varias veces el arpón del timonel atraviesa los caparazones. En la playa de arena blanca, la sangre forma riachuelos que enturbian el mar. Hay que ir deprisa, antes de que el olor de la sangre atraiga a los tiburones que se llevarán a las tortugas hacia aguas más profundas. En la playa blanca las tortugas acaban de morir. Hay diez. A machetazos, los marineros las descuartizan y alinean en la arena los pedazos de carne. Los fragmentos son embarcados en la chalupa, para ser ahumados a bordo del navío, porque no hay madera en las islas. Aquí la tierra es estéril, éste es un lugar al que vienen a morir las criaturas marinas.

Cuando la matanza ha terminado, todo el mundo sube a bordo del bote, con las manos chorreando sangre. Oigo los agudos gritos de los pájaros que se disputan los caparazones de las tortugas. La luz es cegadora, siento un vértigo. Estoy impaciente por huir de esta isla, de esa laguna manchada de sangre. El resto del día, en el puente del *Zeta,* los hombres se afanan en torno al brasero donde se asan los pedazos de carne. Pero no puedo olvidar lo que ha ocurrido y esta noche me niego a comer. Mañana por la mañana, al alba, el *Zeta* abandonará el atolón y nada quedará de nuestro paso, salvo los rotos caparazones limpiados ya por las aves marinas.

DOMINGO, EN ALTA MAR

¡Hace ya tanto tiempo que partí! Un mes tal vez, ¿o más? Nunca he estado tanto tiempo sin ver a Laure, sin Mam. Cuando dije adiós a Laure, cuando le hablé por primera vez de mi viaje hacia Rodrigues, me dio el dinero de sus ahorros para ayudarme a pagar el pasaje. Pero vi en sus ojos aquel fulgor oscuro, aquella luz de cólera que decía: tal vez nunca volvamos a vernos. Me dijo «adiós» y no «hasta la vista», y no quiso acompañarme al puerto. Han sido precisos todos esos días de mar, esa luz, esa quemadura del sol y del viento, esas noches, para que yo lo comprenda. Ahora sé que el *Zeta* me lleva hacia una aventura sin regreso. ¿Quién puede conocer su destino? Aquí está escrito el secreto que me aguarda, y nadie más debe descubrirlo. Está marcado en el mar, en la espuma de las olas, en el cielo diurno, en el inmutable dibujo de las constelaciones. ¿Cómo comprenderlo? Sigo pensando en el navío *Argos,* en cómo surcaba el mar desconocido, guiado por la serpiente de estrellas. Él era el que cumplía su propio destino, y no los hombres que lo habitaban. ¿Qué importan los tesoros, las tierras? ¿Acaso no era el destino lo que debían reconocer, unos en los combates o la gloria del amor, otros en la muerte? Pienso en *Argos*, y el puente del *Zeta* es otro, se transfigura. Y esos marineros de las Comores, indios, de piel oscura, el timonel siempre de pie ante su rueda, su rostro de lava donde los ojos no parpadean, e incluso Bradmer, con sus ojos entrecerrados y su cara de borracho, ¿acaso no vagan desde siempre, de isla en isla, en busca de su destino?

¿Me habrá vuelto loco la reverberación del sol en los espejos móviles de las olas? Me parece estar fuera del tiempo, en otro mundo, tan distinto, tan alejado de todo lo que conozco que nunca ya podré recuperar lo que he abandonado. Por eso siento ese vértigo, esa náusea: tengo miedo de abandonar lo que he sido, sin esperanzas de regreso. Cada hora, cada día que pasa es semejante a las olas del mar que corren contra el estrave, levantan brevemente el casco y, luego, desaparecen en la estela. Cada una de ellas me aleja del tiempo que amo, de la voz de Mam, de la presencia de Laure.

El capitán Bradmer se me ha acercado esta mañana, en la popa del navío:

—Mañana o pasado llegaremos a Rodrigues.

Repito:

—Mañana, si el viento se mantiene.

Así, el viaje termina. Sin duda por eso todo me parece distinto.

Los hombres han terminado la provisión de carne. Yo me he limitado al arroz picante, esa carne me daba horror. Cada noche, desde hace unos días, siento venir la fiebre. Envuelto en mi manta, tiemblo en la cala, pese al tórrido calor. ¿Qué haré si el cuerpo me abandona? He encontrado en el baúl el frasco de quinina que compré antes de partir, y con la saliva me trago un comprimido.

La noche ha caído sin que me diera cuenta.

Muy avanzada la noche, me despierto con el cuerpo bañado en sudor. A mi lado, sentado con las piernas cruzadas y la espalda apoyada en el casco, hay un hombre con el rostro negro extrañamente iluminado por la lamparita. Me incorporo sobre un codo y reconozco al timonel, su fija mirada. Me habla con su voz cantarina, pero no comprendo el sentido de sus palabras. Comprendo que me hace preguntas acerca del tesoro que voy a buscar en Rodrigues. ¿Cómo lo sabe? Sin duda el capitán Bradmer se lo ha dicho. Me interroga y no le respondo, pero eso no le desanima. Espera y luego me hace otra pregunta, y otra más. Por fin, la cosa deja de interesarle y comienza a hablar de San Brandán, adonde, según dice, irá a morir. Imagino su cuerpo con vida entre los caparazones de las tortugas. Vuelvo a dormirme arrullado por el sonido de sus palabras.

A LA VISTA DE RODRIGUES

La isla aparece en la línea del horizonte. Surge del mar, en el amarillo cielo del anochecer, con sus altas montañas azules sobre el agua oscura. Tal vez sean las aves marinas las que me han avisado primero, gritando sobre nuestras cabezas.

Voy a proa para ver mejor. Las velas hinchadas por el viento del oeste hacen que el estrave corra tras las olas. El navío cae en los huecos, vuelve a levantarse. El horizonte es muy claro, tenso. La isla sube y baja detrás de las olas y las cumbres de las montañas parecen nacer del fondo del océano.

Nunca tierra alguna me ha producido semejante impresión: se parece a los picos de las Tres Ubres, más altos todavía, forma un muro infranqueable. Casimir está a proa, a mi lado. Se siente feliz anunciándome las montañas, diciendo sus nombres.

El sol está ahora oculto tras la isla. Las altas montañas destacan con violencia contra el cielo pálido.

El capitán hace reducir el velamen. Los hombres trepan a las vergas para rizar. Vamos a la velocidad de las olas, hacia la isla oscura, con los foques brillando a la luz del crepúsculo, como las alas de las aves marinas. Siento crecer en mí la emoción mientras el navío se acerca a la costa. Algo está terminando, la libertad, la felicidad del mar. Ahora será necesario buscar asilo, hablar, preguntar, estar en contacto con la tierra.

La noche cae muy despacio. Estamos ahora a la sombra de las altas montañas. Hacia las siete, cruzamos el paso hacia el fanal rojo encendido al extremo del muelle. El navío flanquea los arrecifes. Oigo la voz de un marinero que sondea a estribor y grita las cifras: «Diecisiete, diecisiete, dieciséis, quince, quince...».

Al extremo del canal comienza el muelle de piedra.

Oigo la caída del ancla al agua, el correr de la cadena. El *Zeta* está inmóvil a lo largo del muelle y, sin esperar la pasarela, los hombres saltan a tierra, hablan ruidosamente con la muchedumbre que espera. Estoy de pie en cubierta; por primera vez desde hace días, meses tal vez, voy vestido, me he puesto zapatos. A mis pies, listo, está mi baúl. El *Zeta* zarpará mañana por la tarde, cuando haya concluido el intercambio de mercancías.

Me despido del capitán Bradmer. Me estrecha la mano, evidentemente no sabe qué decir. Le deseo buena suerte. El timonel negro está ya en la cala, debe de estar tumbado, con los ojos fijos, mirando el ahumado techo.

En el muelle, las ráfagas de viento me hacen tambalear, a causa del peso del baúl que llevo al hombro. Me vuelvo, miro de nuevo la silueta del *Zeta* contra el pálido cielo, con sus mástiles inclinados y la red de sus jarcias. Tal vez tendría que volver atrás, subir de nuevo a bordo.

Dentro de cuatro días estaría en Port Louis, tomaría el tren, caminaría bajo la fina lluvia hacia la casa de Forest Side, oiría la voz de Mam, vería a Laure.

Un hombre me aguarda en el muelle. Reconozco, a la luz del fanal, la atlética silueta de Casimir, el marinero de Rodrigues. Coge mi baúl y camina conmigo. Me indicará el único hotel de la isla, cerca de Government House, un hotel que lleva un chino y donde, al parecer, también se puede comer. Camino tras él, en plena noche, por las callejas de Port Mathurin. Estoy en Rodrigues.

Rodrigues, Ensenada de los Ingleses, 1911

Así fue como, cierta mañana de invierno de 1911 (en agosto, creo, o a comienzos de septiembre) llego a las colinas que dominan la Ensenada de los Ingleses, donde va a desarrollarse toda mi búsqueda.

Durante semanas, durante meses, he recorrido Rodrigues, desde el sur donde se abre el otro paso, ante la isla Gombrani, hasta el caos de lavas negras de la bahía Malgache, al norte, pasando por las altas montañas del centro de la isla, Mangos, Patate, Montaña Buen Dios. Éstas son las notas, copiadas del libro de Pingré, que me guiaron. «Al este del Gran Puerto —escribe en 1761— no se encontraba ya bastante agua para sostener nuestra piragua, o el agua, comunicando con la mar abierta, estaba demasiado agitada para sostener tan frágil embarcación. El señor de Pingré hizo regresar pues las piraguas por el camino que las había traído, con la orden de venir a reunirse con nosotros, a la mañana siguiente, en la Hondonada de las Grandes Piedras de Cal...» Y más adelante: «Las montañas de los Cuatro Pasos están cortadas a pico, y como casi no hay arrecifes y la costa está expuesta directamente al viento, el mar golpea con tanta violencia la costa que sería más que imprudente arriesgarse a franquear este paso». Leído a la luz temblorosa de mi vela, en la habitación del hotel de Port Mathurin, el relato de Pingré me recuerda la famosa carta escrita por el anciano marinero encarcelado en la Bastilla y que había puesto a mi padre en la pista del tesoro: «En la costa oeste de la isla, en un lugar donde el mar bate la costa, hay un río. Seguid el río, encontraréis un manantial, junto al manantial un tamarindo. A dieciocho pies del tamarindo comienzan los trabajos de albañilería que ocultan un inmenso tesoro».

Esta mañana, muy temprano, he caminado a lo largo de la costa, con una suerte de enfebrecida prisa. He atravesado el puente Jenner, que señala los límites de Port Mathurin. Más adelante, he franqueado vadeando el río Bambúes, ante el pequeño cementerio. A partir de ahí no hay ya casas y el camino que sigue la costa se hace más estrecho. Tomo, a la derecha, la carretera que sube hacia los edificios de la Cable & Wireless, la compañía inglesa del telégrafo, en la cumbre de la punta Venus.

He rodeado los edificios del telégrafo, tal vez por miedo a encontrarme con uno de esos ingleses que asustan un poco a la gente de Rodrigues.

Voy, con el corazón palpitante, hasta la cima de la colina. Efectivamente es aquí, ahora estoy seguro, donde vino Pingré en 1761 para observar el paso del planeta Venus, antes que los astrónomos que acompañaban al teniente Neate en 1874 y que le dieron su nombre a la punta Venus.

El violento viento del este me hace titubear. Veo, al pie del acantilado, las cortas olas procedentes del océano que atraviesan el paso. Justo debajo de mí están los edificios de la Cable & Wireless, largas barracas de madera pintadas de gris y blindadas con planchas metálicas atornilladas, como si fueran paquebotes. Un poco más arriba, entre los vacoas, distingo la casa blanca del director, su veranda con las persianas bajas. A esta hora, las oficinas del telégrafo están todavía cerradas. Sólo un negro, sentado en los peldaños de un cobertizo, fuma sin mirarme.

Prosigo a través de la maleza. Pronto llego al borde del acantilado y descubro el gran valle. Comprendo, de pronto, que he encontrado por fin el lugar que buscaba.

La Ensenada de los Ingleses se abre ampliamente al mar, a cada lado del estuario del río Roseaux. Desde donde estoy veo toda la extensión del valle, hasta las montañas. Distingo cada matorral, cada árbol, cada piedra. En el valle no hay nadie, ni una casa, ni un rastro humano. Sólo las piedras, la arena, el delgado hilillo de agua del río, las matas de vegetación desértica. Mi mirada sigue el curso del arroyo hasta el fondo del valle, donde se yerguen las altas montañas todavía oscuras. Pienso un instante en la quebrada de Mananava, cuando con Denis me detenía, como en el umbral de un territorio prohibido, acechando el grito agudo de los rabijuncos.

Aquí no hay pájaros en el cielo. Sólo las nubes que brotan del mar, al norte, y se dirigen hacia las montañas, haciendo correr sus sombras por el fondo del valle.

Permanezco mucho tiempo de pie en lo alto del acantilado, sometido a la violencia del viento. Busco un lugar para bajar. Desde donde estoy es imposible. Los roquedales están cortados a pico sobre el estuario del río. Subo de nuevo hacia lo alto de la colina, abriéndome paso a través de la maleza. El viento pasa por entre las hojas de los vacoas produciendo un gemido que aumenta todavía la impresión de soledad de este lugar.

Un poco antes de llegar a la cima, encuentro un paso: es un desmoronamiento que baja hasta el valle.

Ahora camino por el valle del río Roseaux, sin saber adónde ir. Visto desde aquí el valle parece amplio, limitado a lo lejos por las colinas negras y por las amplias montañas. El viento del norte que entra por la desembocadura del río trae el rumor del mar, levanta pequeños torbellinos de arena parecida a ceniza, que por momentos me hacen creer en la llegada de gente a caballo. Pero aquí, a causa de toda esta luz, el silencio es extraño.

Al otro lado de las colinas de la punta Venus, está la ruidosa vida de Port Mathurin, el mercado, el ir y venir de los botes por la bahía Lascars. Y aquí todo está silencioso, como en una isla desierta. ¿Qué voy a encontrar? ¿Qué me aguarda?

Camino, hasta que cae la noche, al azar por el fondo del valle. Quiero comprender dónde estoy. Quiero comprender por qué he venido hasta aquí, lo que me ha inquietado, alertado. En la arena seca de las playas del río, con la ayuda de una ramita, dibujo el plano del valle: la entrada de la Ensenada, flanqueada al este y al oeste por grandes rocas basálticas. El curso del río Roseaux, que asciende en línea casi recta hacia el sur y luego se inclina antes de introducirse en las gargantas, entre las montañas. No necesito compararlo con el plano del Corsario, tal como figura en los documentos de mi padre: estoy efectivamente en el lugar del tesoro.

Siento de nuevo la embriaguez, el vértigo. ¡Hay tanto silencio aquí, tanta soledad! Sólo el paso del viento por entre los roquedales y la maleza, trayendo el rumor lejano del mar en los arrecifes, pero es el ruido del mundo sin hombres. Las nubes corren por el cielo resplandeciente, humean, desaparecen detrás de las colinas. ¡No puedo guardar ya el secreto! Quisiera gritar, con todas mis fuerzas, para que me oigan, más allá de estas colinas, más lejos incluso de esta isla, al otro lado del mar, hasta en Forest Side, y que mi grito atravesara las paredes y llegase al corazón de Laure.

¿He gritado realmente? No lo sé, mi vida es ya parecida a esos sueños en los que el deseo y su realización son una sola cosa. Corro por el fondo del valle, salto por encima de las negras rocas, por encima de los arroyos, corro tan deprisa como puedo a través de los matorrales, entre los tamarindos abrasados por el sol. No sé adónde voy, corro como si cayera, escuchando el ruido del viento en mis oídos. Luego caigo en la tierra gris, sobre las agudas piedras, sin siquiera sentir dolor, sin aliento, con el cuerpo empapado en sudor. Permanezco mucho tiempo tendido en tierra, con la cara vuelta hacia las nubes que siguen corriendo hacia el sur.

Ahora sé ya dónde estoy. He encontrado el lugar que buscaba. Tras esos meses de vagabundeo siento una paz y un nuevo ardor. Los días que siguieron a mi descubrimiento de la Ensenada de los Ingleses, preparé mi búsqueda. En la tienda de Jérémie Biram, en Douglas Street, compré los objetos indispensables: un pico, una pala, cuerda, un fanal, lona de vela, jabón y provisiones. Completé la panoplia del explorador con uno de esos sombreros de fibra de vacoa que llevan aquí los manafs, los negros de las montañas. Por lo demás, he decidido que la ropa que poseo y mi vieja manta de caballo deben bastar. He depositado el escaso dinero que me queda en el banco Barclay's, cuyo gerente, un servicial inglés de rostro apergaminado, se limita a anotar que he llegado a Rodrigues por negocios y me propone, ya que es representante de la compañía postal Elías Mallac, guardar mi correspondencia.

Cuando todos mis preparativos han terminado, como cada mediodía, voy a casa del chino a comer arroz y pescado. Sabe que me voy y viene a verme a la mesa después de la comida. No me hace preguntas con respecto a mi partida. Como la mayoría de la gente que he encontrado en Rodrigues, cree que voy a lavar los arroyos de las montañas en busca de oro. Me he guardado mucho de desmentir tales rumores. Hace unos días, cuando terminaba mi cena en esta misma sala, dos hombres pidieron hablar conmigo, ambos de Rodrigues. Abrieron ante mí, sin más, una pequeña bolsa de piel y derramaron sobre la mesa un poco de tierra negra mezclada con partículas brillantes. «¿Esto es oro, señor?» Reconocí en seguida, gracias a las lecciones de mi padre, la pirita de cobre que ha engañado a tantos buscadores y a la que, por eso, llaman «el oro del tonto». Ambos hombres me miraban con demasiada brutalidad: «No, no es oro, pero tal vez anuncie que van a encontrarlo». Les aconsejé también que se procuraran un frasco de agua regia para no arriesgarse a cometer errores. Se marcharon, a medias satisfechos, con su bolsa de cuero. Así he adquirido, creo, la reputación de ser un buscador.

Después de la comida, subo en la carreta que he alquilado para el viaje. El cochero, un negro viejo y jovial, carga mi baúl y el material que he comprado. Subo a su lado y partimos por las vacías calles de Port Mathurin, hacia la Ensenada de los Ingleses. Seguimos por Hitchens Street, pasamos ante la casa Begué, y ascendemos luego por Barclay's Street hasta la casa del gobernador. Vamos luego hacia el oeste, pasamos ante el templo y el Depósito, a través de la propiedad Raffaut. Los niños negros corren un instante detrás de la carreta, luego se cansan y vuelven a nadar en el agua del puerto. Cruzamos el puente de madera sobre el río Lascars. A causa del sol me he encasquetado el gran sombrero de manaf y no puedo evitar pensar en la carcajada de Laure si pudiera verme con esta pinta, sacudido en esta carreta, con el viejo cochero negro gritando a la mula para hacerla avanzar.

Cuando llegamos a lo alto de la colina de la punta Venus, ante los edificios del telégrafo, el cochero descarga el baúl y los demás utensilios, así como los sacos de yute que contienen mis provisiones. Después, tras haberse embolsado la paga se aleja deseándome buena suerte (siempre esa leyenda del buscador de oro), y me quedo solo al borde del acantilado, con toda mi carga, en el rumoroso silencio del viento, con la extraña impresión de haber sido desembarcado en la orilla de una isla desierta.

El sol desciende hacia las colinas del oeste y las sombras se extienden ya por el fondo del valle del río Roseaux, agrandan los árboles, afilan las puntas de las hojas de los vacoas. Siento ahora una confusa inquietud. Me produce aprensión bajar al fondo de este valle, como si fuera un terreno prohibido. Permanezco inmóvil al borde del acantilado, mirando el paisaje tal como lo descubrí la primera vez.

El violento viento me decide. He visto, a la mitad de la pendiente de la explanada, una plataforma de piedra que podrá protegerme del frío de la noche y de la lluvia. Elijo ese lugar para instalar mi primer campamento y bajo con el pesado baúl al hombro. Pese a la hora tardía, el sol quema en la pendiente y llego a la plataforma cubierto de sudor. Debo descansar largo rato antes de volver a buscar el material, el pico y la pala, los sacos de provisiones y la lona que me servirá de tienda.

La plataforma es muy parecida a un balcón, apoyada en grandes bloques de lava unidos por encima del vacío. La construcción es sin duda muy antigua, pues los vacoas de gran tamaño han crecido en la plataforma y sus raíces separan incluso las paredes de lava. Más lejos, valle arriba, distingo otras tres plataformas idénticas en la ladera de la colina. ¿Quién construyó esos balcones? Pienso en los marinos de antaño, en los cazadores de ballenas americanos que venían a acecinar. Pero no puedo evitar imaginarme al Corsario que he venido a buscar pasando por aquí. Tal vez fue él quien hizo construir estos puestos, para observar mejor los trabajos de «albañilería» con los que había decidido ocultar su tesoro.

De nuevo siento en mí una suerte de vértigo, una fiebre. Mientras voy y vengo por la ladera de la colina, transportando mis efectos, de pronto, en el fondo del valle, entre los árboles resecos y las siluetas de los vacoas, me parece distinguirlos, allí: unas sombras caminando en fila, procedentes del mar, llevando los pesados sacos y los picos, dirigiéndose hacia la sombra de las colinas del oeste.

Mi corazón palpita, por mi rostro corre el sudor. Tengo que tenderme en el suelo, sobre el acantilado, y mirar el cielo amarillo del crepúsculo para calmar mi agitación.

La noche cae pronto. Me apresuro a instalar mi vivac antes de que todo se haga oscuro. Encuentro, en el lecho del río, ramas de árbol abandonadas por la crecida y leña menuda para hacer fuego. Las ramas grandes me sirven para confeccionar una estructura improvisada en la que fijo la lona. Consolido el conjunto con grandes piedras. Cuando todo está instalado, estoy demasiado fatigado como para pensar en encender fuego y me limito a comer algunas galletas de marinero, sentado en la plataforma. La noche ha caído de pronto, sumergiendo el valle a mis pies, borrando el mar y las montañas. Es una noche fría, mineral, sin inútiles ruidos, sólo con el viento silbando en la maleza, el crujido de las piedras que se contraen tras la quemadura del sol y, a lo lejos, el rugido de las olas en los arrecifes.

Pese a la fatiga, pese al fuego que me hace temblar, me siento feliz de estar aquí, un lugar con el que he soñado durante mucho tiempo sin siquiera saber que existía. En el fondo de mí mismo siento un estremecimiento continuo y espero, con los ojos abiertos de par en par, acechando la noche. Lentamente, los astros se deslizan hacia el oeste, descienden hacia el invisible horizonte. El violento viento sacude la lona a mis espaldas, como si mi viaje no hubiera concluido. Mañana estaré aquí, veré el paso de las sombras. Algo, alguien, me aguarda. Y he venido aquí, he abandonado a Mam y a Laure para encontrarlo. Debo estar dispuesto para lo que va a aparecer en este valle, en el extremo del mundo. Me dormí en la entrada de mi tienda, con la espalda contra una piedra y los ojos abiertos al cielo negro.

Hace mucho tiempo que estoy en este valle. ¿Cuántos días, cuántas noches? Hubiera debido llevar un calendario, como Robinson Crusoe, haciendo muescas en un pedazo de madera. En este valle solitario me siento tan perdido como en la inmensidad del mar. Los días siguen a las noches, cada nueva jornada borra la que la ha precedido. Por eso tomo nota en los cuadernos comprados al chino de Port Mathurin, para que quede huella del tiempo que pasa.

¿Qué queda? Son gestos que se repiten mientras recorro cada día el fondo del valle, buscando puntos de orientación. Me levanto antes del amanecer para aprovechar las horas frescas. Al alba el valle es extraordinariamente hermoso. Con las primeras luces del día, los bloques de lava y los esquistos brillan de rocío. Los arbustos, los tamarindos y los vacoas están todavía oscuros, entumecidos por el frío de la noche. Apenas sopla viento y, más allá de la línea regular de los cocoteros, distingo el mar inmóvil, de un azul oscuro, sin reflejos, conteniendo sus rugidos. Es el instante que más me gusta, cuando todo está en suspenso, como esperando. Y el cielo siempre muy puro, vacío, por donde pasan las primeras aves marinas, las alcas, los cormoranes, las fragatas que cruzan la Ensenada de los Ingleses y se dirigen hacia los islotes, al norte.

Son los únicos seres vivos que veo aquí desde que llegué, salvo algunos cangrejos terrestres que excavan agujeros en las dunas del estuario, y las poblaciones de minúsculos cangrejos de mar que corren por el limo. Cuando los pájaros vuelven a pasar por encima del valle, sé que el día termina. Me parece que los conozco a todos, y que también ellos me conocen, ridícula hormiga negra que se arrastra por el fondo del valle.

Cada mañana reemprendo la exploración, con los planos establecidos la víspera. Voy de un hito a otro, midiendo el valle con la ayuda de mi teodolito, regreso luego trazando un arco cada vez más grande, para examinar cada arpente de terreno. Pronto el sol brilla, enciende sus chispas de luz en las rocas agudas, dibuja la sombra. Bajo el sol del mediodía, el valle cambia de aspecto. Es entonces un lugar muy duro, hostil, erizado de puntas y de espinas. El calor sube a causa de la reverberación del sol, a pesar de las ráfagas de viento. Siento en mi rostro el ardor de un horno y titubeo en el fondo del valle, con los ojos llenos de lágrimas.

Debo detenerme, esperar. Voy hasta el río para beber un poco de agua en la palma de mi mano. Me siento a la sombra de un tamarindo, con la espalda apoyada en las raíces descubiertas por las crecidas. Espero, sin moverme, sin pensar en nada, mientras el sol gira alrededor del árbol e inicia su caída hacia la negras colinas.

De vez en cuando, todavía creo ver aquellas sombras, aquellas siluetas fugitivas, en lo alto de las colinas. Camino por el lecho del río con los ojos ardientes. Pero las sombras desaparecen, regresan a sus escondrijos, se confunden con los negros troncos de los tamarindos. Temo sobre todo esta hora, cuando el silencio y la luz gravitan sobre mi cabeza y el viento parece un cuchillo puesto al fuego.

Permanezco a la sombra del viejo tamarindo, cerca del río. Fue lo primero que vi cuando desperté, arriba, en el promontorio. Me dirigí a él y pensé, tal vez, en la carta del tesoro que habla de ese tamarindo, junto al manantial. Pero entonces me pareció el verdadero dueño de este valle. No es muy grande y aun así, cuando se permanece al abrigo de sus ramas, en su sombra, se experimenta una profunda paz. Conozco ahora bien su tronco nudoso, ennegrecido por el tiempo, el sol y la sequía, sus tortuosas ramas que soportan el follaje finamente aserrado, tan ligero, tan joven. En el suelo, a su alrededor, están las largas vainas doradas, llenas de semillas. Vengo aquí cada día, con mis cuadernos y mis lápices, y chupo las semillas ácidas pensando en nuevos planes, lejos del tórrido calor que reina en mi tienda.

Intento situar las líneas paralelas y los cinco puntos que han servido de hitos en el plano del Corsario. Los puntos eran, sin duda, las cimas de las montañas que se distinguen en la entrada de la Ensenada. Al anochecer, antes de que estuviera oscuro, fui a la desembocadura del río y vi las cimas de las montañas iluminadas todavía por el sol, y de nuevo sentí esa emoción, como si algo fuera a aparecer.

Trazo constantemente en el papel las mismas líneas: la curva del río que conozco y, luego, el valle rectilíneo que se hunde entre las montañas. Las colinas, a cada lado, son fortalezas de basalto por encima del valle.

Hoy, cuando el sol declina, decido subir por la ladera de la colina del este, buscando marcas de los «arganeos» dejadas por el Corsario. Si realmente vino aquí, como cada vez parece más claro, es imposible que el marino no dejara esas marcas en las rocas del acantilado o en alguna piedra fija. La pendiente de la explanada es más practicable desde este lado, pero la cima se aleja a medida que me acerco. Lo que de lejos me parecía una pared lisa, es una serie de peldaños que me desorientan. Pronto estoy tan lejos de la otra vertiente que me cuesta distinguir la mancha blanca de la lona que me sirve de abrigo. El fondo del valle es un desierto gris y verde, sembrado de bloques negros, por donde desaparece el lecho del río. Veo, a la entrada del valle, el alto acantilado de la punta Venus. ¡Qué solo estoy aquí, aunque los hombres estén cerca! Tal vez sea eso lo que más me inquieta. Aquí podría morir sin que nadie lo advirtiera. Tal vez un pescador de hurites viera algún día los restos de mi vivac y se acercara. O las aguas y el viento se lo llevarían todo, mezclado con las piedras y los árboles abrasados.

Miro, atentamente, frente a mí, la colina oeste. ¿Es una ilusión? Veo una M mayúscula esculpida en la roca, algo por debajo de la punta Venus. A la estremecida luz del crepúsculo, se ve con claridad, como abierta en la montaña por una mano gigantesca. Más lejos, en la cumbre de un pitón, hay una torre de piedras medio en ruinas que no había visto al instalar mi campamento debajo.

El descubrimiento de estos dos hitos me turba. Sin esperar, bajo la ladera de la colina y cruzo el valle corriendo, para llegar antes de que caiga la noche. Atravieso el curso de agua del río Roseaux haciendo saltar el agua fresca, subo luego la colina del oeste, por el desmoronamiento que tomé la primera vez.

Llegado a lo alto de la pendiente, busco en vano el dibujo de la M: se ha deshecho ante mí. Las paredes de roca que formaban las piernas de la M se han separado y, en el centro, hay una especie de planicie donde crecen los arbustos agitados por el viento. Mientras avanzo, inclinado para luchar contra la borrasca, oigo caer las piedras. Entre los euforbios y los vacoas, creo distinguir unas formas tostadas que se escapan. Son cabras salvajes, escapadas tal vez del rebaño de un manaf.

Llego, por fin, ante la torre. En la cima del acantilado, se levanta por encima del valle ya en sombras. ¿Cómo no la vi en cuanto llegué? Es una torre caída hacia un lado, hecha de grandes bloques de basalto unidos sin mortero. A un lado hay restos de una puerta o una tronera. Entro en el interior de las ruinas, me agacho para protegerme del viento. Por la abertura, veo el mar. En el crepúsculo, es infinito, de un azul impregnado de violencia, velado en el horizonte por la bruma gris que lo confunde con el cielo.

De lo alto del acantilado, se abarca el mar desde la rada de Port Mathurin hasta la punta este de la isla. Comprendo entonces que esta torre, apresuradamente construida, sólo está aquí para otear el mar y advertir de la llegada de los enemigos. ¿Quién hizo construir esa atalaya? No puede ser el Almirantazgo británico, que ya no temía nada del mar siendo dueño de la ruta de las islas. Además, ni la marina inglesa ni la del rey de Francia habrían llevado a cabo una construcción tan precaria, tan aislada. Pingre no habla de esta construcción en el relato de su viaje, durante la primera observación del paso de Venus, en 1761. En cambio, recuerdo ahora el primer campamento inglés en la punta Venus, en 1810, en el emplazamiento del futuro observatorio, donde, precisamente, estoy ahora. El *Mauritius Almanach*, leído en la biblioteca Carnegie, hablaba de una pequeña «batería» construida en el interior de la garganta, vigilando el mar. Mientras la noche cae, mi espíritu funciona con una suerte de nerviosa prisa, como en esas ensoñaciones que conducen al sueño. Recito en voz alta, para mí mismo, las frases que tan a menudo he leído en la carta de Nageon de Lestang, escrita con letra alta e inclinada en un papel desgarrado:

Para una primera marca una piedra de mñq.
Tomar la 2.ª V. Allí hacer Sur Norte un guijarro igual.
Y del manantial Este hacer un ángulo como un arganeo
La marca en la playa del manantial.
Por una marca$\frac{e}{o}$pasa a la izquierda
Por allí cada uno de la marca BnShe
Allí frotad contra el paso, tras lo que hallaréis lo que pensáis.

Buscad::S
Hacer x −1do m de la diagonal
en la dirección de la Cima del Comendador.

Estoy, en este momento, sentado en las ruinas de la atalaya de la Cima del Comendador, mientras la oscuridad llena ya el valle. No siento ya la fatiga, ni las ráfagas frías del viento, ni la soledad. Acabo de descubrir la primera señal del Corsario desconocido.

Los días que siguieron al descubrimiento de la Cima del Comendador, recorrí el fondo del valle presa de una fiebre que llegaba, de vez en cuando, hasta el delirio. Recuerdo (aunque todo se enturbia y se escapa como un sueño) esas jornadas ardientes bajo el sol de abril, en la época de los grandes ciclones, me acuerdo de ellas como de una caída en un vacío vertical, y de la quemadura del aire cuando mi pecho levanta un peso de sufrimiento. Del amanecer al crepúsculo, sigo la marcha del sol por el cielo, de las solitarias colinas del este a las montañas que dominan el centro de la isla. Avanzo como el sol, en arco, con el pico al hombro, midiendo con el teodolito los accidentes del terreno que son mis únicos puntos de orientación. Veo cómo la sombra de los árboles gira lentamente, se alarga en el suelo. El calor del sol me quema a través de la ropa, y continúa quemándome durante las noches, impidiéndome dormir, mezclándose con el frío que brota de la tierra. Algunas noches, estoy tan cansado de caminar que me acuesto donde me encuentra la oscuridad, entre dos bloques de lava, y duermo hasta la mañana, cuando el hambre y la sed me despiertan.

Una noche me despierto en el centro del valle, siento sobre mí el soplo del mar. En mi rostro, en mis ojos está todavía la deslumbradora mancha del sol. Es una noche de luna negra, como antaño decía mi padre. Las estrellas llenan el cielo y las contemplo, presa de esa locura. Hablo en voz alta, digo: veo el dibujo, allí está, lo veo. El plano del Corsario desconocido no es sino el diseño de la Cruz del Sur y de sus «seguidoras», las «bellas de noche». En la inmensa extensión del valle, veo brillar las piedras de lava. Se han encendido como estrellas en la oscuridad polvorienta. Camino hacia ellas, con los ojos muy abiertos, siento en mi rostro la brasa de sus fulgores. La sed, el hambre, la soledad se atorbellinan en mí, cada vez más deprisa. Escucho una voz que habla con la entonación de mi padre. Eso me tranquiliza primero, y luego me hace estremecer, pues advierto que soy yo el que habla. Para no caer me siento en el suelo, junto al gran tamarindo que me protege de día. El estremecimiento sigue extendiendo sus oleadas por mi cuerpo, siento penetrar en mí el frío de la tierra y del espacio.

¿Cuánto tiempo permanecí allí? Cuando abro de nuevo los ojos veo, primero, el follaje del tamarindo por encima de mí, y los ocelos del sol a través de las hojas. Estoy tendido entre las raíces. A mi lado hay un niño y una muchacha, de rostros oscuros, vestidos de harapos como los manafs. La joven tiene un trapo entre las manos y lo retuerce para que caigan en mis labios unas gotas de agua.

El agua corre en mi boca, por mi lengua hinchada. Cada trago que bebo me hace daño.

El niño se aleja, regresa trayendo un trapo empapado de agua del río. Vuelvo a beber. Cada gota despierta mi cuerpo, despierta un dolor, pero es bueno.

La muchacha habla al chico en un *créole* que apenas comprendo. Estoy solo con la joven manaf. Cuando hago esfuerzos para levantarme, me ayuda a sentarme. Querría hablarle, pero mi lengua se niega todavía a moverse. El sol está ya alto en el cielo, siento el calor que sube en el valle. Más allá de la sombra del viejo tamarindo, el paisaje es deslumbrador, cruel. La idea de que sea necesario atravesar esta zona de luz me da náuseas.

El niño regresa. Lleva en la mano un pastel de chile, me lo ofrece con un gesto tan ceremonioso que me da ganas de reír. Como lentamente el pastel y, en mi boca dolorida, la guindilla me alivia. Comparto lo que queda del pastel, se lo ofrezco a la muchacha y al chico. Pero lo rechazan.

—¿Dónde vivís?

No he hablado en *créole,* pero la joven manaf parece haber comprendido. Señala las altas montañas, al fondo del valle. Dice, según creo: «Allí arriba».

Es una verdadera manaf, silenciosa, precavida. Desde que estoy sentado y hablo, ha retrocedido, está dispuesta a marcharse. También el niño se ha alejado, me mira a hurtadillas.

De pronto se van. Querría llamarles, retenerles. Son los primeros seres humanos que veo desde hace meses. Pero ¿de qué serviría llamarles? Se van sin prisa, pero sin volverse, saltando de piedra en piedra, desaparecen entre los matorrales. Un instante más tarde les veo en la ladera de la colina del oeste, como si fueran cabras. Desaparecen por el fondo del valle. Ellos me han salvado.

Permanezco a la sombra del tamarindo hasta que llega la noche, casi sin moverme. Grandes hormigas negras corren por las raíces, incansablemente, en vano. Cuando cae la tarde, oigo los gritos de las aves marinas que cruzan por encima de la Ensenada de los Ingleses. Danzan los mosquitos. Con precauciones de anciano, me pongo en marcha hacia el valle, regreso a mi campamento. Mañana iré a Port Mathurin para tomar el primer barco que zarpe. Tal vez sea el *Zeta*.

Se suceden esos días en Port Mathurin, lejos de la Ensenada de los Ingleses, esos días en el hospital, el médico jefe Camal Boudou que me dice solamente esas palabras: *«You could have died of exposure»*. «Exposure» es una palabra que guardo en mí, me parece que ninguna otra puede expresar mejor lo que sentí aquella noche, antes de que los manafs me dieran de beber. Sin embargo, no puedo decidirme a partir. Sería un terrible fracaso; la casa del Boucan, toda nuestra vida se habría perdido para Laure y para mí.

Entonces, esta mañana, antes de que amanezca, dejo el hotel de Port Mathurin y regreso hacia la Ensenada de los Ingleses. Esta vez no necesito carreta: todas mis cosas han permanecido en mi vivac, envueltas en la lona de vela y aseguradas por algunas piedras.

He decidido también contratar a un hombre que me ayude en mi búsqueda. En Port Mathurin me han hablado de la granja de los Castel, detrás de los edificios de la Cable & Wireless, donde seguramente encontraré a alguien.

Llego ante la Ensenada de los Ingleses cuando el sol está saliendo. En el frescor de la madrugada, con el olor del mar, todo me parece nuevo, transformado. El cielo, por encima de las colinas del este, es de un rosa muy suave, el mar brilla como la esmeralda. A la luz de la aurora, los árboles y los vacoas tienen formas desconocidas.

¿Cómo he podido olvidar tan deprisa esa belleza? La exaltación que siento hoy no se parece ya a la fiebre que me volvió loco y me hizo correr a través del valle. Ahora comprendo lo que he venido a buscar: es una fuerza mayor que la mía, un recuerdo que comenzó antes de mi nacimiento. Por primera vez desde hace meses, me parece que Laure está próxima, que la distancia que nos separa ya no cuenta.

Pienso en ella, prisionera de la casa de Forest Side, y miro el paisaje de la aurora para enviarle esta belleza y esta paz. Recuerdo el juego al que nos entregábamos a veces en el altillo de la casa del Boucan: cada uno de nosotros en un extremo de la oscura buhardilla, con un viejo número del *Illustrated London News* abierto, nos esforzábamos por enviarnos con el pensamiento imágenes o palabras. ¿Laure ganará de nuevo en este juego, como sabía ganar antaño? Le envío todo esto: la línea pura de las colinas, recortada contra el cielo rosa, el mar de esmeraldas, el viento, las lentas bandadas de las aves marinas que vienen de la bahía Lascars y se dirigen hacia el sol naciente.

A mediodía, tras haber subido a la Cima del Comendador, en la torre en ruinas de la Atalaya del Corsario, descubro la quebrada. Al fondo del valle, no podía descubrirla a causa de un desprendimiento que oculta la entrada. A la luz del cenit, descubro claramente la herida oscura en la ladera de la colina del este.

Me oriento con cuidado por medio de los árboles del valle. Luego voy a hablar con el granjero, junto a los edificios del telégrafo. Su granja, tal como la he visto al venir por la carretera de Port Mathurin, es más bien un precario refugio contra el viento y la lluvia, medio oculto en una hondonada del terreno. Cuando me acerco, una masa oscura se levanta gruñendo, un cerdo medio salvaje. Luego, un perro con los colmillos descubiertos. Recuerdo las lecciones de Denis, antaño, en los campos: un bastón, una piedra, no sirven para nada. Se necesitan dos piedras, una se tira y con la otra se amenaza. El perro retrocede, pero defiende la puerta de la casa.

—¿Señor Castel?

Aparece un hombre con el torso desnudo, vistiendo un pantalón de pescador. Es un negro alto y fuerte, de rostro picado. Aparta el perro y me invita a entrar.

El interior de la granja está oscuro, ahumado. Los únicos muebles son una mesa y dos sillas. Al fondo de la única estancia, una mujer que lleva un vestido ajado está cocinando. Junto a ella hay una niña de piel clara.

El señor Castel me invita a sentarme. Él permanece de pie, me escucha cortésmente mientras le explico lo que deseo. Asiente con la cabeza. Vendrá a ayudarme de vez en cuando, y su hijo adoptivo,

Fritz, me traerá cada día la comida. No me pregunta por qué vamos a cavar. No me hace pregunta alguna.

Esta tarde decido proseguir mi búsqueda más hacia el sur, hacia lo alto del valle. Abandono el refugio del tamarindo, donde he instalado ahora mi campamento, y remonto el curso del río Roseaux. El río corre sinuosamente por el arenoso lecho, forma meandros, islas, un delgado hilillo de agua que sólo es el aspecto externo de un curso subterráneo. Más arriba, el río es sólo un arroyo que corre por un lecho de guijarros negros, entre gargantas. Estoy ya muy cerca de las estribaciones de las montañas. La vegetación es todavía más escasa, matorrales espinosos, acacias y, como siempre, los vacoas de hojas como sables.

El silencio es aquí denso, y camino haciendo el menor ruido posible. Al pie de las montañas, el arroyuelo se divide en varios manantiales, en quebradas de esquistos y lava. De pronto, el cielo se cubre, llega la lluvia. Las gotas son grandes y frías. A lo lejos, en lo más bajo del valle, distingo el mar velado por la tormenta. Protegido por un tamarindo, miro la lluvia que avanza por el estrecho valle.

Y la veo: es la muchacha que me socorrió el otro día, cuando deliraba de sed y de fatiga. Tiene cara de niña, pero es alta y esbelta, viste una falda corta como las mujeres manafs y una blusa harapienta. Sus cabellos son largos y ondulados como los de las indias. Avanza por el valle, con la cabeza inclinada a causa de la lluvia. Se dirige hacia mi árbol. Sé que no me ha visto todavía y temo el momento en que me descubra. ¿Gritará de miedo y huirá? Camina sin hacer ruido, con ágiles movimientos de animal. Se detiene para mirar hacia el tamarindo y me ve. Por un instante su hermoso rostro terso muestra inquietud. Permanece inmóvil, en equilibrio sobre una piedra, apoyada en su largo arpón. La ropa mojada por el agua de la lluvia se pega a su cuerpo, y sus largos cabellos negros hacen parecer más luminoso el color cobrizo de su piel.

—¡Buenos días!

Lo digo para romper la inquietud del silencio que reina aquí. Doy un paso hacia ella. No se mueve, sólo me mira. El agua de lluvia corre por su frente, por sus mejillas, a lo largo de sus cabellos. Veo que tiene en la mano izquierda un cordón de liana del que cuelgan algunos pescados.

—¿Ha ido usted a pescar?

Mi voz resuena de un modo extraño. ¿Comprende lo que le digo? Va hasta el tamarindo y se sienta en una raíz, al abrigo de la lluvia. Su rostro sigue vuelto hacia la montaña.

—¿Vive en la montaña?

Asiente con la cabeza. Dice con su voz cantarina:

—¿Es verdad que está buscando oro?

Me asombro, no tanto por la pregunta como por la lengua. Habla un francés casi sin acento.

—¿Eso le han dicho? Sí, busco oro, es cierto.

—¿Ha encontrado?

Me río.

—No, no he encontrado todavía.

—¿Y realmente cree que por aquí hay oro?

Su pregunta me divierte:

—¿Por qué?, ¿usted no lo cree?

Me mira. Su rostro es liso, sin temor, como el de un niño.

—Aquí todo el mundo es muy pobre.

Vuelve de nuevo la cabeza hacia el monte Limón que ha desaparecido en la nube de lluvia. Por un instante contemplamos, sin decir nada, caer la lluvia. Veo sus ropas mojadas, sus delgadas piernas, sus pies descalzos apoyados en la tierra.

—¿Cómo se llama?

Lo he preguntado casi a mi pesar, tal vez para retener un poco a esa extraña muchacha que pronto desaparecerá en la montaña. Me mira con sus ojos oscuros, profundos, como si pensara en otra cosa. Por fin dice:

—Me llamo Ouma.

Se levanta, coge la liana de la que penden los pescados, su arpón, y se va, camina deprisa a lo largo del riachuelo, bajo la lluvia que se calma. Veo su ágil silueta saltando de piedra en piedra, como una cabra, y luego desaparece entre los matorrales. Todo ha ocurrido tan deprisa que me cuesta creer que no he imaginado esta aparición, esta muchacha salvaje y hermosa que me salvó la vida. El silencio me embriaga. La lluvia ha cesado por completo y el sol brilla con fuerza en el cielo azul. Con luz, las montañas parecen más altas, inaccesibles. Escruto en vano las laderas de las montañas, del lado del monte Limón. La muchacha ha desaparecido, se ha confundido con las murallas de piedra negra. ¿Dónde vive?, ¿en qué poblado de manafs? Pienso en su extraño nombre, un nombre indio, cuyas dos sílabas ha hecho resonar, un nombre que me turba. Por fin, desciendo corriendo hacia mi campamento, al fondo del valle, bajo el viejo tamarindo.

A la sombra del árbol, paso la última parte del día estudiando los planos del valle y señalo con un lápiz rojo los puntos que deberé sondear. Cuando voy a localizarlo sobre el terreno, no lejos del segundo punto, advierto con claridad una marca en una gran roca fija: cuatro agujeros regulares colocados en cuadro. Recuerdo de pronto la fórmula de la carta del Corsario desconocido: «Buscad::». Mi corazón palpita con fuerza cuando me vuelvo hacia levante y advierto, efectivamente, la forma de la atalaya de la Cima del Comendador en la diagonal del eje norte-sur.

Aquella noche, tarde ya, descubro la primera marca del arganeo, en la explanada de la colina del este.

He encontrado el arganeo mientras intentaba establecer la línea este-oeste que corta el río Roseaux en los límites de la antigua marisma.

Caminando con la brújula en la mano, de espaldas al sol, atravieso un desnivel que me parece el lecho de un antiguo afluente. Llego al acantilado del este, abrupto en este lugar. Es una muralla de basalto, casi vertical, que se ha derrumbado parcialmente. En una de sus paredes, cerca de la cumbre, veo la marca.

—¡El arganeo! ¡El arganeo!

Lo repito a media voz. Busco un camino para llegar a lo alto del acantilado. Las piedras se desprenden bajo mis pies, me agarro a los arbustos para escalar. Ya cerca de la cumbre me cuesta encontrar la roca que tiene la marca. Visto desde abajo, el signo era claro, con su forma de triángulo equilátero invertido que tenían los arganeos de las anclas marinas en tiempos de los corsarios. Buscando este signo, siento que la sangre late en mis sienes. ¿Puedo haber sido víctima de una ilusión? Veo en todas las rocas marcas en forma de ángulo, resultado de antiguas fracturas. Varias veces recorro el borde del acantilado, resbalando en los desprendimientos.

Abajo, en el valle, el joven Fritz Castel, que viene a traerme la comida, se ha detenido al pie del acantilado y mira. La dirección de su mirada me muestra mi error. Las paredes de basalto se parecen todas y las que me han servido de orientación están más arriba, estoy seguro. Trepo más arriba y llego, efectivamente, a un segundo rellano que coincide con el límite de la vegetación. Allí, ante mí, en una gran roca negra, brilla el triángulo del arganeo, magnífico, inscrito en la roca dura con una regularidad que sólo puede obtener una mano provista de un cincel. Temblando de emoción, me acerco a la piedra, la rozo con la yema de los dedos. El basalto está caliente de luz, es suave y liso como una piel, y siento en mis dedos el borde constante del triángulo invertido, así:

Tengo que encontrar necesariamente el mismo signo al otro lado del valle, siguiendo una línea este-oeste. La otra vertiente está lejos, ni siquiera con un catalejo podría verla. Las colinas del oeste están ya en la sombra y dejo para mañana la búsqueda del otro arganeo.

Cuando el joven Fritz se marcha, vuelvo a subir. Permanezco mucho tiempo sentado en la roca friable, mirando la extensión de la Ensenada de los Ingleses que va siendo ocupada por la noche. Me parece que, por primera vez, no la veo con mis ojos sino con los del Corsario desconocido que llegó hace ciento cincuenta años, que trazó el plano de su secreto en la arena gris del río y luego dejó que se borrara, conservando sólo las marcas grabadas en la piedra dura. Imagino cómo sujetaba el cincel y el martillo para inscribir el signo, y los golpes que debían de resonar hasta el fondo del valle desierto. En la paz de la Ensenada, donde de vez en cuando pasa el rápido rumor del viento y el intermitente gruñido del mar, puedo oír los golpes del cincel en la piedra, despertando ecos en las colinas. Esta noche, tendido en el suelo entre las raíces del viejo tamarindo, envuelto en mi manta como antaño en la cubierta del *Zeta,* sueño en la nueva vida.

Hoy, al alba, estoy al pie del acantilado del oeste. La luz apenas ilumina las rocas negras y, en la escotadura de la Ensenada, el mar es de un azul translúcido, más claro que el cielo. Como cada mañana, escucho los gritos de las aves marinas que atraviesan la bahía, escuadrillas de cormoranes, gaviotas y alcas lanzan sus roncas llamadas, de camino hacia la bahía Lascars. Nunca me he alegrado tanto de oírlas. Me parece que sus gritos son salutaciones que me dirigen al pasar por encima de la Ensenada y, también gritando, les respondo.

Algunos pájaros vuelan por encima de mi cabeza, golondrinas de mar de inmensas alas, rápidos petreles. Giran cerca del acantilado y luego se reúnen con los otros sobre el mar. Envidio su agilidad, la rapidez con la que se deslizan por los aires, sin apegarse a la tierra. Me veo entonces encadenado al fondo de este valle estéril, tardando días, meses en reconocer lo que la mirada de los pájaros ha barrido en un instante. Me gusta verles, comparto un poco de la belleza de su vuelo, un poco de su libertad.

¿Necesitan oro, riquezas? Les basta el viento, el cielo matinal, el mar rebosante de peces y esas rocas que emergen, su único abrigo contra las tempestades.

Me he dirigido, guiado por la intuición, hacia el acantilado negro, en el que, desde la otra vertiente del valle, he distinguido algunos huevos. El viento me empuja, me embriaga, mientras trepo ayudándome con los matorrales. De pronto, el sol aparece por encima de las colinas del este, magnífico, deslumbrador, encendiendo chisporroteos en el mar.

Examino paso a paso el acantilado. Siento la quemadura del sol que asciende lentamente. A mediodía, oigo una llamada. Es el joven Fritz que me espera abajo, junto al campamento. Bajo para descansar. Mi entusiasmo de la mañana ha desaparecido. Me siento cansado, desalentado. A la sombra del tamarindo, me como el arroz blanco en compañía de Fritz. Cuando ha terminado de comer, espera en silencio, con los ojos fijos en la lejanía, con esa actitud impasible que caracteriza a los negros de aquí.

Pienso en Ouma, tan esquiva, tan móvil. ¿Volverá? Cada atardecer, antes de que el sol se ponga, sigo el río Roseaux hasta las dunas y busco sus huellas. ¿Por qué? ¿Qué podría decirle? Pero me parece que es la única que comprende lo que he venido a buscar aquí.

Esta noche, cuando las estrellas aparecen una a una en el cielo, al norte, la Osa Menor, luego Orión, Sirius, comprendo de pronto mi error: cuando he situado la línea este-oeste, partiendo de la marca del arganeo, he utilizado como orientación el norte magnético indicado por mi brújula. El Corsario, que trazaba sus planos y marcaba sus puntos de orientación en las rocas, no utilizaba brújula. Sin duda la estrella del norte le servía de indicación y estableció la perpendicular este-oeste por medio de esta dirección. La diferencia entre el norte magnético y el norte estelar es de 7° 36, lo que supone una diferencia de casi cien pies en la base del acantilado, es decir, en la otra pared de roca que forma la primera estribación de la Cima del Comendador.

Estoy tan conmovido por este descubrimiento que no puedo aguardar a que llegue el día. Provisto de mi fanal, camino descalzo hasta el acantilado. El viento sopla con violencia, arrastrando nubes de agua pulverizada. Protegido por las raíces del viejo tamarindo, no había advertido la tormenta. Pero aquí me hace titubear, silban mis oídos y la llama de la lámpara titila.

Estoy ahora al pie del acantilado norte y busco un paso. La pared es tan abrupta que tengo que aguantar el fanal entre los dientes para escalar. Llego así hasta una cornisa, a media altura, y comienzo a buscar la marca a lo largo del acantilado que se desmorona. Iluminada por el fanal, la pared de basalto toma un aspecto extraño, infernal. Cada hueco, cada fisura me sobresalta. Recorro así toda la cornisa, hasta la quebrada que separa esta pared del acantilado de la punta que domina el mar. Estoy aturdido por las ráfagas de viento frío, por el rugido del mar muy próximo, por el agua que chorrea en mi rostro. Cuando me dispongo a bajar de nuevo, agotado, distingo una amplia roca por encima de mí, y sé que el signo debe estar allí, estoy seguro. Es la única roca visible desde cualquier punto del valle. Para alcanzarla, tengo que dar un rodeo, seguir un camino que se desmorona. Cuando llego por fin ante la roca, con el fanal entre los dientes, veo el arganeo. Está grabado con tanta claridad que habría podido verlo sin la lámpara. Sus bordes son cortantes bajo mis dedos, como si los hubieran esculpido ayer. La piedra negra es fría, resbaladiza. El triángulo está dibujado con el vértice hacia arriba, al revés que el arganeo del oeste. Parece, en la roca, un ojo misterioso que mira desde el otro lado del tiempo, contemplando eternamente la otra vertiente del valle, sin cejar, cada día, cada noche. Un estremecimiento recorre mi cuerpo. He penetrado en un secreto más fuerte, más duradero que yo. ¿Hasta dónde me llevará?

Tras ello, he vivido en una especie de sueño despierto en el que se mezclaban la voz de Laure y la de Mam en la veranda del Boucan con el mensaje del Corsario desconocido y la imagen fugitiva de Ouma deslizándose entre los matorrales, hacia la parte alta del valle. La soledad me ha ceñido de más cerca. Salvo el joven Fritz Castel, no veo a nadie. Ni siquiera él viene ya con la misma regularidad. Ayer (o anteayer, ya no lo sé) puso la marmita de arroz en una piedra, ante el campamento, y luego se marchó de nuevo escalando la colina del este, sin responder a mis llamadas. Como si le diera miedo.

Al alba he ido, como cada mañana, hacia el estuario del río. He cogido mi neceser, con la navaja, el jabón y la brocha. Además de ropa para lavar. Poniendo el espejo en un guijarro, he comenzado afeitándome la barba y luego me he cortado el pelo que caía sobre mis hombros. Me he visto, en el espejo, la cara flaca, ennegrecida por el sol, los ojos brillantes de fiebre. Mi nariz, que es delgada y aguileña como en todos los varones de apellido L'Étang, acentúa más todavía la expresión perdida, casi famélica, y creo que a fuerza de caminar tras sus huellas comienzo a parecerme al Corsario desconocido que vivía en estos lugares.

Me gusta estar aquí, en el estuario del río Roseaux, donde comienzan las dunas de la playa, donde se oye el mar muy cercano, su lenta respiración, mientras el viento penetra a ráfagas por entre euforbios y cañas, y hace chirriar las palmas. Aquí, al alba, la luz es muy suave, muy tranquila, y el agua es lisa como un espejo. Cuando termino de afeitarme, de lavarme y de lavar mi ropa blanca, cuando me dispongo a regresar al campamento, veo a Ouma. Está de pie ante el río, con el arpón en la mano, y me mira sin ambages, con un aire burlón en la mirada. A menudo he esperado encontrarla aquí, en la playa, durante la marea baja, cuando regresa de la pesca, y sin embargo me sorprendo y permanezco inmóvil, con la ropa mojada que gotea a mis pies.

En la luz del día que comienza, cerca del agua, está todavía más hermosa, su vestido de tela y su camisa empapada de agua de mar, su rostro color cobre, color de lava, brillante de sal. Permanece así, de pie, con una pierna extendida y el cuerpo inclinado hacia su cadera izquierda, con el arpón de caña con punta de madera de ébano en la mano derecha y la mano izquierda apoyada en su hombro derecho, envuelta en sus mojadas vestiduras, como una estatua antigua. Me quedo mirándola sin atreverme a hablar y, a mi pesar, pienso en Nada, tan hermosa y misteriosa, como aparecía antaño en las ilustraciones de los viejos periódicos, en la penumbra del desván de nuestra casa. Doy un paso hacia adelante y tengo la impresión de romper un hechizo. Ouma se vuelve y se va a grandes pasos siguiendo el lecho del río.

—¡Espere! —He gritado sin pensarlo, corriendo tras ella. Ouma se detiene, no mira. Leo en sus ojos la inquietud, la desconfianza.

Quisiera hablar para retenerla, pero hace ya tanto tiempo que no hablo con alma viviente, que me faltan las palabras. Querría hablarle de las huellas que he buscado, en la playa, al anochecer, antes de la marea. Pero es ella quien habla.

Me pregunta con su voz cantarina, burlona:

—¿Ha encontrado por fin oro?

Agito la cabeza y ríe. Se sienta en cuclillas, algo alejada, en la cima de una duna. Para sentarse, se pone la falda entre las piernas con un gesto que nunca he visto hacer a ninguna mujer. Se apoya en el arpón.

—¿Y usted ha pescado algo?

Sacude la cabeza a su vez.

—¿Regresa a su casa, en la montaña?

Mira hacia el cielo.

—Todavía es temprano. Voy a intentarlo otra vez, hacia la punta.

—¿Puedo ir con usted?

Se levanta sin contestar. Luego se vuelve hacia mí:

—Venga.

Se va sin esperarme. Camina deprisa por la arena, con esa actitud de animal y el largo arpón al hombro.

Arrojo el fardo de ropa mojada a la arena, sin preocuparme por el viento que puede llevársela. Corro tras Ouma. La alcanzo junto al mar. Camina a lo largo de las olas que rompen, con los ojos fijos en la mar abierta. El viento pega a su delgado rostro la ropa mojada. En el cielo gris todavía matinal, pasan mis aves-compañeras, cloqueando y produciendo su ruido de carraca.

—¿Le gustan las aves marinas?

Se detiene con el brazo levantado hacia ellas. Su rostro brilla a la luz. Dice:

—¡Son hermosas!

En las rocas, a un extremo de la playa, la muchacha salta con agilidad, sin esfuerzo, con los pies descalzos sobre las cortantes aristas. Llega hasta la punta, ante el agua profunda, de un azul acerado. Cuando llego a su lado, me indica con una señal que me detenga. Su larga silueta se inclina hacia el mar y, levantando el arpón, acecha las profundidades junto a los bancos de coral. Permanece así largo rato, perfectamente inmóvil, y luego, de pronto, se lanza hacia adelante y desaparece en el agua. Miro la superficie, busco un burbujeo, un remolino, una sombra. Cuando no sé ya hacia dónde mirar, la muchacha vuelve, jadeante, a la superficie a pocas brazadas de mí. Se acerca nadando lentamente, arroja a las rocas un pez traspasado. Sale del agua con el arpón, su rostro está pálido de frío. Dice:

—Allí hay otro.

Cojo el arpón y, a mi vez, me zambullo vestido en el mar.

Veo, bajo el agua, el fondo turbio, las briznas de algas que brillan. El ruido de las olas en la barrera de coral produce un agudo chirrido. Nado bajo el agua hacia los corales, con el arpón apretado contra mi cuerpo. Doy dos veces la vuelta a los corales sin ver nada. Cuando vuelvo a la superficie, Ouma está inclinada hacia mí, grita:

—¡Por allí, allí!

Se zambulle. Veo, bajo el agua, una sombra negra que se desliza cerca del fondo. En una nube de arena, el budión sale de su escondrijo y pasa lentamente ante mí. El arpón salta, casi por sí solo, de mi mano y se clava en el pez. La sangre forma una nube en el agua a mi alrededor. Vuelvo en seguida a la superficie. Ouma nada a mi lado, trepa antes que yo a las rocas. Ella es la que coge el arpón y, luego, mata al pez golpeándolo contra la roca negra. Sin aliento, permanezco sentado, temblando de frío. Ouma me tira del brazo.

—¡Ven, tenemos que caminar!

Sujetando ambos pescados por las agallas, salta ya de roca en roca hacia la playa. En las dunas, busca una liana para sujetar sus presas. Caminamos ahora juntos hacia el lecho del río Roseaux. En el lugar donde el río forma un profundo estanque, del color del cielo, deja los pescados en la orilla y se zambulle en el agua dulce, se rocía cabeza y cuerpo como un animal que se bañara. Parezco, al borde del río, un gran pájaro mojado, y eso la hace reír. Me arrojo a mi vez al agua, levantando grandes salpicaduras, y pasamos mucho rato riendo mientras nos tiramos agua. Cuando salimos me asombra no sentir ya frío. El sol está alto y las dunas, junto al estuario, están ardiendo. Nuestra ropa mojada se nos pega a la piel. Arrodillada en la arena, Ouma escurre su faldas y su blusa, de arriba abajo, quitándose una manga y luego la otra. Su piel cobriza brilla al sol y de sus pesados cabellos, por sus mejillas y su nuca, corren arroyuelos. El viento sopla a ráfagas, rizando el agua del río. No hablamos ya. Aquí, ante este río, bajo la luz dura del sol, escuchando el triste ruido del viento en las cañas y el rumor del mar, estamos solos en la tierra, somos tal vez los últimos habitantes, venidos de ninguna parte, reunidos por el azar de un naufragio. Nunca imaginé que eso pudiera ocurrir, que podría sentir algo semejante. Es una fuerza que nace en mí, que se extiende por todo mi cuerpo, un deseo, una quemadura. Permanecemos sentados mucho tiempo en la arena, esperando que se nos seque la ropa. Tampoco Ouma se mueve, acuclillada como sabe hacerlo, al modo de los manafs, con sus largos brazos alrededor de las piernas y el rostro vuelto hacia el mar. La luz brilla en sus enmarañados cabellos, veo su perfil, puro, su frente recta, el dibujo de su nariz, sus labios. Su ropa flota al viento. Me parece que ahora ya nada más tiene importancia.

Ouma es la que decide partir. Se levanta de pronto, sin apoyarse en el suelo, recoge los pescados. Agachada a orillas del río, los prepara de un modo que nunca he visto. Con la punta de su arpón, abre el vientre de los pescados y les quita las tripas. Limpia el interior con arena y los enjuaga en el agua del río. Arroja los restos a lo lejos, para el ejército de cangrejos que aguarda.

Lo ha hecho todo deprisa y en silencio. Luego limpia con agua las huellas a orillas del río. Cuando le pregunto por qué lo hace, contesta:

—Nosotros, los manafs, somos cimarrones.

Más allá, recupero mi ropa blanca, casi seca, cubierta de arena clara. Camino tras ella hasta el campamento. Cuando llega, deposita la pieza que yo he pescado en una piedra llana y dice:

—Es tuyo.

Cuando protesto para que se lo quede, dice:

—Tienes hambre, voy a hacerte la comida.

Recoge presurosa ramitas secas. Con unas cañas verdes hace una especie de parrilla y la coloca encima de las ramas. Le ofrezco mi mechero de yesca, pero agita la cabeza. Prepara liquen seco y, agachada de espaldas al viento, golpea unos sílex, uno contra otro, muy deprisa, sin detenerse, hasta que las piedras calentadas hacen llover chispas. En el fondo del hogar, el liquen humea. Ouma lo toma con precaución en sus manos y sopla lentamente. Cuando la llama brota, coloca el liquen bajo las ramas secas y en seguida crepita el fuego. Ouma se yergue. Su rostro se ilumina con una alegría infantil. En la parrilla de cañas verdes, el pescado se asa y siento ya el apetitoso aroma. Ouma tiene razón: estoy muerto de hambre.

Cuando el pescado está listo, Ouma pone la parrilla en el suelo. Por turnos, quemándonos los dedos, tomamos pedazos de carne. Creo que nunca comeré nada mejor que ese pescado asado sin sal en la parrilla de cañas verdes.

Cuando hemos terminado de comer, Ouma se levanta. Apaga cuidadosamente el fuego, cubriéndolo de arena negra. Coge luego el otro pescado, que ha cubierto de tierra para protegerlo del calor. Sin decir palabra, sin mirarme, se va. El viento dibuja la forma de su cuerpo en su ropa descolorida por el agua de mar y el sol. En su rostro brilla la luz, pero sus ojos son dos manchas de sombra. Comprende que no debe hablar. Comprendo que debo quedarme, eso forma parte de su juego, del juego que juega conmigo.

Ágil y rápida como un animal, se desliza por entre los matorrales, salta de roca en roca por el fondo del valle. De pie junto al viejo tamarindo, la veo unos instantes todavía, escalando la ladera de la colina, como una cabra silvestre. No se vuelve, no se detiene. Camina hacia la montaña, hacia el monte Lubin, desaparece en la oscuridad que cubre las laderas del oeste. Siento palpitar mi corazón, mis pensamientos se mueven lentamente. La soledad regresa a la Ensenada de los Ingleses, más aterradora. Sentado junto a mi campamento, vuelvo hacia poniente, contemplo las sombras que avanzan.

Entonces, esos días me llevan más lejos todavía en mi sueño. Lo que busco se me aparece cada día más, con una fuerza que me llena de felicidad. Desde la salida del sol hasta la noche, camino a través del valle, buscando los hitos, los indicios. La deslumbradora luz que precede a las lluvias de invierno, los gritos de las aves marinas, las ráfagas del viento del noroeste, crean en mí una suerte de embriaguez.

A veces, entre los bloques de basalto, a mitad del glacis, en las orillas del río Roseaux, distingo una sombra furtiva, tan rápida que nunca estoy seguro de haberla visto realmente. Ouma, bajando de su montaña, me observa, oculta tras una roca o en los bosquecillos de vacoas. A veces viene acompañada de un muchachito de extraordinaria belleza a quien ella llama su medio hermano, y que es mudo. Permanece a su lado, sin atreverse a acercarse, con aire salvaje y curioso a la vez. Se llama Sri; según dice Ouma es un apodo que le dio su madre porque es como un enviado de Dios.

Ouma me trae comida, extraños alimentos envueltos en hojas de margosa, pasteles de arroz y hurites secos, mandioca, pasteles de chile. Deposita la comida en una piedra plana, ante mi campamento, como una ofrenda. Yo le hablo de mis descubrimientos y eso la hace reír. He anotado, en un cuaderno, las señales que he ido encontrando a lo largo de los días. Le gusta que se lo lea en voz alta: piedras marcadas con un corazón, con dos perforaciones, con una media luna. Piedra marcada con letra M, según las clavículas de Salomón, piedra marcada con una cruz. Una cabeza de serpiente, una cabeza de mujer, tres puntos en triángulo. Piedra marcada con una silla, o con una Z, que evoca el mensaje del Corsario. Roca truncada. Roca esculpida en forma de tejado. Piedra adornada con un gran círculo. Piedra cuya sombra dibuja un perro. Piedra marcada con una S y dos puntos. Piedra marcada con un «perro turco» (perro rampante, sin el extremo de las patas). Rocas que llevan una línea de puntos señalando el sur-suroeste. Roca rota y quemada.

Ouma quiere ver también las señales que he recogido, lavas de extrañas formas, obsidiana, piedras con fósiles. Ouma las toma en sus manos y las mira con atención, como si fueran mágicas. De vez en cuando me trae objetos mágicos que ha encontrado. Un día me trae una piedra del color del fuego, lisa y pesada. Es un meteorito, y el contacto de sus manos con ese cuerpo caído del cielo, hace milenios tal vez, me hace estremecer como un secreto.

Ouma viene ahora casi cada día a la Ensenada de los Ingleses. Espera a la sombra de un árbol, en lo alto del valle, mientras mido las distancias y también cuando cavo los agujeros de sondeo, porque teme que el ruido atraiga a la gente de los alrededores. Varias veces han venido a verme el joven Fritz y el granjero Begué, y me han ayudado a cavar los agujeros cerca del estuario del río. Esos días, Ouma no aparece, pero sé que está oculta en las cercanías, detrás de los árboles, en algún rincón donde el color de su piel pasa inadvertido.

Con Fritz, coloco jalones. Son cañas que he preparado a este efecto y que debo plantar cada cien pasos para trazar líneas rectas. Voy entonces a lo alto del valle, entre las señales que he reconocido, piedras agujereadas, ángulos marcados, montones de guijarros dispuestos en triángulos, y trazo la prolongación de las rectas con la ayuda del teodolito, para inscribirlas en el interior del cuadrante inicial (la plantilla del Corsario). El sol abrasa y hace brillar las piedras negras. De vez en cuando le grito al joven Fritz para que venga a mi lado y planta a mis pies un nuevo jalón. Entrecerrando los ojos, puedo ver todas las líneas que se unen en el lecho del río Roseaux, y aparecen las confluencias donde podré cavar mis agujeros de sondeo.

Más tarde, con Fritz, cavamos muy cerca de la colina del oeste, al pie de la Cima del Comendador. La tierra es dura y seca, y nuestros picos chocan en seguida con la roca basáltica. Cada vez que comienzo un nuevo agujero de sondeo, estoy lleno de impaciencia. ¿Encontraremos por fin una señal, un rastro del paso del Corsario, tal vez el comienzo de los trabajos de «albañilería»? Y hablando de tesoro, cierta mañana, mientras Fritz y yo cavamos al pie de la colina, en el arenoso suelo, de pronto siento rodar bajo mi pico una ligera bola que, en mi locura, creo haber tomado por el cráneo de algún marinero enterrado en este lugar. El objeto rueda por la arena y súbitamente saca sus patas y sus pinzas. Es un gran cangrejo de tierra sorprendido en su sueño. El joven Fritz, más diestro que yo, le propina un golpe de pala. Alegre, interrumpe su trabajo para ir a buscar agua en la marmita y, tras haber encendido el fuego, prepara con el cangrejo un buen caldo.

Al anochecer, cuando la luz declina y el valle está tranquilo y silencioso, sé que Ouma no está lejos. Siento su mirada que me observa desde lo alto de las colinas. A veces la llamo, grito y escucho el eco que repite su nombre hasta el fondo del valle:

—¡Ou-ma-a!

Su mirada es, a la vez, próxima y lejana como la de un pájaro que vuela y cuya sombra sólo se percibe cuando hace parpadear el sol. Aun cuando permanezca mucho tiempo sin verla, a causa de Fritz Castel o de Begué (pues ninguna mujer manaf se muestra nunca a los habitantes de la costa), me gusta sentir su mirada en mí, en el valle.

Tal vez todo esto le pertenezca, tal vez sea, como los de su pueblo, la verdadera dueña del valle. ¿Cree, al menos, en el tesoro que busco? A veces, cuando la luz del día no es todavía muy segura, creo verla caminar por entre los bloques de lava, en compañía de Sri, e inclinarse para examinar las piedras, como si siguiera un rastro invisible.

O camina a lo largo del río hacia el estuario, en la playa donde rompe el mar. De pie, ante el agua transparente, mira al horizonte, más allá de la barrera de coral. Me acerco a ella y miro también el mar. Su rostro está tenso, casi triste.

—¿En qué piensas, Ouma?

Se sobresalta, vuelve hacia mí su rostro y sus ojos están llenos de tristeza. Dice:

—No pienso en nada, sólo pienso en cosas imposibles.

—¿Qué es lo imposible?

Pero no contesta. La luz del sol llega en seguida, lo aumenta todo. Ouma está inmóvil, en el frío viento, con el agua del río que corre entre sus pies haciendo retroceder el belfo de las olas. Ouma sacude la cabeza como si quisiera expulsar un malestar, me coge de la mano y me lleva hacia el mar.

—Ven, vamos a pescar hurites.

Coge su largo arpón, que ha clavado en la duna entre las demás cañas. Vamos hacia el este, donde la costa está todavía en sombras. El lecho del río Roseaux se curva tras las dunas y reaparece muy cerca del negro acantilado. Hay matas de cañas hasta la orilla del mar. Cuando nos acercamos, unas bandadas de pájaros minúsculos, color de plata, escapan piando: «¡wiiit!, ¡wiiit!».

—Aquí vienen los hurites, el agua está más caliente.

Camina hacia las cañas y luego, de pronto, se quita la blusa y la falda. Su cuerpo brilla a la luz del sol, delgado y esbelto, del color del cobre oscuro. Se adentra en el mar, por encima de las rocas, y desaparece bajo el agua. Su brazo sobresale un instante, armado del largo arpón, y luego ya sólo está la superficie del mar, las cortas olas. Tras unos instantes, el agua se abre y Ouma sale como había entrado, deslizándose. Viene hasta mí, en la playa, desprende el hurite, repugnante por la tinta, y le da la vuelta. Y me mira. No hay en ella turbación alguna, sólo la salvaje belleza.

—¡Ven!

No lo dudo. Me desnudo a mi vez y me zambullo en el agua fría. De pronto recuerdo lo que tantos años atrás perdí, el mar en Tamarin, cuando nadaba desnudo con Denis a través de las olas. Es una impresión de libertad, de felicidad. Nado bajo el agua muy cerca del fondo, con los ojos abiertos. Veo, del lado de la roca, a Ouma que registra con su arpón las grietas y la nube de tinta que sigue. Nadamos juntos hacia la superficie. Ouma lanza a la playa el segundo hurite, tras haberle dado la vuelta. Me tiende el arpón. La sonrisa brilla en su rostro, su respiración es un poco ronca. Me zambullo a mi vez hacia las rocas. Se me escapa un primer hurite pero consigo clavar en la arena del fondo a otro, justo cuando salta hacia atrás soltando su tinta.

Nadamos juntos en el agua transparente de la laguna. Cuando estamos muy cerca de la barrera de los arrecifes, Ouma se zambulle ante mí y desaparece con tanta rapidez que no puedo seguirla. Aparece un momento después, con un budión en la punta del arpón. Desengancha el pescado, vivo todavía, y lo arroja a lo lejos, hacia la orilla. Me hace señales de que no hable. Me coge la mano y, juntos, nos deslizamos bajo el agua. Veo entonces una sombra amenazadora que va y viene ante nosotros: un tiburón. Gira dos o tres veces y luego se aleja. Subimos sin aliento a la superficie. Nado hacia la orilla mientras Ouma vuelve a zambullirse. Cuando llego a la playa, veo que ha capturado de nuevo el pescado. Corre a mi lado por la arena blanca. Su cuerpo brilla al sol como el basalto. Con gestos precisos y rápidos, recoge los hurites y el budión y los entierra en la arena, junto a las dunas.

—Ven. Vamos a secarnos.

Estoy tendido en la arena. Ella, de rodillas, coge arena seca con las manos y cubre mi cuerpo de arriba abajo.

—Ponme también arena.

Tomo en mis manos la ligera arena y la derramo sobre sus hombros, sobre su espalda, sobre su pecho. Parecemos ahora dos payasos enharinados, y eso nos hace reír.

—Cuando la arena cae, estamos secos —dice Ouma. Permanecemos en la duna, junto a las cañas, vestidos de arena blanca. Sólo se oye el rumor del viento entre las cañas y el rugido del mar ascendente. Nadie, salvo los cangrejos que salen de sus agujeros uno tras otro, enarbolando sus pinzas. En el cielo, el sol está ya en el cenit y arde en el centro de esta soledad.

Miro la arena que se seca en los hombros y la espalda de Ouma, y que cae formando riachuelos que descubren su piel brillante. El deseo crece en mí con violencia, abrasa como el sol en mi piel. Cuando poso mis labios en la piel de Ouma, se sobresalta, pero no se aparta. Con sus largos brazos anudados en torno a sus piernas, apoya la cabeza en las rodillas y mira hacia otra parte. Mis labios descienden por su nuca, por su piel dulce y brillante donde la arena resbala como lluvia de plata. Ahora mi cuerpo tiembla y Ouma levanta la cabeza, me mira con inquietud:

—¿Tienes frío?

—Sí... No. —No sé muy bien lo que me ocurre. Tiemblo nerviosamente, mi respiración es difícil.

—¿Qué te pasa?

Ouma se levanta de pronto. Se viste con gesto rápido. Me ayuda a ponerme la ropa, como si estuviera enfermo.

—Ven a descansar a la sombra. ¡Ven!

¿Será la fiebre, la fatiga? La cabeza me da vueltas. Sigo penosamente a Ouma a través de las cañas. Camina muy erguida, llevando los hurites en la punta de su arpón, como estandarte, sujetando el pescado por las agallas.

Cuando llegamos al campamento, me acuesto bajo la tienda y cierro los ojos. Ouma se ha quedado fuera. Prepara el fuego para cocer el pescado. Cuece también, en las brasas, obleas de pan que ha traído esta mañana. Cuando la comida está lista, me la trae bajo la tienda y me mira, sin tomar nada, mientras como. La carne del pescado asado es exquisita. Como apresuradamente con los dedos y bebo el agua fresca que Ouma ha ido a buscar al río, aguas arriba. Ahora me encuentro mejor. Envuelto en mi manta pese al calor, miro a Ouma, su perfil vuelto hacia el exterior, como si estuviera al acecho. Más tarde comienza a caer la lluvia, fina primero, de gruesas gotas después. El viento sacude la lona por encima de nuestras cabezas, hace que crujan las ramas del tamarindo.

Cuando la luz del día declina, la muchacha me habla de ella misma, de su infancia. Habla vacilando, con su voz cantarina, haciendo largos silencios, y el ruido del viento y la lluvia en la tienda se mezcla con sus palabras.

—Mi padre es manaf, de la parte alta de Rodrigues. Pero se marchó de aquí para navegar en un barco de la British India, un gran barco que llegaba a Calcuta. En la India encontró a mi madre, se casó con ella y la trajo aquí porque su familia no estuvo de acuerdo con la boda. Era mucho mayor que ella y murió de fiebres durante un viaje, cuando yo tenía ocho años, entonces mi madre me metió en las monjas, en Mauricio, en Fermey. No tenía bastante dinero para educarme. Creo que también quería casarse de nuevo y temía que yo resultara una molestia... En el convento quería mucho a la madre superiora, y ella me quería también. Cuando tuvo que volver a Francia, como mi madre me había abandonado, me llevó con ella, a Burdeos, y luego cerca de París. Estudiaba y trabajaba en el convento. Creo que la madre quería que yo fuera religiosa y por eso me había llevado con ella. Pero cuando tenía trece años caí enferma y todo el mundo creyó que iba a morir, porque estaba tuberculosa... Entonces mi madre, desde Mauricio, escribió diciendo que quería que volviera a vivir con ella. Al principio yo no quería, lloraba, creía que era porque no quería abandonar a la madre del convento, pero era porque tenía miedo de encontrarme con mi verdadera madre, y con la pobreza de la isla, en las montañas. La madre del convento también lloraba, porque me quería y también porque había esperado que yo también fuera religiosa, y como mi madre no es cristiana, ha conservado la religión de la India, la madre del convento sabía que iba a apartarme de la vida religiosa. Y luego, de todos modos, me fui, hice un largo viaje sola en el barco, por el canal de Suez y el mar Rojo. Cuando llegué a Mauricio encontré a mi madre, pero ya no me acordaba de ella, y me sorprendió ver que fuera tan pequeña, envuelta en sus velos. A su lado había un chico y ella me dijo que era Sri, el enviado de Dios en la tierra…

Deja de hablar. La noche está ahora muy cerca. Fuera, el valle está ya sumido en sombras. La lluvia ha cesado, pero se oye el agua goteando sobre la tienda cuando el viento sacude las ramas del viejo tamarindo.

—Al principio fue difícil vivir aquí, porque no sabía nada de la vida entre los manafs. No sabía hacer nada, no podía correr, ni pescar, ni encender fuego, ni siquiera sabía nadar. Y no podía hablar porque nadie hablaba francés, y mi madre sólo hablaba bhojpuri y criollo. Era terrible, tenía catorce años y era como una niña. Al principio, los demás se burlaban de mí, decían que mi madre habría hecho mejor dejándome con los burgueses. También a mí me hubiera gustado marcharme, pero no sabía adónde ir. No podía regresar a Francia porque era una manaf y nadie me hubiera querido. Y además quería a mi hermano menor, a Sri, era tan dulce, tan inocente, creo que mi madre tenía razón al decir que era el enviado de Dios… Entonces comencé a aprender todo lo que ignoraba. Aprendí a correr descalza por las rocas, a atrapar corriendo las cabras, a encender fuego y a nadar y zambullirme para pescar. Aprendí a ser una manaf, a vivir como los cimarrones, ocultándome en la montaña. Pero me gustaba estar aquí con ellos, porque no mienten nunca, no hacen daño a nadie. La gente de la costa, en Port Mathurin, es como la gente de Mauricio, miente y engaña, por eso permanecemos ocultos en las montañas…

Ahora la noche ha caído por completo. El frío se extiende por el valle. Estamos tendidos uno contra otro, siento el calor del cuerpo de Ouma contra mi cuerpo, nuestras piernas se entremezclan. Sí, igual que si fuéramos los únicos seres vivos en la tierra. El valle de la Ensenada de los Ingleses se pierde, retrocede empujado por el viento frío del mar.

Ya no tiemblo ahora, no tengo ninguna prisa, ningún temor. También Ouma ha olvidado que debe huir, ocultarse sin cesar. Como hace un rato, entre las cañas, se quita la ropa y me ayuda a desnudarme. Su cuerpo es terso y cálido, cubierto todavía en parte de arena. Ríe quitando las manchas de arena de mi espalda, de mi pecho. Y luego estamos el uno en el otro, sin que yo haya podido comprender. Su rostro está echado hacia atrás, escucho su respiración, siento los latidos de su corazón, y su calidez está en mí, inmensa, más fuerte que todos estos días ardientes en el mar y en el valle. Así nos deslizamos, así emprendemos el vuelo en el cielo nocturno entre las estrellas, sin pensamientos, silenciosos y escuchando el rumor de nuestros alientos unidos como la respiración de los durmientes. Permanecemos estrechados el uno contra el otro, para no sentir el frío de las piedras.

Por fin he encontrado la quebrada de la que brotaba antaño un manantial que hoy está seco. Es la que descubrí al comienzo, cuando llegué a la Ensenada de los Ingleses, y que me había parecido demasiado alejada del lecho del río como para figurar en el plano del Corsario.

Pero a medida que planto los jalones que prolongan las rectas de los primeros puntos de orientación, me veo llevado hacia el este del valle. Cierta mañana, mientras recorro en solitario el fondo de la Ensenada de los Ingleses, cerca de la marca del arganeo oeste, decido buscar a lo largo de la línea que va del arganeo hasta la piedra marcada con cuatro puntos que encontré en el primer contrafuerte del acantilado este, y que el documento del Corsario designa con «Buscad S::».

Al no disponer de más jalones que los fragmentos de caña plantados a intervalos irregulares, avanzo lentamente por el fondo del valle. Un poco antes de mediodía, llego a la cumbre del acantilado del este, tras haber recorrido y balizado más de mil pies franceses. Al llegar a lo alto del acantilado, distingo al instante la grieta de la quebrada y el mojón que la designa. Es un bloque de basalto de unos seis pies de altura, plantado en la tierra polvorienta de la colina de modo que debe ser visible desde el fondo del valle, desde el antiguo estuario. Es el único de su especie, ha caído del desplomo basáltico que corona el acantilado. Estoy seguro de que ha sido transportado aquí por manos humanas, tal vez arrastrado sobre rodillos y erigido, a la manera de las rocas druídicas. En sus flancos son claramente visibles todavía las muescas realizadas para permitir el paso de las sogas. Pero lo que llama mi atención es la marca que lleva la roca en su parte superior, exactamente en el centro: un canalón recto, de un dedo de grosor y unas seis pulgadas de largo, excavado en la piedra por medio de un cincel. Este canalón se halla exactamente en la prolongación de la línea que he seguido desde el arganeo del oeste e indica la abertura de la quebrada.

Con el corazón palpitante, me acerco y veo la quebrada por primera vez. Es un corredor de erosión que atraviesa el espesor del acantilado y va menguando hasta la Ensenada de los Ingleses. Un desprendimiento de piedras obstruye la entrada y por eso no he tenido todavía la idea de explorarla. Vista desde el valle, la entrada de la quebrada se confunde con los otros desprendimientos de la quebrada. Y, desde la cumbre de la colina este, la quebrada, tal como la vi por primera vez, se parece a un superficial hundimiento del suelo.

Sólo hay un camino que puede llevarme a ella, la línea que he seguido y que partiendo del arganeo oeste atraviesa el lecho del río Roseaux en el punto 95 (en la intersección exacta de la línea norte-sur), pasa por el centro de la piedra marcada con cuatro puntos (el punto S del documento del Corsario) y me ha conducido hasta el bloque de basalto donde se confunde con el trazo del canalón esculpido por el cincel del Corsario.

Me conmueve tanto este descubrimiento que tengo que sentarme para serenar mi espíritu. El viento frío se encarga de devolverme a mí mismo. Bajo apresuradamente hasta el fondo la ladera de la quebrada. Me hallo entonces en una suerte de pozo abierto en forma de herradura, de unos veinticinco pies franceses de ancho, y cuyo corredor desciende hasta el desprendimiento que cierra la entrada, en una longitud de un centenar de pies.

No me cabe duda ya, aquí se encuentra la clave del misterio. Aquí, en alguna parte bajo mis pies, debe de encontrarse el pañol, es decir, el cofre marinero que estaba soldado en la proa de los navíos y en el que el Corsario desconocido encerró sus fabulosas riquezas, para ponerlas a cubierto de los ingleses y de la avaricia de sus propios hombres. ¿Podía encontrar un escondrijo mejor que esta hendidura natural en el acantilado, invisible desde el mar y desde el valle, y cerrada por el cerrojo natural del desprendimiento y los aluviones del torrente? No puedo esperar hasta recibir ayuda. Voy al campamento y vuelvo con todo lo necesario: el pico, la pala, la larga barra de hierro para el sondeo, una cuerda y una provisión de agua potable. Hasta que llega la noche, sin detenerme, sondeo y cavo en el fondo de la quebrada, en el lugar que, según creo, designa el canalón del bloque de basalto.

Cuando anochece, mientras la sombra comienza a oscurecer al fondo de la quebrada, el taladro penetra oblicuamente en el suelo, poniendo al descubierto la entrada de un escondrijo medio cubierto de tierra. Esta tierra es, además, de un color más claro, prueba, a mi entender, de que ha sido colocada para cerrar la gruta.

Siento el corazón latiéndome en las sienes, tengo la ropa empapada de sudor. Con la ayuda de las manos, desplazo los bloques de basalto para ampliar la abertura, fortificada por medio de piedras secas dispuestas en arco. Pronto entro hasta la cintura en la caverna. No hay suficiente espacio para manejar el pico y tengo que cavar con las manos, desprender los bloques apoyándome en el taladro como si fuera una palanca. Luego el metal resuena contra la piedra. No puedo ir más lejos, he llegado al fondo: el escondrijo está vacío.

Es de noche ya. El vacío cielo, por encima de la quebrada, se oscurece lentamente. Pero el aire es tan caliente que me parece que el sol arde todavía, en las paredes de piedra, en mi rostro, en mis manos, en el interior de mi cuerpo. Sentado al fondo de la quebrada, ante el vacío escondrijo, bebo toda el agua que queda en la cantimplora, un agua caliente e insípida que no consigue saciarme.

Por primera vez desde hace mucho tiempo, pienso en Laure, me parece que estoy saliendo de mi sueño. ¿Qué pensaría de mí si me viera así, cubierto de polvo, en el fondo de esta trinchera, con las manos ensangrentadas de tanto cavar? Me miraría con sus ojos oscuros y brillantes, y yo sentiría vergüenza. Ahora estoy demasiado cansado para moverme, para pensar, para sentir cualquier cosa. Espero la noche con sed, con deseo, y me tiendo en el lugar donde estoy, al fondo de la quebrada, con la cabeza apoyada en una de las piedras negras que he arrancado de la tierra. Por encima de mí, entre las altas paredes de piedra, el cielo es negro. Veo las estrellas. Son fragmentos de constelaciones rotas, cuyo nombre no puedo ya conocer.

Por la mañana, cuando salgo de la quebrada, veo la silueta de Ouma. Está sentada junto al campamento, a la sombra de un árbol, y me aguarda. A su lado está Sri, que mira sin moverse cómo me aproximo.

Me acerco a la joven y me siento a su lado. A la sombra, su rostro es oscuro, pero sus ojos brillan con fuerza. Me dice:

—Ya no hay agua en la quebrada. La fuente se secó.

Dice «fuente» en vez de manantial, al modo *créole*. Lo dice tranquilamente, como si fuera agua lo que yo estuviera buscando en la quebrada.

La luz de la mañana brilla en las piedras, en el follaje de los árboles. Ouma ha ido a buscar agua del río en la marmita, y ahora prepara la papilla de harina de las mujeres indias, el *kir*. Cuando la papilla está lista, me sirve en un plato de esmalte. Ella come con los dedos de la misma marmita.

Con su voz tranquila y cantarina, me habla de nuevo de su infancia en Francia, en el convento de religiosas, y de su vida cuando volvió a vivir con su madre, entre los manafs. Me gusta cómo me habla. Intento imaginar el día en que desembarcó del gran paquebote, vestida con su uniforme negro, deslumbrados los ojos por la luz.

También yo le hablo de mi infancia en el Boucan, de Laure, de las lecciones de Mam en la veranda, al anochecer, y de las aventuras con Denis. Cuando le hablo de nuestro viaje en piragua al Morro, sus ojos brillan.

—También a mí me gustaría ir por el mar.

Se levanta y mira hacia la laguna.

—Al otro lado hay muchas islas, islas donde viven las aves marinas. Llévame allí para pescar.

Me gusta cuando su mirada brilla así. Está decidido, iremos a las islas, a la isla de las Alcas, a Baladirou, tal vez incluso hacia el sur, hasta Gombrani. Iré a Port Mathurin para alquilar un bote.

Durante dos días y dos noches, la tempestad ruge. Vivo encogido en mi tienda, casi sin salir, comiendo sólo galletas saladas. Luego, al amanecer del tercer día, el viento cesa. El cielo es de un azul resplandeciente, sin nubes. En la playa encuentro a Ouma, de pie, como si no se hubiera movido durante todo ese tiempo. Cuando me ve, dice:

—Espero que el pescador traiga la barca hoy.

En efecto, una hora más tarde la piragua aborda en la playa. Con la provisión de agua y una caja de galletas, embarcamos. Ouma va a proa, con su arpón en la mano, contempla la superficie de la laguna.

En la bahía Lascars, desembarcamos al pescador y le prometo devolverle la embarcación al día siguiente. Nos alejamos con la vela hinchada por el viento del este. Las altas montañas de Rodrigues se levantan a nuestra espalda, pálidas todavía a la luz de la alborada. El rostro de Ouma está iluminado por la felicidad. Me señala el Limón, el Pitón, el Bilactère. Cuando cruzamos el paso, las olas hacen bailar la piragua y las salpicaduras nos envuelven. Pero, más adelante, nos encontramos de nuevo en la laguna, al abrigo de los arrecifes. Sin embargo, el agua es oscura y la atraviesan misteriosos reflejos.

Ante la proa, aparece una isla: es la isla de las Alcas. Incluso antes de verlas, oímos el ruido de las aves marinas. Es un redoble continuado, regular, que llena el cielo y el mar.

Los pájaros nos han visto, vuelan por encima de la piragua. Gaviotas marinas, albatros, fragatas negras y las gigantescas alcas, que giran chillando.

La isla está sólo a unas cincuenta brazas, a estribor. Del lado de la laguna es una cinta de arena, y mirando a mar abierto, las rocas en las que vienen a romper las olas del océano. Ouma ha venido a mi lado, en la barra; dice en voz baja junto a mi oído:

—¡Es hermoso…!

Jamás había visto tantos pájaros. Los hay a millares en las rocas blancas de guano, danzan, emprenden el vuelo y reposan, y el ruido de sus alas zumba con el mar. Las olas rompen en los arrecifes, cubren las rocas con una deslumbradora cascada, pero las alcas no tienen miedo. Abren sus poderosas alas y se levantan en el viento por encima del agua que pasa, luego caen de nuevo sobre las rocas.

Una compacta bandada pasa gritando por encima de nuestras cabezas. Giran en torno a nuestra piragua, oscureciendo el cielo, huyendo contra el viento con sus inmensas alas extendidas, con su negra cabeza de mirada cruel vuelta hacia los extranjeros a quienes odian. Son ahora cada vez más numerosas, sus estridentes gritos nos aturden. Algunas nos atacan, se lanzan en picado hacia la popa y debemos protegernos. Ouma tiene miedo. Se aprieta contra mí, se tapa los oídos con las manos:

—¡Vámonos! ¡Vámonos!

Dirijo la barra a estribor y, chasqueando, la vela vuelve a tomar el viento. Las alcas han comprendido. Se alejan, toman altura y siguen vigilándonos mientras giran. En las rocas de la isla, la población de aves sigue saltando por encima de los chorros de espuma.

Ouma y yo nos sentimos todavía turbados por el miedo. Huimos empujados por el viento y, mucho tiempo después de haber abandonado las proximidades de la isla, seguimos escuchando los estridentes gritos de los pájaros y el zumbido de sus alas. A una milla de la isla de las Alcas, encontramos otro islote, en la barrera de arrecifes. Al norte, las olas del océano rompen contra las rocas con un ruido de trueno. Aquí casi no hay pájaros, salvo algunas golondrinas de mar que planean por encima de la playa.

En cuanto abordamos, Ouma se quita la ropa y se zambulle. Veo brillar su cuerpo oscuro entre dos aguas y luego desaparece. Vuelve a la superficie varias veces para respirar, con su arpón apuntando al cielo.

Me desnudo a mi vez y salto. Nado con los ojos abiertos, cerca del fondo. En los corales hay miles de peces de los que ni siquiera conozco el nombre, plateados, de rayas amarillas, rojos. El agua es muy tranquila y me deslizo sin esfuerzo junto a los corales. Busco en vano a Ouma.

Cuando regreso a la orilla me tiendo en la arena y escucho, a mi espalda, el ruido de las olas. Las golondrinas marinas planean en el viento. Hay incluso algunas alcas venidas de su isla para mirarme gritando.

Mucho tiempo después, cuando la arena blanca se ha secado sobre mi cuerpo, Ouma sale ante mí del agua. Su cuerpo brilla a la luz como metal negro. Alrededor del talle lleva una liana trenzada de la que ha colgado sus presas, cuatro peces (una perca, un capitán y dos pajeles). Planta el arpón en la orilla, con la punta hacia arriba, se desanuda el cinturón y coloca los pescados en un agujero en la arena, recubriéndolos luego con algas mojadas. Se sienta en la playa y cubre su cuerpo de arena.

Junto a ella, oigo su respiración ronca todavía fatigosa. En su piel oscura brilla la arena como polvo de oro. No hablamos. Miramos el agua de la laguna, escuchando el poderoso ruido del mar a nuestra espalda. Parece como si hiciera muchos días que estuviéramos allí y hubiéramos olvidado todo lo referente al mundo. A lo lejos, las altas montañas de Rodrigues cambian lentamente de color, las oquedades de las ensenadas están ya en sombras. La marea es alta. La laguna está crecida, lisa, y es de un azul profundo. El estrave de la piragua apenas se apoya en la playa, con su curva proa parecida a un ave marina.

Más tarde, cuando el sol desciende, comemos. Ouma se levanta, la arena resbala por su cuerpo como una suave lluvia. Recoge fucos, fragmentos de madera que el reflujo ha depositado. Con mi mechero de yesca, enciendo las ramitas. Cuando brota la llama, el rostro de Ouma se ilumina con una alegría salvaje que me atrae hacia ella. Ouma hace una parrilla con algunas ramas mojadas, prepara los pescados. Luego apaga el fuego con puñados de arena y pone la parrilla sobre las brasas. El olor de los pescados asados nos llena de felicidad y pronto comemos, apresuradamente, abrasándonos los dedos.

Algunas aves marinas han venido, atraídas por los restos. Trazan grandes círculos ante el sol y luego se posan en la playa. Antes de comer, nos miran con la cabeza inclinada hacia un lado.

—Ahora ya no son esquivas, nos conocen.

Las alcas no se posan en la arena. Se lanzan hacia los pedazos y los agarran al vuelo, haciendo brotar nubes de polvo. Hay incluso cangrejos que salen de sus agujeros, con aspecto perezoso y feroz al mismo tiempo.

—¡Cuánta gente! —dice Ouma riendo.

Cuando hemos terminado de comer, Ouma cuelga nuestra ropa del arpón y nos acostamos en la ardiente arena, a la sombra del improvisado parasol. Nos enterramos en la arena, uno junto al otro. Tal vez Ouma se duerma, así, mientras miro su rostro con los ojos cerrados, su hermosa frente lisa cuyos cabellos se agitan al viento. Cuando respira, la arena resbala por su pecho, hace brillar sus hombros a la luz, como una piedra. Acaricio su piel con la yema de los dedos. Pero Ouma no se mueve. Respira lentamente, con la cabeza apoyada en su brazo doblado, mientras el viento se lleva la arena que forma arroyuelos en su cuero inmenso. Veo, ante mí, el vacío cielo y Rodrigues, brumosa en el espejo de la laguna. Las aves marinas vuelan por encima de nuestras cabezas, se posan en la playa, a pocos pasos. Ya no tienen miedo, se han hecho amigas nuestras.

Creo que este día es infinito, como el mar.

Sin embargo, llega la noche y camino por la playa, rodeado de los pájaros que vuelan lanzando gritos inquietos. Es demasiado tarde para pensar en regresar a Rodrigues. La bajamar descubre los bancos de coral en la laguna y podríamos embarrancar, o romper la piragua. Ouma se reúne conmigo en la punta de la isla. Nos hemos vestido de nuevo a causa del viento del mar. Las aves siguen sobrevolándonos, se posan en las rocas, ante nosotros, lanzando gritos extraños. Aquí el mar es libre. Vemos las olas que rompen, al final de su viaje.

Cuando me siento junto a Ouma, me rodea con sus brazos y apoya su cabeza en mi hombro. Siento su olor, su calidez. El viento que sopla es un viento del crepúsculo, que trae ya consigo la oscuridad. Ouma se estremece junto a mí. Este viento la inquieta, inquieta también a los pájaros y les hace salir de su refugio, muy arriba en el cielo, gritando hacia los últimos fulgores del sol sobre el mar.

La noche cae deprisa. El horizonte desaparece ya y la espuma deja de brillar. Regresamos al otro lado de la isla, a sotavento. Ouma prepara un lecho para la noche. Extiende fuco seco por la duna, en lo alto de la playa. Nos envolvemos en nuestra ropa para no sentir la humedad. Los pájaros han abandonado su enloquecido vuelo. Se han posado en la playa, no lejos de nosotros, y escuchamos en la oscuridad sus cloqueos, el chasquido de sus picos. Apretado contra Ouma, respiro el olor de su cuerpo y sus cabellos, siento el gusto de la sal en su piel y en sus labios.

Luego noto su respiración que se calma, y permanezco inmóvil, con los ojos abiertos a la noche, escuchando el estruendo de las olas que crecen a nuestra espalda, cada vez más cercanas. Las estrellas son tan numerosas, tan hermosas como cuando me tendía en la cubierta del *Zeta*. Ante mí, cerca de las manchas negras de las montañas de Rodrigues, está Orión y las Bellas de noche, y en el cenit, junto a la Vía Láctea, como antaño, busco los brillantes botones de las Pléyades. Como antaño, intento distinguir la séptima estrella Pléyone, y al extremo de la Osa mayor, Alcor. Abajo, a la izquierda, reconozco la Cruz del Sur, y veo aparecer lentamente, como si en verdad navegara por el negro mar, el gran navío *Argos*. Quisiera escuchar la voz de Ouma, pero no me atrevo a despertarla. Siento junto a mí el lento movimiento de su pecho que respira, y eso se mezcla con el estruendo rítmico del mar. Tras esta jornada tan larga, tan llena de luz, estamos en una noche profunda y lenta que nos penetra y nos transforma. Por eso estamos aquí, para vivir este día y esta noche, lejos de los demás hombres, a la entrada del mar abierto, entre los pájaros.

¿Dormimos realmente? Ya no lo sé. Permanezco inmóvil mucho tiempo bajo el soplo del viento, sintiendo los terribles golpes de las olas en el zócalo de coral, y las estrellas giran lentamente hasta el alba.

Por la mañana, Ouma está acurrucada en el hueco de mi cuerpo, duerme pese al sol que inunda sus párpados. La arena húmeda por el rocío se pega a su piel oscura, corre en pequeños riachuelos por su nuca, se mezcla con el desorden de la ropa. Ante mí el agua de la laguna es verde y los pájaros han abandonado la playa: reinician su ronda, con las alas desplegadas al viento, con los ojos penetrantes que acechan los fondos marinos. Veo las montañas de Rodrigues, el Pitón, el Bilactère, y el Diamante aislado en la orilla, netos y claros. Hay piraguas deslizándose con su vela hinchada. En pocos instantes tendremos que ponernos la ropa crujiente de arena, subiremos a la piragua y el viento empujará la vela. Ouma permanecerá adormecida en la proa, tendida en el fondo de la piragua. Dejaremos nuestra isla, partiremos, iremos hacia Rodrigues y las aves marinas no nos acompañarán.

Lunes 10 de agosto (1914)

Cuento los días, cada mañana, a solas en el fondo de la Ensenada de los Ingleses. Hace meses que comencé, siguiendo el ejemplo de Robinson Crusoe, pero como no tengo palo en el que hacer muescas, hago marcas en las cubiertas de mis cuadernos de colegial. Así consigo llegar a esta fecha extraordinaria para mí, puesto que me indica que hace ahora exactamente cuatro años que llegué a Rodrigues. Este descubrimiento me trastorna tanto que ya no puedo permanecer quieto. Me pongo a toda prisa mis polvorientos zapatos, sobre los pies desnudos, pues hace mucho tiempo que no tengo ya calcetines. Del baúl saco la chaqueta gris, recuerdo de mis días de las oficinas de W. W. West en Port Louis. Me abotono la camisa hasta el cuello, pero no puedo encontrar una corbata, la mía sirvió para atar los faldones de la lona que hace de tienda en las noches de tempestad. Sin sombrero, con la barba y el pelo largos como los de un náufrago, el rostro curtido por el sol, vestido con esta chaqueta de burgués y calzando estas viejas botas, habría sido la risa de la gente de Rempart Street, en Port Louis. Pero aquí, en Rodrigues, se es menos exigente y paso casi inadvertido.

Las oficinas de la Cable & Wireless están todavía vacías a esta hora. Solo, un empleado indio me mira con indiferencia, incluso cuando le hago, con la mayor cortesía del mundo, mi absurda pregunta.

—Perdone, caballero, ¿a qué día estamos?

Parece reflexionar. Sin moverse de su lugar, en los peldaños de la escalera, dice:

—Lunes.

Insisto:

—Pero ¿qué fecha?

Tras otro silencio, anuncia:

—Lunes 10 de agosto de 1914.

Mientras bajo por el camino, entre los vacoas, hacia el mar, siento una suerte de vértigo. Hace tanto tiempo que vivo en este valle solitario, en compañía del fantasma del Corsario desconocido. Solo con la sombra de Ouma, que a veces desaparece por tanto tiempo que ya no sé si realmente existe. Hace tanto tiempo que estoy lejos de mi casa, de aquellos a quienes amo. El recuerdo de Laure y de Mam me oprime el corazón, como un presentimiento. El cielo azul me deslumbra, el mar parece arder. Tengo la impresión de venir de otro mundo, de otro tiempo.

Cuando llego a Port Mathurin me encuentro, de pronto, entre la muchedumbre. Son pescadores que regresan a su casa, en la bahía Lascars, o granjeros de las montañas que han venido al mercado. Niños negros corren a mi lado, riendo, y se ocultan cuando yo les miro. Tanto he vivido en su terreno que creo que comienzo a parecerme un poco al Corsario. Un extraño corsario sin navío, salido de su escondrijo, polvoriento y harapiento.

Dejando atrás la casa Portalis, me encuentro en el centro de la ciudad, en Barclay's Street. En el banco, mientras retiro mis últimos ahorros (para comprar galletas de marinero, cigarrillos, aceite, café y una punta de arpón para pescar hurites), oigo los primeros rumores de esa guerra hacia la que el mundo parece precipitarse con frenesí. Un ejemplar reciente del *Mauricien* en la pared del banco expone las noticias recibidas de Europa por telégrafo: la declaración de guerra de Austria a Servia tras el atentado de Sarajevo, la movilización en Francia y Rusia, los preparativos de guerra en Inglaterra. ¡Y esas noticias tienen ya diez días!

Vagabundeo bastante rato por las calles de esa ciudad en la que nadie parece darse cuenta de la destrucción que amenaza el mundo. La multitud se apretuja ante las tiendas, en Duncan Street, en los comercios de los chinos de Douglas Street, en el camino del embarcadero. Por un instante pienso en ir a hablar con el doctor Camal Boudou, en el dispensario, pero me avergüenzan mis ropas harapientas y mi cabello demasiado largo.

En las oficinas de la compañía Elías Mallac me espera una carta. Reconozco la hermosa caligrafía inclinada en el sobre, pero no me atrevo a leerla en seguida. Hay demasiada gente en la oficina de correos. La mantengo en la mano mientras camino por las calles de Port Mathurin, haciendo mis compras. Sólo cuando estoy de regreso en la Ensenada de los Ingleses, sentado en mi campamento bajo el viejo tamarindo, puedo abrir la carta. En el sobre leo la fecha de envío: 6 de julio de 1914. La carta tiene sólo un mes.

Está escrita en una hoja de papel indio, ligero, fino y opaco, que reconozco en cuanto cruje entre mis dedos. Es el papel en el que le gustaba escribir o dibujar sus planos a nuestro padre. Creía que estas hojas habían desaparecido todas cuando salimos del Boucan. ¿Dónde las habrá encontrado Laure? Pienso que ha debido de guardarlas todo este tiempo, como si las reservara para escribirme. Al ver su caligrafía inclinada, elegante, me turbo tanto que no puedo leer durante unos instantes. Luego, a media voz, leo para mí sus palabras:

Querido Ali:

Ya ves, no cumplo mi palabra. Había jurado escribirte sólo para decirte una palabra: ¡vuelve! Y he aquí que te escribo sin saber lo que voy a decirte.

Para comenzar voy a darte algunas noticias, que, como puedes imaginar, no son nada del otro mundo.

Desde tu marcha, aquí todo se ha vuelto más triste todavía. Mam ha dejado toda actividad, ni siquiera quiere ir a la ciudad para intentar ocuparse de nuestros asuntos. Fui yo la que, varias veces, intenté despertar la compasión de nuestros acreedores.

Hay un inglés, un tal señor Notte (¡un nombre realmente adecuado!),* que amenaza con embargarnos los tres muebles que nos quedan todavía en Forest Side. Conseguí detenerle haciéndole promesas, pero ¿por cuánto tiempo? Bueno, basta. Mam está muy débil. Sigue hablando de refugiarse en Francia, pero las noticias que llegan hablan todas de guerra. Sí, todo está por ahora muy negro, no queda ya mucho porvenir.

---

* Laure alude, sin duda, a la similitud fonética del nombre del inglés, *Notte*, con la palabra francesa *note*, es decir «factura», «cuenta». *(N. del t.)*

Mi corazón se oprime mientras leo estas líneas. ¿Dónde está la voz de Laure, que nunca se quejaba, que rechazaba lo que ella llamaba «jeremiadas»? La inquietud que siento no es la de la guerra que amenaza el mundo. Es más bien el vacío que se ha hecho entre aquellos a quienes amo y yo, el vacío que me separa irremisiblemente de ellos. Leo de todos modos el último párrafo, en el que me parece encontrar por un instante la voz de Laure, su ironía:

No dejo de pensar en los tiempos en que éramos felices, en el Boucan, en las jornadas que no terminaban. Deseo para ti que, ahí donde estás, existan también hermosas jornadas y felicidad, a falta de tesoros.

Firma sólo con la inicial «L», sin fórmula de despedida. Nunca le han gustado los apretones de manos ni los abrazos. ¿Qué queda de ella, entre mis manos, en esta vieja hoja de papel indio?

Doblo la carta con cuidado y la guardo con mis papeles, en el baúl, junto al escritorio. Fuera, la luz de mediodía fulgura, hace brillar con fuerza las piedras contra el fondo del valle, aguza las hojas de los vacoas. El viento trae el ruido de la marea que sube. Los moscardones danzan a la entrada de la tienda, ¿sienten, tal vez, la tempestad? Me parece que sigo escuchando la voz de Laure que se dirige a mí desde el otro lado del mar, que me pide socorro. Pese al ruido del mar y del viento, el silencio está aquí en todas partes; en la luz, la soledad deslumbra.

Camino al azar por el valle, vestido todavía con la chaqueta gris que me va grande, con los pies maltratados por las botas cuya piel se ha resecado. Camino por los rastros que conozco, siguiendo las líneas del plano del Corsario y sus vértices, un gran hexágono que termina en seis puntos, que no es sino la estrella del sello de Salomón y que responde a los dos triángulos invertidos de los arganeos.

Atravieso varias veces la Ensenada de los Ingleses, con la mirada perdida en el suelo, escuchando el ruido de mis pasos que resuenan. Veo cada piedra que conozco, cada matorral, y en la arena de las dunas, en el estuario del río Roseaux, las huellas de mis propios pasos que ninguna lluvia ha borrado. Levanto la cabeza y veo, al fondo del valle, las montañas azules, inaccesibles. Es como si quisiera recordar algo lejano, algo olvidado, la gran quebrada oscura de Mananava, tal vez, donde la noche comenzaba.

* * *

No puedo esperar más. Esta tarde, cuando el sol desciende hacia las colinas, por encima de la punta Venus, camino hacia la entrada de la quebrada. Con fiebre, escalo los bloques que cierran la entrada y excavo con el pico en las paredes de la quebrada, pese al riesgo de verme encerrado bajo un desprendimiento. No quiero pensar más en mis cálculos, en los mojones. Oigo los latidos de mi corazón, el ronco ruido de mi respiración oprimida y el estruendo de las paredes de tierra y de esquisto que se hunden. Eso me alivia, me libera de mi ansiedad.

Con furor, arrojo los bloques de roca que pesan cien libras contra los muros de basalto, en el fondo de la quebrada, siento el olor a salitre que flota en el aire recalentado. Estoy ebrio, creo, ebrio de soledad, ebrio de silencio, y por ello hago estallar las piedras, y hablo solo, digo: «¡Aquí! ¡Aquí…! ¡Allí! ¡Otra vez allí…!».

En el fondo de la quebrada, la emprendo con un grupo de piedras basálticas, tan grandes y antiguas que no me cabe duda de que rodaron desde lo alto de las colinas negras. Serían necesarios varios hombres para desplazarlas, pero no me resigno a esperar la llegada de los negros de las granjas, Raboud, Adrien Mercure o Fritz Castel. Tras grandes esfuerzos, habiendo excavado un agujero de sondeo bajo la primera piedra basáltica, consigo meter la punta del pico y empujo el mango como si fuera una palanca. El bloque se mueve un poco, escucho la tierra que cae en una cavidad profunda. Pero el mango del pico se rompe de pronto y caigo violentamente contra la pared rocosa.

Permanezco largo rato medio aturdido. Cuando vuelvo en mí, siento el líquido caliente que corre por mis cabellos, por mi mejilla: sangre. Estoy demasiado débil para levantarme y permanezco tendido en el fondo de la quebrada, apoyado en el codo, manteniendo mi pañuelo apoyado en el occipucio para impedir que corra la sangre.

Un poco antes de la noche, un ruido a la entrada de la quebrada me saca de mi sopor. En mi delirio, cojo el mango del pico para defenderme en el caso de que sea un perro salvaje, o tal vez una rata hambrienta. Luego reconozco la delgada silueta de Sri, oscura en la luz deslumbrante del cielo. Camina por lo alto de la quebrada y, cuando le llamo, baja por el glacis.

En su mirada hay temor pero me ayuda a levantarme y a caminar hasta la entrada de la quebrada. Estoy herido y débil, pero soy yo quien le dice, como a un animal amedrentado: «¡Ven, vamos, ven!». Caminamos juntos por el fondo del valle, hacia el campamento. Ouma me espera. Trae agua en la marmita y, cogiéndola en la palma de su mano, me lava la herida donde la sangre se ha pegado a los cabellos. Dice:

—¿Realmente te gusta el oro?

Le hablo del escondrijo que he encontrado bajo las piedras de basalto, de las señales que indican estas piedras y esta quebrada, pero soy vehemente y confuso y debe de creer que estoy loco. Para ella, el tesoro no cuenta, desprecia el oro como todos los manafs.

Con la cabeza envuelta en mi pañuelo manchado de sangre, me como lo que ha traído, pescado seco y kir. Después de comer, se sienta a mi lado y permanecemos mucho tiempo sin decir nada, ante el cielo claro que precede a la noche. Las aves marinas atraviesan la Ensenada de los Ingleses en bandadas, dirigiéndose a sus refugios. Ahora no siento ya impaciencia ni cólera.

Ouma apoya su cabeza en mi hombro, como al principio, cuando nos conocimos. Siento el olor de su cuerpo, de su cabello.

Le hablo de lo que le gusta, los campos del Boucan, las Tres Ubres, el valle oscuro y peligroso de Mananava donde vuelan, siempre, los dos rabijuncos. Escucha sin moverse, piensa en otra cosa. Siento que su cuerpo no se abandona ya. Cuando quiero tranquilizarla, acariciarla, se aparta, coloca sus brazos alrededor de sus largas piernas, como hace cuando está sola.

—¿Qué te pasa? ¿Estás enfadada?

No contesta. Caminamos juntos hasta las dunas, en la noche que se inicia. El aire es muy suave, muy ligero al principio del verano, el cielo puro comienza a iluminarse de estrellas. Sri ha permanecido sentado junto al campamento, inmóvil y erguido como un perro guardián.

—Cuéntame otra vez lo de cuando eras niño.

Hablo lentamente, fumando un cigarrillo, sintiendo el olor a miel de tabaco inglés. Hablo de todo, de nuestra casa, de Mam que leía las lecciones en la veranda, de Laure que iba a esconderse bajo su árbol del bien y del mal, de nuestra quebrada. Ouma me interrumpe para hacerme preguntas sobre Mam, sobre Laure especialmente. Me interroga acerca de ella, de sus vestidos, de lo que le gustaba, y me parece que está celosa. Tanta atención de esta muchacha salvaje hacia una muchacha de la burguesía me divierte. Creo que ni un solo momento comprendí, entonces, lo que pasaba en ella, lo que la atormentaba, la hacía vulnerable. Apenas distingo, en la oscuridad, su silueta sentada a mi lado en las dunas. Cuando quiero levantarme para volver al campamento, me coge del brazo.

—Quédate un poco más. Cuéntame más cosas de allí.

Quiere que siga hablándole de Mananava, de los campos de caña por los que corría con Denis, de la quebrada que se abría en la misteriosa selva y del vuelo lento de los pájaros relucientes de blancura.

Luego me habla otra vez de ella, de su viaje a Francia, del cielo tan oscuro y bajo que parece que la luz vaya a apagarse para siempre, de las oraciones en la capilla y de los cantos que le gustaban. Me habla de Hary, y de Govinda, que crecía entre los rebaños, allí, en el país de su madre. Un día, Sri fabricó una flauta con una caña y se puso a tocar, solo en la montaña, y así comprendió su madre que era el enviado del Señor. Él fue, cuando regresó a vivir con los manafs, quien le enseñó a alcanzar a las cabras a la carrera, quien la guió hasta el mar por primera vez, para pescar cangrejos y hurites. Habla también de Soukha y Sari, la pareja de pájaros de luz que saben hablar y cantan para el Señor en el país de Vrindavan, dice que son los que, antaño, yo veía a la entrada de Mananava.

Más tarde, regresamos al campamento. Nunca habíamos hablado así, suavemente, en voz baja, sin vernos, al abrigo del gran árbol. Es como si el tiempo no existiera ya, como si en el mundo sólo existiera este árbol, estas piedras. Cuando la noche está ya muy avanzada, me tiendo en el suelo para dormir, ante la entrada de la tienda, con la cabeza apoyada en mi brazo. Espero que Ouma venga a mi lado. Pero permanece inmóvil en el mismo lugar, mira a Sri que está sentado en una piedra, algo alejado, y sus siluetas iluminadas por el cielo son como las de los centinelas nocturnos.

Cuando el sol sube en el cielo, por encima de las montañas, estoy bajo la tienda, sentado con las piernas cruzadas, ante el baúl que me sirve de pupitre, y dibujo un nuevo mapa de la Ensenada de los Ingleses, en el que trazo todas las líneas que unen los mojones, haciendo aparecer poco a poco una suerte de telaraña cuyos seis puntos de anclaje forman esa gran estrella de David cuya primera figuración eran, al este y al oeste, los dos triángulos de los argáneos.

Hoy no pienso ya en la guerra. Me parece que todo es nuevo y puro. Al levantar la cabeza, de pronto, veo a Sri que me mira. No le reconozco en seguida. Creo, al principio, que es uno de los niños de la granja Raboud que ha bajado a acompañar a su padre a la pesca. Reconozco luego su mirada, salvaje, inquieta, pero también dulce y brillante, y que se dirige directamente a mí, sin desviarse. Dejo mis papeles y camino hacia él, sin apresurarme, para no asustarle. Cuando estoy a diez pasos, el muchacho da la vuelta y se aleja. Camina despacio, saltando por las rocas y volviéndose para esperarme.

«¡Sri! ¡Ven...!» He gritado, aunque sé que no puede escucharme. Pero sigue alejándose hacia el fondo del valle. Entonces le sigo por el camino, sin intentar alcanzarle. Sri salta ágilmente sobre las rocas negras y veo su fina silueta que parece danzar ante mí y desaparece luego entre los matorrales. Creo haberle perdido, pero allí está, a la sombra de un árbol o en la hendidura de una roca. Sólo le veo cuando vuelve a ponerse en marcha.

Durante horas sigo a Sri por la montaña. Estamos arriba, por encima de las colinas, en las laderas de las montañas desnudas. Debajo veo las pendientes rocosas, las manchas oscuras de los vacoas y de los arbustos espinosos. Aquí todo es desnudo, mineral. El cielo es magníficamente azul, las nubes que vienen del este corren por encima del mar, pasan sobre el valle arrojando una sombra rápida. Seguimos subiendo. A veces, ni siquiera veo ya a mi guía, y cuando le distingo, muy por delante, bailando rápido y ágil, no estoy seguro de no haber visto un choto, un perro salvaje.

En cierto momento me detengo para mirar el mar, a lo lejos, como no lo había visto todavía: inmenso, brillante y duro a la luz del sol, atravesado por el largo fleco silencioso de los rompientes.

El viento sopla en frías ráfagas que hacen saltar lágrimas en mis ojos. Permanezco sentado en una piedra para recuperar el aliento. Cuando vuelvo a ponerme en marcha, temo haber perdido a Sri. Con los ojos entrecerrados, le busco, montaña arriba, en las oscuras laderas de los valles. Cuando estoy a punto de renunciar a encontrarle, le veo rodeado de otros niños, con un rebaño de cabras, en la otra vertiente de la montaña. Grito, pero el eco de mi voz hace huir a los niños, que desaparecen con sus cabras entre matorrales y piedras.

Veo aquí las huellas de los hombres: son unos círculos de piedra seca, parecidos a los que encontré cuando llegué por primera vez a la Ensenada de los Ingleses. Advierto también senderos a través de la montaña, apenas indicados, pero que puedo percibir porque la vida salvaje que llevo desde hace cuatro años en la Ensenada de los Ingleses me ha enseñado a descubrir el paso de los hombres. Cuando me dispongo a bajar al otro lado de la montaña para buscar a los niños, veo de pronto a Ouma. Viene hasta mí y, sin pronunciar palabra, me coge de la mano y me guía hacia lo alto del acantilado, donde el terreno forma una suerte de glacis en desplome.

Al otro lado del valle, en la árida ladera a lo largo de un torrente de secado, veo chozas de piedra y ramas, algunos campos minúsculos protegidos del viento por muretes. Unos perros nos han descubierto y ladran. Es el poblado de los manafs.

—No debes avanzar más —dice Ouma—. Si un extranjero viniera, los manafs se verían obligados a alejarse más por la montaña.

Caminamos a lo largo del acantilado, hasta la vertiente norte de la montaña. Estamos frente al viento. Abajo, el mar es infinito, oscuro, cabrilleante. Al este está el espejo de turquesa de la laguna.

—Por la noche se ven las luces de la ciudad —dice Ouma. Señala hacia el mar—: Y por allí se pueden ver llegar los barcos.

—¡Es hermoso! —Lo digo casi en voz baja. Ouma se ha sentado sobre sus talones, como suele hacer, anudando sus brazos en torno a las rodillas. Su rostro oscuro está vuelto hacia el mar, el viento agita su cabello. Se gira hacia el oeste, hacia las colinas.

—Tienes que bajar, pronto se hará de noche.

Pero permanecemos sentados, inmóviles entre las ráfagas de viento, sin poder separarnos del mar, como dos pájaros planeando en el cielo. Ouma no me habla, pero me parece que siento todo lo que hay en ella, su deseo, su desesperación. Nunca habla de ello, pero por eso le gusta tanto ir a la orilla, zambullirse en el mar, nadar hacia los rompientes armada con su largo arpón, y mirar a los hombres de la costa, oculta detrás de las rocas.

—¿Quieres marcharte conmigo?

El sonido de mi voz, o mi pregunta tal vez, la sobresalta. Me mira con cólera, sus ojos brillan.

—¿Marcharme? ¿Y adónde ir? ¿Quién me querría?

Busco palabras para apaciguarla, pero ella dice con violencia:

—Mi abuelo era cimarrón, como todos los negros cimarrones del

Morro. Murió cuando le aplastaron las piernas en el molino de azúcar porque se había unido a la gente de Sacalavou, en la selva. Entonces mi padre vino a vivir aquí, en Rodrigues, y se hizo marino para viajar. Mi madre nació en Bengala, y su madre era músico, cantaba para Govinda. ¿Adónde puedo ir yo? ¿A Francia, a un convento? ¿O a Port Louis, para servir a quienes mataron a mi abuelo, a quienes nos compraron y vendieron como esclavos?

Su mano está helada, como si tuviera fiebre. De pronto, Ouma se levanta, camina hacia la pendiente, al oeste, donde los caminos se separan, donde me aguardaba hace un rato. Su rostro está tranquilo de nuevo, pero en sus ojos sigue brillando la cólera.

—Ahora tienes que marcharte. No puedes quedarte aquí.

Quisiera pedirle que me enseñara su casa, pero se va ya, sin volverse, baja hacia el valle oscuro donde están las chozas de los manafs. Oigo voces de niños, perros ladrando. La oscuridad cae deprisa.

Bajo por las laderas, corro a través de los matorrales espinosos y los vacoas. Ya no veo el mar, ni el horizonte, sólo la sombra de las montañas que va haciéndose más grande en el cielo. Cuando llego al valle de la Ensenada de los Ingleses es de noche y la lluvia cae suavemente. Bajo mi árbol, al abrigo de mi tienda, permanezco hecho un ovillo, inmóvil, y siento el frío, la soledad. Pienso entonces en los rumores de destrucción, que cada día son mayores, que resuenan como el rugido de una tempestad, esos rumores que están en toda la tierra y que nadie puede olvidar. Aquella noche decidí marcharme a la guerra.

Esta mañana se han reunido a la entrada de la quebrada: está Adrien Mercure, un negro alto de hercúlea fuerza que fue antaño «foreman» en las plantaciones de copra en Juan de Nova, Ernest Raboud, Célestin Prosper y el joven Fritz Castel. Cuando han sabido que había descubierto el escondrijo han venido en seguida, dejándolo todo, cada uno con su pala y un pedazo de cuerda. Quien nos hubiera visto atravesar así el valle de la Ensenada de los Ingleses, ellos con sus palas y sus grandes sombreros de vacoa, y yo a la cabeza, con la barba y el pelo largos y la ropa desgarrada, con la cabeza envuelta todavía en un pañuelo, habría podido creer que se trataba de una mascarada que imitara el regreso de los hombres del Corsario, venidos a recuperar su tesoro.

El aire fresco de la mañana nos alienta y comenzamos a cavar alrededor de los bloques de basalto, en el fondo de la quebrada. La tierra, blanda en la superficie, se hace tan dura como la roca a medida que vamos cavando. Damos, por turno, grandes golpes de pico mientras los demás limpian el terreno hacia la parte más ancha de la quebrada. Entonces se me ocurre la idea de que estas piedras y esta tierra amontonadas a la entrada de la quebrada, que yo había tomado por un tapón natural debido al correr de las aguas por el lecho del antiguo torrente, son en realidad los materiales extraídos cuando los hombres del Corsario excavaron los escondrijos en el fondo de la quebrada. Siento de nuevo la extraña impresión de que toda la quebrada es el resultado de una creación humana. A partir de una simple grieta en el acantilado basáltico, cavaron, trabajaron hasta dar su aspecto a esta garganta, que luego fue remodelada durante casi doscientos años por las aguas de lluvia. Es una impresión extraña, casi aterrorizadora, como la que deben de sentir los investigadores que descubren las antiguas tumbas de Egipto, en el silencio y la inhumana luz del desierto.

A mediodía, la base del mayor bloque de basalto está ya tan excavada que un simple empujón tendría que bastar para que la roca cayera al fondo de la quebrada. Empujamos juntos del mismo lado de la roca, que rueda algunos metros, produciendo un alud de polvo y guijarros. Ante nosotros, exactamente en el punto indicado por la ranura grabada en la gran piedra fija de lo alto del acantilado, se ha abierto un agujero oculto todavía por el polvo que flota en el aire. Sin esperar más, me echo vientre a tierra y paso mi cuerpo por la abertura. Necesito unos segundos para que mis ojos se acostumbren a la oscuridad: «¿Qué hay? ¿Qué hay?». Oigo detrás de mí la voz de los negros impacientes. Al cabo de mucho tiempo, retrocedo, saco la cabeza del agujero. Siento una especie de vértigo, la sangre golpea en mis sienes, en mi yugular. No cabe duda, este segundo escondrijo está también vacío.

A golpes de pico amplío la abertura. Poco a poco, sacamos a la luz una suerte de pozo que se hunde hasta la base del acantilado que cierra la quebrada. El fondo del pozo está formado por la misma roca de color de herrumbre que se alterna, en el fondo de la quebrada, con relieves del basalto. El joven Fritz baja al pozo, donde desaparece por completo, y vuelve a subir. Mueve la cabeza:

—No hay nada.

Mercure se encoge de hombros con desprecio.

—Es la fuente de las cabras.

¿Realmente se trata de uno de esos antiguos abrevaderos para los rebaños? Pero, entonces, ¿por qué tomarse tanto trabajo si el río Roseaux está a dos pasos? Los hombres se marchan con sus palas y sus cuerdas. Escucho sus risas que se apagan cuando franquean la entrada de la quebrada. Sólo el joven Fritz Castel se ha quedado a mi lado. De pie ante el escondrijo abierto, como si esperara mis instrucciones. Está dispuesto a volver a empezar el trabajo, a poner de nuevo jalones, a cavar de nuevo agujeros de sondeo. Tal vez se haya dejado dominar por la misma fiebre que me domina, que me obliga a olvidarlo todo, el mundo y los hombres, en busca de un espejismo, de un brillo de luz.

—Aquí ya no hay nada que hacer.

Le hablo en voz baja, como si me dirigiera a mí mismo. Me mira con sus ojos brillantes, sin comprender.

—Todos los escondrijos están vacíos.

Salimos, a nuestra vez, de la ardiente tripa de la quebrada. En lo alto del glacis, contemplo la extensión de este valle, las matas verde oscuro de los tamarindos y los vacoas, las formas fantásticas de las rocas de basalto y, sobre todo, ese delgado hilillo de agua del color del cielo que serpentea hacia la marisma y las dunas. Las latanias y los cocoteros forman una pantalla móvil ante el mar, y cuando el viento sopla, oigo el ruido de los rompientes, una respiración adormecida.

¿En dónde buscar ahora? ¿Allí, junto a las dunas, en las marismas donde antaño batía el mar? ¿En esas grutas de la otra orilla, al pie de la arruinada torre de la Atalaya del Comendador? ¿O tal vez allá, lejos, en las montañas salvajes de los manafs, en las fuentes del río Roseaux, donde viven los rebaños de cabras, en los huecos ocultos por los matorrales espinosos? Me parece ahora que todas las líneas de mis planos desaparecen y que los signos escritos en las piedras son sólo marcas de la tempestad, el mordisco de los relámpagos, el resbalar del viento. La desesperación me invade y me debilita. Siento deseos de decirle a Fritz:

—Se ha terminado. Aquí ya no hay nada que encontrar, vámonos.

El muchacho me mira con tanta insistencia, sus ojos brillan tan fuerte que no me atrevo a comunicarle mi desesperación. Con la mayor firmeza posible, camino por el fondo del valle, hacia mi campamento bajo el tamarindo. Digo:

—Vamos a hacer una exploración allí, por el lado oeste. Hay que sondear, poner jalones. Ya verás, terminaremos encontrándolo. Vamos a buscar por todas partes, al otro lado, y luego también en lo alto del valle. No dejaremos una pulgada de terreno sin registrar. ¡Lo encontraremos!

¿Cree en lo que le digo? Parece tranquilizado por mis palabras. Dice:

—Sí, señor, lo encontraremos, ¡si los manafs no lo han encontrado antes que nosotros!

La idea del tesoro del Corsario en manos de los manafs le hace reír. Pero añade, poniéndose serio de pronto:

—¡Si los manafs encontraran el oro, lo arrojarían al mar!

¿Y si hubiera acertado?

La inquietud que siento ahora, desde hace semanas, y ese ruido que gruñe más allá de los mares, como el ruido de la tempestad, y que no puedo olvidar ni de día ni de noche, los percibo hoy en toda su violencia.

Saliendo muy pronto hacia Port Mathurin, con la esperanza de una nueva carta de Laure, llego a través de la maleza y los vacoas ante los edificios de la Cable & Wireless, en la punta Venus, y veo el grupo de hombres ante la casa del telégrafo. La gente de Rodrigues espera ante la veranda, algunos discuten de pie, otros están sentados a la sombra, en los peldaños de la escalera, con la mirada al frente, fumando un cigarrillo.

En mi locura de los días pasados en el fondo de la quebrada para encontrar el segundo escondrijo del Corsario, realmente no he vuelto a pensar en la gravedad de la situación en Europa. Sin embargo, el otro día, al pasar ante el edificio de la Mallac & Co., leí con la muchedumbre el comunicado expuesto junto a la puerta, llegado de Port Louis en el barco de correos. Hablaba de movilización general para la guerra que ha comenzado allí, en Europa. Inglaterra ha declarado la guerra a Alemania, junto a Francia. Lord Kitchener llama a todos los voluntarios, en las colonias y los *dominions,* en Canadá, en Australia, y también en Asia, en las Indias, en África. Leí el cartel y regresé luego a la Ensenada de los Ingleses, tal vez con la esperanza de encontrar a Ouma y hablarle de ello. Pero no vino, y luego el ruido de los trabajos en el fondo de la quebrada debió de darle miedo.

Mientras avanzo hacia el edificio del telégrafo, nadie me presta atención, pese a mi ropa desgarrada y mi cabello demasiado largo. Reconozco a Mercure, a Raboud y, un poco alejado, al gigante Casimir, el marino del *Zeta.* También él me reconoce y su rostro se ilumina. Los ojos brillan de contento, me explica que aquí están esperando las instrucciones para alistarse. ¡Por eso sólo hay hombres! A las mujeres no les gusta la guerra.

Casimir me habla del ejército, de los navíos de guerra a los que espera que le destinarán, ¡pobre gigante bondadoso! Habla ya de los combates que librará en esos países que no conoce, contra un enemigo cuyo nombre ignora. Luego un hombre, un indio empleado del telégrafo, aparece en la veranda. Comienza a leer una lista de nombres, los que van a ser comunicados a la oficina de reclutamiento de Port Louis. Lee los nombres muy lentamente, en el silencio que ahora se ha hecho más pesado, con su voz cantarina y nasal cuyo acento inglés deforma las sílabas.

—Hermitte, Corentin, Latour, Sifflette, Lamy, Raffaut…

Lee esos nombres y las ráfagas del viento se los llevan y los dispersan por las landas, entre los sables de los vacoas y las rocas negras, esos nombres que resuenan ya de un modo extraño, como nombres de muertos, y de pronto siento deseos de huir, de regresar a mi valle donde nadie podrá encontrarme, de desaparecer sin dejar rastro en el mundo de Ouma, entre las cañas y las dunas. La voz lenta enumera los nombres y me estremezco. Todavía nunca había experimentado algo así, como si fuera a pronunciar mi nombre entre esos nombres, como si fuera necesario que dijera mi nombre entre los de estos hombres que van a abandonar su mundo para combatir contra nuestros enemigos.

—Portalis, Haouet, Céline, Begué, Hitchen, Castor, Pichette, Simon…

Todavía puedo marcharme, pienso en la quebrada, en las líneas que se entrecruzan sobre el fondo del valle y que hacen brillar los puntos de orientación como si fueran balizas, pienso en todo lo que he visto desde hace meses y años, en esa belleza llena de luz, en el ruido del mar, en los pájaros libres. Pienso en Ouma, en su piel, en sus manos tersas, en su cuerpo de metal negro que se desliza bajo el agua de la laguna. Puedo marcharme, aún estoy a tiempo, lejos de esta locura, cuando los hombres ríen y exultan cada vez que el indio pronuncia su nombre. Puedo partir, buscar un lugar donde lo olvidaré todo, donde no escucharé el ruido de la guerra en el ruido del mar y del viento. Pero la voz cantarina sigue pronunciando nombres, esos nombres irreales ya, nombres de hombres de aquí que morirán allá por un mundo que desconocen.

—Ferney, Labutte, Jérémiah, Rosine, Médicis, Jolicoeur, Victorine, Inboulla, Ramilla, Illke, Ardor, Grancourt, Salomon, Ravine, Roussety, Perrine, Perrine el menor, Azie, Cendrillon, Casimir…

Cuando el indio pronuncia su nombre, el gigante se yergue y salta con los pies juntos, gritando. Su rostro expresa tanta ingenua satisfacción que podría creerse que acaba de ganar una apuesta o que ha recibido una buena noticia. Y sin embargo acaba de escuchar el nombre de su muerte.

Tal vez por ello no huí hacia la Ensenada de los Ingleses para buscar un lugar donde poder olvidar la guerra. Creo que fue por su causa, al ver su felicidad cuando escuchó su nombre.

Cuando el indio termina de leer los nombres de su lista, permanece inmóvil por un instante, con el papel temblando entre las ráfagas de viento, y pregunta en inglés:

—¿Hay más voluntarios?

Y, casi a mi pesar, subo la escalera metálica hasta la veranda y le doy mi nombre para que lo añada a la lista. Hace un rato, Casimir ha dado la señal de la alegría y ahora la mayor parte de los hombres de Rodrigues bailan y cantan sin moverse del lugar. Cuando bajo la escalera, algunos me rodean y me estrechan las manos. La fiesta se prolonga en la carretera que va por la orilla del mar hasta Port Mathurin, y cruzamos las calles de la ciudad entre ruido y muchedumbre, para dirigirnos al hospital donde tendrá lugar el examen médico. De hecho, el examen es una simple formalidad que dura sólo uno o dos minutos. Por turnos entramos, con el torso desnudo, en la tórrida oficina donde Camal Boudou, flanqueado por dos enfermeros, examina sumariamente a los voluntarios y les entrega una hoja de ruta sellada. Espero que me haga algunas preguntas, pero sólo me mira los dientes y los ojos. Me entrega la hoja y, cuando me alejo, dice sólo, con su voz dulce y grave, sin que su rostro de indio exprese nada: «¿Usted también se va al matadero?». Luego, sin esperar respuesta, llama al siguiente. Leo en la hoja la fecha de mi partida: 10 de diciembre de 1914. Han dejado el nombre del navío en blanco, pero consta el destino del viaje: Portsmouth. Ya está, me he enrolado. Ni siquiera veré a Laure y Mam antes de partir hacia Europa, porque la marcha se hará hacia las Seychelles.

Cada día, sin embargo, regreso a la quebrada, como si por fin fuera a encontrar lo que busco. No puedo separarme de esta hendidura en los flancos del valle, sin hierba, sin árboles, sin nada que se mueva o que viva, sólo con la luz que reverbera en las herrumbrosas laderas de la montaña y las rocas de basalto. Por la mañana, antes de que el sol queme demasiado, y en el crepúsculo vespertino, camino hasta el fondo del callejón sin salida y contemplo los agujeros que descubrí al pie del acantilado. Me tiendo en tierra, paso los dedos por la boca del pozo, por la pared alisada por las antiguas aguas, y sueño. El fondo de la quebrada está marcado en todas partes por los furiosos golpes de pico, y la tierra está agujereada por cráteres que el polvo comienza ya a llenar. Cuando el viento, aullando, penetra en el interior de la quebrada, pasa en violentas ráfagas por lo alto del acantilado, pequeñas avalanchas de tierra negra caen al interior de estos agujeros y hacen resonar los guijarros en el interior de los escondrijos. ¿Cuánto tiempo será necesario para que la naturaleza cierre el pozo del Corsario que yo saqué a la luz? Pienso en todos los que vendrán después de mí, dentro de diez años tal vez, dentro de cien años, y para ellos decido entonces volver a cerrar los escondrijos. Encuentro en el valle grandes piedras planas que llevo con esfuerzo hasta la boca de los pozos. Otros guijarros más pequeños recogidos en el lugar me sirven para llenar los intersticios y, ayudándome con la pala, arrojo tierra roja por encima y la apisono a palazos. El joven Fritz Castel me ayuda, sin comprender nada, en este trabajo. Pero nunca hace preguntas. Para él, desde el principio, todo eso habrá sido sólo una sucesión de ritos incomprensibles y algo amedrentadores.

Cuando todo ha terminado, miro con satisfacción el montículo que oculta los dos escondrijos del Corsario, en el fondo de la quebrada. Me parece que, llevando a cabo este trabajo, he dado un nuevo paso a mi búsqueda, que, en cierto modo, me he convertido en cómplice de aquel hombre misterioso cuyo rastro sigo desde hace tanto tiempo.

Es al atardecer, sobre todo, cuando me gusta permanecer en la quebrada. Cuando el sol se acerca a la línea de las colinas del oeste, junto a la Cima del Comendador, la luz llega casi hasta el fondo del largo corredor de piedra, ilumina de un modo extraño las paredes de roca, enciende la mica de los esquistos. Permanezco sentado allí, a la entrada de la quebrada, y observo la sombra que avanza por el valle silencioso. Acecho cada detalle, cada movimiento en ese país de piedras y espinas. Aguardo la llegada de las aves marinas, mis amigas, que cada anochecer abandonan las costas del sur, la isla Pierrot, Gombrani, y vuelan hacia su refugio del norte, donde la mar rompe contra la barrera de coral.

¿Por qué lo hacen? ¿Qué secreto orden las guía cada anochecer a lo largo de esta vía, por encima de la laguna? Y mientras espero a las aves marinas, espero también a Ouma, espero verla caminar por el lecho del río, delgada y oscura, llevando los hurites en la punta de su arpón o un collar de pescados.

A veces viene, clava su arpón en la arena, cerca de las dunas, como si fuera la señal para que yo vaya a verla. Cuando le digo que he encontrado el segundo escondrijo del Corsario y que estaba vacío, Ouma rompe a reír: «¡De modo que no hay oro ya, aquí ya no hay nada!». Al principio me irrita, pero su risa es comunicativa y pronto río con ella. Tiene razón.

¡Cuando descubrimos que el pozo estaba vacío, nuestra cara debía de ser muy cómica! Ouma y yo corremos hacia las dunas, atravesamos las cañas y bandadas de pájaros plateados emprenden el vuelo, piando, ante nosotros. Nos quitamos a toda prisa la ropa y nos zambullimos juntos en el agua clara de la laguna, tan suave que apenas sentimos que nuestro cuerpo penetra en el otro elemento. Nos deslizamos bajo el agua, cerca de los corales, mucho tiempo, sin respirar. Ouma ni siquiera intenta pescar. Se divierte sólo persiguiendo los peces bajo el agua, sacando de sus oscuros recovecos a los budiones colorados. Jamás nos hemos sentido tan alegres desde que sabemos que los escondrijos del tesoro están vacíos. Un anochecer, mientras miramos las estrellas que aparecen por encima de las montañas, dice:

—¿Por qué buscas oro aquí?

Quisiera hablarle de nuestra casa en el Boucan, de nuestro ilimitado jardín, de todo lo que hemos perdido, porque eso es lo que busco. Pero no sé decírselo y añade, en voz muy baja, como si hablara consigo misma:

—El oro no vale nada, no hay que tener miedo de él, es como los escorpiones, que sólo pican a quienes tienen miedo.

Lo dice sencillamente, sin fanfarronear, pero con dureza, como alguien que está seguro. Sigue diciendo:

—Vosotros, los de la buena sociedad, creéis que el oro es la cosa más fuerte y más deseable, y por eso hacéis la guerra. La gente va a morir por todas partes para poseer oro.

Estas palabras hacen palpitar mi corazón, porque pienso que me he enrolado. Por un instante siento deseos de decírselo todo a Ouma, pero se me hace un nudo en la garganta. Sólo me quedan unos días para vivir aquí, junto a ella, en este valle tan alejado del mundo. ¿Cómo hablarle de la guerra a Ouma? Para ella es el mal, creo que no me lo perdonaría y que huiría en seguida.

No puedo hablarle de eso. Mantengo su mano en la mía, apretándola muy fuerte para sentir su calor, respiro su aliento en sus labios. La noche es suave, una noche de verano, y el viento ha cesado cuando la marea se ha detenido, las estrellas son innumerables y hermosas, todo está lleno de paz y de alegría. Creo que por primera vez saboreo el tiempo que pasa sin impaciencia ni deseo, pero con tristeza, pensando que nada de todo eso podrá regresar, que todo eso será destruido. Varias veces estoy a punto de confesarle a Ouma que no volveremos a vernos, pero su risa, su aliento, el olor de su cuerpo, el sabor de la sal en su piel me detienen. ¿Cómo turbar esta paz? No puedo retener lo que se va a hacer añicos, pero puedo todavía creer en el milagro.

Cada mañana, como la mayoría de la gente de Rodrigues, me encuentro ante el edificio del telégrafo, a la espera de noticias.

Los comunicados que vienen de Europa están expuestos en la veranda, junto a la puerta del telégrafo. Quienes saben leer los traducen al *créole* para los demás. Entre empujones, consigo leer algunas líneas: se trata de los ejércitos de French, de Haig y de las tropas francesas de Langle, de Larrezac, de las batallas de Bélgica, de las amenazas en el Rin, del frente en el Oise, cerca de Binant, en las Ardenas, cerca del Mosa. Conozco estos nombres por haberlos aprendido en el colegio, pero ¿qué pueden significar para la mayoría de los hombres de Rodrigues? ¿Piensan, acaso, en estos nombres como en una especie de islas donde el viento agita las palmas de los cocoteros y las latanias, donde se oye, como aquí, el incesante ruido del mar en los arrecifes? Siento cólera, impaciencia, pues sé que dentro de poco tiempo, algunas semanas tal vez, estaré allí, a orillas de esos ríos desconocidos, en esta guerra que barre todos los nombres.

Esta mañana, cuando el joven Fritz Castel ha llegado, he hecho algo que se parece a un testamento. Provisto de mi teodolito he calculado, por última vez, la recta este-oeste que pasa exactamente por los dos signos del arganeo, en las riberas del valle, y he determinado el lugar donde esta recta se cruza con el eje norte-sur indicado por la brújula, con la ligera diferencia dada por la dirección del norte estelar. En el punto de encuentro de ambas rectas, es decir, en el centro del valle del río Roseaux, en los límites del terreno pantanoso que forma una lengua de tierra entre los dos brazos del río, he colocado una pesada piedra de basalto, en forma de mojón. Para traer esta piedra he tenido que hacerla resbalar, con la ayuda del joven negro, por un camino de cañas y ramas redondas dispuesto en el lecho del río. He atado una cuerda al mojón y, empujando alternativamente, lo hemos llevado al otro extremo del valle, a una distancia de más de una milla, hasta el punto que he señalado con una B en mis planos, un poco elevado sobre un montículo de tierra que avanza por el estuario y se encuentra rodeado de agua durante la marea alta.

Ese trabajo nos ha ocupado casi todo el día. Fritz Castel me ha ayudado sin hacerme preguntas. Luego ha regresado a su casa.

El sol está ya muy bajo cuando, provisto de un cincel y de un gran pedrusco como mazo, comienzo a trazar mi mensaje para el futuro. En la parte alta del mojón, he trazado una ranura de tres pulgadas de largo, que corresponde a la recta que une los arganeos este-oeste. En el flanco del mojón, mirando al sur, he marcado los principales puntos de orientación que corresponden a los jalones del Corsario. Está la M mayúscula que representa las puntas de la Cima del Comendador, los :: horadados en la roca, el canalón que señala la quebrada y el punto que indica la piedra más al norte, a la entrada del estuario. En la cara norte del mojón he marcado, por medio de cinco perforaciones, los cinco jalones principales del Corsario: el Charlot, el Bilactère, el monte de los Cuatro Vientos, que forman la primera alineación sur-sureste, y el Comendador y el Pitón, que forman una segunda alineación algo divergente.

Me habría gustado grabar también los triángulos de la plantilla del Corsario, inscritos en el círculo que pasa por los arganeos y por la piedra que ya está más al norte y cuyo centro, ahora lo advierto, es este mojón. Pero la superficie de la piedra es demasiado irregular para permitirme inscribir con mi embotado cincel un dibujo tan preciso. Me limito a marcar, en la base del mojón, en letras mayúsculas, mis iniciales, A. L. Debajo, la fecha en cifras romanas:

X XII MCMXIV

Esta tarde, sin duda la última que paso aquí, en la Ensenada de los Ingleses, he querido aprovechar el calor del verano para nadar mucho tiempo en la laguna. Me he desnudado en las cañas, ante la playa desierta a la que iba con Ouma. Hoy todo me parece todavía más silencioso, lejano, abandonado. No hay ya bandadas de pájaros plateados emprendiendo el vuelo mientras lanzan sus agudos gritos. No hay ya aves marinas en el cielo. Sólo los cangrejos que huyen hacia el limo de la marisma, con sus pinzas levantadas al cielo. Nado mucho tiempo en el agua suave, rozando los corales que el mar va descubriendo. Con los ojos abiertos bajo el agua, veo pasar los peces de los bajíos, peces cofre, agujas de mar de color nacarado e, incluso, un pez escorpión espléndido y venenoso, con sus aletas dorsales erizadas como aparejos. Muy cerca de la barrera de coral, saco de su escondrijo a una vieja que se detiene a mirarme antes de huir. No tengo arpón, pero aunque hubiera tenido uno, creo que no habría tenido el valor de utilizarlo contra una de esas criaturas silenciosas, y ver así cómo su sangre enrojecía el agua.

En la orilla, en las dunas, me he cubierto de arena y he esperado a que el sol poniente la hiciera correr por mi piel, formando pequeños riachuelos, como cuando estaba con Ouma.

Contemplo mucho tiempo el mar, espero. Espero, tal vez, que Ouma aparezca en la playa, al crepúsculo, con su arpón de ébano en la mano, llevando unos hurites a guisa de trofeo. Las sombras llenan el valle cuando camino hacia el campamento. Con inquietud, con deseo, contemplo las altas montañas azules, al fondo del valle, como si hoy fuera, por fin, a aparecer una forma humana en este país de piedras.

¿He gritado: «Ouma-aa»? Tal vez, pero con voz tan débil, tan ahogada que no ha despertado eco alguno. ¿Por qué no está aquí ahora, en vez de cualquier otra noche? Sentado en mi piedra plana, bajo el viejo tamarindo, fumo mirando la noche que penetra en la oquedad de la Ensenada de los Ingleses. Pienso en Ouma, en cómo escuchaba cuando yo le hablaba del Boucan, pienso en su rostro oculto por su cabello, en el sabor a sal de su hombro. De modo que lo sabía todo, conocía mi secreto, y cuando vino a mi lado, la última noche, lo hizo para decirme adiós. Por eso ocultaba su rostro y su voz era dura y amarga cuando me hablaba del oro, cuando decía «vosotros, la buena sociedad». Por no haberlo comprendido, siento ahora cólera, contra ella, contra mí mismo. Camino febrilmente por el valle, luego vuelvo a sentarme bajo el gran árbol donde la noche se ha iniciado ya, arrugo entre mis manos los papeles, los mapas. ¡Nada de eso importa ya! Ahora sé que Ouma no vendrá más. Me he vuelto como los demás, como los hombres de la costa a quienes los manafs vigilan de lejos, aguardando que dejen libre el paso.

En la vacilante luz del crepúsculo, corro a través del valle, trepo a las colinas, para escapar a esa mirada que viene de todas partes a la vez. Tropiezo en los guijarros, me agarro a los bloques de basalto, oigo la tierra desprendiéndose bajo mis pies y caer hasta abajo, hasta el valle. A lo lejos, contra el cielo amarillo, las montañas son negras y compactas, sin una sola luz, sin una sola hoguera. ¿Dónde viven los manafs? ¿En el Pitón, en el Limón, al este, o en el Bilactère, por encima de Port Mathurin? Pero nunca están dos noches en el mismo lugar. Duermen en las cenizas calientes de sus fuegos, que apagan al crepúsculo, como antaño los negros cimarrones en las montañas de Mauricio, por encima del Morro. Quiero subir más arriba, hasta las estribaciones de las montañas, pero ha llegado la noche y me golpeo contra la roca, desgarro mis ropas y mis manos. Llamo otra vez a Ouma, con todas mis fuerzas ahora: «Ou-maaa», y mi grito resuena en la noche por los barrancos, produce un rugido extraño, un grito de bestia que me asusta a mí mismo. Entonces permanezco medio tendido en la pendiente del glacis y espero a que el silencio vuelva al valle. Entonces todo es liso y puro, invisible en la noche, y no quiero pensar en lo que ocurrirá mañana. Quiero ser como si nada hubiera pasado.

Ypres, invierno de 1915
Somme, otoño de 1916

Ni los unos ni los otros somos ya neófitos. Todos hemos sufrido nuestra ración de miseria, hemos corrido peligros. Todos, canadienses franceses de la 13.ª brigada de infantería, indios coloniales de la 27.ª y de la 28.ª divisiones, hemos conocido el invierno de Flandes, cuando la cerveza se helaba en los toneles, las batallas en la nieve, la niebla y las humaredas envenenadas, los incesantes bombardeos, los incendios en los refugios. Han muerto tantos hombres. Ya no conocemos el miedo. Somos indiferentes, como un sueño. Somos supervivientes...

Desde hace meses, en las riberas del río, removemos la tierra, el barro, día tras día, sin saber lo que hacemos, sin que tengan que pedírnoslo siquiera. Hace tanto tiempo que estamos en esta tierra, escuchando los rugidos de los cañones y el canto de los cuervos de la muerte, que no sabemos *ya* nada del tiempo. ¿Hace días, semanas, meses? Más bien un solo y mismo día que regresa sin cesar nos sorprende acostados en la tierra fría, debilitados por el hambre, fatigados, un solo y mismo día que gira lentamente con el sol pálido, por detrás de las nubes.

El mismo día en que respondimos a la llamada de Lord Kitchener, hace mucho tiempo ahora, no sabemos ya cuándo ha comenzado todo eso, ni siquiera si ha tenido un comienzo. El embarque en el *Dreadnought,* un castillo de acero en la bruma de Portsmouth. Luego el tren a través del norte, los convoyes de hombres y caballos marchando bajo la lluvia, a lo largo de la vía férrea, hacia Ypres. ¿Realmente lo he vivido? ¿Cuándo sucedió? ¿Hace meses, años? Los que estaban conmigo en la ruta invernal de Flandes, Rémy de Québec,

Le Hailoco de Terra-Nova y Perrin, Renouart, Simon, cuyo origen ignoro, todos los que estaban allí en la primavera de 1915, para tomar el relevo de la Expeditionary Force diezmada en los combates de La Bassée... Ahora no conocemos a nadie. Trabajamos la tierra arcillosa, cavamos trincheras, avanzamos arrastrándonos hacia el río Ancre, día tras día, metro a metro, como horrendos topos, hacia las colinas oscuras que dominan este valle. A veces, en el pesado silencio de estos campos vacíos, oímos sobresaltándonos el tac-tac de una ametralladora, el estallido de un obús, a lo lejos, tras la línea de los árboles.

Cuando nos hablamos, lo hacemos en voz baja, palabras que van y vienen, órdenes repetidas, contradichas, deformadas, interrogaciones, noticias de desconocidos. Por la noche, un canto, cuando el frío nos impide dormir en nuestros agujeros, que cesa en seguida, y nadie piensa en decirle que continúe, que el silencio nos hace más daño.

Pese a la lluvia, el agua escasea. Las pulgas, los piojos nos devoran. Estamos cubiertos de una costra de barro, mezclada con suciedad y sangre. Pienso en los primeros días, cuando mostrábamos con orgullo nuestros uniformes beige claro de voluntarios de ultramar, nuestros sombreros de fieltro, por las calles de Londres entre los infantes vestidos de rojo, los escuadrones de granaderos, los lanceros de la 27.ª y de la 28.ª divisiones del ejército de las Indias, vestidos con sus túnicas y tocados con sus altos turbantes blancos, en el aire helado y bajo el sol de diciembre. Pienso en la fiesta, en el barrio de Saint Paul, esas jornadas de Año Nuevo que no debían terminar, las cabalgadas por los jardines cubiertos de escarcha, la embriaguez de las últimas noches y el gozoso embarque en los muelles de Waterloo, y el alba brumosa en la cubierta del inmenso *Dreadnought*. Los hombres con sus capotes caqui, envueltos por las salpicaduras, esos voluntarios llegados de los cuatro extremos del mundo, llenos de esperanza, acechando en el horizonte la línea oscura de las costas francesas.

Todo está ahora tan lejos, ni siquiera estamos seguros de haberlo vivido realmente. La fatiga, el hambre, la fiebre han enturbiado nuestra memoria, han desgastado la señal de nuestro recuerdo. ¿Por qué estamos hoy aquí? Enterrados en estas trincheras, con el rostro ennegrecido por el humo, las ropas harapientas, envarados por el barro seco desde hace meses en ese olor de letrinas y de muerte.

La muerte se nos ha hecho familiar, indiferente. Poco a poco, ha diezmado las hileras de quienes había conocido en los primeros días, cuando rodábamos en los vagones blindados hacia la estación de Boves. Inmensa muchedumbre entrevista de vez en cuando, entre las tablas que cubrían las ventanas, caminando bajo la lluvia hacia el valle del Yser, diseminada a lo largo de las carreteras, dividida, reunida, separada de nuevo. La 5.ª división de Morland, la 27.ª de Snow, la 28.ª de Bulfin, la 1.ª división canadiense de Alderson, veteranos de octubre a quienes íbamos a unirnos, con el Ejército Territorial y los de la Fuerza Expedicionaria. Entonces pensábamos todavía en la muerte, pero en una muerte gloriosa, de la que hablábamos por la noche en los vivaques: el oficial de los escoceses que se había lanzado al asalto, a la cabeza de sus hombres, armado con un sable, contra las ametralladoras alemanas. En el canal de Comines, los hombres esperaban la orden de atacar, impacientes, embriagados, escuchando el estruendo de los cañones que resonaba día y noche como un trueno subterráneo. Cuando llegó la orden, cuando supimos que las tropas del general Douglas Haig habían iniciado su marcha hacia Brujas, se produjo una explosión de alegría pueril. Los soldados gritaban «¡hurra!» lanzando sus gorras al aire, y yo pensaba en los hombres de Rodrigues que esperaban ante el edificio de telégrafos. Los jinetes de los escuadrones franceses se han unido a nosotros en las orillas del río Lys. En la crepuscular luz del invierno, sus uniformes azules parecían irreales, como plumajes de pájaros.

Entonces comenzamos nuestra larga marcha hacia el noroeste, remontando el canal de Ypres hacia el bosque de Hooges, en dirección a donde rugía el trueno. Encontrábamos tropas cada día. Eran franceses y belgas escapados de la matanza de Dixmude, que regresaban de Ramscappelle, donde los belgas habían provocado una inmensa inundación abriendo las compuertas de las esclusas. Ensangrentados, harapientos, contaban historias terroríficas, los alemanes que surgían sin cesar en hordas frenéticas y aulladoras, los combates en el barro con arma blanca, con bayoneta o puñal, los cuerpos tendidos a orillas del agua, colgados de las alambradas, aprisionados entre las cañas.

No puedo dejar de escucharlo. Entonces, a nuestro alrededor se ha cerrado el círculo de fuego, al norte, en Dixmude, en Saint-Julien, en el bosque de Houthulst, al sur, en las orillas del Lys, hacia Menin, Wervicq. Entonces avanzamos por un paisaje desierto, labrado a golpes, donde sólo se yerguen los troncos sin ramas de los árboles calcinados. Avanzamos muy lentamente, como arrastrándonos: algunos días, por la mañana, distinguimos, al extremo de un campo, el barranco o la granja en ruinas a la que sabemos que no llegaremos hasta la noche. La tierra es pesada, tira de nuestras piernas, se pega a nuestras suelas y nos hace caer de bruces. Algunos no se levantan.

En las trincheras que hemos cavado antes del amanecer, nos arrastramos, escuchando el rugido de los cañones, muy próximo ahora, y el tartamudeo de las ametralladoras. Lejos, detrás de las colinas, hacia Ypres, los franceses combaten también. Pero no vemos hombres: sólo los trazos negros que hacen para ensuciar el cielo.

Por la noche, Barneoud, que es de Trois Rivières, habla de mujeres. Describe sus cuerpos, sus rostros, sus cabellos. Lo dice con una voz extraña, ronca y triste, como si esas mujeres que describe estuvieran todas muertas. Al principio hemos reído, porque era absurdo, tantas mujeres desnudas en plena guerra, con nosotros. La guerra no es una historia de mujeres, todo lo contrario, es la más estéril de las reuniones de hombres. Luego, esos cuerpos de mujer en este barro, en el hedor de orines y podredumbre, con ese círculo de fuego que arde día y noche a nuestro alrededor, nos han hecho estremecer, nos han llenado de horror. Le decíamos, entonces, en inglés, en francés: ¡*Assez, shut up,* cállate! ¡Deja de hablar de mujeres, cállate! Cierta noche, como seguía en su delirio, un inglés hercúleo le dio de puñetazos, salvajemente, y tal vez le hubiera matado si el oficial, un segundo teniente, no hubiese llegado empuñando el revólver de reglamento. A la mañana siguiente, Barneoud había desaparecido. Según dijeron había sido enviado a la 13.ª brigada de infantería y murió durante los combates de Saint-Julien.

Creo que ya entonces nos habíamos vuelto indiferentes ante la muerte. Cada día, a todas horas, nos llegaban los rumores de esas muertes, los sordos estallidos de los obuses en la tierra, las sacudidas de las ametralladoras y el extraño ruido que le seguía. Voces, pasos de hombres corriendo por el barro, órdenes lanzadas por los oficiales, el zafarrancho antes del contraataque.

Veintitrés de abril: tras el primer lanzamiento de gases sobre las líneas francesas, contraatacamos a las órdenes del coronel Geddes, con la 13.ª brigada y los batallones de la 3.ª brigada canadiense. Avanzamos durante todo el día hacia el noreste, en dirección al bosque de Houthulst. En plena llanura, las bombas que abren cráteres cada vez más cercanos nos obligan a construir refugios para pasar la noche. Abrimos, a toda prisa, fosos de diez pies en los que nos amontonamos, seis o siete, apretujados como cangrejos. Encogidos, con el casco de acero hundido en la cabeza, aguardamos el día siguiente, casi sin osar movernos. A nuestras espaldas oímos los cañones ingleses respondiendo a los cañones alemanes. De madrugada, mientras dormimos apoyados los unos en los otros, el silbido de un obús nos despierta sobresaltándonos. La deflagración es tan fuerte que nos derrumbamos pese a la estrechez del reducto. Aplastado por el peso de mis compañeros, siento un líquido caliente que me corre por el rostro: sangre. ¿Estoy herido, moribundo tal vez? Aparto los cuerpos que han caído sobre mí y veo que los muertos son mis camaradas, su sangre corre sobre mí.

Me arrastro hacia los otros agujeros, llamo a los supervivientes. Juntos llevamos hacia atrás a los heridos, buscamos refugio. Pero ¿dónde? La mitad de nuestra compañía ha perecido. El segundo teniente que había detenido a Barneoud ha sido decapitado por un obús. Llegamos a las líneas traseras. A las cinco de la tarde, con los ingleses del general Snow, volvemos al asalto, avanzando de diez metros en diez metros por el maldito campo. A las cinco y media, cuando la luz del crepúsculo se está apagando, de pronto una gran nube de un amarillo verdoso asciende por el cielo, a cincuenta metros ante nosotros. La leve brisa la lleva lentamente hacia el sur, la extiende. Otras explosiones, más cercanas, hacen nacer nuevos penachos mortales.

Mi corazón deja de latir, el horror me paraliza. Alguien grita: «¡Gases! ¡Atrás!». Corremos hacia las trincheras, hacemos apresuradamente máscaras con pañuelos, abrigos desgarrados, pedazos de tela arrancados que mojamos con nuestras escasas provisiones de agua. La nube sigue avanzando hacia nosotros, ligera, amenazadora, de un color cobrizo en la luz del crepúsculo. El acre olor penetra ya en nuestros pulmones, nos hace toser. Los hombres se vuelven hacia atrás, en su rostro se lee el odio, el miedo. Cuando la orden de replegarse hacia Saint-Julien llega, muchos han comenzado ya a correr, inclinados hacia tierra. Pienso en los heridos que se han quedado en sus agujeros y sobre quienes pasa, ahora, la muerte. También yo corro a través del campo arado por los obuses, a través de los bosquecillos calcinados, con el pañuelo mojado en agua lodosa apretado contra mi rostro.

¿Cuántos han muerto? ¿Cuántos pueden seguir combatiendo? Tras lo que hemos visto, esa nube mortal que avanzaba lentamente hacia nosotros, amarilla y dorada como un crepúsculo, permanecemos agarrados a nuestros agujeros, acechamos día y noche el cielo, sin cansarnos. Nos contamos maquinalmente, tal vez con la esperanza de que aparezcan de nuevo aquellos cuyos nombres están disponibles pues no designan ya a nadie: «Simon, Lenfant, Garadec, Schaffer... Y Adrien, el pequeño pelirrojo, Gordon, así se llamaba, Gordon... y Pommier, Antoine, cuyo apellido he olvidado, que era de Joliette, y Léon Berre, y Raymond, Dubois, Santeuil, Reinert...». Pero ¿acaso son nombres? ¿Acaso existieron realmente? Cuando llegamos de tan lejos, al principio, pensábamos en la muerte de otro modo: la muerte gloriosa, a pleno día, con la estrella de sangre en el pecho. Pero la muerte es falsa e insidiosa, golpea a hurtadillas, se lleva a los hombres durante la noche, en pleno sueño, sin que los demás se enteren. Ahoga en las hondonadas, en los barrizales del fondo de los barrancos, asfixia bajo tierra, hiela a quienes están tendidos en los lazaretos, bajo la lona agujereada de las tiendas, aquellos cuyo rostro está lívido y tienen enflaquecido el tórax, roídos por la disentería, por la neumonía, por el tifus. Los que mueren son borrados, y un día advertimos su ausencia. ¿Dónde están? Tal vez han tenido la suerte de ser enviados a retaguardia, tal vez han perdido un ojo o una pierna y ya nunca irán a la guerra. Pero hay algo que nos avisa, algo en la ausencia, algo en el silencio que rodea sus nombres: han muerto.

Así, como si algún animal monstruoso llegara de noche, durante nuestro precario sueño, se apoderara de algunos de nosotros y se los llevara para devorarlos en su antro. Eso produce un dolor, una quemadura en el fondo de nuestro cuerpo, que no se olvida, hágase lo que se haga. Tras el ataque con gases del veinticuatro de abril, no nos hemos movido más. Hemos permanecido en las trincheras, las mismas que comenzamos a cavar hace seis meses, cuando llegamos. Entonces, ante nosotros, el paisaje estaba intacto todavía, ondulación de árboles derrumbados por el invierno, granjas con sus campos, pastos manchados de agua, cercados, hileras de manzanos y, a lo lejos, la silueta de la ciudad de Ypres, con su pétrea torre emergiendo de la bruma. Ahora, a través del visor de la ametralladora veo sólo un caos de tierra y árboles abrasados. Los obuses han producido centenares de cráteres, han destruido bosques y aldeas, y el campanario de Ypres cuelga como una rama rota. El silencio, la soledad han sucedido al estruendo infernal de los bombarderos de las primeras semanas. El círculo de fuego ha disminuido, como un incendio que lo hubiera consumido todo y se apagara por falta de combustible. Apenas si se escucha, de vez en cuando, el rugido de las baterías, apenas si se ven los penachos de humo allí donde golpean los obuses aliados.

¿Acaso ha muerto todo el mundo? Cierta noche, esta idea cruza por mi espíritu mientras estoy sentado en una caja, haciendo guardia al abrigo del blindaje de la ametralladora. Para engañar el deseo de fumar, mastico un palo de regaliz que me ha dado un soldado canadiense de quien ignoro hasta el nombre. La noche es fría, sin nubes, de nuevo una noche invernal. Veo las estrellas, algunas que no conozco, que son los astros de los cielos nórdicos. A la claridad de la luna que se levanta, la tierra desgarrada por los obuses parece todavía más extraña, más abandonada. En el silencio de la noche, el mundo parece vacío de hombres y bestias, como una altiplanicie perdida en una región abandonada para siempre por la vida. Es tan fuerte la impresión de muerte que siento que no puedo soportarla. Me acerco a un camarada que duerme con la espalda apoyada en la pared de la trinchera. Le sacudo. Me mira atontado, como si no recordara el lugar donde está. «¡Ven a ver! ¡Ven!» Le arrastro hasta el mirador, le enseño, a través de la tronera de la ametralladora, ese paisaje helado bajo la luz lunar. «Mira: ya no hay nadie. ¡Todo ha terminado! ¡La guerra ha terminado!» Hablo en voz baja, pero el tono de mi voz, mi mirada deben de ser inquietantes, porque el soldado retrocede. Dice: «¡Estás loco!». Repito con la misma voz ahogada: «¡Pero mira! ¡Mira! Te digo que ya no hay nadie, ¡todos han muerto! ¡La guerra ha terminado!». Se acercan otros soldados arrancados de su sueño. Llega el oficial, habla en voz alta: «¿Qué ocurre?». Dicen: «¡Está loco! Dice que la guerra ha terminado». Otros: «Dice que todo el mundo ha muerto». El oficial me mira como si intentara comprender. Tal vez adviertan que es cierto, que ahora todo ha terminado porque todo el mundo ha muerto. El oficial parece escuchar el silencio de la noche, a nuestro alrededor. Luego dice: «¡Id a acostaros! La guerra no ha terminado y mañana tendremos mucho que hacer». Y a mí: «Vaya a acostarse también. Está cansado». Otro hombre se encarga de la guardia y yo me hundo en el interior de la trinchera. Oigo la respiración de los hombres que de nuevo se han dormido, únicos seres vivos del mundo, en las entrañas de la tierra desgarrada.

SOMME, VERANO DE 1916

Semejantes a hormigas, caminamos por esta llanura, a orillas del gran río lodoso. Seguimos sin cesar los mismos caminos, las mismas ranuras, aramos los mismos campos, excavando innumerables agujeros, sin saber adónde vamos. Excavamos galerías subterráneas, corredores, túneles a través de la tierra pesada y negra, la tierra húmeda que resbala a nuestro alrededor. Ya no hacemos preguntas, ya no deseamos saber dónde estamos, por qué estamos aquí. Día tras día, desde hace meses, trabajamos, excavamos, roemos la tierra a lo largo del río, frente a las colinas. Al principio, cuando llegamos a orillas del Ancre, algunos obuses cayeron aquí y allá, y nos arrojamos de bruces en el barro, escuchando el siniestro silbido de los proyectiles al final de su carrera. Los obuses estallaron en tierra, derribando árboles y casas, y por la noche ardían los incendios. Pero no hubo contraataque. Aguardamos y luego comenzamos de nuevo a cavar trincheras, y los convoyes de mulas traían postes de madera y cemento, planchas para los techos. En primavera, cayó la lluvia, fina y ligera, una niebla disipada por el brillo del sol. Entonces aparecieron los primeros aviones, volando por debajo de las nubes. Odilon y yo nos mirábamos entrecerrando los ojos, intentando ver quiénes eran. Viraron y regresaron hacia el sur. «Son franceses», dice Odilon. Los de enfrente, los Fritz, sólo tienen dirigibles. A veces se los ve ascender por el cielo del alba, como grandes babosas encintadas. «¡Ya verás, los aviones franceses les sacarán los ojos!»

Odilon es mi camarada. Es de Jersey y habla con un acento extraño que no siempre comprendo. Es un muchacho de dieciocho años, de rostro angelical. No tiene barba todavía y el frío le enrojece la piel. Trabajamos codo con codo desde hace meses, compartimos los mismos rincones para comer, para dormir. Nunca hablamos realmente, salvo para decir unas pocas palabras, lo esencial, sólo preguntas y respuestas. Se enroló en el ejército después de mí y, como me han ascendido a cabo después de la batalla de Ypres, le he elegido como ordenanza. Cuando quisieron enviarle al frente a Verdún, pedí que se quedara conmigo. Me parece, desde que le conocí, que debo protegerle en esta guerra, como si fuera su hermano mayor.

Ha llegado el buen tiempo, las noches son más hermosas, con un cielo profundo lleno de estrellas. En la oscuridad, cuando todo duerme, escuchamos el canto de los sapos en los aguazales, a orillas del río. Allí es donde los hombres del contingente construyen barreras de alambre de espino, miradores, cimentan plataformas para los cañones. Pero por la noche, cuando no se ve el alambre, ni los fosos de las trincheras como tumbas abiertas, es posible olvidar que hay guerra gracias a la dulzura del canto de los sapos.

Los cadáveres de caballos han llegado en tren a la estación de Albert. Han sido transportados en carretas, por los caminos enfangados, hasta las orillas del Ancre. Cada día las carretas traen montañas de esqueletos de caballos muertos y los echan en los campos de hierba cercanos al río. Escuchamos los grititos de las cornejas y los cuervos que siguen a las carretas. Cierto día, caminamos por las orillas del Ancre para trabajar en las trincheras, y atravesamos un gran campo de avena y rastrojos donde yacen los cadáveres de los caballos muertos en la guerra. Los cuerpos están negros ya, hieden y las bandadas de cuervos revolotean gritando. No somos neófitos, todos hemos visto la muerte, todos hemos visto a los camaradas arrojados hacia atrás por las balas de las ametralladoras, doblados como bajo un invisible puñetazo, y a otros despanzurrados o decapitados por los obuses. Pero cuando atravesamos este campo donde yacen centenares de cadáveres de caballos muertos, nuestras piernas tiemblan y la náusea nos sube a los labios.

Era el comienzo de la guerra y no lo sabíamos. Creíamos entonces que el fin de los combates estaba cercano, que por todas partes, a nuestro alrededor, la región estaba desierta, como esos pudrideros en los que arrojaban los caballos muertos. Ante nosotros, el paisaje recordaba el mar: esas colinas, esos bosques tan oscuros pese a la luz del verano, casi reales, sobre los que sólo los cuervos tenían derecho a volar.

¿Qué había allí, a lo lejos? Estaban nuestros enemigos, silenciosos, invisibles. Allí vivían, hablaban, comían, dormían como nosotros, pero nosotros no les veíamos nunca. A veces, el ruido de las ametralladoras, en la lejanía, hacia el noroeste o hacia el sur, nos decía que seguían existiendo. O tal vez el ronroneo agudo de un avión deslizándose entre dos nubes y que no volvíamos a ver ya.

Trabajamos entonces haciendo carreteras. Cada día, los camiones traen cargamentos de guijarros y los amontonan, de trecho en trecho, a orillas del Ancre. Los soldados del Ejército Territorial y del Nuevo Ejército vienen con nosotros para construir esas carreteras, para preparar la vía férrea que debe cruzar el río hasta Hardecourt. Después de estos meses, nadie podría reconocer el paisaje. Donde a principios de invierno no había más que pastos, campos, bosques, algunas viejas alquerías, se extiende ahora una red de carreteras de piedra, de vías férreas, con sus refugios de plancha, sus hangares para los camiones y los aviones, los tanques, los cañones, las municiones. Por encima de todo ello, los equipos de camuflaje han colocado grandes lonas marrones, telas que imitan las infectas praderas. Cuando el viento sopla, las lonas chasquean como velas de un navío y se escucha una música estridente en los alambres de espino. Los poderosos cañones han sido enterrados, en el centro de grandes cráteres, y parecen una especie de gigantescas hormigas-leones, malignos cangrejos de tierra. Los vagones van y vienen sin cesar, traen cargamentos de obuses: los 37 y los 47 de la marina, pero también los 58, los 75. Más allá de la vía férrea, los hombres cavan trincheras en las orillas del Ancre, ponen hormigón en las plataformas para los cañones, construyen refugios fortificados. En las llanuras, al sur de Hardecourt, cerca de Albert, de Aveluy, de Mesnil, donde el valle se estrecha, se han construido engañosos decorados: falsas ruinas, falsos pozos de ametralladora. Con uniformes viejos, se fabrican muñecos llenos de paja que imitan cadáveres de soldados tendidos por el suelo. Con pedazos de plancha y ramas se levantan falsos árboles huecos para albergar a los vigías, fusiles ametralladores, morteros. En las carreteras, las vías férreas, los puentes se han colocado grandes cortinas de rafia del color de la hierba, balas de heno. Con una vieja barcaza traída de Flandes, el Cuerpo Expedicionario ha preparado una cañonera fluvial que bajará por el Ancre hasta el Somme.

Ahora que ha llegado el verano, con sus largos días, sentimos una nueva energía, como si todo lo que vemos prepararse aquí sólo fuera un juego, y no pensamos ya en la muerte. Odilon, tras la desesperación de los meses de invierno pasados en el barro del Ancre, se ha vuelto alegre y confiado. Al anochecer, tras las jornadas de trabajo en las carreteras y las vías férreas, habla con los canadienses, bebiendo café, antes del toque de queda. Las noches son estrelladas y recuerdo las noches del Boucan, el cielo de la Ensenada de los Ingleses. Por primera vez desde hace meses, nos abandonamos a las confidencias. Los hombres hablan de sus padres, de su novia, de su mujer y de sus hijos. Circulan las fotos, viejos pedazos de cartón sucios y enmohecidos donde, a la luz temblorosa de las lámparas, aparecen rostros sonrientes, siluetas lejanas, frágiles como espectros. Odilon y yo no tenemos fotos, pero tengo en el bolsillo de mi guerrera la última carta que recibí de Laure, en Londres, antes de embarcar en el *Dreadnought*. La he leído y releído tanto que podría recitarla de memoria, con sus palabras medio burlonas y un poco tristes, como a mí me gustan. Me habla de Mananava, donde volveremos a encontrarnos un día, cuando todo esto termine. ¿Lo cree? Pero una noche, en la oscuridad, no puedo evitar hablar de Mananava a Odilon, de los dos rabijuncos que giran por encima de la quebrada, al crepúsculo. ¿Me ha oído? Creo que se ha dormido, con la cabeza apoyada en su mochila, en el refugio subterráneo que nos sirve de barracón. No me importa. Necesito seguir hablando, no para él sino para mí mismo. Para que mi voz vaya más allá de este infierno hasta la isla donde Laure está sumida en el silencio de la noche con los ojos abiertos de par en par, escuchando el rumor de la lluvia, como antaño en la casa del Boucan.

Hace tanto tiempo que trabajamos para montar ese decorado que no creemos ya en la realidad de la guerra. Ypres, las marchas forzadas por Flandes, están muy lejos. La mayoría de mis camaradas no lo han conocido. Al comienzo, esos trabajos de simulación les hacían reír pues habían esperado sentir el olor de la pólvora, oír el tronar de los cañones. Ahora ya no comprenden nada, se impacientan. «¿Eso es la guerra?», pregunta Odilon tras una jornada agotadora pasada cavando galerías de mina, trincheras. Por encima de nuestras cabezas el cielo es plomizo, pesado. Las tormentas estallan en brutales diluvios y, cuando llega la hora del relevo, estamos empapados como si hubiéramos caído al río.

Por la noche, en el refugio subterráneo, los hombres juegan a las cartas, sueñan en voz alta esperando el toque de queda. Circulan las noticias, combates en Verdún, y por primera vez escuchamos esos nombres extraños que con tanta frecuencia sonarán: Douaumont, el barranco de la Dame, el fuerte de Vaux y un nombre que, a mi pesar, me hace estremecer, el Mort-Homme.* Un soldado, un canadiense inglés, nos habla del túnel de Tavannes, donde se amontonan los heridos y los moribundos mientras encima estallan los obuses. Cuenta el fulgor de las explosiones, las humaredas, los desgarradores estruendos de los morteros del 370, de todos esos hombres que quedan mutilados y abrasados. ¿Es posible que estemos ya en verano? Algunos anocheceres, por encima de las trincheras, la puesta de sol es de extraordinaria belleza. Grandes nubes escarlata y violentas suspendidas en un cielo gris, dorado. ¿Pueden verlo los que mueren en Douaumont? Imagino la vida en el cielo, muy por encima de la tierra como si tuviera las alas de los rabijuncos. No vería ya las trincheras, ni los cráteres ni los obuses, estaría muy lejos.

Todos sabemos que ahora el combate está cerca. Los preparativos a los que nos entregamos desde comienzos de invierno han concluido. Los equipos no van ya hacia el canal, los trenes casi no circulan. En los refugios, bajo las lonas, los cañones están listos, los fusiles ametralladores están en las rotondas que hay al extremo de las trincheras.

A mitad de junio, comienzan a llegar los soldados de Rawlinson. Ingleses, escoceses, batallones indios, sudafricanos, australianos, divisiones que vuelven de Flandes, del Artois. Nunca habíamos visto tantos hombres. Llegan de todos lados, avanzan por las carreteras, por las vías férreas, y se instalan en los kilómetros de trincheras que nosotros excavamos. Se dice que el ataque tendrá lugar el veintinueve de junio. A partir del veinticuatro entran en acción los cañones. En toda la orilla del Ancre, al sur, en la orilla del Somme, donde están las fuerzas francesas, los disparos de los cañones retumban ensordecedoramente. Tras esos días de silencio, esa larga espera acurrucada, sentimos la embriaguez, la fiebre de nuestros cuerpos, temblamos de impaciencia.

Los cañones truenan día y noche, y un fulgor rojo enciende el cielo a nuestro alrededor, por encima de las colinas.

Allí, al otro lado, permanecen silenciosos. ¿Por qué no responden? ¿Acaso se han marchado? ¿Cómo pueden resistir este diluvio de fuego? Hace seis días y seis noches que permanecemos despiertos, escrutamos el paisaje ante nosotros. Al sexto día comienza a caer la

* Es decir, el «Hombre Muerto». *(N. del t.)*

lluvia, una lluvia torrencial que transforma las trincheras en arroyos de barro. Los cañones callan varias horas, como si el mismo cielo hubiera entrado en guerra.

Ocultos en los refugios, contemplamos la lluvia que cae durante todo el día, hasta el anochecer, y la inquietud crece en nosotros, como si eso no fuera a terminar nunca. Los ingleses hablan de las inundaciones en Flandes, de las hordas de vestidos verdes nadando en el pantano de Lys. En su mayoría sienten la decepción de ver retrasado el ataque. Escrutan las nubes y cuando, al crepúsculo, Odilon anuncia que las nubes son menos espesas, que se ve incluso un jirón de cielo, todo el mundo grita: «¡Hurra!». ¿Tal vez no sea demasiado tarde? ¿Tal vez el ataque se produzca durante la noche? Contemplamos las sombras que caen, poco a poco, sobre el valle del Ancre, cubren bosques y colinas ante nosotros. La que llega es una noche extraña, ninguno de nosotros duerme realmente. Al amanecer, cuando me he adormecido con la cabeza apoyada en las rodillas, el tumulto del ataque me despierta sobresaltado. La luz es ya intensa, deslumbradora, el aire que sopla en el valle es seco y cálido, como no había vuelto a sentirlo desde Rodrigues y la Ensenada de los Ingleses. De las riberas, húmedas todavía, sube una ligera bruma, brillante, y eso es lo que entonces distingo, lo que penetra en mí y me turba: el olor del verano, la tierra, la hierba. Y veo también, por entre los montantes del refugio, moscardones que bailan en la luz, empujados por el viento. Hay entonces tanta paz, todo parece suspendido, detenido.

Todos estamos de pie en la fangosa trinchera, con los cascos puestos y la bayoneta calada. Miramos por encima del talud el cielo claro donde se hinchan unas nubes blancas, ligeras como plumón. Estamos tensos, escuchamos los rumores, los dulces rumores del verano, el agua del río que corre, los insectos chirriantes, la alondra que canta. Aguardamos con dolorosa impaciencia en el silencio de esta paz, y cuando se escuchan los primeros rugidos del cañón, al norte, al sur, al este, nos sobresaltamos. Pronto, a nuestras espaldas, los grandes calibres ingleses comienzan a tronar y a sus poderosos disparos responden, como un eco, los rugidos de terremoto del impacto de los obuses, al otro lado del río. El bombardeo es formidable, resuena de un modo incomprensible para nosotros tras esa jornada de lluvia, en ese cielo completamente puro, con esa hermosa luz brillante del estío.

Al cabo de un tiempo infinito, el estruendo de las explosiones se detiene. El silencio que sigue está lleno de embriaguez y de dolor. A las siete y media en punto la orden de ataque se extiende de trinchera en trinchera, repetida por los sargentos y los cabos. Cuando a mi vez la grito, miro el rostro de Odilon, capto su última mirada. Ahora estoy corriendo, inclinado hacia adelante, agarrado con ambas manos a mi fusil, hacia la orilla del Ancre donde los pontones están cubiertos de soldados. Oigo el tac-tac de las ametralladoras por delante y por detrás de mí. ¿Dónde están las balas enemigas? Franqueamos, sin dejar de correr, los pontones amarrados, con un estruendo de zapatos sobre las tablas de madera. El agua del río es pesada, del color de la sangre. Los hombres, en la otra orilla, resbalan en el barro y caen. No vuelven a levantarse.

Las colinas oscuras están por encima de mí, siento su amenaza como una mirada que me atravesara. Por todas partes se levantan negras humaredas, humaredas sin fuego, humaredas de muerte. Restallan, aislados, disparos de fusil. El tartamudeo de las ametralladoras brota de la tierra, a lo lejos, sin que se sepa de dónde. Corro tras el grupo de hombres, sin intentar ocultarme, hacia el objetivo que nos ha sido designado hace meses: las abrasadas colinas que nos separan de Thiepval. Los hombres corren, nos alcanzan por la derecha, en un campo destrozado por los obuses: son los del 10.º Cuerpo, del 3.er Cuerpo y de las divisiones de Rawlinson. En medio del campo, inmenso y vacío, los arbustos abrasados por los gases y los obuses parecen espantajos. El ruido de los fusiles ametralladores estalla de pronto, delante de mí, al extremo del tanque. Apenas una ligera nube de humo azulado, que flota aquí y allá, en el límite de las oscuras colinas; los alemanes están enterrados en los agujeros de los obuses, barren el campo con sus F. A. Los hombres caen ya, rotos, marionetas sin hilos, se derrumban en grupos de diez, de veinte. ¿Se ha dado alguna orden? No he oído nada, pero estoy tendido en el suelo, busco con los ojos un refugio: un agujero de obús, una trinchera, un montículo de tierra agarrado a una raíz. Me arrastro por el campo. A mi alrededor veo formas que se arrastran como yo, semejantes a grandes babosas, con el rostro oculto por sus fusiles. Otros están inmóviles, de bruces en la tierra embarrada. Y el restallar de los fusiles que suenan en el cielo vacío, las ráfagas de los F. A., por delante, por detrás, por todas partes, deja flotar en el viento tibio sus pequeñas nubes azules, transparentes. A fuerza de arrastrarme por la tierra blanda, encuentro lo que busco: un bloque de piedra, apenas del tamaño de un mojón, olvidado en el campo. Me tiendo tras ella, con el rostro tan próximo a la piedra que puedo ver cada grieta, cada mancha de musgo. Permanezco inmóvil, con el cuerpo dolorido, los oídos llenos del estruendo de las bombas que han dejado de caer. Pienso, digo en voz alta: ¡ahora es cuando tendrían que mandárselas! ¿Dónde están los demás hombres? ¿Quedan todavía hombres en esta tierra o son sólo esas larvas torturadas e irrisorias, esas larvas que se arrastran y se detienen luego, desapareciendo en el barro? Permanezco tanto tiempo tendido, con la cabeza contra la piedra, oyendo los F. A. y los fusiles, que mi rostro se vuelve frío como la piedra. Luego, a mi espalda, oigo los cañones. Los obuses estallan en las colinas, las negras nubes de los incendios suben en el cielo cálido.

Oigo las órdenes de ataque lanzadas, como hace un rato, por los oficiales. Corro de nuevo en linea recta, hacia los agujeros de obuses donde están enterrados los F. A. Allí están, en efecto, como grandes insectos abrasados, y los cuerpos de los alemanes muertos parecen sus propias víctimas. Los hombres corren hacia las colinas en prietas hileras. Los F. A. ocultos en otros agujeros barren el campo, matan a los hombres de diez en diez, de veinte en veinte. Me dejo caer, con dos canadienses, en un cráter de obús ocupado por cuerpos de alemanes. Juntos, arrojamos por el borde los cadáveres. Mis compañeros están pálidos, sus rostros están manchados de barro y de humo. Nos miramos sin decir nada. De todos modos, el ruido de las armas apagaría nuestras palabras. Apaga, incluso, nuestros pensamientos. Protegido por el blindaje del F. A., miro el objetivo: las colinas de Thiepval siguen tan oscuras, tan lejanas. Nunca podremos llegar.

Hacia las dos oigo tocar retirada. Los dos canadienses, inmediatamente, se precipitan fuera del refugio. Corren hacia el río, tan rápidamente que no puedo seguirles. Siento ante mí el soplo de los cañones, oigo el aullido de los obuses pesados que pasan por encima de nosotros. Sólo tenemos unos minutos para volver a la base, al abrigo de las trincheras. El cielo está lleno de humo, la luz del sol, tan hermosa esta mañana, está ahora sucia, apagada. Cuando, sin aliento, llego por fin a la trinchera, miro a los que ya están allí, intento reconocer su mirada en los rostros fatigados, esa mirada vacía, ausente, de los hombres que han escapado a la muerte. Busco la mirada de

Odilon, y mi corazón palpita en mi pecho porque no le reconozco. Recorro apresuradamente la trinchera hasta el refugio nocturno. «¿Odilon? ¿Odilon?» Los hombres me miran sin comprender. ¿Saben acaso quién es Odilon? Faltan tantos. El resto del día, mientras los bombardeos prosiguen, espero, contra toda lógica, verle por fin aparecer al borde de la trinchera, con su tranquilo rostro de niño, su sonrisa. Por la noche, el oficial pasa lista y pone una cruz ante los nombres de los ausentes. ¿Cuántos de los nuestros faltan? Veinte hombres, treinta, tal vez más. Derrumbado contra el terraplén, fumo bebiendo un café acre y mirando el hermoso cielo nocturno.

Al día siguiente, y los días sucesivos, se extiende el rumor de que hemos sido vencidos en Thiepval, como en Ovillers, en Beaumont-Hamel. Se dice que Hoffre, el general en jefe de las fuerzas francesas, le ha pedido a Haig que tomara Thiepval costara lo que costase, y que Haig se ha negado a enviar a sus tropas a una nueva masacre. ¿Habremos perdido esta guerra?

Nadie habla. Todos comemos deprisa, en silencio, bebemos el café tibio, fumamos sin mirar al vecino. Los que no han regresado turban a los vivos, les inquietan. A veces pienso en Odilon como si estuviera vivo, en mi duermevela, y cuando despierto, le busco con la mirada. Tal vez esté herido, en la enfermería de Albert, o quizá le hayan enviado a Inglaterra. Pero en mi interior sé muy bien que ha caído de bruces en el campo embarrado, pese a aquel sol que brillaba ante la línea oscura de las colinas que no hemos podido alcanzar.

Ahora todo ha cambiado. Nuestra división, diezmada en el ataque a Thiepval, ha sido distribuida entre el 12.º y el 15.º Cuerpos, al sur y al norte de Albert. Combatimos a las órdenes de Rawlinson, en «huracán». Cada noche, las columnas de la infantería ligera avanzan, de trinchera en trinchera, arrastrándose sin ruido por los campos húmedos. Nos introducimos mucho en territorio enemigo, y sin el cielo estrellado, magnífico, no sabría que cada noche vamos más al sur. La experiencia a bordo del *Zeta* y las noches en la Ensenada de los Ingleses me han permitido advertirlo.

Antes del amanecer, los cañones comienzan el bombardeo, abrasan ante nosotros los bosques, los caseríos, las colinas. Luego, en cuanto alborea, los hombres se lanzan al ataque, toman posiciones en los agujeros de obús, disparan su fusil contra las líneas enemigas.

Un instante más tarde tocan retirada y todos, sanos y salvos, vuelven hacia atrás. El catorce de julio, tras el ataque, la caballería inglesa carga a la descubierta por primera vez, entre los agujeros de las bombas. Entramos, con el Cuerpo australiano, en Pizières, que sólo es un montón de ruinas.

Día tras día, el verano arde. Dormimos donde nos ha llevado el ataque, en cualquier lugar, tendidos en la misma tierra, protegidos del relente por un pedazo de tela. Ya no podemos pensar en la muerte. Cada noche, bajo las estrellas, avanzamos en fila india entre las colinas. Brilla a veces el fulgor de una bengala, se oye el restallido de unos disparos, al azar. Noches tibias y vacías, sin insectos, sin animales.

A comienzos de septiembre, nos unimos al V Ejército del general Gough, y, con los que han quedado bajo las órdenes de Rawlinson, nos encaminamos todavía más al sur, hacia Guillemont. Por la noche remontamos la vía férrea hacia el noreste, en dirección a los bosques. Están a nuestro alrededor, todavía más sombríos, amenazadores: el bosque de Trônes, a nuestra espalda, el bosque de Leuze, al sur y, ante nosotros el bosque de los Bouleaux. Los hombres aguardan, en la tranquilidad de la noche, sin dormir. Creo que ninguno de nosotros puede evitar pensar en lo que, antes de esta guerra, existía aquí; esta belleza, estos bosques de inmóviles abedules donde se escuchaba el grito de la lechuza, los murmullos de los arroyuelos, los saltos de los conejos silvestres. Esos bosques donde van los amantes, después del baile, con la hierba tibia todavía por la luz del día, donde los cuerpos se abrazan y ruedan riendo. Los bosques, por la noche, cuando de los pueblos suben las azuladas humaredas, tan tranquilas, y se ven en los senderos las siluetas de las viejecitas recogiendo leña. Ninguno de nosotros duerme, mantenemos los ojos abiertos de par en par a la noche, tal vez sea la última. Nuestros oídos escuchan atentamente, nuestro cuerpo capta la menor vibración, el menor signo de esta vida que parece desaparecida. Con dolorosa aprensión aguardamos el momento en que los primeros disparos de los cañones del 75 desgarrarán, a nuestras espaldas, la noche para derramar el «huracán» de fuego sobre los grandes árboles, destripar la tierra, abrir el terrible camino del ataque.

Antes de que llegue el alba, comienza a llover. Una llovizna fina y fresca que empapa las ropas, moja el rostro y hace estremecer.

Entonces, casi sin apoyo de bombardeo, los hombres se lanzan al ataque de los tres bosques en oleadas sucesivas. Detrás de nosotros, la noche se ilumina fantásticamente, del lado del Ancre, donde el IV Ejército realiza un ataque de diversión. Pero para nosotros el combate es silencioso, cruel, a menudo con arma blanca. Unas tras otras, las oleadas de infantes pasan sobre las trincheras, se apoderan de los F. A., persiguen al enemigo hasta los bosques. Escucho los disparos que suenan muy cerca, en el bosque de los Bouleaux. Tendidos en la tierra mojada, disparamos al azar, hacia el sotobosque. Las bengalas luminosas estallan por encima de los árboles, sin ruido, y caen como una lluvia de chispas. Corriendo hacia el bosque, tropiezo con un obstáculo: es el cadáver de un alemán tendido de espaldas en la hierba. Empuña todavía su Mauser, pero su casco ha rodado a unos pasos. La voz de los oficiales grita: «¡Alto el fuego!». El bosque es nuestro. Veo por todas partes, a la gris luminosidad del alba, los cuerpos de los alemanes tendidos en la hierba bajo la fina lluvia. Hay por todas partes cadáveres de caballos en los campos, y el croar de los cuervos resuena ya tristemente. Pese a la fatiga, los hombres ríen, canturrean. Nuestro oficial, un inglés rojizo y jovial, intenta explicármelo: «¡Esos cerdos no nos esperaban...!». Pero me aparto y le oigo repitiendo su frase a otro. Siento una fatiga intensa que me hace titubear y me da náuseas. Los hombres hacen vivac en el sotobosque, en los campamentos alemanes. Todo estaba dispuesto para cuando despertaran, parece que incluso el café estaba caliente. Los canadienses se lo beben, riendo. Estoy tendido bajo los grandes árboles, con la cabeza apoyada en la fresca corteza, y me duermo a la hermosa luz de la mañana.

Comienzan las pesadas lluvias de invierno. Las aguas del Somme y del Ancre invaden las riberas. Estamos prisioneros en las trincheras conquistadas, hundidos en el barro, agazapados en improvisados refugios. Hemos olvidado ya la embriaguez de los combates que nos han llevado hasta aquí. Hemos conquistado Guillemont, la granja de Falfemont, Ginchy y, en la jornada del quince de septiembre, Morval, Gueudecourt, Lesboeufs, rechazando a los alemanes hacia sus trincheras de retaguardia, en lo alto de los ribazos, en Bapaume, en el Transloy. Ahora estamos prisioneros de las trincheras, al otro lado o, prisioneros de las lluvias y del barro. Los días son grises, nada ocurre. A veces, a lo lejos, el ruido de los cañones suena sobre el Somme, en los bosques que rodean Bapaume. A veces, en plena noche, nos despiertan los relámpagos. Pero no son los fulgores de la tempestad. «¡Arriba!», gritan los oficiales. Hacemos la mochila en la oscuridad, partimos, con la espalda curvada, sobre el helado barro que se pega. Avanzamos hacia el sur, a lo largo de los hundidos caminos, cerca del Somme, sin ver adónde vamos. ¿Cómo son esos ríos de los que tanto se habla? ¿El Yser, el Marne, el Mosa, el Aisne, el Ailette, el Scarpe? Ríos de barro bajo el cielo gris, aguas lodosas que arrastran los restos de los bosques, las vigas quemadas, los caballos muertos.

Cerca de Combles, nos encontramos con las divisiones francesas. Están más pálidos, más lastimados que nosotros. Rostros de ojos hundidos, uniformes desgarrados, manchados de barro. Algunos ni siquiera llevan zapatos sino sólo ensangrentados jirones alrededor de los pies. En el convoy, un oficial alemán. Los soldados le maltratan, le insultan a causa de los gases que han matado a tantos de los nuestros. Él, muy altivo pese a su harapiento uniforme, les rechaza de pronto. Grita, en un francés perfecto: «¡Pero fuisteis vosotros los que utilizasteis primero los gases! ¡Vosotros nos obligasteis a combatir de este modo! ¡Vosotros!». Se hace un silencio impresionante. Todos apartan la mirada y el oficial vuelve a su lugar entre los prisioneros.

Más tarde, entramos en un pueblo. Nunca he sabido el nombre de este pueblo; en el alba gris, las calles están desiertas, las casas en ruinas. Bajo la lluvia, nuestras botas resuenan extrañamente, como si hubiéramos llegado al fin del mundo, a la misma frontera de la nada. Acampamos en las ruinas del pueblo y, durante todo el día, pasan convoyes, camionetas de la Cruz Roja. Cuando la lluvia cesa, una nube de polvo vela el cielo. A lo lejos, en las trincheras que continúan las calles del pueblo, se oye de nuevo el rugido de los cañones, y, muy lejos, el hipar de los obuses.

Ante las hogueras encendidas con tablas, en los rincones de los escombros, canadienses, franceses confraternizan, se intercambian sus nombres. A otros no les preguntan nada, no dicen nada. Siguen vagando por las calles, sin saber detenerse. Están agotados. Se escuchan a lo lejos disparos de fusil, débiles como petardos de colegial. Vamos a la deriva por un país desconocido, hacia un tiempo incomprensible. Nos acosa siempre el mismo día, la misma noche sin fin. Hace tanto tiempo que no hemos hablado, tanto tiempo que no hemos pronunciado un nombre de mujer. Odiamos la guerra en lo más profundo de nosotros mismos.

A nuestro alrededor, por todas partes, calles destrozadas, casas derrumbadas. En la vía férrea, milagrosamente intacta, los vagones están tumbados, destrozados. Algunos cuerpos están colgados de las máquinas, como muñecas de trapo. En los campos que rodean el pueblo hay cadáveres de caballos hasta donde la vista alcanza, hinchados y negros como elefantes muertos. Los cuervos revolotean sobre las carroñas, sus rechinantes gritos sobresaltan a los vivos. Entran en el pueblo cohortes de prisioneros, en estado lamentable, roídos por las enfermedades y las heridas. Con ellos, mulas, caballos cojos, enflaquecidos asnos. El aire está emponzoñado: las humaredas, el hedor de los cadáveres. Una exhalación de cripta. Un obús alemán ha cerrado un túnel donde algunos franceses se habían refugiado para dormir. Un hombre perdido busca su compañía. Me agarra, repite: «Soy del 110.º de infantería. Del 110.º ¿Sabe dónde están?». En el cráter de un obús, al pie de la capilla en ruinas, la Cruz Roja ha colocado una mesa en la que se amontonan, unos sobre otros, los muertos y los moribundos. Dormimos en la trinchera de Frégicourt; luego, a la noche siguiente, en la trinchera de Portes de Fer. Proseguimos nuestra marcha por la llanura. Durante la noche, las minúsculas luces de los puestos de artillería son nuestra única orientación. Tenemos delante Sailly-Saillisel, envuelto en una nube negra parecida a la de un volcán. Al norte, muy cerca, resuena el cañón en las colinas de Batack, al sur, en el bosque de Saint-Pierre-Vaast. Combates callejeros en los pueblos, por la noche, con granadas y fusiles, con revólveres. Desde las troneras en ruinas, los F. A. barren las esquinas, siegan a los hombres. Oigo el martilleo, respiro el olor del azufre, del fósforo, danzan las sombras en los nubarrones. «¡Atención! ¡No disparéis!» Estoy agazapado en un foso con unos hombres a los que no conozco (¿franceses?, ¿ingleses de Haig?). Barro. Hace días que nos falta el agua. La fiebre abrasa mi cuerpo, me sacuden los vómitos. El olor acre llena mi garganta, y a mi pesar grito: «¡Gases! ¡Aquí están los gases…!». Me parece ver la sangre, sin detenerse, inundando los agujeros, los fosos, entrando en las casas destruidas, chorreando por los destrozados campos, cuando llega la aurora.

Dos hombres me llevan. Me arrastran sosteniéndome por los sobacos, hasta el refugio de la Cruz Roja. Permanezco tendido en el suelo durante tanto tiempo que me convierto en una piedra ardiente. Luego estoy en la camioneta que traquetea y zigzaguea para evitar los agujeros de las bombas. En el lazareto, en Albert, el médico se parece a Camal Boudou. Me toma la temperatura, me palpa el vientre. Dice: «Tifus». Añade (pero creo que debí de soñarlo): «Son los piojos los que ganan las guerras».

Hacia Rodrigues,
verano de 1918-1919

Por fin la libertad: el mar. Durante todos esos terribles años, esos años muertos, estaba esperando el momento en el que me encontraría a bordo del paquebote, con la multitud de soldados desmovilizados de regreso a la India, a África. Miraríamos el mar de la mañana al crepúsculo, e incluso por la noche, cuando la luna enciende la estela. Pasado el canal de Suez las noches son muy suaves. Nos escapamos de las calas para dormir en el puente. Me envuelvo en mi manta militar, el único recuerdo que traigo del ejército, junto a mi guerrera caqui, y el saco de lona en el que llevo mis papeles. Hace tanto tiempo que duermo fuera, en el barro, que la madera de cubierta, con la bóveda ornada encima de mí, me parece el paraíso. Con los demás soldados hablamos, en criollo, en pidgin, cantamos, contamos interminables historias. La guerra es ya una leyenda, transformada por la imaginación de narrador. En cubierta, conmigo, hay hombres de las Seychelles, de Mauricio, de Sudáfrica. Pero ni uno de los de Rodrigues que respondieron a la llamada al mismo tiempo que yo, ante los edificios del telégrafo. Recuerdo la alegría de Casimir cuando escuchó su nombre. ¿Es posible que sea yo el único superviviente, escapado de la matanza por la gracia de los piojos?

Ahora pienso en Laure. Cuando está permitido, voy a la proa, junto al cabrestante, contemplo el horizonte, Pienso en el rostro de Mam, mientras miro el azul oscuro del mar, mientras miro las nubes. Pasamos ante las costas de Aden, doblamos luego el cabo Gardafui, hacia esos grandes puertos cuyos nombres, antaño, nos hacían soñar, a

Laure y a mí, con los tiempos del Boucan: Mombasa, Zanzíbar. Vamos hacia el Ecuador y el aire quema ya, las noches son secas, brillantes de estrellas. Acecho los peces voladores, los albatros, los delfines. Cada día me parece que veo más a Laure, que oigo mejor su voz, que percibo la ironía de su sonrisa, el fervor de sus ojos. En el mar de Omán se produce una magnífica tempestad. Ni una sola nube en el cielo, un viento furioso que empuja las olas contra el paquebote, móvil acantilado contra el que golpean los arietes del mar. Empujado de lado, el navío se bambolea considerablemente, las olas barren el puente inferior, en el que nos hallamos. De buena o de mala gana, debemos abandonar nuestro verano y bajar de nuevo al nauseabundo horno de las calas. Los marineros nos informan que se trata de la cola de una tempestad que pasa sobre Socotora, y en efecto, aquella misma tarde, lluvias torrenciales se abaten sobre el navío, inundan las calas. Nos relevamos para bombear, mientras los arroyuelos corren por el fondo de las calas, entre nuestras piernas, acarreando desperdicios e inmundicias. Pero cuando regresa la calma al mar y al cielo, ¡qué luz! A nuestro alrededor la inmensidad azul del mar por la que avanzan, lentamente, con nosotros, las largas olas guarnecidas de espuma.

Las escalas en los puertos de Mombasa, de Zanzíbar, la ruta hasta Tamatave, todo pasa muy deprisa. No he dejado mi sitio en cubierta, salvo cuando el sol brilla, por la tarde, o cuando caen los chaparrones. Por así decirlo, no he quitado los ojos del mar, lo he visto cambiar de color y de humor, plano a veces, sin olas, estremeciéndose bajo el viento, duro otras, sin horizonte, gris de lluvia, rugiente, lanzándonos sus olas. De nuevo pienso en el *Zeta*, en el viaje a la Ensenada de los Ingleses. Todo me parece tan lejano, Ouma deslizándose por la arena de la orilla, con el arpón en la mano, su cuerpo adormecido junto a mí, bajo el cielo iluminado. Aquí, por fin, gracias al mar, recupero el ritmo, el color del sueño. Sé que debo regresar a Rodrigues. Está en mí y debo ir. ¿Lo comprenderá Laure?

Cuando por fin la larga chalupa que va y viene por la rada de Port Louis aborda el muelle, la muchedumbre, el ruido, los olores me aturden, como en Mombasa, y por un instante siento deseos de regresar al gran paquebote que se dispone a proseguir su viaje. Pero de pronto, a la sombra de los árboles de la Intendencia, veo la silueta de Laure. Un instante más tarde me estrecha entre sus brazos, me arrastra por las calles, hacia la estación. Pese a la emoción, hablamos sin prisa, como si nos hubiéramos separado ayer. Me hace preguntas sobre el viaje, sobre el hospital militar, me habla de las cartas que me ha escrito. Luego dice: «Pero ¿por qué te han cortado el pelo como a un presidiario?». A eso puedo responderle: «¡Por los piojos!». Y se hace un corto silencio. Luego vuelve a hacerme preguntas sobre Inglaterra, sobre Francia, mientras caminamos hacia la estación, a través de calles que ya no reconozco.

Tras todos esos años, Laure ha cambiado y creo que si no se hubiera mantenido apartada, vestida con el mismo traje blanco que llevaba cuando me fui a Rodrigues, no la hubiera reconocido. En el vagón de segunda que corre hacia Rose Hill y Quatre Bornes, advierto su pálida tez, las bolsas bajo sus ojos, las amargas arrugas en las comisuras de sus labios. Sigue siendo hermosa, con ese fuego en su mirada, esa inquieta vivacidad que tanto me gusta, pero hay en ella cierta fatiga, cierta debilidad.

Mi corazón se oprime cuando nos acercamos a casa, en Forest Side. Bajo la lluvia que parece no haber cesado desde hace años, se la ve todavía más sombría y triste. Al primer golpe de vista veo la veranda que se derrumba, las hierbas que invaden el pequeño jardín, los cristales rotos que han sido sustituidos con papel de parafina. Laure sigue mi mirada, dice en voz baja: «Ahora somos pobres». Mi madre sale a nuestro encuentro, se detiene en los peldaños de la veranda. Su rostro está tenso, inquieto, sin sonrisa, protege sus ojos con la mano, como intentando vernos. Sin embargo, estamos sólo a unos pocos metros. Comprendo que está casi ciega. Cuando estoy junto a ella, le cojo las manos. Me estrecha contra sí, mucho rato, sin decir nada.

Pese a la angustia, al abandono de esta casa, esta noche y los días que siguen me siento feliz como hace mucho tiempo que no lo he sido. Me parece haberme reencontrado, haber vuelto a ser yo mismo.

Diciembre: pese a las lluvias que caen cada tarde sobre Forest Side, ese verano es el más hermoso y el más libre que he conocido desde hace tiempo. Gracias al parné que recibí el día que me desmovilizaron —con la Medalla Militar y la D. C. M. (Medal for Distinguished

Conduct in the Field), y el grado de Warrant Officer de primera clase—, estamos por algún tiempo a cubierto de la necesidad y puedo recorrer como me parezca la región. A menudo, Laure viene conmigo y partimos en las bicicletas que compré en Port Louis, a través de las plantaciones de caña, hacia Henriette, hacia Quinze Cantons. O tomamos la carretera de Mahébourg, llena de carretas, hasta Nouvelle France, luego los enfangados caminos hacia Cluny, o a través de las plantaciones de té de Bois Chéri. Por la mañana, cuando salimos de la bruma de Forest Side, el sol brilla en los oscuros follajes, el viento hace ondular los campos de caña. Pedaleamos descuidadamente, zigzagueando entre los charcos, yo con mi guerrera de uniforme, Laure con su vestido blanco y tocada con un gran sombrero de paja. En los campos, las mujeres de *gunny* dejan de trabajar para vernos pasar. En la carretera de Quinze Cantons, hacia la una, nos cruzamos con las mujeres que regresan de los campos. Caminan lentamente, balanceando sus largas faldas y con el azadón en equilibrio sobre su cabeza. Nos interpelan en criollo, se burlan de Laure que pedalea con su vestido ceñido entre las piernas.

Cierta tarde, con Laure, llegamos más allá de Quinze Cantons y atravesamos el río de la Muralla. El camino es tan difícil que debemos abandonar nuestras bicicletas, ocultándolas apresuradamente entre las cañas. Pese al ardiente sol, el camino parece a veces un torrente de barro y tenemos que descalzarnos. Como antaño, caminamos descalzos por el barro tibio, y Laure se arremanga el vestido blanco como si fuera un taparrabos indio.

Con el corazón palpitante avanzo hacia los picos de las Tres Ubres, que dominan los campos de caña como extrañas termiteras. El cielo, tan claro hace un momento, se ha llenado de grandes nubes. Pero no nos preocupamos. Empujados por el mismo deseo, caminamos tan deprisa como podemos por entre las hojas agudas de las cañas, sin detenernos. La plantación termina en el río Papayas. Después están los grandes campos de hierba en los que, de vez en cuando, se yerguen los montones de guijarros negros, que Laure llama tumbas de mártires, a causa de la gente muerta trabajando en los campos de caña. Luego, al extremo de esta estepa, entre los picos de las Tres Ubres, se llega a la extensión de las tierras del litoral, de Wolmar hasta Río Negro. Cuando estamos en el collado, el viento del mar nos golpea. Grandes nubes corren por encima del mar. Tras el calor de los campos de caña, el viento nos embriaga. Permanecemos un instante sin movernos, ante el paisaje que se extiende a nuestros ojos, como si el tiempo no hubiera pasado, como si ayer mismo hubiéramos dejado el Boucan. Miro a Laure. Su rostro es duro y firme, pero respira con dificultad y, cuando se vuelve hacia mí, veo que en sus ojos brillan las lágrimas. Es la primera vez que vuelve a ver el escenario de nuestra infancia. Se sienta en la hierba y me instalo a su lado. Miramos, sin hablar, esas colinas, las sombras de los riachuelos, los desniveles del terreno. En vano busco nuestra casa, a orillas del río Boucan, tras la Torreta del Tamarindo. Todo rastro de construcción ha desaparecido y, en vez de arbolado, se ven grandes barbechos quemados. Laure es la que habla primero, como para responder a las preguntas que me hago.

—Nuestra casa ya no existe, el tío Ludovic hizo que lo derribaran todo hace ya mucho tiempo, cuando estabas en Rodrigues, creo. Ni siquiera esperó a que pronunciaran la sentencia.

La cólera ahoga mi voz:

—Pero ¿por qué, cómo se atrevió?

—Dijo que quería utilizar las tierras para la caña, que no necesitaba la casa.

—¡Qué cobardía! Si yo lo hubiera sabido, si hubiera estado aquí...

—¿Qué habrías hecho? No se podía hacer nada. Se lo he ocultado todo a Mam, para no trastornarla más. No habría soportado ese empeño en que nuestra casa desapareciera.

Con los ojos enturbiados, contemplo ante mí la magnífica extensión, el mar que brilla bajo el sol que se acerca y la sombra de la Torreta del Tamarindo que se alarga. De tanto escrutar las riberas del Boucan, me parece ver algo parecido a una cicatriz entre la maleza, allí donde íbamos a soñar, encaramados en el viejo árbol. Laure sigue hablando para consolarme, con voz tranquila, su emoción ha pasado ya.

—Sabes, no tiene mucha importancia que la casa haya desaparecido. Está tan lejos ya, es otra vida. Lo importante es que hayas vuelto, y, además, Mam es muy vieja, sólo nos tiene a nosotros. ¿Qué significa una casa? ¿Una vieja barraca agujereada, roída por la carcoma, que dejaba pasar el agua de la lluvia? No vale la pena lamentar que ya no exista.

Pero yo, con la voz sorda y llena de rabia:

—¡No, no puedo olvidarlo, nunca lo olvidaré!

Miro, interminablemente, el paisaje quieto bajo el cielo móvil. Escruto cada detalle, cada charca, cada bosquecillo, desde las gargantas del Río Negro, hacia Gaulette. Tal vez Denis esté allí, como antaño, en la choza del viejo Cook, y me parece que a fuerza de mirar, con esta luz dorada que ilumina la ribera y el mar, adivinaré las sombras de los niños que fuimos, corriendo por entre las altas hierbas, con los pies descalzos, el rostro arañado, desgarradas las ropas, en ese mundo sin límites, acechando en el crepúsculo el vuelo de los dos rabijuncos por encima del misterio de Mananava.

La embriaguez del regreso pasa pronto. Primero, ese puesto en las oficinas de W. W. West, un puesto que yo había ocupado hace mucho tiempo y que fingieron creer que había abandonado para ir a la guerra. De nuevo el olor a polvo, el húmedo calor que se filtraba a través de los porticones con los rumores de Rempart Street. Los empleados indiferentes, los clientes, los comerciantes, los contables... Para toda esa gente, nada había ocurrido. El mundo no se había movido. Sin embargo, cierto día, en 1903, según me contó Laure, cuando yo estaba en Rodrigues, el pueblo hambriento, reducido a la miseria por los ciclones, se había reunido ante la estación: una multitud de indios, de negros, venidos de las plantaciones, mujeres de *gunny* con sus hijos en brazos, todos sin gritar, sin hacer ruido, se habían concentrado ante la estación y habían esperado la llegada del tren de los importantes, que cada día trae de Vacoas y de Curepipe a los blancos, propietarios de bancos, de almacenes, de plantaciones. Les habían aguardado mucho tiempo, pacientemente primero, luego, a medida que el tiempo pasaba, con mayor rencor, con mayor desesperación. ¿Qué habría ocurrido si los blancos hubieran venido ese día? Pero, avisados del peligro, los blancos no habían tomado el tren de Port Louis. Se habían quedado en casa, esperando que la policía arreglara el asunto. Entonces la muchedumbre se dispersó. Tal vez asaltaron algún almacén chino, lanzaron alguna piedra a los cristales del Crédit Foncier o incluso de W. W. West. Y ahí acabó todo.

En las oficinas reina mi primo Ferdinand, el hijo del tío Ludovic. Finge no conocerme, me trata como a su criado. La cólera nace en mí y, si resisto los deseos de agredirle, lo hago por Laure, a la que le gustaría mucho que me quedara. Como antaño, cuando tengo un momento libre, lo consagro a caminar por los muelles del puerto, entre marineros y descargadores, junto al gran mercado de pescado. Me gustaría, por encima de todo, ver de nuevo el *Zeta,* al capitán Bradmer y al timonel de las Comores. Aguardé mucho tiempo, a la sombra de los árboles de la Intendencia, esperando ver la llegada de la goleta, con su sillón fijo en cubierta. Está ya en mí, sé que volveré a partir.

En mi habitación de Forest Side, por la noche, abro el viejo baúl oxidado por la estancia en la Ensenada de los Ingleses, y observo los papeles del tesoro, los planos, los croquis y las notas que he acumulado y que envié desde Rodrigues antes de partir hacia Europa. Cuando los miro, veo a Ouma, su cuerpo zambulléndose de pronto en el mar, nadando libre con su largo arpón de punta de ébano en la mano.

Cada día crece en mí el deseo de regresar a Rodrigues, de recuperar el silencio y la paz de aquel valle, el cielo, las nubes, el mar, que no pertenecen a nadie. Quiero huir de la gente de la «buena sociedad», la maldad, la hipocresía. Desde que el *Cernéen* publicó un artículo sobre «Nuestros héroes de la guerra mundial», en el que se citaba mi nombre y en el que me atribuían actos de valor puramente imaginarios, Laure y yo estamos en todas las listas de invitados a las fiestas, en Port Louis, en Curepipe, en Floréal. Laure me acompaña, con el mismo vestido blanco muy gastado, charlamos y bailamos. Vamos al Campo de Marte, o a tomar el té al Flore. Pienso sin cesar en Ouma, en los gritos de los pájaros que pasan cada mañana por encima de la ensenada. La gente de aquí me parece imaginaria, irreal. Estoy harto de estos falsos honores. Un día, sin avisar a Laure, dejo en Forest Side mi traje gris de empleado de oficina y me visto con mi vieja guerrera caqui y el pantalón que traje de la guerra, sucios y desgarrados por la estancia en las trincheras, cojo también mis insignias de oficial y mis condecoraciones, la M. M. y la D. C. M., y por la tarde, cuando cierran las oficinas de W. W. West, con este disfraz, voy a sentarme al salón de té del Flore, tras haber bebido algunos vasos de arak. A partir de aquel día, las invitaciones de la buena sociedad cesaron como por ensalmo.

Pero el aburrimiento que siento y mi deseo de huir son tales que Laure no puede dejar de advertirlos. Una noche, me espera a la llegada del tren, en Curepipe, como antaño. La fina llovizna de Forest

246

Side ha mojado su vestido blanco y su cabello, y se protege bajo una ancha hoja. Le digo que se parece a Virginia, y eso la hace sonreír. Caminamos juntos por la carretera embarrada, con los indios que regresan a casa antes de que caiga la noche. De pronto, Laure dice:

—Volverás a marcharte, ¿verdad?

Busco una respuesta que la tranquilice, pero repite:

—Volverás a marcharte pronto, ¿verdad? No me mientas.

Sin aguardar mi respuesta, tal vez porque ya la conoce, se encoleriza:

—¿Por qué no dices nada? ¿Por qué tengo que enterarme siempre por los demás?

Vacila antes de decirlo, luego:

—¡Es esa mujer de allí, con la que vives como un salvaje! ¡Y ese estúpido tesoro que te obstinas en buscar!

¿Cómo lo sabe? ¿Quién le ha hablado de Ouma?

—Nunca podremos ser como antes, nunca más habrá aquí un lugar para nosotros.

Las palabras de Laure me hacen daño, porque sé que son ciertas. Le digo:

—Por eso es necesario que me vaya. Por eso debo conseguirlo.

¿Cómo decírselo? Se ha calmado ya. Se seca, con el reverso de la mano, las lágrimas que corren por sus mejillas, se suena de un modo infantil. La casa de Forest Side está ante nosotros, sombría, parecida a un barco embarrancado en lo alto de esas colinas, como consecuencia de un diluvio.

Esta noche, tras haber cenado con Mam, Laure está más alegre. En la veranda, hablamos del viaje, del tesoro. Con aire jovial, Laure dice:

—Cuando hayas encontrado el tesoro, nos reuniremos contigo. Tendremos una granja, la trabajaremos nosotros mismos, como los pioneros del Transvaal.

Entonces, poco a poco, soñamos en voz alta, como antaño en el desván del Boucan. Hablamos de esa granja, de los animales que tendremos, pues todo volverá a comenzar, lejos de los banqueros y los abogados. Entre los libros de mi padre he encontrado el relato de François Leguat, y leo los pasajes en los que trata de la flora, del clima, de la belleza de Rodrigues.

Atraída por el ruido de nuestras voces, Mam sale de su habitación. Viene junto a nosotros y su rostro, iluminado por la lámpara de la veranda, me parece tan joven, tan hermoso como en los tiempos del Boucan, cuando nos explicaba las lecciones de gramática o nos leía pasajes de la historia sagrada. Escucha nuestras insensatas palabras, nuestros proyectos, y luego nos besa, nos estrecha contra sí: «Todo eso son sueños».

Aquella noche, realmente, la vieja casa en ruinas de Forest Side fue un navío que atraviesa el mar, que se dirige, bamboleando y crujiendo, entre el dulce rumor de la lluvia, hacia la isla nueva.

Al encontrar de nuevo el *Zeta,* me parece que vuelvo a encontrar
la vida, la libertad, tras tantos años de exilio. Estoy en mi sitio de
siempre, a popa, junto al capitán Bradmer, sentado en su sillón atornillado en el puente. Hace dos días ya que vamos, empujados por el
viento, hacia el noreste, a lo largo del paralelo 20°. Cuando el sol está
alto en el cielo, Bradmer se levanta de su sillón y, como antaño, se
vuelve hacia mí: «¿Quiere llevarlo usted, señor?».

Como si, durante todo ese tiempo, no hubiéramos dejado de navegar juntos.

De pie, descalzo sobre cubierta, con las manos agarradas a la rueda, soy feliz. No hay nadie en el puente, sólo dos marineros de las
Comores, con la cabeza envuelta en su velo blanco. Me gusta escuchar
de nuevo el viento entre los obenques, ver la proa que sube al encuentro de las olas. Me parece que el *Zeta* sube hacia el horizonte, hacia
el nacimiento del cielo.

Creo que fue ayer cuando fui por primera vez a Rodrigues y, de
pie en el puente, sentí el navío moviéndose como un animal, el paso
bajo el estrave de las pesadas olas, el sabor de la sal en mis labios,
el silencio, el mar. Sí, creo que jamás he dejado este lugar, en la barra del *Zeta,* prosiguiendo un crucero cuya meta retrocede sin cesar,
y que lo demás ha sido sólo un sueño. Sueño del oro del Corsario desconocido, en la quebrada de la Ensenada de los Ingleses, sueño de
amor de Ouma, su cuerpo de color lava, el agua de las lagunas, las
aves marinas. Sueño de la guerra, las heladas noches de Flandes,
las lluvias del Ancre, del Somme, las nubes de los gases y los relámpagos de los obuses.

Cuando el sol desciende a nuestra espalda veo en el mar la sombra de las velas, el capitán Bradmer toma de nuevo la barra. De pie, con su rostro rojizo fruncido a causa de los reflejos en las olas, no ha cambiado. Sin que se lo pida, me cuenta la muerte del timonel.

—Fue en 1916, o a comienzos de 1917, tal vez... Regresábamos de Agalega y cayó enfermo. Fiebre, diarrea, deliraba. El médico vino a verle y ordenó una cuarentena porque era el tifus... Temían el contagio. Él no podía ya comer ni beber. Murió al día siguiente, el médico ni siquiera había vuelto... Entonces, caballero, monté en cólera. Ya que no querían saber nada de nosotros, hice arrojar al mar la mercancía, ante Agalega, y volvimos hacia el sur, hasta San Brandán... Decía que quería morir allí... Entonces, le atamos un peso a los pies y le arrojamos al mar, ante los arrecifes, a una profundidad de cien brazas, allí donde el mar es tan azul... Cuando se hundió, recitamos unas oraciones y yo le dije: Timonel, amigo mío, ya estás en casa, para siempre. Que la paz sea contigo. Y los demás dijeron: Amén... Permanecimos dos días ante el atolón, hacía tan buen tiempo, ni una sola nube y el mar estaba tan tranquilo... Nos quedamos para mirar los pájaros y las tortugas que nadaban cerca del barco... Pescamos unas tortugas, para ahumarlas, y luego nos fuimos.

Su voz es vacilante, el viento la cubre. El anciano mira ante sí, más allá de las hinchadas velas. A la luz del crepúsculo, su rostro es de pronto el de un hombre cansado, indiferente ante el porvenir. Ahora comprendo mi ilusión: la historia ha pasado, aquí como en cualquier otro lugar, y el mundo no es ya el mismo. Ha habido guerras, crímenes, violaciones y, por ello, la vida se ha deshecho.

—Ahora, es extraño, no encuentro otro timonel. Él lo sabía todo del mar, hasta Omán... Es como si el barco no supiera adónde va... Es extraño, ¿verdad? Él era el dueño, tenía el barco en las manos...

Entonces, mirando el mar, tan hermoso, la deslumbrante estela que traza un camino sobre el agua impenetrable, siento de nuevo la inquietud. Tengo miedo de llegar a Rodrigues, tengo miedo de lo que encontraré. ¿Dónde está Ouma? Las dos cartas que le envié, la primera desde Londres, antes de partir hacia Flandes, la segunda desde el hospital militar de Sussex, no tuvieron respuesta. ¿Las recibió, al menos? ¿Puede escribirse a los manafs?

Por la noche, no bajo a la cala para dormir. Al abrigo de los fardos amarrados en cubierta, duermo envuelto en mi manta, con la cabeza en mi petate, escuchando los golpes del mar y el viento en las velas.

Luego me despierto, voy a orinar por encima de la borda y regreso a sentarme para mirar el cielo lleno de estrellas. ¡Qué largo es el tiempo del mar! Cada hora que pasa va lavándome de lo que debo olvidar, me aproxima a la figura eterna del timonel. ¿Acaso no es a él a quien debo encontrar cuando finalicen mis viajes?

Hoy, puesto que el viento ha cambiado, navegamos en su dirección, con los mástiles inclinados sesenta grados, mientras el estrave golpea la mala mar levantando nubes de espuma. El nuevo timonel es un negro de rostro impasible. A su lado, pese a la inclinación del puente, el capitán Bradmer está sentado en su viejo sillón atornillado al puente, y mira fumando el mar. Toda tentativa que yo hago para iniciar una conversación choca con las dos frases que mascula sin mirarme: «¿Sí, señor?». «No, señor.» El viento sopla a ráfagas contra nosotros, y la mayoría de los hombres se han refugiado en la cala, salvo los negociantes de Rodrigues que no quieren dejar sus fardos en el puente. A toda prisa, los marineros han echado una lona encerada sobre las mercancías y han cerrado las escotillas delanteras. Yo he puesto mi petate bajo la lona y, a pesar del sol, me he envuelto en mi manta.

El *Zeta* hace grandes esfuerzos para remontar el mar y siento en mí todos los crujidos del casco, los gemidos de los mástiles. Inclinado de costado, el *Zeta* recibe los golpes de las poderosas olas que corren humeando hacia nosotros. A las tres, el viento es tan violento que pienso en un ciclón, pero las nubes son raras, sólo pálidos cirros que cruzan el cielo como inmensas colas. No es un cielo de huracán.

Al *Zeta* le cuesta mantener el rumbo. Bradmer está en la barra, plantado sobre sus cortas piernas, haciendo muecas por culpa de las salpicaduras. Pese al poco velamen, la fuerza del viento hace gemir al navío. ¿Cuánto tiempo podrá resistirlo?

Luego, de pronto, las ráfagas se hacen menos violentas, la arboladura del *Zeta* se levanta. Son casi las cinco de la tarde y en la hermosa luz cálida aparecen ligeramente, por encima del vehemente horizonte, las montañas de Rodrigues.

Todo el mundo acude de inmediato a cubierta. Los de Rodrigues cantan y gritan, e incluso la taciturna gente de las Comores habla. Estoy a proa, con los demás, y contemplo esta línea azul, engañosa como un espejismo, que hace palpitar mi corazón.

Así fue como soñé llegar, hace ya tanto tiempo, cuando me encontraba en el infierno de la guerra, en las trincheras, entre el barro y las inmundicias. Estoy viviendo mi sueño, mientras el *Zeta* se eleva como la barquilla de un globo sobre la esfera del mar oscuro, entre el brillo de la espuma, hacia las montañas transparentes de la isla.

Al anochecer, acompañados por las fragatas y las golondrinas de mar, dejamos atrás Gombrani, luego la punta de Plateau y el mar se hace aceitoso. A lo lejos brillan ya las luces de las balizas. La noche ha caído en la ladera norte de las montañas. Mi temor ha pasado. Ahora estoy impaciente por desembarcar. El navío se desliza, con todas las velas arriadas, y yo miro el dique que se aproxima. Estoy inclinado sobre la borda, como los de Rodrigues, y tengo el petate en la mano, listo para saltar a tierra.

En el momento de desembarcar, mientras los niños suben ya a bordo, me vuelvo para ver al capitán Bradmer. Pero él ha dado sus órdenes y veo sólo su rostro, vagamente iluminado por la luz de las balizas, su silueta marcada por la fatiga y la soledad. Sin volverse hacia mí, el capitán baja a la cala para fumar y dormir, y tal vez para pensar en el timonel que jamás dejaba el navío. Camino hacia las luces de Port Mathurin, llevando en mí esta imagen inquieta, e ignoro todavía que es la última que guardaré de Bradmer y de su navío.

Al alba, llego a mi territorio, a la Atalaya del Comendador, desde donde descubrí por primera vez, hace ya mucho tiempo, la Ensenada de los Ingleses. Aquí, en apariencia, nada ha cambiado. El gran valle sigue siendo oscuro y solitario ante el mar. Mientras bajo por la pendiente, entre las hojas como sables de los vacoas, haciendo que la tierra se desprenda a mis pies, intento reconocer todos estos lugares en los que viví, que me eran familiares: la mancha oscura de la quebrada, en la orilla derecha, con el gran tamarindo, los bloques de basalto en los que están grabados los signos, el hilillo de agua del río Roseaux que serpentea entre matorrales hasta la marisma y, a lo lejos, las cimas de las montañas que servían de puntos de orientación. Hay árboles que no conozco, mirobálanos, cocoteros, hioforbes.

Cuando llego al centro del valle, busco en vano el viejo tamarindo bajo el que instalé antaño mi campamento, y que nos protegía, a Ouma y a mí, cuando las noches eran suaves. En vez de mi árbol veo un montículo de tierra en el que crecen matorrales espinosos. Comprendo que está allí, tendido en tierra, en el lugar donde lo ha derribado un huracán y de sus raíces y su tronco ha nacido este montículo semejante a una tumba. Pese al sol que arde en mi espalda y mi nuca, permanezco mucho tiempo sentado allí, en ese montículo entre la maleza, intentando encontrar mis huellas. Allí, en el lugar que ocupaba mi árbol, decido construir mi refugio.

Ya no conozco a nadie en Rodrigues. La mayoría de los que partieron conmigo, respondiendo a la llamada de Lord Kitchener, no ha regresado. Durante los años de guerra hubo hambre, porque los barcos no traían ya nada, ni arroz, ni aceite, ni conservas, a causa del bloqueo. Las enfermedades han diezmado a la población, sobre todo el tifus, que hizo morir a la gente en las montañas, por falta de medicamentos. Ahora hay ratas por todas partes, corren por las calles de Port Mathurin en pleno día. ¿Qué se ha hecho de Ouma, qué se ha hecho de su hermano, en estas montañas desérticas, sin recursos? ¿Qué se ha hecho de los manafs?

Sólo se ha quedado Fritz Castel, en la granja aislada, junto al telégrafo.

Ahora es un joven de diecisiete o dieciocho años, rostro inteligente, voz grave, en el que me cuesta reconocer al niño que me ayudaba a plantar jalones. Los demás hombres, Raboud, Prosper, Adrien Mercure, han desaparecido, como Casimir, como todos los que respondieron a la llamada. «Muerto del todo», repite Fritz Castel, cuando pronuncio sus nombres.

Con la ayuda de Fritz Castel, he construido una choza de ramas y palmas, ante la tumba del viejo tamarindo. ¿Cuánto tiempo me quedaré? Sé ahora que los días están contados. El dinero no me falta (la prima del ejército está casi intacta) pero me faltará el tiempo. Los días, las noches, me han abandonado, me han debilitado. Lo sé en seguida, en cuanto llego de nuevo a la Ensenada en ese silencio, rodeado del poderío de las murallas de basalto, oyendo el ruido continuo del mar. ¿Realmente puedo esperar algo de ese lugar tras todo lo que ha destruido el mundo? ¿Por qué he regresado?

Todos los días permanezco inmóvil, como esos bloques de basalto que están en el fondo del valle semejantes a los restos de una ciudad desaparecida. No quiero moverme. Necesito ese silencio, ese estupor. Por la mañana, al alba, voy hasta la playa, entre las cañas. Me siento allí donde antaño Ouma me cubría de arena para que me secara al viento. Escucho el mar rugiendo contra el arco de los rompientes, aguardo el momento en que sube por el gollete del paso, lanzando sus nubes de espuma. Luego le oigo bajar de nuevo, resbalar por los fondos aceitosos, descubrir los secretos de los charcos. Al crepúsculo, al amanecer, las bandadas de aves marinas a través de la bahía señalan los límites del día. Pienso en las hermosas noches que con tanta sencillez, sin miedo, llegaban al valle. Las noches en las que aguardaba a Ouma, las noches en las que no aguardaba a nadie, las noches en las que contemplaba las estrellas, cada una con su lugar en el cosmos, dibujando sus eternas figuras. Ahora, la noche que llega me turba, me inquieta. Siento el mordisco del frío, oigo los ruidos de las piedras. La mayoría de las noches permanezco acurrucado al fondo de la choza, con los ojos abiertos de par en par, y tiemblo sin poder dormir. La inquietud es tan grande que a veces debo regresar a la ciudad para dormir en la estrecha habitación del hotel chino, tras haber asegurado la puerta con la silla y la mesa.

¿Qué me ha ocurrido? En la Ensenada de los Ingleses, las jornadas son largas. A menudo el joven Fritz Castel viene a sentarse en el túmulo del árbol, ante mi choza. Fumamos y hablamos, o, mejor dicho, soy yo el que habla, de la guerra, de los ataques con arma blanca en las trincheras, del fulgor de las bombas. Él me escucha diciendo: «Sí, señor», «No, señor», sin impaciencia. Para no decepcionarle, le mando excavar agujeros de sondeo. Pero los antiguos planos que dibujé no tienen ya sentido para mí. Ante mis ojos las líneas se enmarañan, los ángulos se abren, los hitos se confunden.

Cuando Fritz Castel se marcha, voy a instalarme bajo el gran tamarindo, a la entrada de la quebrada, y contemplo fumando el valle donde tan cambiante es la luz. A veces, como antaño, penetro por el sendero en la quebrada, con la luz quemándome en el rostro y en el pecho. La quebrada está tal como la dejé: las rocas que obstruyen el primer escondrijo, las marcas de los golpes de pico, la gran hendidura en forma de canalón en el basalto que la corona. ¿Qué he venido a buscar aquí? Ahora siento por todas partes el vacío, el abandono. Es como un cuerpo vaciado por la fiebre, en el que todo lo que ardía y palpitaba ya es sólo estremecimiento, debilidad. Y, sin embargo, me gusta esta luz de la quebrada, esta soledad. Me gusta también el cielo, tan azul, la forma de las montañas por encima del valle. Tal vez por ello he regresado.

Al anochecer, en la deriva del crepúsculo, sentado en la arena de las dunas, sueño en Ouma, en su cuerpo de metal. Con la punta de un sílex he dibujado su cuerpo en un bloque de basalto, donde comienzan las cañas. Pero cuando he querido escribir la fecha me he dado cuenta de que ya no sabía qué día era, ni qué mes. Por un instante he pensado en correr a la oficina de telégrafos, como antaño, para preguntar: ¿A qué día estamos? Pero he advertido, de inmediato, que eso no significaría nada para mí, que la fecha no tenía ya ninguna importancia.

Esta mañana, al amanecer, he partido hacia las montañas. Al principio, me parece seguir un camino conocido entre los arbustos y los vacoas. Pero, pronto, la reverberación del sol me abrasa, enturbia mi visión. Por encima de mí está la extensión del mar, azul y duro, que rodea la isla. Si Ouma está en alguna parte, la encontraré. La necesito, ella tiene las llaves del secreto del buscador de oro. Eso es lo que creo y mi corazón palpita con fuerza en mi pecho mientras escalo la montaña Limón, por entre los desprendimientos. ¿Vine por aquí la primera vez, cuando seguía la fugitiva silueta de Sri, como si fuera al encuentro del cielo? El sol está sobre mi cabeza, en el cenit, se bebe las sombras. Ningún escondrijo, ningún punto de orientación.

Ahora estoy perdido entre las montañas, rodeado de piedras y de matorrales que se parecen todos. Las cumbres abrasadas se yerguen por todos lados contra el brillante cielo. Por primera vez desde hace años, grito su nombre: «¡Ou-ma-aa!». De pie, frente a la rojiza montaña, grito: «¡Ou-ma-aa!». Oigo el ruido del viento, un viento que abrasa y ciega. Viento de lava y de vacoas que paraliza el espíritu. «¡Ou-ma-aa!» De nuevo, vuelto hacia el norte esta vez, hacia el mar que alienta. Subo hacia la cumbre del Limón y veo las demás montañas que me rodean. El fondo de los valles está ya en sombras. Al este, el cielo se vela. «¡Ou-ma-aa!» Me parece gritar mi propio nombre, para despertar en este paisaje desierto el eco de mi vida, perdida durante esos años de destrucción. «¡Ouma! ¡Ou-maaa!» Mi voz se rompe mientras vago por una altiplanicie, buscando en vano el rastro de un habitáculo, de un corral de cabras, de una hoguera. Pero la montaña está vacía. No hay huellas humanas, ni una sola rama rota, ni un roce en la tierra seca. Sólo, a veces, el caminar de un ciempiés entre dos piedras.

¿Adónde he llegado? He debido de vagabundear horas y horas sin advertirlo. Cuando cae la noche, es demasiado tarde para pensar en bajar de nuevo. Busco con la mirada un refugio, un hueco en la roca para protegerme del frío nocturno, de la lluvia que comienza a caer. En la ladera de la montaña sumida ya en las sombras, encuentro una especie de talud de hierba rala y me instalo para pasar la noche. El viento sopla silbando, por encima de mi cabeza. Me duermo en seguida, agotado. El frío me despierta. La noche es muy negra, ante mí el cuarto creciente brilla con un fulgor irreal. La belleza de la luna detiene el tiempo.

Al amanecer voy distinguiendo, poco a poco, las formas que me rodean. Advierto entonces, con emoción, que sin darme cuenta he dormido en un antiguo campamento de manafs. Cavo, con las manos, en la tierra seca, descubro entre las piedras los rastros que buscaba: pedazos de cristal, botes herrumbrosos, conchas. Ahora veo con claridad el círculo de los corrales, la base de las chozas. ¿Es eso todo lo que queda del poblado donde vivía Ouma? ¿Qué ha sido de ellos? ¿Murieron todos de fiebre y de hambre, abandonados? Si se marcharon, no tuvieron tiempo de ocultar sus huellas. Debieron de huir de la muerte que caía sobre ellos. Permanezco inmóvil entre esas ruinas, presa de un gran desaliento.

Cuando el sol arde de nuevo en el cielo, bajo por la ladera de la montaña Limón, a través de los matorrales espinosos. Pronto aparecen los vacoas, el oscuro follaje de los tamarindos. Al extremo del largo valle del río Roseaux, veo el mar que brilla con dureza al sol, la extensión del mar que nos tiene prisioneros.

El verano, el invierno, y, luego, de nuevo la estación de las lluvias. Durante todo ese tiempo, en la Ensenada de los Ingleses, lo he soñado, sin hitos, sin comprender lo que ocurría en mí. Poco a poco, he reemprendido mi búsqueda, midiendo las separaciones de las rocas, trazando nuevas líneas en la invisible red que cubre el valle. En esta tela de araña vivo, me desplazo.

Jamás me había sentido tan cerca del secreto. Ahora no siento ya la febril impaciencia del comienzo, hace siete u ocho años. Entonces, cada día descubría un signo, un símbolo. Iba y venía entre las riberas del valle, saltaba de roca en roca, cavaba por todas partes agujeros de sondeo. Ardía de impaciencia, de violencia. Entonces no podía oír a Ouma, no podía verla. Estaba cegado por ese paisaje de piedra, acechaba el movimiento de las sombras que me revelaría un nuevo secreto.

Hoy, eso ha pasado. Hay en mí una fe que no conocía. ¿De dónde proviene? Fe en esos bloques de basalto, en esa tierra abarrancada, fe en la escasa agua del río, en la arena de las dunas. Tal vez provenga del mar, el mar que rodea la isla haciendo su profundo ruido, su ruido que respira. Todo está en mi cuerpo; por fin, al volver a la Ensenada de los Ingleses, lo he comprendido. Es un poder que creía perdido. De modo que, ahora, ya no tengo prisa. A veces permanezco inmóvil durante horas, sentado en las dunas, cerca del estuario, mirando el mar en los rompientes, acechando el paso de los cormoranes y de las gaviotas. O al abrigo de mi choza, cuando a mediodía el sol está en su lugar, tras haber comido algunos cangrejos hervidos y bebido un poco de leche de coco, escribo en las libretas de colegial que le he comprado al chino, en Port Mathurin. Escribo cartas para Ouma, para Laure, cartas que nunca leerán, en las que digo cosas sin importancia, el cielo, la forma de las nubes, el color del mar, las ideas que se me ocurren aquí, en el fondo de la Ensenada de los Ingleses. Y por la noche, cuando el cielo es frío y la luna llena me impide dormir, sentado con las piernas cruzadas delante de la puerta, enciendo mi fanal y fumo dibujando planos de búsqueda en otras libretas, para anotar mi progreso en el secreto.

Al azar de mis paseos por la playa de la Ensenada, recojo cosas extrañas arrojadas por el mar, conchas, erizos de mar fosilizados, caparazones de tek-tek. Guardo cuidadosamente estas cosas en cajas de galletas vacías. Las recojo para Laure, y recuerdo los objetos que antaño Denis traía de sus correrías. Al fondo de la Ensenada, con el joven Fritz Castel, sondeo la arena y recojo guijarros de extrañas formas, micasquistos, sílex. Cierta mañana, mientras cavamos por turnos con el pico, en el lugar donde el río Roseaux forma un codo hacia el oeste, siguiendo el trazo de su antigua desembocadura en el mar, sacamos a la luz una gran piedra de basalto, de un negro fuliginoso, que tiene en su parte superior una serie de hendiduras hechas a cincel. De rodillas ante la piedra, intento comprender. Mi compañero me mira con curiosidad, con temor: ¿qué significa ese dios que hemos sacado de la arena del río?

—¡Mira! ¡Fíjate!

El muchacho negro vacila. Luego se arrodilla a mi lado. En la gran piedra negra, le enseño cada hendidura, que corresponde a las montañas que tenemos ante nosotros, al fondo del valle: «Mira: aquí, Limón. Allí, Lubin, Patate. Allá, el gran Malartic. Aquí, el Bilactère, los dos Charlots, y ahí, la Cima del Comendador, con la Atalaya. Todo está indicado en la piedra. Fue aquí donde desembarcó hace tiempo, utilizó esta piedra para amarrar su chalupa, estoy seguro. Éstos son los puntos de orientación que le sirvieron para trazar su plano secreto». Fritz Castel se levanta. Su mirada sigue revelando la misma curiosidad, mezclada con temor. ¿De qué tiene miedo, de quién? ¿De mí, o del hombre que ha señalado esta piedra, hace tanto tiempo?

Desde aquel día, Fritz Castel no ha vuelto. ¿No es mejor así? En esta soledad, comprendo mejor las razones de mi presencia aquí, en este valle estéril. Me parece entonces que ya nada me separa de ese desconocido que vino aquí hace unos doscientos años, para dejar su secreto antes de morir.

¿Cómo he osado vivir sin preocuparme de lo que me rodeaba, sin buscar más que el oro, para huir cuando lo hubiera encontrado? Esos sondeos de la tierra, esos trabajos para desplazar las rocas eran sólo profanación. Ahora, en la soledad y el abandono, lo comprendo, lo veo. Todo este valle es como una tumba. Es misterioso, huraño, es un lugar de exilio. Recuerdo las palabras de Ouma cuando se dirigió a mí por primera vez, su tono a la vez irónico y herido cuando curaba la llaga de mi cabeza: «¿Realmente le gusta el oro?». Entonces no lo comprendí, me divirtió lo que creía ingenuidad. No pensé que, en este áspero valle, podía encontrarse otra cosa, no imaginé que esa muchacha extraña y salvaje conocía el secreto. ¿No será ahora demasiado tarde?

Solo entre estas piedras, con el único apoyo de estos legajos, estos mapas, estas libretas en las que he escrito mi vida.

Pienso en el tiempo en que descubría, poco a poco, el mundo alrededor de la Hondonada del Boucan. Pienso en el tiempo en que corría por la hierba persiguiendo a esos pájaros que giran eternamente por encima de Mananava. He vuelto a hablar conmigo mismo, como antaño. Canto las palabras del río Taniers, el estribillo que cantaba con el viejo Cook, balanceándonos lentamente:

Wai, waï, mo zenfant,
faut travaï pou gagne so pain...

De nuevo esa voz en mí. Miro cómo corre el agua del río Roseaux hacia el estuario, cuando el crepúsculo lo aligera todo. Olvido la quemadura del día, la inquietud de la búsqueda al pie del acantilado, los agujeros de sondeo que he cavado para nada. Cuando llega la noche, con ese estremecimiento apenas sensible en las cañas, el dulce rumor del mar. ¿Acaso no era así, antaño, junto a la Torreta del Tamarindo, cuando contemplaba los vallecillos zambulléndose en la sombra, cuando acechaba el mínimo hilillo de humo del lado del Boucan?

Por fin he recuperado la libertad de las noches cuando, tendido en tierra, con los ojos abiertos, me comunicaba con el centro del cielo. Solo en el valle, veo florecer el mundo de las estrellas y la nube inmóvil de la Vía Láctea. Reconozco, una a una, las formas de mi infancia: la Hidra, el León, el Can Mayor, el orgulloso Orión llevando sus joyeles en los hombros, la Cruz del Sur y sus seguidoras, y siempre el navío *Argos*, bogando por el espacio, con la popa vuelta al oeste, levantada por la invisible ola de la noche. Permanezco tendido en la arena negra, junto al río Roseaux, sin dormir, sin soñar. Siento en mi rostro la dulce luz de los astros, siento el movimiento de la tierra. En el apaciguado silencio del estío, con el lejano mugido de los rompientes, los dibujos de las constelaciones son leyendas. Veo todos los senderos del cielo, los puntos que brillan con más fuerza, como balizas. Veo las pistas secretas, los oscuros pozos, las trampas. Pienso en el Corsario desconocido, que tal vez durmió en esta playa, hace mucho tiempo. ¿Conoció tal vez el viejo tamarindo que ahora yace bajo tierra? ¿No miró, acaso, con avidez ese cielo que le había conducido hasta la isla? Tendido en la dulce tierra tras la violencia de los combates, los asesinatos, gozó aquí la paz y el reposo, protegido del viento del mar por los cocoteros y los hioforbes. Mirando el cielo estrellado, he cruzado el tiempo, en un vértigo. El Corsario desconocido está aquí, respira en mí y yo contemplo el cielo con su mirada.

¿Cómo no lo pensé antes? La configuración de la Ensenada de los Ingleses es la del universo. El plano del valle, tan sencillo, no ha dejado de crecer a cada instante, de llenarse de signos, de jalones. Pronto esa maraña me ocultó la verdad de este lugar. Con el corazón palpitante, me levanto de un salto, corro hacia la choza donde sigue ardiendo la lamparita. A la luz temblorosa, busco en mi petate los mapas, los documentos, las plantillas. Me llevo fuera papeles y lámparas y, sentado de cara al sur, comparo mis planos con los dibujos de la bóveda celeste. En el centro del plano, donde antaño puse mi mojón, la intersección de la línea norte-sur con el eje de los arganeos corresponde, efectivamente, a la Cruz que brilla ante mí con su mágico fulgor. Al este, por encima de la quebrada cuya forma reproduce exactamente, Escorpión curva su cuerpo cuyo corazón es la roja Antares que palpita en el mismo lugar donde descubrí los escondrijos del Corsario desconocido. Miro hacia el este, veo sobre las tres puntas que forman la M de la Atalaya del Comendador las Tres Marías del cinturón de Orión que acaban de aparecer por encima de las montañas. Al norte, hacia el mar, está la Osa, ligera, fugitiva, que señala la entrada del paso y, más lejos, la curva del navío *Argos* que dibuja la forma de la bahía y cuya popa remonta el estuario hasta los límites de la antigua ribera. El vértigo me hace cerrar los ojos. ¿Soy acaso presa de una nueva alucinación? Pero estas estrellas están vivas, son eternas, y la tierra debajo reproduce su dibujo. De modo que en el firmamento, donde ningún error es posible, se halla inscrito desde siempre el secreto que yo buscaba. Sin saberlo, lo veía ya cuando miraba al cielo, antaño, en la Avenida de las Estrellas.

¿Dónde está el tesoro? ¿Estará en Escorpión, en la Hidra? ¿Estará en el triángulo austral, que reúne en el centro del valle los puntos H, D, B que localicé desde el principio? ¿Estará en la proa o en la popa del navío *Argos,* señaladas por los fulgores de Canope y Miaplacidus, que brillan cada día con la forma de las dos rocas de basalto a cada lado de la bahía? ¿Estará en el joyel de Fomalhaut, el astro solitario cuyo brillo turba como una mirada, sobre alta mar, y que asciende al cenit como un sol nocturno? Esa noche permanecí al acecho, sin dormir un solo instante, vibrando por esta revelación del cielo, contemplando cada constelación, cada signo. Recuerdo las noches estrelladas del Boucan, cuando salía sin hacer ruido de la habitación caliente para encontrar la frescura del jardín. Entonces, como ahora, creí sentir en mi piel el dibujo de las estrellas y, cuando llegaba el día, las copiaba en tierra o en la arena de la quebrada, con pequeños guijarros.

Ha llegado la mañana, iluminando el cielo. Me he dormido por fin, como antaño, bajo la luz, no lejos del montículo donde yace el viejo tamarindo.

Desde que comprendí el secreto del plano del Corsario desconocido, no tengo ya prisa alguna. Por primera vez desde que regresé de la guerra, me parece que mi búsqueda no tiene ya el mismo sentido. Antaño, no sabía lo que buscaba, a quién buscaba. Había caído en una trampa. Hoy, me he liberado de un peso, puedo vivir libre, respirar. De nuevo, como con Ouma, puedo caminar, nadar, zambullirme en el agua de la laguna para pescar erizos. He fabricado un arpón con una caña larga y una punta de palo de hierro. Actúo como me enseñó Ouma; me zambullo en el agua fría del amanecer, cuando la corriente de la marea ascendente pasa por la abertura de los arrecifes. A ras de los corales, busco los peces, los pajeles, los budiones, las percas. A veces, veo pasar la sombra azulada de un tiburón, y permanezco inmóvil, sin soltar el aire, girando para tenerlo siempre enfrente. Ahora puedo nadar tan deprisa y tan lejos como Ouma. Aso los pescados en la playa, en parrillas de cañas verdes. He sembrado, junto a mi choza, maíz, habas, batatas, chayoteras. He puesto en un bote un joven papayo que me dio Fritz Castel.

En Port Mathurin, la gente se hace preguntas. El director del Barclay's, un día que fui a retirar dinero, me dijo:

—Caramba, no se le ve ya mucho por la ciudad. ¿Significa acaso que ha perdido la esperanza de encontrar su tesoro?

Le miré sonriendo y respondí con seguridad:

—Al contrario, señor. Quiere decir que lo he encontrado.

Y me marché sin esperar más preguntas.

En efecto, casi cada día voy al dique con la esperanza de ver el *Zeta*. Hace meses que no ha tocado Rodrigues. El transporte de las mercancías y los pasajeros lo asegura ahora el *Frigate,* un vapor de la omnipotente British India Steamship, de la que el tío Ludovic es el representante en Port Louis. Es el barco que trae el correo, las cartas que Laure me envía desde hace varias semanas y en las que me habla de la enfermedad de Mam. La última carta de Laure, fechada el dos de abril de 1921, es más apremiante todavía: conservo el sobre entre las manos sin atreverme a abrirlo. Espero, bajo la marquesina del embarcadero, rodeado por la agitación de marineros y descargadores contemplando las nubes que se amontonan por encima del mar. Se dice que llega una tempestad, el barómetro desciende hora tras hora. Hacia la una del mediodía, cuando todo vuelve a estar tranquilo, abro por fin la carta de Laure y leo las primeras palabras que me abruman:

Querido Ali, cuando recibas esta carta, si la recibes alguna vez, no sé si Mam seguirá perteneciendo a este mundo...

Mis ojos se nublan. Ahora sé que todo ha terminado. Nada puede ya retenerme aquí si Mam está tan mal. El *Frigate* llegará en unos días, zarparé con él. Envío un telegrama a Laure para anunciarle mi regreso, pero el silencio va conmigo, me acompaña por todas partes.

La tempestad comienza a soplar esta noche y la inquietud me despierta: primero es un viento lento y continuo, en la noche de asfixiante negrura. Por la mañana, veo las nubes que huyen por encima del valle, en desgarrados jirones por entre los que el sol arroja sus rayos. Al abrigo de mi choza, oigo el rugido del mar en los rompientes, un ruido aterrorizador, casi animal, y comprendo que un huracán está acercándose a la isla. No debo perder un instante. Cojo mi petate y, dejando en la choza las demás cosas, trepo por la colina hacia la punta Venus. Contra el huracán, los edificios del telégrafo son el único refugio.

Cuando llego ante los grandes hangares grises, veo la población del vecindario que se apretuja: hombres, mujeres, niños, incluso perros y cerdos que los habitantes han traído consigo. Un indio empleado del telégrafo anuncia que el barómetro está ya por debajo de los 30. A mediodía, el viento llega aullando a la punta Venus. Los edificios comienzan a temblar, la luz eléctrica se apaga. La tromba de agua cae sobre la plancha de las paredes y del techo con un ruido de catarata. Alguien enciende un fanal que ilumina los rostros de un modo fantástico.

El huracán sopla todo el día. Por la noche nos dormimos, agotados, en el suelo del hangar, escuchando los aullidos del viento y los gemidos de la estructura metálica de las casas.

Al alba, el silencio me despierta. Fuera el viento se ha debilitado pero se oye el rugido del mar en los arrecifes. La gente se amontona en el promontorio, ante el edificio principal del telégrafo. Cuando me acerco, veo lo que están mirando: en la barrera de coral, ante la punta Venus, está el pecio de un navío naufragado. A menos de una milla de la costa, se distinguen perfectamente los mástiles rotos, el casco destrozado. Sólo queda la mitad del navío, la popa levantada, y las furiosas olas rompen contra el pecio lanzando nubes de espuma. El nombre del barco corre por todos los labios, pero cuando lo oigo lo he reconocido ya: es el *Zeta*. Veo perfectamente, en la popa, el viejo sillón atornillado al puente donde estaba el capitán Bradmer. Pero ¿dónde está la tripulación? Nadie sabe nada. El naufragio se ha producido por la noche.

Bajo corriendo hacia la orilla, camino a lo largo de la costa devastada, invadida por las ramas y las piedras. Quiero encontrar una piragua, alguien que me ayude, pero es en vano. No hay nadie a orillas del mar.

¿Tal vez en Port Mathurin, el bote de salvamento? Pero mi inquietud es demasiado fuerte, no puedo esperar. Me quito la ropa, penetro en el mar resbalando sobre las rocas, golpeado por las olas. El mar está muy picado, franquea la barrera de coral, el agua está turbia como la de un río en plena crecida. Nado contra el oleaje, tan violento que no puedo avanzar. El rugido de las olas que rompen está justo delante de mí, veo las trombas de espuma arrojadas hacia el cielo negro. El pecio está apenas a cien metros, los agudos dientes de los arrecifes lo han cortado en dos a la altura de los mástiles. El mar cubre el puente, envuelve el sillón vacío. No puedo acercarme más sin arriesgarme a ser también destrozado contra los arrecifes. Quiero gritar, llamar: «¡Bradmer...!». Pero mi voz es apagada por el trueno de las olas, ¡ni siquiera yo la oigo! Durante un buen rato nado contra el mar que franquea la barrera. En el pecio no hay rastro de vida, parece que hace siglos que haya embarrancado allí. El frío me invade, oprime mi pecho. Debo abandonar, volver hacia atrás. Lentamente, me dejo llevar por el oleaje junto a los restos de la tempestad. Cuando llego a la orilla estoy cansado y desesperado, ni siquiera advierto la herida que me he hecho en la rodilla al chocar contra una roca.

A primeras horas de la tarde, el viento cesa por completo. El sol brilla sobre la tierra y el mar devastados. Todo ha terminado. Titubeando, al límite del desvanecimiento, camino hacia la Ensenada de los Ingleses. Junto a los edificios del telégrafo, todo el mundo está fuera, ríe, habla en voz alta: libres del miedo.

Cuando llego sobre la Ensenada de los Ingleses, veo un paisaje desolado. El río Roseaux es un curso de barro oscuro que corre con un gran ruido por el valle. Mi choza ha desaparecido, árboles y vacoas han sido arrancados y no queda nada de mis plantaciones. Sólo queda, en el lecho del valle, la tierra cruzada por los regueros y los bloques de basalto que han brotado del suelo. Todo lo que había dejado en mi cabaña ha desaparecido: mi ropa, mis cacerolas, pero sobre todo mi teodolito y la mayoría de mis documentos referentes al tesoro.

El día declina rápidamente en esta atmósfera de fin del mundo. Camino todavía por el fondo de la Ensenada de los Ingleses buscando algún objeto, alguna huella que haya escapado del huracán. Miro cada lugar, pero todo ha cambiado ya, está irreconocible. ¿Dónde está el montón de piedras que formaba la réplica del Triángulo Austral? ¿Y estos basaltos, junto al glacis, son los que me guiaron la primera vez hasta los arganeos? El crepúsculo tiene un color cobrizo, un color de metal fundido. Por primera vez, las aves marinas no cruzarán la ensenada dirigiéndose a su refugio. ¿Adónde han ido? ¿Cuántas han sobrevivido al huracán? Por primera vez también, las ratas llegan al fondo del valle, expulsadas de sus nidos por los torrentes de barro. Galopan a mi alrededor, en la penumbra, lanzando algunos gritítos que me asustan.

En el centro del valle, cerca del río que se ha desbordado, veo la gran estela de basalto en la que grabé, antes de marcharme a la guerra, la línea este-oeste y los dos triángulos invertidos de los arganeos que dibujan la estrella de Salomón. La estela ha resistido el viento y la lluvia, sólo se ha hundido un poco más en la tierra y, en el centro de esa región devastada, parece un monumento al origen de la especie humana. ¿Quién la encontrará, algún día, y comprenderá lo que significaba? El valle de la Ensenada de los Ingleses ha cerrado su secreto, ha cerrado sus puertas que se habían abierto, por un instante, sólo para mí. En el acantilado del este, donde dan los rayos del sol poniente, la entrada de la quebrada me atrae por última vez. Pero cuando me acerco advierto que, bajo la violencia de las riadas, una parte del acantilado se ha hundido, cerrando el corredor de acceso. El torrente de barro que ha brotado de la quebrada lo ha devastado todo a su paso, arrancando el viejo tamarindo cuya dulce sombra tanto me gustaba. Dentro de un año sólo quedará de su tronco un montículo de tierra coronado por algunos matorrales espinosos.

Permanezco mucho tiempo, hasta que cae la noche, escuchando el ruido del valle. El río que corre con fuerza, acarreando tierra y árboles, el agua que chorrea de los acantilados de esquisto y, a lo lejos, el incesante trueno del mar.

Durante los dos días que me quedan, no dejo de mirar al valle. Cada mañana, salgo muy temprano de mi estrecha habitación en el hotel chino y trepo hasta lo alto de la Atalaya del Comendador. Pero no vuelvo a bajar al valle. Permanezco sentado entre la maleza, junto a la torre en ruinas, y contemplo el largo valle negro y rojo del que ya han desaparecido mis huellas. En el mar, irreal, colgada de la barrera de coral, la popa del *Zeta* está inmóvil bajo el oleaje. Pienso en el capitán Bradmer, cuyo cuerpo no ha sido encontrado. Estaba, según cuentan, solo en su navío y no intentó salvarse.

Es la última imagen que me llevo de Rodrigues, desde la cubierta del joven *Frigate* que avanza hacia mar abierto, con todas sus planchas vibrando bajo el esfuerzo de sus máquinas. Ante las altas montañas desnudas, que brillan al sol matinal, como en equilibrio para siempre al borde de las aguas profundas, el roto pecio del *Zeta,* por encima del cual revolotean algunas aves marinas, del todo parecido al esqueleto de un cachalote arrojado por la tormenta.

Mananava, 1922

Desde mi regreso, en Forest Side todo se ha vuelto extraño, silencioso. La vieja casa —la barraca, dice Laure— es como un navío que hiciera aguas por todas partes, reparado de cualquier modo con pedazos de plancha y de cartón embreado. La humedad y la carcoma pronto terminarán con ella. Mam no habla ya, no se mueve, ni siquiera se alimenta casi. Admiro el valor de Laure que permanece a su lado día y noche. Carezco de esta fuerza. De modo que marcho por los caminos de zafra, del lado de Quinze Cantons, desde donde se divisan los picos de las Tres Ubres y la otra vertiente del cielo.

Es preciso trabajar y, siguiendo la idea de Laure, oso presentarme de nuevo en la W. W. West, dirigida ahora por mi primo Ferdinand. El tío Ludovic ha envejecido, vive retirado de los negocios en la casa que se ha hecho construir cerca de Yemen, donde antaño comenzaban nuestras tierras. Ferdinand me recibió con una despectiva ironía que en otro tiempo me habría encolerizado. Ahora me da igual. Cuando me dijo:

—De modo que regresa usted a los lugares que…

Sugerí:

—¿Contaminé?

Ni siquiera reaccioné cuando habló de «los héroes de guerra vulgares y corrientes». Por último me ofreció ser contramaestre en sus plantaciones de Medine, y tuve que aceptar. ¡Me he convertido en sirdar!

Me alojo en una cabaña cerca de Bambúes y cada mañana recorro a caballo las plantaciones para vigilar el trabajo. Por la tarde, estoy en el estruendo de la azucarera, controlando la llegada de las cañas, el bagazo, la calidad de los jarabes. Es un trabajo extenuante, pero lo prefiero a la asfixia de las oficinas de W. W. West. El director de la azucarera es un inglés llamado Pilling, enviado desde las Seychelles por la Agricultural Company. Al comienzo, Ferdinand le previno contra mí. Pero es un hombre justo y nuestras relaciones son excelentes. Habla de Chamarel, a donde espera ir algún día. Si le envían allí, me promete intentar conseguir que yo también vaya.

Yemen es la soledad. Por la mañana, en los inmensos campos, los trabajadores y las mujeres vestidas de *gunny* avanzan como un ejército harapiento. El ruido de las podaderas produce un ritmo lento, regular. En los lindes de los campos, hacia Walhalla, los hombres rompen los tocones, las pesadas piedras, para construir pirámides. Atravieso, a caballo, la plantación hacia el sur, oyendo el ruido de las podaderas y los ladridos de los sirdars. Sudo a mares. En Rodrigues, la quemadura del sol era una embriaguez, veía las chispas que se encendían en las piedras y los vacoas. Pero, aquí, el calor es otra soledad en la extensión verde oscuro de los campos de caña.

Ahora pienso en Mananava, el último lugar que me queda. Está en mí desde hace tanto tiempo, desde los días en que Denis y yo caminábamos hasta la entrada de las gargantas. Con frecuencia, mientras corro a caballo por los caminos de las cañas, miro hacia el sur e imagino los escondrijos en las fuentes de los ríos. Sé que, finalmente, debo ir allí.

Hoy he visto a Ouma.

La zafra ha comenzado por las cañas vírgenes, en lo alto de las plantaciones. Los hombres y las mujeres han acudido de todos los puntos de la costa, con el rostro inquieto porque saben que sólo una tercera parte será contratada. Los demás tendrán que volver, con su hambre, a casa.

En el camino de la azucarera hay una mujer de *gunny* que se mantiene aparte. Se vuelve a medias hacia mí, me mira. Pese a su rostro oculto por el gran velo blanco la reconozco. Pero ha desaparecido ya entre la muchedumbre que se distribuye por los caminos que atraviesan los campos. Intento correr hacia ella, pero choco con los trabajadores y con las mujeres que no han sido aceptados, y todo queda cubierto por una nube de polvo. Cuando llego ante los campos veo sólo la espesa muralla verde que ondea el viento. El cielo abrasa la tierra seca, abrasa mi rostro. Corro al azar, por un sendero, y grito: «¡Ouma! ¡Ouma…!».

De vez en cuando, las mujeres de *gunny* levantan la cabeza, dejan de cortar la hierba entre las cañas. Un sirdar me interpela, su voz es dura. Con aspecto extraviado, le interrogo. ¿Hay aquí manafs? No comprende. ¿Gente de Rodrigues? Agita la cabeza. Hay, pero está toda en los campos de refugiados, hacia el Morro, en Arroyo de los Criollos.

Cada día busco a Ouma por el camino que trae a las *gunnies,* y por la noche, ante la oficina del contable, cuando se efectúa la paga. Las mujeres han comprendido ya, se burlan de mí, me interpelan, me lanzan pullas. Entonces no me atrevo ya a recorrer los caminos de zafra. Espero la noche y atravieso los campos. Me cruzo con los niños que recogen los restos de la zafra. No me temen, saben que no les denunciaré. ¿Qué edad debe de tener hoy Sri?

Paso las jornadas recorriendo a caballo las plantaciones, entre el polvo, bajo el sol que me aturde. ¿Está realmente aquí? Todas las mujeres de *gunny* se le parecen, frágiles siluetas inclinadas sobre su sombra, trabajando con sus posaderas, sus azadones. Ouma sólo se ha dejado ver una vez, como hacía antaño junto al río Roseaux. Pienso en nuestro primer encuentro, cuando huía por el valle entre los arbustos, cuando subía hacia las montañas, ágil como un chopo. ¿Acaso lo he soñado?

Tomo así la decisión de abandonarlo todo, de arrojarlo todo lejos. Ouma me ha mostrado lo que debo hacer, me lo ha dicho a su modo, sin palabras, apareciendo sencillamente ante mí, como un espejismo, por entre esa gente que vienen a trabajar en unas tierras que nunca serán suyas: negros, indios, mestizos, día tras día, centenares de hombres y de mujeres, aquí en Yemen, en Walhalla, o en Medine, en Phoenix, en Mon Désert, en Soledad, en Forbach. Centenares de hombres y de mujeres que amontonan piedras en las murallas y las pirámides, que arrancan los tocones, aran, plantan cañas jóvenes y, luego, a lo largo de las estaciones, deshojan las cañas, las desmochan, limpian la tierra y, cuando llega el verano, avanzan por las plantaciones, tramo a tramo, y cortan, de la mañana a la noche, sin detenerse más que para afilar sus hoces, hasta que sus manos y sus piernas laceradas por el filo de las hojas sangran, hasta que el sol les produce vértigo y náuseas.

Casi sin darme cuenta he atravesado la plantación hasta el sur, donde se levanta la chimenea de una antigua azucarera en ruinas. El mar no está lejos, pero no se ve, no se oye. Sólo, de vez en cuando, las aves marinas, libres, giran en el cielo. Aquí los hombres trabajan desbrozando nuevas tierras. Cargan, bajo el sol, las negras piedras en las carretas, cavan la tierra a golpes de azadón. Al verme, han dejado de trabajar como si temieran algo. Entonces, me he acercado a la carreta y también yo he comenzado a desenterrar piedras y a arrojarlas con las demás. Trabajamos sin interrupción, mientras el sol desciende hacia el horizonte. Cuando una carreta está llena de piedras y tocones, otra la reemplaza. Los antiguos muros se extienden hasta muy lejos, tal vez hasta orillas del mar. Pienso en los esclavos que las construyeron, a quienes Laure llama los «mártires», en quienes murieron en estos campos, en quienes escaparon a las montañas del sur, hacia el Morro... El sol está muy cerca del horizonte. Como en Rodrigues, me parece que hoy su quemadura me ha purificado, me ha liberado.

Ha venido una mujer de *gunny*. Es una vieja india de rostro desecado. Trae bebida a los trabajadores, leche agria que saca de una marmita con una escudilla de madera. Cuando llega a mi lado, vacila y, luego, me tiende la escudilla. La leche agria refresca mi garganta abrasada por el polvo.

La última carreta cargada de piedras se aleja. En la lejanía, el agudo silbido de la caldera anuncia el final del trabajo. Sin apresurarse, los hombres toman sus azadones y se van.

Cuando llego a la azucarera, el señor Pilling me espera ante su despacho. Contempla mi rostro quemado por el sol, mi cabello y mi ropa cubierta de polvo. Cuando le digo que, a partir de ahora, quiero trabajar en los campos, en la zafra, desbrozando, me interrumpe con sequedad:

—Es incapaz de hacerlo y, de todos modos, es imposible; un blanco nunca trabaja en los campos. —Más tranquilo, añade—: Considero que necesita usted descanso y que acaba de entregarme su dimisión.

La entrevista ha terminado. Camino lentamente por la carretera de tierra, desierta ahora. A la luz del sol poniente, los campos de caña parecen tan grandes como el mar y, de trecho en trecho, las otras chimeneas de las azucareras se asemejan a las de los paquebotes.

Los rumores del motín me llevan de nuevo hacia las tierras cálidas, del lado de Yemen. Al parecer, en Medine, en Walhalla, las plantaciones arden y los hombres sin trabajo amenazan las azucareras. Laure me da la noticia, sin levantar la voz para no inquietar a Mam. Me visto a toda prisa. Pese a la fina llovizna matinal, salgo vestido con mi camisa militar sin chaqueta, sin sombrero, con los pies desnudos en mis zapatos. Cuando llego a lo alto de la meseta, cerca de las Tres Ubres, el sol brilla sobre la extensión de los campos. Veo las columnas de humo que ascienden de las plantaciones, del lado de Yemen. Cuento cuatro incendios, tal vez cinco.

Comienzo a bajar del acantilado, cortando a través de los matorrales. Pienso en Ouma que está, sin duda, abajo. Recuerdo el día en que, con Ferdinand, vi a los indios echando al contramaestre blanco en el horno de bagazo, y el silencio de la muchedumbre cuando desapareció por la llameante boca del horno.

A mediodía, llego a Yemen. Estoy empapado de sudor y cubierto de polvo, tengo el rostro arañado por los matorrales. La gente se amontona ante la azucarera. ¿Qué ocurre? Los sirdars dicen cosas contradictorias. Unos hombres han ido hacia Tamarindo, tras haber pegado fuego a los hangares. La policía montada les persigue.

¿Dónde está Ouma? Me acerco a los edificios de la refinería, rodeados por la policía que me impide el paso. En el patio, custodiados por milicianos armados con fusiles, algunos hombres y mujeres están agachados a la sombra, con las manos en la nuca, esperando que se decida su suerte.

Reemprendo entonces mi carrera a través de la plantación, en dirección al mar. Si Ouma está aquí, estoy seguro, buscará refugio cerca del mar. No muy lejos, entre los campos, una pesada humareda asciende hacia el cielo y oigo los gritos de los hombres que luchan contra el fuego. En alguna parte, resuenan disparos de fusil en la profundidad de los campos. Pero las cañas son tan altas que no puedo ver por encima de las hojas. Corro por entre las cañas sin saber adónde voy, de un lado a otro, oyendo las detonaciones de los fusiles. De pronto, tropiezo, me detengo sin aliento. Siento mi corazón vibrando en mi cuerpo, mis piernas tiemblan. He llegado a los límites de la propiedad. Aquí todo está en silencio.

Trepo a una pirámide de guijarros, veo que los incendios se han apagado ya. Sólo una columna de humo claro asciende hacia el cielo, del lado de la azucarera, indicando que el horno de bagazo vuelve a funcionar.

Ahora, todo ha terminado. Cuando llego a la playa de arena negra, permanezco inmóvil entre los troncos y las ramas arrojadas por la tempestad. Lo hago para que Ouma me vea. La costa está desierta, es salvaje como la bahía Inglesa. Camino a lo largo de la bahía de Tamarindo, bajo la luz del sol poniente. Estoy seguro de que Ouma me ha visto. Me sigue sin hacer ruido, sin dejar huellas. No debo intentar verla. Es su juego. Cuando le hablé de ella, cierta vez, Laure me dijo con su voz burlona: «¡Yangue-catera! ¡Te ha embrujado!». Ahora, creo que tenía razón. Hace tanto tiempo que no venía aquí. Me parece que camino siguiendo mis huellas, las que dejé cuando venía con Denis a ver cómo el sol se zambullía en el mar.

Por la noche, estoy al otro lado del río Tamarindo. Veo, frente a mí, brillar las luces del poblado de pescadores. Los murciélagos vuelan en el cielo claro. La noche es suave y tranquila. Por primera vez desde hace mucho tiempo me dispongo a dormir al aire libre. En la arena negra de las dunas, al pie de los tamarindos, preparo mi yacija y me tiendo, con las manos bajo la nuca. Permanezco con los ojos abiertos, contemplando cómo se embellece el cielo. Oigo el dulce ruido del río Tamarindo que se mezcla con el mar.

Luego, aparece la luna. Avanza por el cielo, el mar brilla debajo. Entonces veo a Ouma, está sentada, no lejos de mí, en la arena que reluce. Está sentada como siempre, con los brazos rodeando sus piernas y el rostro de perfil. Mi corazón late con fuerza, tiemblo, ¿de frío tal vez? Temo que sea una ilusión, que desaparezca. El viento del mar llega hasta nosotros, despierta el ruido de las olas. Entonces Ouma se acerca y me coge la mano. Como antaño, en la Ensenada de los Ingleses, se quita el vestido y camina hacia el mar sin esperarme. Nos zambullimos juntos en el agua fría, nadamos contra las olas. El largo oleaje que viene del otro extremo del mundo pasa sobre nosotros. Nadamos mucho tiempo en el mar oscuro, bajo la luna. Luego regresamos a la orilla. Ouma me arrastra hasta el río, y lavamos la sal de nuestro cuerpo y de nuestros cabellos, tendidos en los guijarros del lecho. El aire de alta mar nos hace estremecer, y hablamos en voz baja para no despertar a los perros del vecindario. Como antaño, nos cubrimos de arena negra y esperamos que el viento haga caer la arena en pequeños arroyuelos sobre nuestro vientre, sobre nuestros hombros. Tengo que decirle tantas cosas que no sé por dónde comenzar. También Ouma me habla, cuenta la muerte que llegó a Rodrigues con el tifus, la muerte de su madre en el barco que se llevaba a los refugiados hacia Port Louis. Me habla del campo de Arroyo de los Criollos y de las salinas del Río Negro, donde trabajó con Sri. ¿Cómo supo que yo estaba en Yemen, por qué milagro? «No es un milagro —dice Ouma. Su voz, de pronto, es casi colérica—. Cada día, cada instante, te esperaba en Forest Side, o iba a Port Louis, a Rempart Street. Cuando volviste de la guerra, había esperado ya tanto que podía seguir esperando, y te seguí por todas partes, hasta Yemen. Incluso trabajé en los campos hasta que me vieras.» Siento como una suerte de vértigo y tengo un nudo en la garganta. ¿Cómo he podido permanecer tanto tiempo sin comprenderlo?

Ahora no hablamos ya. Permanecemos acostados el uno contra el otro, estrechándonos muy fuerte para no sentir el frío de la noche. Oímos el mar, y el viento entre las agujas de los filaos, pues no existe nada más en el mundo.

El sol se levanta por encima de las Tres Ubres. Como antaño, cuando vagabundeaba con Denis, veo los volcanes azul-negruzcos contra el cielo llenos de luz. Siempre me gustó, lo recuerdo, el pico que está más al sur, que se parece a un colmillo, y es el eje a cuyo alrededor giran la luna y el sol.

He aguardado ante la Dársena, sentado en la arena, mirando el río que fluía tranquilamente. Las aves marinas pasan lentamente a ras de agua, los cormoranes, las escandalosas gaviotas, en busca de las piraguas de pesca. He remontado luego el río Boucan hasta Ponon, caminando lentamente, con precaución, como si la tierra estuviera minada. A lo lejos, a través del follaje, veo la chimenea de Yemen que humea ya y siento el suave aroma del guarapo. Un poco más arriba, al otro lado del río, veo también la nueva casa de tío Ludovic, muy blanca.

Me duelen las entrañas pues sé dónde estoy. Aquí comenzaba nuestro jardín y un poco más arriba, al extremo de la avenida, habría podido ver nuestra casa con su tejado azul brillando al sol. Avanzo por entre las altas hierbas, arañado por los matorrales espinosos. Ya no hay nada que ver. Todo ha sido destruido, quemado, saqueado desde hace muchos años. Tal vez aquí comenzaba nuestra veranda. Me parece reconocer un árbol, otro luego. Pero de inmediato distingo diez más que se les parecen, tamarindos, mangos, filaos. Choco con piedras desconocidas, tropiezo en agujeros. ¿Realmente vivíamos aquí? ¿No fue en otro mundo?

Febrilmente, prosigo, siento que la sangre golpea mis sienes. Quiero encontrar algo, un pedazo de nuestra tierra. Cuando le hablé de ello a Mam, su mirada brilló, estoy seguro. Tenía su mano apretada con fuerza en la mía, para intentar darle vida, mi vigor. Le hablaba de todo esto como si nuestra casa todavía existiera. Le hablé como si nada tuviera que acabar, nunca, y los años perdidos fueran a renacer, en la frondosidad del jardín durante el mes de diciembre, cuando Laure y yo escuchábamos su voz cantarina que nos leía la historia sagrada.

Su voz es lo que quiero oír aquí, ahora, entre la maleza, en ese montón de piedras negras que eran los cimientos de nuestra casa. Subiendo hacia las colinas, de pronto descubro la quebrada donde tantas horas habíamos pasado encaramados en la gruesa rama del árbol, mirando correr el agua del riachuelo sin nombre. Apenas la reconozco. Mientras en todas partes los matorrales y las malas hierbas han invadido el terreno, aquí todo está desnudo, árido, como después de un incendio. Mi corazón late con fuerza porque éste era, realmente, nuestro dominio, el de Laure y el mío, nuestro escondrijo. Pero ahora es simplemente una quebrada, una grieta oscura y fea, sin vida. ¿Dónde está el árbol, nuestro árbol? Me parece reconocerlo, viejo tronco ennegrecido de ramas rotas y ralo follaje. Es tan feo, tan pequeño que no comprendo cómo pudimos, antaño, trepar a él. Cuando me asomo por encima del barranco, veo la famosa rama en la que nos tendíamos, y parece un brazo descarnado tendido por encima del vacío. Abajo, en el fondo de la quebrada, corre el agua entre restos de ramas, fragmentos de plancha, viejas tablas. La quebrada sirvió de vertedero durante la demolición de nuestra casa.

No le conté nada de eso a Mam. Ya no tenía importancia. Le hablé de todo lo de antaño, que era más real, más auténtico que esta tierra arruinada. Le hablé de lo que más le gustaba, el jardín lleno de hibiscos, las poinsettias, los yaros y sus orquídeas blancas. Le hablé del gran estanque oval, ante la veranda, donde oíamos cantar los sapos. Le hablé de lo que me gustaba y nunca olvidaré, de su voz cuando nos leía una poesía o cuando recitaba las oraciones de la noche. La avenida por la que caminábamos gravemente, todos juntos, para mirar las estrellas escuchando las explicaciones de nuestro padre.

Permanecí allí hasta que llegó la noche, vagando por entre los matorrales, buscando huellas, indicios, buscando olores, recuerdos. Pero es una tierra rota y seca, los canales de irrigación están obstruidos desde hace años. Los árboles que quedan están abrasados por el sol. Ya no hay mangos, ni nísperos, ni árboles del pan. Quedan los tamarindos, altos y delgados, como en Rodrigues, y los banianos que nunca mueren. Quisiera encontrar el árbol chalta, el árbol del bien y del mal. Me parece que si consigo encontrarlo, algo de los tiempos pasados se habrá salvado. En mi recuerdo se encuentra a un extremo del jardín, en el límite con los barbechos, donde comenzaba el camino que iba hacia las montañas y las gargantas del Río Negro. Atravieso la maleza, subo apresuradamente hacia lo alto del terreno, desde donde se divisa el monte Tierra Roja y el Rompe-Hierro. Entonces, allí, de pronto, lo veo ante mí, entre los matorrales, mayor todavía que antaño, con su follaje oscuro que produce un lago de sombra. Me acerco a él y reconozco su olor, un perfume dulce e inquietante que nos mareaba cuando trepábamos a sus ramas. No ha cedido, no ha sido destruido. Todo este tiempo que he permanecido lejos, lejos del abrigo de sus hojas, lejos de sus ramas, sólo ha sido para él un instante. El agua de los ciclones ha pasado, han pasado las sequías, los incendios e incluso los hombres que demolieron nuestra casa, que pisotearon las flores del jardín y que dejaron morir el agua del estanque y los canales. Pero él ha seguido siendo el árbol del bien y del mal que todo lo sabe, que todo lo ve. Busco las marcas que Laure y yo habíamos hecho, con un cuchillo, para grabar nuestros nombres y nuestra talla. Busco la herida de la rama que arrancó el ciclón. Su sombra es profunda y dulce, su olor me embriaga. El tiempo ha dejado de correr. El aire vibra con los insectos, con los pájaros, por encima la tierra es húmeda y viva.

Aquí el mundo no conoce el hambre, ni la desgracia. La guerra no existe. El árbol chalta, con la fuerza de sus ramas, mantiene alejado el mundo. Nuestra casa ha sido destruida, nuestro padre ha muerto, pero nada puede desesperarme puesto que he encontrado el árbol chalta. Puedo dormir bajo sus ramas. Fuera, cae la noche, hace desaparecer las montañas. Todo lo que he hecho, todo lo que he buscado, era para llegar aquí, a la entrada de Mananava.

¿Cuánto tiempo hace que murió Mam? Fue ayer, o anteayer, ya no lo sé. Durante días y noches la velamos, por turno, yo de día, Laure de noche, para que sin cesar tuviera una mano entre sus flacos dedos. Le cuento cada día la misma historia, la del Boucan, donde todo es eternamente joven y bello, donde brilla el cielo de color azul. Es un país que no existe, sólo existe para nosotros tres. Y creo que, tras tanto hablar de ello, un poco de su inmortalidad está en nosotros, nos une contra la cercana muerte.

Laure, por su parte, no habla. Por el contrario, permanece silenciosa, obstinada, pero es su modo de luchar contra la destrucción. He traído para ella una rama del árbol chalta y, cuando se la he entregado, he visto que no había olvidado. Sus ojos han brillado de placer cuando ha tomado la rama que ha depositado en su mesilla de noche, o, mejor dicho, que ha arrojado como por descuido, pues así trata los objetos que ama.

Y llegó la terrible mañana, cuando Laure vino a despertarme, de pie ante el catre de tijera donde duermo en el vacío comedor. La recuerdo con sus cabellos enmarañados y aquella luz dura, violenta, en su mirada.

—Mam ha muerto.

No dijo nada más y la seguí, adormilado todavía, hasta la habitación oscura donde arde la lamparita. Miré a Mam, su rostro demacrado y regular, su hermosa cabellera extendida en la blanca almohada. Laure fue a acostarse, a su vez, en el catre de tijera y se durmió en seguida, con los brazos doblados sobre el rostro. Y yo permanecí solo en la habitación oscura con Mam, atontado, sin comprender, sentado en la silla chirriante ante la lamparita que titila, dispuesto siempre a empezar otra vez mi historia, a hablar a media voz del gran jardín por el que caminábamos juntos al anochecer, para descubrir las estrellas, a hablar de esas avenidas cubiertas de vainas de tamarindo, de pétalos de hibiscos, oyendo el agudo canto de los mosquitos que bailan alrededor de nuestros cabellos y, al darnos la vuelta, la felicidad de ver en la noche azul la gran ventana iluminada del despacho donde mi padre fuma contemplando sus mapas marinos.

Y esa mañana, bajo la lluvia, en el cementerio, cerca de Bigara, escucho la tierra que cae sobre el ataúd y miro el rostro muy pálido de Laure, su cabello aprisionado en el chal negro de Mam, las gotas de agua que corren por sus mejillas como lágrimas.

¿Cuánto tiempo hace que Mam se marchó? No puedo creerlo. Todo ha terminado, ya nunca estará su voz hablando en la penumbra de la veranda, nunca su perfume, su mirada. Cuando mi padre murió comencé, me parece, a ir hacia atrás, hacia un olvido que no puedo aceptar, que me aleja para siempre de lo que era mi fuerza, mi juventud. Los tesoros son inaccesibles, imposibles. Son el «oro del tonto» que me traían los negros buscadores de oro cuando llegué a Port Mathurin.

Laure y yo nos encontramos solos, en esta vieja barraca vacía y fría, de cerrados porticones. En la habitación de Mam, la lamparita se ha extinguido, y he encendido otra en la mesilla de noche, entre inútiles frascos, junto al lecho de lívidas sábanas.

—Nada habría ocurrido si me hubiera quedado… Es culpa mía, no debí dejarla.

«Pero ¿era preciso que te marcharas?» Es una pregunta que Laure se hace a sí misma.

La miro con inquietud.

—¿Qué vas a hacer ahora?

—No lo sé. Quedarme aquí, supongo.

—¡Ven conmigo!

—¿Adónde?

—A Mananava. Podríamos vivir en los *pasos geométricos.*

Me mira con ironía:

—¿Los tres, con Yangue Catera? —Así llama a Ouma.

Pero sus ojos vuelven a ser fríos. Su rostro expresa el cansancio, el alejamiento.

—Ya sabes que es imposible.

—Pero ¿por qué?

No contesta. Su mirada me atraviesa. Comprendo de pronto que, durante estos años de exilio, la he perdido. Ha seguido otro camino, se ha convertido en otra, nuestras vidas no pueden ya coincidir. Su vida está entre las religiosas de la Visitación, donde vagabundean las mujeres sin dinero, sin hogar. Su vida está junto a las indias hidrópicas, cancerosas, que mendigan unas pocas rupias, una sonrisa, unas palabras de consuelo. Entre los niños febriles de grueso vientre, para quienes cocina marmitas de arroz, para quienes va a arrancar algún dinero a los «burgueses» de su casta.

Por un instante, su voz tiene una entonación solícita, como antaño cuando yo atravesaba descalzo la habitación para salir a la noche.

—¿Y tú qué harás?

Fanfarroneo:

—Bueno, lavaré arroyos, como en Klondyke. Estoy seguro de que hay oro en Mananava.

Sí, por un instante todavía su mirada brilla divertida, estamos todavía cerca, somos los «enamorados», como nos llamaba antaño la gente cuando nos veía juntos.

Más tarde, la contemplo mientras prepara su pequeña maleta para ir a vivir con las religiosas de Lorette. Su rostro vuelve a ser tranquilo, indiferente. Sólo sus ojos brillan con su suerte de cólera. Rodea sus hermosos cabellos negros con el chal de Mam y se va, sin volverse, con su pequeña maleta de cartón y su gran paraguas, alta y erguida, y a partir de ahora ya nada puede detenerla ni cambiar su ruta.

He permanecido todo el día en el estuario de los ríos, ante la Dársena, mirando el mar que bajaba, descubriendo las playas de arena negra. Cuando la marea está baja, altos adolescentes negros vienen a pescar hurites, y aparecen zancudas en el agua cobriza. Los más osados se acercan para mirarme. Uno de ellos, engañado por mi camisa del ejército, cree que soy un militar inglés y me dirige la palabra en esta lengua. Para no decepcionarle, le respondo en inglés y charlamos un momento, de pie él, apoyado en su arpón, sentado yo en la arena, fumando un cigarrillo a la sombra de los velluteros.

Luego se reúne con los demás muchachos, y oigo sus voces y sus risas apagándose al otro lado del río Tamarindo. Sólo quedan ya los pescadores, de pie en sus piraguas que se deslizan lentamente por el agua que refleja su imagen.

Espero que el primer empuje de la marea envíe sus olas a la arena. Llega el viento, el ruido del mar, como antaño, me hace estremecer. Entonces, con mi petate a la espalda, remonto el río hacia el Boucan. Antes de Yemen, tuerzo hacia la espesura, hacia donde se abría nuestro camino, la gran avenida de tierra roja que corría recta entre los árboles hasta nuestra casa, tan blanca con su tejado color de azur. Por esta avenida marchamos, lo recuerdo, hace ya mucho tiempo, cuando los ujieres y los leguleyos del tío Ludovic nos expulsaron. Ahora, el camino ha desaparecido devorado por las hierbas y, con él, el mundo al que se dirigía.

¡Qué hermosa y ceniciienta es aquí la luz, semejante a la que me envolvía cuando estaba en la veranda y contemplaba la noche que invadía el jardín! Es la única que reconozco. Avanzo por entre los matorrales y ni siquiera intento ver de nuevo el árbol chalta, ni la quebrada. Como las aves marinas, tengo prisa, la inquietud del día que termina. Ahora camino deprisa hacia el sur, guiado por el monte Tierra Roja. De pronto, ante mí, un charco brilla a la luz del cielo: es el estanque de las Garcetas, donde mi padre había instalado su generador. Rodeado de hierbas y cañas, el estanque está hoy abandonado. Nada queda de los trabajos de mi padre. Las presas, las estructuras metálicas que sostenían la dinamo han desaparecido hace mucho tiempo y la dinamo fue vendida para pagar deudas. El agua y el limo borraron el sueño de mi padre. Los pájaros huyen gritando mientras rodeo el estanque para tomar el camino de las gargantas.

Pasado el Rompe-Hierro veo, debajo de mí, el valle del Río Negro y, a lo lejos, entre los árboles, el mar que reluce al sol. Allí estoy, ante Mananava, empapado en sudor, jadeante, inquieto. Cuando entro en la garganta siento cierta aprensión. ¿Debo ahora vivir, náufrago, ahí? En la violenta luz del sol poniente, las sombras de las montañas, el Macabeo, el Pie de Marmita, hacen que las gargantas parezcan más oscuras. Por encima de Mananava, los acantilados rojos forman una muralla infranqueable. Al sur, hacia el mar, veo la humareda de las azucareras y los poblados, Cases Noyale, Río Negro. Mananava es el fin del mundo desde donde se puede ver sin ser visto.

Estoy, ahora, en el corazón del valle, a la sombra de los grandes árboles, la noche ha comenzado ya. El viento sopla del mar y oigo el ruido de las hojas, invisibles pasadas, galopes, danzas. Jamás me introduje tanto en Mananava. Mientras avanzo en la sombra, bajo el cielo todavía muy claro, la selva se extiende ante mí, sin límites. A mi alrededor están los ébanos de lisos troncos, los terebintos, las colofonias, las higueras silvestres, los sicomoros. Mis pies se hunden en la alfombra de hojas, siento el olor dulzón de la tierra, la humedad del cielo. Remonto el lecho de un torrente. Recojo, al pasar, algunas hierbas del sueño, guayabas rojas, pistachos cimarrones. Siento la embriaguez de esta libertad. ¿Acaso, desde siempre, no tenía que venir aquí? ¿No es este lugar el designado en los planos del Corsario desconocido, este valle olvidado por los hombres, orientado de acuerdo con el trazado de la constelación de Argos? Como antaño, en la Ensenada de los Ingleses, mientras camino entre los árboles, oigo palpitar mi corazón. Siento una evidencia: no estoy solo en Mananava. En alguna parte, no lejos de mí, alguien camina por la selva siguiendo un camino que se cruzará con el mío. Alguien se desliza sin ruido entre las hojas y siento en mí su mirada, una mirada que lo atraviesa todo y me ilumina. Me encuentro, pronto, ante el acantilado iluminado todavía por el sol. Estoy encima de la selva, junto a la fuente de los ríos, y puedo mirar las hojas que ondean hasta el mar. El cielo es deslumbrador, el sol se zambulle en el horizonte. Dormiré aquí, vuelto hacia el oeste, entre los bloques de lava calientes de luz. Ésta será mi casa, y aquí veré siempre el mar.

Entonces veo a Ouma que se acerca a mí, con sus pasos ligeros, saliendo de la selva. En el mismo instante veo aparecer los dos pájaros blancos. Muy arriba, en el cielo incoloro, planean en el viento, giran sobre Mananava. ¿Me habrán visto? Silenciosos, uno junto a otro, casi sin mover las alas, como dos cometas blancos, miran el halo del sol en el horizonte. Gracias a ellos el mundo se ha detenido, el curso de los astros queda en suspenso. Sólo sus cuerpos se mueven en el viento...

Ouma está a mi lado. Siento el olor de su cuerpo, el calor de su cuerpo. Digo en voz muy baja: «¡Mira! ¡Son los mismos que veía hace tiempo, son los mismos...!». Su vuelo los lleva hacia el monte Macabeo, mientras el cielo cambia, se hace gris. De pronto, desaparecen tras las montañas, se lanzan hacia el Río Negro; y es de noche.

Hemos soñado días de felicidad, en Mananava, sin saber nada de los hombres. Hemos vivido una vida salvaje, ocupándonos sólo de los árboles, las bayas, las hierbas, el agua de los manantiales que brotan del acantilado rojo. Pescamos cangrejos de agua dulce en un brazo del Río Negro, y, junto al estuario, langostinos, cangrejos de mar bajo las piedras planas. Recuerdo las historias que contaba el viejo capitán Cook, el mono Zako que pescaba langostinos con su cola.

Aquí todo es sencillo. Al alba, nos deslizamos por la celda estremecida de rocío, para recoger guayabas rojas, cerezas silvestres, ciruelas malgaches, corazones de buey, o para recolectar hierbas del sueño, chayoteras silvestres, alheñas. Habitamos en los lugares donde vivieron los cimarrones, en tiempos del gran Sacalavou, en tiempos de Senghor. «¡Mira, allí! Eran sus campos. Ahí guardaban los cerdos, las cabras, las gallinas. Cultivaban habas, lentejas, ñame, maíz.» Ouma me muestra los derrumbados muretes, los montones de guijarros cubiertos por la maleza. Contra un acantilado de lava, un matorral espinoso oculta la entrada de una caverna. Ouma me trae flores olorosas. Las coloca en su pesada cabellera, detrás de sus orejas. «Flores acacia.»

Jamás estuvo tan hermosa, con sus negros cabellos que enmarcan el rostro liso, con su cuerpo esbelto en su vestido de *gunny* descolorido y remendado.

De modo que no pienso en el oro, no me apetece ya. Mi batea se ha quedado a orillas del arroyo, cerca de la fuente, y corro por la selva siguiendo a Ouma. Mi ropa está desgarrada por las ramas, mis cabellos y mi barba han crecido como los de Robinson. Con fibras de vacoa, Ouma ha trenzado para mí un sombrero y creo que nadie podría reconocerme con este aspecto.

Varias veces hemos bajado hasta la desembocadura del Río Negro, pero Ouma tiene miedo de la gente a causa de la revuelta de los *gunnies*. De todos modos, al alba, hemos llegado hasta el estuario del Tamarindo y hemos caminado por la arena negra. Entonces todo está todavía envuelto por las brumas del alba y el viento que sopla es frío. Medio ocultos entre los vacoas, hemos contemplado el mar picado, lleno de olas que arrojan espuma. No hay en el mundo nada más hermoso.

De vez en cuando, Ouma pesca en las aguas de la laguna, del lado de la Torreta o cerca de las salinas, para ver a su hermano. Al anochecer me trae el pescado y lo asamos en nuestro escondrijo cerca de las fuentes.

Cada anochecer, cuando el sol va cayendo hacia el mar, acechamos, inmóviles en las rocas, la llegada de los rabijuncos. Vienen muy altos en el cielo de luz, deslizándose lentamente como astros. Han anidado en lo alto de los acantilados, hacia el monte Macabeo. Son tan hermosos, tan blancos, planean durante tanto tiempo en el cielo, en el viento marino, que no sentimos ya el hambre, ni la fatiga, ni la inquietud del día de mañana. ¿No serán eternos? Ouma dice que son los dos pájaros que cantan las alabanzas de Dios. Los acechamos cada día, al crepúsculo, porque nos hacen felices.

Sin embargo, cuando cae la noche, siento algo que me turba. El hermoso rostro de Ouma, del color del cobre oscuro, tiene una expresión vacía, como si nada a nuestro alrededor fuera real. Dice varias veces en voz baja: «Algún día, me marcharé». «¿Adónde irás?» Pero no dice nada más.

Han pasado las estaciones, un invierno, un verano. ¡Hace tanto tiempo que no he visto a otros hombres! No sé ya cómo eran las cosas, antes, en Forest Side, en Port Louis. Mananava es inmenso. Laure es la única persona que me une al mundo exterior. Cuando hablo de ella, Ouma dice: «Me gustaría conocerla». Pero añade: «Es imposible». Hablo de ella, me acuerdo de cuando iba a mendigar dinero a casa de los ricos, en Curepipe, en Floréal, para las pobres, para los condenados de la caña. Hablo de los harapos que iba a buscar a las hermosas mansiones, para fabricar los sudarios de las viejas indias moribundas. Ouma dice: «Debes volver con ella». Su voz es clara y eso me turba y me hace daño.

Esta noche es fría y pura, una noche de invierno parecida a las de Rodrigues, cuando estábamos tendidos en la arena de la Ensenada de los Ingleses y contemplábamos el cielo que se poblaba de estrellas.

Todo está silencioso, detenido, el tiempo de la tierra es el del universo. Tendido en la estera de vacoas, envuelto con Ouma en la manta del ejército, contemplo las estrellas: Orión, al oeste, y apretándose contra la vela del navío *Argos,* el Can Mayor donde brilla Sirio, el sol nocturno. Me gusta hablar de las estrellas (y no me privo de ello), digo sus nombres en voz alta, como cuando se los recitaba a mi padre, caminando por la Avenida de las Estrellas: «Arturo, Denévola, Bellatrix, Betelgeuse, Acornar, Antares, Shaula, Altair, Andrómeda, Fomalhaut...».

De pronto, por encima de nuestras cabezas, en la bóveda celeste, cae una lluvia de estrellas. Los trazos de luz cruzan la noche de todos lados y luego se extinguen. Algunos son breves, otros son tan largos que permanecen impresos en nuestras retinas. Nos hemos levantado para verlo mejor, echando la cabeza atrás, deslumbrados. Siento el cuerpo de Ouma que tiembla contra el mío. Quiero darle calor, pero me rechaza. Al tocar su rostro comprendo que está llorando. Luego corre hacia la selva, se oculta bajo los árboles para no seguir viendo los trazos de fuego que llenan el cielo. Cuando me reúno con ella, habla con voz ronca, llena de cólera y de fatiga. Habla de la desgracia y de la guerra que van a volver, una vez más, de la muerte de mi madre, de los manafs expulsados de todas partes que deben marcharse ahora. Intento tranquilizarla, quiero decirle: ¡pero son sólo aerolitos! No me atrevo a decírselo; y, además, ¿qué son realmente los aerolitos?

A través del follaje veo las estrellas fugaces deslizándose silenciosamente por el cielo helado, arrastrando con ellas otros astros, otros soles. Tal vez la guerra va a volver, tal vez el cielo se iluminará de nuevo con el fulgor de las bombas y de los incendios.

Permanecemos mucho tiempo abrazados bajo los árboles, al abrigo de los signos del destino. Luego, el cielo vuelve a tranquilizarse y las estrellas brillan de nuevo. Ouma no quiere regresar a las rocas. La envuelvo en la manta y me duermo sentado a su lado, como un inútil velador.

Ouma se ha marchado. Bajo la cubierta de las ramas chorreantes de rocío sólo está la estera de vacoas, de la que se borra ya la impronta de su cuerpo. Quiero creer que regresará y, para no pensar, voy hasta el arroyo para lavar la arena en mi batea. Los mosquitos danzan a mi alrededor. Los vencejos vuelan y se llaman con sus irónicos graznidos. De vez en cuando, en la espesura de la selva, creo ver la silueta de la muchacha, saltando entre la maleza. Pero son sólo monos que huyen cuando me acerco.

La espero todos los días, junto a la fuente donde nos bañábamos y buscábamos guayabas rojas. La espero haciendo sonar la caracola, pues habíamos decidido hablarnos así. Recuerdo las tardes en las que esperaba a Denis y escuchaba la señal que chirriaba entre las altas hierbas, un extraño insecto que repetía: vini, vini, vini…

Pero aquí nadie responde. Llega la noche, cubre el valle. Sólo emergen las montañas que me rodean, el Rompe-Hierro, el monte Macabeo y, a lo lejos, frente al metálico mar, el Morro. El viento sopla con la marea. Recuerdo lo que decía Cook, cuando el viento resonaba en las gargantas. Decía: «¡Escucha! Es Sacalavou que gime, porque los blancos le han arrojado de lo alto de la montaña. Es la voz del gran Sacalavou». Escucho el lamento, mirando la luz que se extingue. A mi espalda las rocas rojas del acantilado están todavía ardientes y, por debajo, se extiende el valle con todas sus humaredas. A cada instante me parece que voy a oír los pasos de Ouma en la selva, que voy a sentir el olor de su cuerpo.

Los soldados ingleses han cercado el campo de refugiados, en el Río Negro. Hace ya varios días que las alambradas de espino han rodeado el campo para impedir que alguien entre o salga. Los que están en el campo, gente de Rodrigues, de las Comores, de Diego Suárez, de Agalega, coolies de la India o del Pakistán esperan ser examinados. Aquellos cuyos papeles no estén en regla tendrán que volver a su casa, a sus islas. Un soldado inglés me comunica la noticia cuando quiero entrar en el campo para buscar a Ouma. A su espalda, en el polvo, entre los barracones, veo niños que juegan al sol. La miseria es lo que hace arder los campos de caña, lo que hace arder la cólera, lo que embriaga.

Espero mucho tiempo ante el campo, con la esperanza de ver a Ouma. Al atardecer, no quiero regresar a Mananava. Duermo en las ruinas de nuestra antigua propiedad, en el Boucan, al abrigo del árbol chalta del bien y del mal. Antes de dormir puedo oír los cantos de los sapos en la quebrada, y siento el viento del mar que se levanta con la luna, y las olas que corren hasta los campos de hierba.

Al alba, han llegado los hombres con un sirdar, y me he ocultado bajo mi árbol por si venían por mí. Pero no me buscan. Llevan los macabeos, esas largas pinzas de hierro que sirven para desenterrar tocones y piedras grandes. Tienen también picos, azadas, hachas. Con ellos viene un grupo de mujeres de *gunny,* con sus azadones en equilibrio sobre la cabeza. Les acompañan dos jinetes, dos blancos, les reconozco por su modo de mandar. El uno es mi primo Ferdinand, el otro un inglés al que no conozco, no puedo oír lo que dicen, pero fácil es comprenderlo. Van a desbrozar, para la caña, los últimos arpentes de nuestra tierra. Lo miro todo con indiferencia. Recuerdo la desesperación que sentíamos todos cuando fuimos expulsados, y que lentamente, en la carreta cargada de muebles y baúles, íbamos por el polvo del gran camino rectilíneo. Recuerdo la cólera que vibraba en la voz de Laure, cuando repetía, sin que Mam protestara ya: «¡Me gustaría verle muerto!», hablando del tío Ludovic. Ahora es como si todo perteneciera a otra vida. Los dos jinetes se han marchado y, desde mi escondrijo, oigo, atenuados por el follaje de los árboles, los golpes de pico en la tierra, el chirriar de los macabeos en las rocas y, también, el canto de los negros, lento y triste, mientras trabajan.

Cuando el sol está en su cenit, siento hambre, y voy hacia la selva, a buscar guayabas y pistachos silvestres. Se me oprime el corazón al pensar en Ouma, en la prisión del campo donde ha elegido reunirse con su hermano. De lo alto de la colina, veo las humaredas que suben del campo del Río Negro.

Al anochecer he visto polvo en la carretera, el largo convoy de camiones que se dirige a Port Louis. Llego al borde de la carretera cuando pasan los últimos camiones. Bajo las lonas, entreabiertas a causa del calor, veo los rostros oscuros, fatigados, manchados de polvo. Comprendo que se los llevan, que se llevan a Ouma, no importa adónde, a otra parte, para embarcarlos en la cala de un barco, hacia sus respectivos países, para que no sigan pidiendo agua, ni arroz, ni trabajo, para que no sigan incendiando los campos de los blancos. Durante unos segundos he corrido por la carretera, entre el polvo que lo cubre todo, luego me he detenido sin aliento, con una punzada en el costado. A mi alrededor, gente, niños que me miran sin comprender.

Vagabundeo mucho tiempo a lo largo de la orilla. Por encima de mí se levanta la Torreta con su roca cortada, semejante a una atalaya ante el mar. Trepando por entre los matorrales, hasta la Estrella, me encuentro en el mismo lugar desde donde, hace treinta años, vi aproximarse el gran huracán que destruyó nuestra casa. A mi espalda está el horizonte del que llegan las nubes, las humaredas, las franjas cargadas de relámpagos y de agua. Me parece que es ahora cuando oigo realmente el silbido del viento, el ruido de la catástrofe que está en marcha.

Vuelvo de nuevo hacia Mananava, el lugar más misterioso del mundo. Lo recuerdo, en otro tiempo creía que allí nacía la noche y que luego fluía a lo largo de los ríos, hasta el mar.

Camino lentamente por la selva mojada, siguiendo los arroyos. A mi alrededor, por todas partes, siento la presencia de Ouma, en la sombra de los ébanos, siento el olor de su cuerpo mezclándose con el perfume de las hojas, oigo el rumor de sus pasos en el viento.

Permanezco cerca de las fuentes. Escucho el ruido del agua que corre sobre los guijarros. El viento hace brillar la copa de los árboles. Veo, por las aberturas, el cielo refulgente, la luz pura. ¿Qué puedo esperar aquí? Mananava es un lugar de muerte y por eso los hombres nunca penetran en él. Es el dominio de Sacalavou y de los negros cimarrones, que ya sólo son fantasmas.

Recojo, apresuradamente, los escasos objetos que son mi rastro en este mundo, mi manta caqui, mi petate y mis utensilios de lavador de oro, la batea, el tamiz, el frasco de agua regia. Con cuidado, como Ouma me enseñó, borro mis huellas, la señal de mis hogueras, entierro mis desechos.

El paisaje brilla hacia el oeste. Lejos, al otro lado del monte Tierra Roja, veo la mancha oscura de la Hondonada del Boucan, donde las tierras están desbrozadas y quemadas. Pienso en el camino que atraviesa los cazaderos hasta lo alto de las Tres Ubres, pienso en el camino de tierra que va por entre las cañas hasta Quinze Cantons. Laure me espera, tal vez, o quizá no me espera. Cuando llegue, proseguirá una frase irónica y divertida, como si nos hubiéramos separado ayer, como si para ella no existiera el tiempo.

Llego al estuario del Río Negro cuando el día declina. El agua es negra y lisa, el viento no sopla. En el horizonte se deslizan algunas piraguas, con su vela triangular atada a la barra del gobernalle, a la búsqueda de una corriente de aire. Las aves marinas comienzan a llegar del sur, del norte, se cruzan a ras de agua lanzando gritos inquietos. He sacado de mi petate los papeles del tesoro que todavía me quedan, los mapas, los croquis, las libretas de notas que he escrito aquí, en Rodrigues, y los he quemado en la playa. Las olas que mueren en la arena se llevan las cenizas. Ahora, sé que así actuó el Corsario tras haber recuperado su tesoro de los escondrijos de la quebrada, en la Ensenada de los Ingleses. Lo destruyó todo, lo arrojó todo al mar. De este modo, cierto día, tras haber vivido tantas matanzas y tantas glorias, volvió sobre sus pasos y deshizo lo que había creado, para ser por fin libre.

En la playa negra, camino hacia la Torreta, y ya no tengo nada.

En la colina de la Estrella, ante la Torreta, me he instalado para pasar la noche. A la derecha está la Hondonada del Boucan, en sombras ya, y algo más lejos la chimenea de Yemen que humea. ¿Habrán terminado los peones de limpiar la tierra, allí donde estaba nuestra propiedad? Tal vez hayan derribado el gran árbol chalta a hachazos, nuestro árbol del bien y del mal. De modo que ya nada debe de quedar de nosotros en esta tierra, no queda un solo punto de orientación.

Pienso en Mam. Me parece que todavía debe de dormir en alguna parte, sola en su gran lecho de bronce, bajo la nube de la mosquitera.

Quisiera hablar con ella, en voz baja, de las cosas que no terminan nunca, de nuestra casa con tejado de azur, frágil, transparente como un espejismo, y del jardín lleno de pájaros al que llega la noche, la quebrada e, incluso, el árbol del bien y del mal que está a las puertas de Mananava.

Heme aquí de nuevo en el lugar desde el que vi venir el gran huracán, cuando iba a cumplir ocho años, cuando fuimos expulsados de nuestra casa y arrojados al mundo, como en un segundo nacimiento. En la colina de la Estrella, siento crecer en mí el ruido del mar. Querría hablar con Laure de Nada the Lily, a la que encontré en vez del tesoro y que ha regresado a su isla. Querría hablarle de viajes y ver brillar sus ojos, como cuando divisábamos desde lo alto de una pirámide la extensión del mar donde se es libre.

Iré al puerto para elegir mi navío. Aquí está: es fino y ligero, como una fragata de inmensas alas. Su nombre es *Argos*. Se desliza lentamente hacia mar abierto, por aguas oscuras del crepúsculo, rodeado de pájaros. Y, pronto, en la noche, boga bajo las estrellas siguiendo su destino en el cielo. Estoy en el puente, a popa, envuelto por el viento, oigo el golpear de las olas contra el estrave y las detonaciones del viento en las velas. El timonel canta para sí, su canción monótona e interminable, oigo las voces de los marineros que juegan a los dados en la cala. Estamos solos en el mar, somos los únicos seres vivos. Entonces Ouma está de nuevo conmigo, siento el calor de su cuerpo, su aliento, oigo palpitar su corazón. ¿Hasta dónde llegaremos juntos? ¿Agalega, Aldabra, Juan de Nova? Las islas son innumerables. Tal vez desafiemos la prohibición y lleguemos hasta San Brandán, donde han encontrado refugio el capitán Bradmer y su timonel. Al otro lado del mundo, en un lugar donde no se temen ya las señales del cielo, ni la guerra de los hombres.

Ahora es de noche, oigo en lo más hondo de mí el vivo ruido del mar que se acerca.

Contenido